La vengeance de Vitale Roccanti

*

L'épouse de Sergios Demonides

*

Le chantage d'un homme d'affaires

LYNNE GRAHAM

La vengeance de Vitale Roccanti

INTÉGRALE
MARIAGES SOUS CONTRAT

Traduction française de
ÉLISABETH MARZIN

• SAGAS •

HARLEQUIN

Collection : SAGAS

Titre original :
ROCCANTI'S MARRIAGE REVENGE

Ce roman a déjà été publié en 2013

HARPERCOLLINS FRANCE
83-85, boulevard Vincent-Auriol, 75646 PARIS CEDEX 13
Service Lectrices — Tél. : 01 45 82 47 47

www.harlequin.fr

ISBN 978-2-2804-1694-8 — ISSN 2426-993X

1

Vitale Roccanti, banquier issu d'une vieille famille de l'aristocratie européenne, ouvrit le dossier que lui avait transmis le détective privé. Une photo représentait le milliardaire grec Sergios Demonides en compagnie des trois convives qu'il recevait à dîner. Monty Blake, propriétaire de la chaîne d'hôtels britannique Royal, sa très décorative épouse, Ingrid, et leur fille Zara, qui portait une énorme bague à l'annulaire gauche. De toute évidence, une bague de fiançailles.

Les rumeurs d'un rachat consolidé par une alliance des deux familles étaient donc fondées. Si le mariage n'avait pas encore été annoncé officiellement, c'était sans doute parce que Demonides exécrait la publicité.

Vitale réprima un juron. Voir Monty Blake arborer cet air triomphant était insupportable ! Ce criminel était responsable de la mort de sa sœur. A cause de lui, il avait perdu à treize ans la seule personne au monde qui l'avait jamais aimé…

Aujourd'hui, l'heure de la vengeance avait sonné. Le coup serait d'autant plus rude pour Blake que l'accord passé avec Demonides serait la consécration de sa carrière. Pas question de le laisser remporter une telle victoire.

Comment avait-il réussi à attirer le milliardaire grec dans ses filets ? Sa chance inespérée était-elle due uniquement au pouvoir de séduction de sa fille ? Avec sa silhouette menue, ses traits délicats et ses cheveux blond platine, Zara Blake ne manquait sûrement pas d'admirateurs. Cependant, on disait qu'elle était aussi bête que ravissante…

Pour sa part, il ne se laisserait jamais tourner la tête par une idiote, aussi séduisante fut-elle. Contrairement à Demonides… Et tant mieux, car c'était une faiblesse qu'il comptait bien exploiter. S'il parvenait à provoquer la rupture des fiançailles, il y avait de grandes chances pour que l'accord entre Demonides et Blake soit remis en question. Ce serait un coup fatal pour Monty Blake, qui avait désespérément besoin de vendre sa chaîne d'hôtels.

Vitale réprima un soupir. Il n'avait pas prévu d'assouvir sa vengeance en employant des méthodes aussi ignobles que celles de son ennemi. Mais après tout, Monty Blake le méritait largement. Le châtiment ne devait-il pas être proportionné au crime ? De toute façon, il n'avait pas le choix. S'il voulait punir l'homme qui avait abandonné sa sœur enceinte à son cruel destin, il ne pouvait pas s'encombrer de scrupules.

D'autant plus que Zara Blake était une victime expiatoire très acceptable. Il était de notoriété publique qu'elle collectionnait les amants et n'était pas particulièrement sentimentale. Nul doute que la perte d'un aussi beau parti que Demonides lui laisserait des regrets. Mais en digne fille de sa mère, elle devait avoir une pierre à la place du cœur et le cuir aussi épais que celui d'un rhinocéros. Elle se remettrait vite de sa déception. Et si elle en sortait un peu moins superficielle, il lui aurait rendu service. Ne disait-on pas que souffrir forgeait le caractère ?

— Je n'arrive pas à croire que tu as accepté d'épouser Sergios Demonides ! s'exclama Bee en considérant sa demi-sœur d'un air effaré.

Bien qu'ayant le même père, Bee et Zara n'étaient pas du tout bâties sur le même modèle. Filiforme, le visage délicat mangé par d'immenses yeux lavande et encadré par des cheveux d'un blond presque blanc, Zara ressemblait à une poupée de porcelaine, tandis que Bee avait hérité de l'épaisse chevelure brune, du teint mat et des courbes voluptueuses de sa mère espagnole, première épouse de Monty Blake. Ce qui n'empêchait pas les deux jeunes femmes d'être très proches. En revanche, elles connaissaient peu Tawny, la troisième fille de leur père. Celle-ci était née d'une liaison extraconjugale et sa mère n'avait toujours pas pardonné à Monty Blake la manière très cavalière dont il l'avait traitée.

— Pourquoi pas ? répliqua Zara en haussant les épaules avec désinvolture. J'en ai assez d'être célibataire et j'aime les enfants…

— Comment peux-tu en avoir assez d'être célibataire ? protesta Bee avec incrédulité. Tu n'as que vingt-deux ans ! Et surtout, tu n'es pas amoureuse de Demonides !

— Eh bien…

— Tu ne me feras pas croire que tu l'aimes. Tu le connais à peine, pour l'amour du ciel !

Bee n'avait rencontré Sergios Demonides qu'une seule fois mais les recherches qu'elle avait effectuées sur internet avaient confirmé sa première impression. Le milliardaire grec était un homme beaucoup trop dangereux pour un cœur tendre comme sa sœur. Non seulement c'était un séducteur invétéré, mais il avait la réputation d'être froid et calculateur.

Zara releva le menton.

— Ça dépend de ce qu'on attend du mariage. Ce que recherche Sergios c'est une femme prête à élever les enfants dont il a la charge…

— Les trois enfants de son cousin ?

Zara hocha la tête. Quelques mois plus tôt, le cousin de Sergios et son épouse s'étaient tués dans un accident de voiture, laissant trois enfants dont Sergios était devenu le tuteur. Quand ce dernier lui avait avoué que s'il voulait se marier c'était uniquement pour donner une mère aux trois orphelins qui vivaient sous son toit, elle avait éprouvé un vif soulagement. Ce milliardaire caustique l'intimidait beaucoup.

Mais en apprenant ce qu'il attendait de sa future épouse, elle avait été rassurée. Ce rôle lui convenait parfaitement.

Les enfants — dont le plus jeune avait six mois et l'aîné trois ans — avaient du mal à s'adapter à leur nouvelle vie. Sergios avait engagé plusieurs personnes pour s'en occuper, mais il voulait leur offrir un véritable foyer. Zara avait été très impressionnée par l'intérêt qu'il leur portait.

Sans doute en raison du manque d'amour dont elle avait souffert pendant son enfance, elle éprouvait une immense compassion à leur égard. Lorsqu'elle les avait rencontrés, la tristesse qu'elle avait lue sur leurs visages l'avait bouleversée. Pour la première fois de sa vie, elle avait eu la certitude de pouvoir être vraiment utile à quelqu'un.

Mais surtout, elle était prête à tout pour réconforter ses parents, dévastés par la disparition de son frère jumeau, Tom, mort quelques années plus tôt. Monty et Ingrid Blake vénéraient leur fils et n'avaient jamais caché qu'il était leur préféré. Zara en avait souffert, mais elle adorait son frère et ne lui en avait jamais voulu. Elle lui avait même souvent été reconnaissante pour ses brillants résultats scolaires, qui détournaient provisoirement l'attention de leurs parents de ses propres échecs.

Alors qu'elle avait quitté le lycée sans passer ses examens de fin d'études secondaires, Tom avait intégré une prestigieuse école de commerce dans l'intention de seconder leur père à la direction de la chaîne d'hôtels familiale. Malheureusement, il s'était tué à vingt ans au volant de sa voiture de sport.

Depuis l'accident les accès de fureur de Monty Blake étaient de plus en plus fréquents, et si Zara avait accepté d'épouser Sergios Demonides, c'était avant tout pour lui faire plaisir. Depuis toujours elle s'efforçait de gagner l'estime de ses parents sans jamais y parvenir. Ce mariage était l'occasion d'atteindre enfin cet objectif. Quand elle avait donné son accord, elle avait vu pour la première fois de sa vie de la fierté dans le regard de son père. Avec un sourire ravi, il lui avait pressé affectueusement l'épaule en déclarant :

— Bravo, ma fille.

Cet instant précieux resterait à jamais gravé dans sa mémoire.

Par ailleurs, ce mariage lui apporterait paradoxalement une certaine liberté. Non seulement elle n'aurait plus à craindre les colères de son père, mais elle échapperait aux exigences de sa mère, qui tenait à ce que sa fille soit toujours la plus belle, la plus élégante et la plus admirée. Elle ne serait plus obligée de passer des journées entières à faire du shopping, ni de fréquenter des gens importants dans les endroits où il fallait être vue.

Et surtout, elle n'aurait plus à subir les avances de don Juan aussi égoïstes que superficiels, qui ne cherchaient qu'à ajouter une célébrité de plus à leur tableau de chasse.

Zara poussa un petit soupir d'aise. Oui, elle serait enfin libre ! Elle pourrait enfin devenir elle-même sans craindre de s'attirer les foudres de son père ni les récriminations de sa mère…

— Que feras-tu le jour où tu tomberas amoureuse d'un autre homme ? demanda Bee.

— Ça ne risque pas d'arriver, répliqua Zara avec assurance.

A dix-huit ans, elle avait eu le cœur brisé. Depuis, il n'avait plus jamais battu pour personne et elle en était ravie. La déception avait été trop cruelle. Plus jamais ça !

— Tu ne crois pas qu'il serait temps que tu oublies ce bon à rien de Julian Hurst ? demanda Bee.

Zara eut une moue désabusée.

— Je ne crois plus à l'amour. Les hommes sont trop hypocrites. Quand ils n'en veulent pas à l'argent de mon père, ils cherchent juste une aventure d'une nuit.

— Et dans un cas comme dans l'autre, ils en sont pour leurs frais…

Bee soupira. Contrairement à ce que racontaient les magazines people, qui lui prêtaient une impressionnante collection d'amants, tous les hommes qu'elle rencontrait laissaient sa sœur indifférente.

— Au moins avec Sergios, les choses sont claires, reprit

Zara. Ce qu'il cherche, c'est une mère pour les enfants de son cousin. Pour le reste, chacun sera libre de faire ce qu'il veut, du moment qu'il reste discret.

Et de son côté, elle serait d'autant plus discrète qu'elle n'avait pas l'intention de profiter de cette liberté ! Elle avait définitivement tiré un trait sur les hommes. Mais ça, personne n'avait besoin de le savoir. Même pas sa sœur, qu'elle aimait tendrement…

— De toute façon, Sergios voyage sans arrêt pour ses affaires. Les enfants et moi nous vivrons à Londres, et je pourrai continuer à m'occuper de Magic Gardens.

Lorsque Zara avait reçu en héritage la petite société d'aménagement paysager créée par sa tante Edith, ses parents s'étaient moqués d'elle. Pour les Blake, leur fille atteinte de dyslexie était incapable de gérer une société, surtout dans un secteur aussi spécialisé.

Zara, qui partageait la passion de sa tante pour le paysagisme, avait pourtant les compétences requises, suite à une formation qu'elle avait suivie avec succès. Malgré des discussions houleuses, elle avait tenu tête à ses parents. Elle avait refusé de vendre Magic Gardens et s'en occupait activement.

— C'est la solution idéale, insista-t-elle devant l'air dubitatif de Bee. J'ai besoin d'avoir une vie à moi.

— Bien sûr, mais je ne crois pas que c'est en épousant Sergios que tu y parviendras. Tu vas juste quitter une prison pour une autre. Tu verras qu'il aura autant d'exigences que tes parents. S'il te plaît, réfléchis bien. Il ne m'a inspiré aucune confiance quand je l'ai rencontré.

Quelques instants plus tard, Zara quitta la maison que Bee partageait avec sa mère invalide et reprit sa voiture. Bien sûr, se marier pour conquérir sa liberté pouvait sembler contradictoire. Cependant, étant lui-même chef d'entreprise, Sergios comprenait mieux que ses parents son désir de diriger sa société. Il serait bien plus tolérant qu'eux. D'autant plus qu'il serait ravi d'avoir une femme indépendante, qui n'exigerait pas de lui une attention constante.

Quant aux risques qu'elle tombe amoureuse d'un autre homme, ils étaient nuls. Elle était vaccinée. Autant faire un mariage de convenance qui lui vaudrait la reconnaissance de ses parents. De toute façon, l'amour rendait stupide.

A commencer par sa mère, qui acceptait sans broncher les infidélités de son mari, et bien pire encore. Ingrid, ancien mannequin suédois issu d'un milieu modeste, était éblouie par son mari et par le statut social qu'il lui avait donné en l'épousant. Elle lui pardonnait tout, même ses pires défauts. Or dans le privé, ces derniers étaient encore plus effrayants que ce que les gens pouvaient imaginer, songea Zara avec un frisson de dégoût.

Quelques instants plus tard, elle se gara devant le petit atelier qui abritait les locaux de Magic Gardens. Rob, son assistant, l'accueillit avec un sourire réjoui.

— J'étais sur le point de t'appeler. Nous avons un client potentiel. Un Italien. Il a vu l'un des jardins que ta tante a créés en Toscane et il a été très impressionné.

Zara fit la moue. Plusieurs personnes avaient renoncé à faire appel aux services de Magic Gardens en apprenant que ce n'était plus sa tante qui dirigeait la société.

— Tu lui as précisé qu'elle était décédée ?

— Bien sûr. Je lui ai expliqué que tu travaillais dans le même esprit qu'Edith mais avec une approche plus contemporaine. Il s'est montré encore plus intéressé et t'invite à te rendre sur place tous frais payés pour ébaucher un projet. D'après ce que j'ai compris, c'est un promoteur. Il vient de rénover une villa et il veut un jardin à la hauteur. Ça pourrait bien être le projet important et rémunérateur que tu attends !

Rob tendit à Zara le carnet sur lequel il avait pris des notes. Pour sauver les apparences, Zara y jeta un coup d'œil mais elle fut incapable de déchiffrer l'écriture de son collaborateur. Sa dyslexie lui posait des problèmes de lecture, plus importants encore avec les textes manuscrits.

— Excuse-moi, j'avais oublié…

Prenant conscience de sa bévue, Rob, à qui Zara avait

été obligée d'expliquer son problème, reprit son carnet et lui lut ses notes.

Elle l'écouta en s'efforçant de masquer son humiliation. Chaque fois qu'elle se trouvait dans ce genre de situation, elle était ramenée à l'époque où son père entrait dans des colères noires devant ses résultats scolaires et maudissait sa « stupidité ».

Elle avait fini par acquérir la conviction que son incapacité à lire et à écrire sans difficultés était due à des déficiences intellectuelles.

Mais très vite, son embarras fit place à l'enthousiasme. Rob avait raison ! Ce projet promettait d'être passionnant. Enfin une chance de donner la mesure de sa créativité ! En dehors des réalisations sur lesquelles elle avait travaillé en collaboration avec Edith, son expérience se limitait pour l'instant à l'aménagement de petits jardins de ville avec un budget limité.

Un projet ambitieux, c'était exactement ce qui manquait à son portfolio. Mené à bien, il donnerait un nouvel essor à Magic Gardens, qui ne serait plus aussi tributaire de la réputation de sa tante. Ce serait également l'occasion de prouver à ses parents qu'elle était capable de réussir. Ils cesseraient peut-être enfin de considérer son travail comme un hobby…

— Rappelle-le pour régler les détails de mon séjour, demanda-t-elle à Rob. Dis-lui que je suis prête à me rendre en Italie dès qu'il le souhaite.

Elle se rendit ensuite chez leurs deux clients du moment pour voir comment progressait l'aménagement de leur jardin. Chez l'un d'eux, tout se passait bien. Chez l'autre, les travaux étaient suspendus en raison d'un nœud de canalisations dont personne ne lui avait signalé l'existence.

Le temps d'apaiser le client et de trouver un entrepreneur disponible pour régler le problème, il était plus de 18 heures lorsqu'elle rentra chez elle, dans l'appartement qui lui était réservé dans la maison de ses parents.

Elle aurait préféré être plus indépendante, mais elle n'osait pas laisser sa mère seule avec son père. Monty Blake faisait un peu plus d'efforts pour réprimer ses colères quand sa fille se trouvait à portée de voix.

Dès qu'elle ouvrit la porte, Neige, sa petite lapine blanche, se précipita dans le hall pour l'accueillir. Elle la caressa longuement et lui donna à manger.

Quelques instants plus tard, Ingrid Blake, une femme très belle et très mince qui paraissait beaucoup plus jeune que ses quarante-trois ans, fit irruption dans l'appartement.

— Où étais-tu passée ? Je t'ai cherchée tout l'après-midi !

Au son de sa voix hargneuse, Neige courut se réfugier dans son clapier.

— Je suis passée à l'atelier et ensuite je suis allée voir des clients…

— Des clients ?

Ingrid eut une moue dédaigneuse.

— Quand vas-tu enfin cesser tes enfantillages, Zara ? Je te rappelle que tu te maries dans trois mois et qu'il y a une foule de détails à régler ! Les essayages, le traiteur, le fleuriste et j'en passe… Tu comptes attendre le dernier moment pour t'occuper de tout ça ?

— Je croyais que nous avions engagé une organisatrice de mariage.

— Ne te fais pas plus stupide que tu ne l'es, s'il te plaît ! Ce n'est pas elle qui va essayer la robe à ta place ! Et de toute façon, une future mariée se doit de prendre une part active à l'organisation de son mariage.

« Ne te fais pas plus stupide que tu ne l'es ! » Combien de fois avait-elle entendu ce commentaire méprisant pendant sa scolarité ? Toujours traumatisée par cette période qu'elle avait vécue comme un cauchemar, Zara répondit d'un ton vif :

— C'est davantage ton mariage que le mien !

Sa mère la foudroya du regard.

— Que veux-tu dire ?

— Que contrairement à toi, je ne suis pas passionnée par les préparatifs. Je ne veux pas être désagréable mais je me moque éperdument de savoir s'il vaut mieux choisir un voile incrusté de perles ou de cristaux, et combien d'étages doit comporter le gâteau. D'autant plus que Sergios n'attache aucune importance à ce genre de détails lui non plus. N'oublie pas que c'est son second mariage, ajouta Zara d'un ton plus conciliant.

Du calme. Mieux valait éviter de jeter de l'huile sur le feu…

Au milieu de la discussion, Rob téléphona pour lui demander quand elle était disponible pour partir en Italie et il la fit patienter pendant qu'il réservait un vol pour le surlendemain.

Trop impatiente pour attendre que Zara lui prête de nouveau toute son attention, Ingrid quitta l'appartement d'une démarche raide qui en disait long sur son indignation.

Zara poussa un soupir de soulagement. Du moins en Italie échapperait-elle à l'hystérie des préparatifs ! Si seulement sa mère n'était pas aussi obsédée par les apparences… Elle tenait à ce que le mariage de sa fille soit l'événement le plus fastueux et le plus commenté de la saison.

Comment pouvait-elle avoir aussi peu de points communs avec ses parents ? Alors qu'elle s'entendait si bien avec la sœur de son père !

Zara partageait avec sa tante Edith, sexagénaire célibataire, des goûts très simples, un solide sens pratique et la passion des jardins harmonieux. Quand sa tante avait disparu, quelques mois après l'accident de son frère, elle avait été dévastée. Edith n'avait jamais eu le moindre problème de santé. Sa mort soudaine due à une crise cardiaque avait été un choc terrible.

Pour prendre l'avion pour l'Italie, Zara mit une jupe et une veste en coton kaki, qu'elle associa à un T-shirt sable et à des chaussures plates. Elle releva son épaisse chevelure blonde en chignon et se contenta d'un maquillage léger. Mieux valait éviter de jouer les stars si elle voulait que son client la prenne au sérieux. Baptisée « la blonde évaporée » dès l'âge de quatorze ans, elle était bien placée pour savoir combien la première impression pouvait être fatale…

Un chauffeur l'attendait à l'aéroport de Pise. Confortablement installée à l'arrière d'un 4x4 climatisé, elle admira le paysage. La vue des collines boisées et des villages médiévaux l'apaisa et lui mit du baume au cœur après les reproches dont l'avait accablée sa mère, juste avant son départ. Furieuse d'apprendre qu'elle partait en Italie pour le week-end, Ingrid avait demandé d'un ton acerbe :

— Comment le prend ton fiancé ?

— Aucune idée. Je n'ai pas de nouvelles de lui depuis quinze jours, mais je lui ai laissé un message pour l'informer de mon absence, avait précisé Zara en s'exhortant au calme.

Sergios n'avait pas l'habitude de l'appeler régulièrement et elle ne s'en formalisait pas le moins du monde. Après tout, ils ne s'apprêtaient pas à faire un mariage d'amour !

Ingrid avait néanmoins éprouvé le besoin de prendre la défense de son futur gendre.

— S'il ne donne pas de nouvelles c'est parce qu'il est accaparé par ses affaires, figure-toi.

— Bien sûr. Et aussi parce qu'il n'éprouve pas le besoin d'avoir l'œil sur moi en permanence. Tu devrais prendre exemple sur lui, avait conseillé Zara. Il y a longtemps que je ne suis plus une gamine.

Ingrid avait eu une moue méprisante.

— Ça ne t'empêche pas d'être toujours aussi gourde. N'oublie pas les ennuis que t'a valus ton manque de jugement…

Tout en regardant défiler la campagne toscane, Zara sentit son cœur se serrer. Quand sa mère cesserait-elle de remuer le couteau dans la plaie ? Quatre ans après, elle ne s'était pas encore remise de l'humiliation que lui avait infligée Julian Hurst. Suite à cette trahison, elle était devenue si méfiante envers les hommes qu'elle n'avait plus jamais pris le risque d'être déçue ! Ce qui n'empêchait pas ses parents de lui rappeler cet épisode douloureux à la moindre occasion.

La voiture quitta la route pour un chemin qui montait à

flanc de colline. En apercevant la maison traditionnelle en pierres baignée par le soleil de fin d'après-midi, Zara laissa échapper une exclamation ravie. La villa était beaucoup plus grande qu'elle ne l'imaginait ! Et bien plus élégante… Concevoir un jardin pour une propriété aussi magnifique s'annonçait encore plus exaltant que prévu.

Alors que le chauffeur sortait son sac de la voiture, la porte de la villa s'ouvrit et une femme brune d'une trentaine d'années, vêtue d'un élégant tailleur, la salua.

— *Signorina* Blake ? Bienvenue à la villa di Sole. Mon nom est Catarina et je travaille pour *Signore* Roccanti. Il ne va pas tarder à arriver. Vous avez fait bon voyage ?

— Excellent, merci.

Zara suivit la jeune femme, qui lui fit faire le tour du propriétaire. Datant de plus d'un siècle et demi, la villa avait été rénovée de manière remarquable. Des cloisons avaient été abattues et de luxueuses salles de bains installées. Les sols en pierre naturelle, les nombreux placards astucieusement dissimulés, ainsi que les systèmes de chauffage et d'éclairage à la pointe de la technologie ajoutaient au luxe et au confort de cette demeure somptueuse, dont les pièces entièrement vides indiquaient qu'elle n'était pas encore habitée.

Tout en admirant la vue sur les collines couvertes de vignes et d'oliveraies, Zara interrogea Catarina sur l'aménagement du jardin, mais celle-ci ne sut pas répondre à ses questions.

— *Signore* Roccanti vous dira lui-même ce qu'il attend de vous. Il ne devrait pas tarder.

Au même instant, un bruit de moteur se fit entendre et la jeune femme disparut en murmurant des excuses. Quelques instants plus tard, Zara entendit un bruit de pas dans le hall. A la vue de l'homme qui s'encadra dans la porte, elle eut le souffle coupé. Epais cheveux noirs, nez aquilin, bouche sensuelle, yeux bruns pailletés d'or… Jamais elle n'avait vu un homme aussi séduisant.

— Excusez-moi de vous avoir fait attendre, *signorina*,

déclara-t-il en se rapprochant pour lui serrer la main. Une réunion qui a duré plus longtemps que prévu…

Fascinée par sa démarche souple, Zara ne parvenait pas à détacher ses yeux de sa silhouette à la fois fine et athlétique, mise en valeur par son costume gris impeccablement coupé.

C'était le genre d'homme qui devait attirer tous les regards, même au milieu d'une foule immense.

— Je vous en prie, répliqua-t-elle en s'efforçant de prendre un air détaché.

Au contact de ses longs doigts hâlés, elle fut parcourue d'un long frisson. Pourvu qu'il ne soit pas conscient de son trouble !

— Ainsi, vous êtes la nièce d'Edith. Excusez-moi pour cette remarque, mais vous ne lui ressemblez pas. Si je me souviens bien, elle était plutôt grande…

— Vous l'avez connue ? s'exclama Zara, interloquée.

— J'habitais chez mon oncle, au *palazzo* Barigo, à l'époque où elle a aménagé le parc.

A l'évocation de sa tante qu'elle aimait tant et qui lui avait tout appris, Zara oublia son trouble et un sourire ému éclaira son visage.

— Le parc du *palazzo* est devenu un classique, cité dans toutes les revues professionnelles.

Lorsqu'elle souriait, cette jolie femme devenait d'une beauté saisissante, nota Vitale. Il n'avait pas manqué non plus de remarquer que sa bague de fiançailles avait disparu, comme si ce n'était qu'un artifice qu'elle avait arboré pour les photos.

Les clichés étaient également en deçà de la vérité pour ce qui était du charme de Zara. Aucun flash ne pouvait rivaliser avec le soleil de Toscane qui allumait des étincelles dans ses cheveux blonds et accentuait l'éclat de ses grands yeux lavande, aussi superbes qu'originaux.

Certes. Mais il aimait les grandes brunes plantureuses, se rappela-t-il. Or elle était minuscule et très mince. Les courbes de sa silhouette étaient à peine perceptibles sous son T-shirt et sa jupe.

Ce qui ne l'empêchait pas d'être incroyablement féminine. Sa taille et ses chevilles étaient d'une finesse inouïe et elle avait une bouche étonnamment pulpeuse, qui ferait fantasmer n'importe quel homme normalement constitué…

S'efforçant d'ignorer la bouffée de désir qui l'assaillait, Vitale prit une profonde inspiration. Il ne s'attendait pas à ce qu'elle soit aussi attirante en chair et en os !

— Vous avez vu le jardin ?

— Non. Catarina me faisait visiter la maison quand vous êtes arrivé. Elle est très belle.

Vitale pressa un bouton. La baie vitrée qui donnait sur la terrasse coulissa et il invita Zara à le suivre dehors.

— Je voudrais que le jardin soit comme un prolongement de la maison, déclara-t-il.

— Je vois qu'il y a une piscine, commenta Zara en observant le vieux bassin qui trônait au milieu de l'herbe trop haute, visiblement délaissé depuis des années.

— Il faut la déplacer pour qu'elle soit moins en évidence.

Zara approuva d'un hochement de tête. La piscine était la bête noire des paysagistes. Elle préférerait la supprimer purement et simplement… Cependant, le terrain était suffisamment vaste pour trouver un endroit discret où elle serait masquée aux regards.

— Avant tout, il faut que je sache à qui est destinée cette maison. Doit-elle être habitée par une famille ?

— Il faut que le jardin soit adapté à tous les goûts et à tous les besoins.

Zara hocha de nouveau la tête. Bien sûr. Etant promoteur immobilier, il comptait sûrement vendre cette propriété et ne savait pas encore qui l'habiterait.

Elle commença à descendre le petit escalier de pierre usée qui séparait la terrasse du jardin, et trébucha. Le plus naturellement du monde, Vitale la prit par le coude, lui évitant de justesse une chute. Malgré tout, lorsqu'il la lâcha en bas des marches, elle était rouge de confusion et sa peau lui brûlait là où il l'avait touchée.

Déglutissant péniblement, elle s'efforça de se se reprendre et de se concentrer sur l'objet de sa visite. Elle devait prendre des mesures et vérifier tout un tas de détails, mais Vitale Roccanti n'était sûrement pas du genre à attendre patiemment qu'elle ait fini de prendre des notes. Même si elle aurait préféré se mettre au travail tout de suite, il valait mieux attendre sa prochaine visite.

Le jardin s'étendait jusqu'au bois voisin dans l'ombre duquel il se perdait, mais vers le sud la vue était à couper le souffle.

Enthousiasmée par la tâche qui l'attendait, elle se tourna vers Vitale, et fut électrisée par son regard pénétrant. Ces yeux bruns aux reflets dorés, bordés par de longs cils noirs, étaient redoutables… La gorge sèche, elle sentit son cœur s'affoler dans sa poitrine. Du calme ! se morigéna-t-elle. Julian aussi faisait battre son cœur… avant de le lui briser en lui infligeant la pire humiliation de sa vie.

— Quelle est la superficie du terrain ?

— Tout ce que vous avez sous les yeux fait partie de la propriété. C'était autrefois un domaine agricole important. Demain vous aurez un véhicule à votre disposition et vous pourrez explorer le terrain tout à loisir.

— Merci, ça me sera très utile.

— *Prego,* répliqua Vitale en l'invitant à regagner la maison.

Dans le hall, elle se baissa pour prendre son sac mais il la devança d'une fraction de seconde. Après avoir fermé la porte, il se dirigea vers la Lamborghini noire garée devant la maison, mit son sac à l'arrière et lui ouvrit la portière passager.

— Où vais-je loger ? demanda-t-elle en s'asseyant et en tirant nerveusement sur sa jupe qui remontait un peu trop haut.

— Chez moi. J'ai une ferme au pied de la colline. J'ai pensé que ce serait plus pratique pour vous.

Le regard irrésistiblement attiré par les genoux et les cuisses de Zara, Vitale s'efforça de chasser de son esprit les images hautement érotiques qui l'assaillaient. Pourtant, la fille de Blake était loin d'être l'aguicheuse qu'il imaginait. Non seulement elle ne tentait pas de flirter et ne gloussait pas sans arrêt, mais sa tenue très simple et son maquillage discret semblaient indiquer qu'elle n'attachait pas une importance démesurée à son apparence.

Que lui arrivait-il, bon sang ? Il avait des réactions d'homme en manque. Ce n'était pourtant pas le cas !

La vie sexuelle de Vitale était organisée avec la même efficacité que sa vie professionnelle. Il avait des maîtresses dans chaque ville d'Europe. Des femmes discrètes et sophistiquées, conscientes qu'il était inutile d'attendre le moindre engagement de sa part.

Pour lui, une relation satisfaisante était une relation exempte de sentiments. S'il avait réussi à reconstruire sa vie c'était en gardant ses distances avec les autres. Il n'attendait rien d'eux et ne leur faisait aucune confiance. C'était le meilleur moyen d'éviter les déceptions.

Il avait appris en particulier à ne pas s'attacher aux femmes. A quoi bon les aimer, puisqu'elles avaient une fâcheuse tendance à vous trahir ou bien à mourir ?

Ne rien ressentir pour personne était l'attitude la plus sage.

C'était ce credo qui lui avait permis d'échapper à la pauvreté extrême et de devenir milliardaire.

2

La ferme, un bâtiment de pierre ocre situé au bout d'un chemin qui s'enfonçait pendant plusieurs kilomètres dans les bois, était entourée par une oliveraie. Le feuillage vert argent des arbres miroitait sous les rayons du couchant.

— Très pittoresque, commenta Zara tout en se maudissant.

Elle avait suivi dans un endroit isolé un homme dont elle ne savait pratiquement rien ! Comment avait-elle pu commettre une telle imprudence ?

Alors qu'elle s'apprêtait à annoncer qu'elle avait changé d'avis et qu'elle préférait un hôtel en ville, une petite femme rondelette qui portait un tablier apparut sur le seuil avec un sourire accueillant.

— Ma gouvernante, Guiseppina, vient vous souhaiter la bienvenue. Faites attention, elle va sûrement essayer de vous faire prendre des kilos, plaisanta Vitale.

Zara ne fut pas entièrement rassurée par cette apparition. N'arrivait-il pas que certains meurtriers bénéficient d'une complicité féminine ?

— Je vais plutôt aller à l'hôtel, déclara-t-elle d'un ton crispé. J'assumerai les frais, bien sûr.

Stupéfait, Vitale resta un instant sans voix. D'ordinaire, les femmes avaient plutôt tendance à sauter sur la moindre occasion de se retrouver en tête à tête avec lui ! Mais de toute évidence, Zara Blake avait peur…

— Si vous préférez être seule, je peux loger dans mon appartement en ville le temps de votre séjour. Ça ne pose aucun problème, assura-t-il.

Désarçonnée par cette proposition, Zara s'empourpra. Allons bon, elle devait paraître ridicule. Si son hôte était prêt à lui laisser la maison, elle n'avait sûrement rien à craindre de lui.

— Non, ce n'est pas nécessaire. C'est juste que… je ne sais rien de vous à part que vous êtes promoteur immobilier.

— En réalité, je ne suis pas promoteur, confia Vitale d'un air faussement contrit.

— Ah bon ?

— Je suis banquier. La promotion de biens immobiliers n'est qu'un passe-temps pour moi.

— Oh…

De toute évidence, cette révélation n'intéressait pas particulièrement Zara. Pourquoi en était-il contrarié ? se demanda Vitale avec agacement. Etait-ce parce qu'il était habitué à ce que les femmes soient avides de connaître les moindres détails de sa vie ?

Mais Guiseppina, toujours très exubérante, occupait déjà le devant de la scène. Zara ne comprenait pas ce qu'elle disait et ne savait pas répondre à ses questions, mais ça ne l'empêchait pas de continuer à lui parler avec volubilité en italien.

Elle l'entraîna dans la maison et la conduisit au premier étage, dans une chambre dont les meubles de bois peint et le lit garni de draps de lin blanc offraient un décor exquis. Avec ses murs de brique et ses accessoires anciens, la salle de bains attenante avait le même charme rustique. Cependant, comme à la villa di Sole, elle était équipée de sanitaires à la pointe de la modernité, constata Zara avec satisfaction.

Des coups légers furent frappés à la porte et Vitale déposa son sac sur le plancher.

— Le dîner sera servi dans une heure et demie, sur la terrasse. J'espère que vous avez faim. J'amène si rarement des invités que Giuseppina nous a préparé un véritable festin.

Zara croisa le regard de Vitale, et l'éclat de ses yeux ambrés l'électrisa. Décidément, son hôte avait le don de déclencher en elle un trouble inquiétant… La barbe naissante qui recouvrait sa mâchoire ajoutait à la beauté diabolique de son visage et soulignait la sensualité de sa bouche. Etre embrassée par cet homme devait être une expérience inoubliable… Mais que lui prenait-il de penser une absurdité pareille ? Au comble de la confusion, Zara déglutit péniblement.

Tandis que Giuseppina quittait la pièce et descendait bruyamment l'escalier, Vitale continua de la fixer en silence.

— A tout à l'heure, finit-il par dire d'une voix rauque.

Elle tremblait de tout son corps, constata-t-elle quand la porte se referma derrière lui. Et elle avait horriblement chaud ! Elle se précipita dans la salle de bains pour s'asperger le visage d'eau froide. C'était la première fois qu'un homme lui faisait un tel effet… Même l'attirance qu'elle avait éprouvée pour Julian quand elle était adolescente lui paraissait dérisoire, tout à coup.

Elle se déshabilla pour prendre une douche. Que lui arrivait-il ? Elle croyait pourtant ne pas être particulièrement sensuelle. Certes, elle était prête à coucher avec Julian autrefois, mais c'était surtout parce qu'elle pensait que ça se faisait. Et puis elle avait découvert quelles étaient les véritables intentions de Julian… Elle était restée vierge, très malheureuse et vaccinée contre les hommes. En quoi Vitale Roccanti était-il différent des autres ?

Sa réaction était d'autant plus fâcheuse qu'elle devait se marier avec Sergios Demonides au mois d'août. D'accord, elle n'aimait pas son futur mari, qui ne l'aimait pas non plus. Mais cela ne l'empêchait pas de respecter l'engagement qu'elle avait pris envers lui. La loyauté et le respect étaient des valeurs qui comptaient pour elle. Serait-elle déphasée à cause du stress ? Ou bien étaient-ce les propos de Bee qui l'avaient déstabilisée ? Etait-ce parce que sa sœur lui avait demandé ce qu'elle ferait si elle tombait amoureuse après son mariage qu'elle était troublée par le premier homme séduisant qu'elle rencontrait ?

Peut-être était-elle plus anxieuse à la perspective de se marier qu'elle ne voulait bien se l'avouer. Et il fallait reconnaître que Vitale Roccanti était un homme *très* séduisant. Et peut-être marié… Après tout, rien ne prouvait qu'il ne l'était pas.

Zara sortit de la douche en s'efforçant d'ignorer le pincement au cœur qu'elle ressentait à cette pensée. De toute façon, même s'il n'était pas marié, ça ne signifiait pas pour autant qu'il était libre… Mais quelle importance, bon sang ? Elle se moquait éperdument de savoir si Vitale Roccanti était libre ou pas !

Quant à son prochain mariage avec Sergios, il ne regardait pas Vitale Roccanti. Malgré tout, c'était dommage que Sergios n'ait pas jugé utile de lui offrir une bague de fiançailles. La situation serait plus claire. Mais pourquoi se compliquait-elle la vie ? Irritée contre elle-même Zara soupira. Elle n'avait aucune raison de se sentir obligée d'informer Vitale qu'elle se mariait dans trois mois.

Après avoir dénoué son chignon et s'être brossé les cheveux, elle enfila la robe de cocktail qu'elle avait emportée à tout hasard et descendit au rez-de-chaussée. Deux bougies éclairaient la table dressée avec goût sous un vieux chêne. Prenant une profonde inspiration, elle franchit la porte qui donnait sur la terrasse.

Assis sur un muret un verre de vin à la main, Vitale parlait en italien au téléphone. Il avait troqué son costume contre un pantalon de toile beige et une chemise dont le col ouvert laissait entrevoir une fine toison brune. Rasé de près, les cheveux humides, il était sublime…

— Zara, murmura-t-il en raccrochant.

— J'ai longtemps détesté mon prénom, mais je suppose qu'en devenant adulte tout le monde éprouve plus ou moins la même chose.

Pourquoi racontait-elle ça ? se demanda-t-elle aussitôt. Ça n'avait aucun intérêt ! Mais c'était plus fort qu'elle. Elle était prête à dire n'importe quoi pour masquer son embarras.

— C'est pourtant un joli prénom.

Sous le regard pénétrant de Vitale, elle sentit ses joues s'enflammer. « Pour l'amour du ciel, essaie de te détendre ! » se morigéna-t-elle, exaspérée.

— Voulez-vous boire un verre de vin ? demanda-t-il en se levant.

Elle hocha la tête et le suivit des yeux, tandis qu'il se dirigeait vers la maison d'une démarche féline. Quelques instants plus tard, il revint avec un verre et lui avança une chaise. Au même instant, Giuseppina apparut avec un plat d'*antipasti* très appétissants. Après l'avoir posé sur la table, elle regarda tour à tour Vitale et Zara, les yeux brillants de curiosité et d'espoir.

— Elle estime qu'à vingt-neuf ans il est grand temps que je me marie et que je fonde une famille, commenta Vitale d'un ton malicieux. Elle n'arrête pas de me répéter que toutes les filles intéressantes seront bientôt prises.

Zara ne put s'empêcher de pouffer.

— Et c'est le cas ?

— Je ne sais pas. J'ai toujours évité les femmes qui rêvent de mariage.

Si elle était vraiment aussi honnête qu'elle voulait bien le croire, elle saisirait cette occasion de l'informer qu'elle-même devait justement se marier dans quelques mois, songea aussitôt Zara. Alors pourquoi ne parvenait-elle pas à s'y résoudre ? Et pourquoi Vitale venait-il de lui faire cette confidence ? Etait-il possible qu'il veuille la prévenir qu'il n'était disponible que pour une liaison éphémère ? Mais non, c'était une idée absurde.

De toute façon, il serait stupide de se laisser tenter par une aventure avec lui et elle n'avait pas l'intention de commettre cette erreur. Ignorant le regard surpris de Vitale, Zara sortit son bloc-notes de son sac et commença à l'interroger sur ses goûts et sur le budget qu'il comptait consacrer à l'aménagement du jardin de la villa.

Elle nota consciencieusement toutes ses réponses, ce qui ne l'empêcha pas de faire honneur aux plats succulents préparés par Giuseppina.

— Ce n'est pas exactement dans ces conditions que j'envisageais de dîner avec vous, confessa Vitale d'un air délibérément dépité.

Pourquoi ignorait-elle avec une telle détermination ses tentatives de flirt ? Mais sans doute savait-elle pertinemment que feindre l'indifférence était le meilleur moyen d'exciter l'intérêt de tout homme normalement constitué...

Toutefois, dîner avec une femme dotée d'un tel appétit était un vrai plaisir. La gourmandise avec laquelle elle dégustait l'excellente cuisine de Guiseppina était mille fois plus séduisante que la hantise des calories manifestée par les femmes qu'il fréquentait d'ordinaire.

— Vous pourrez travailler demain, déclara-t-il. Profitez de cette soirée pour vous détendre.

— Je ne suis ici que pour deux jours, répliqua Zara, tandis que Giuseppina découpait la tarte au citron qu'elle venait d'apporter. Je préfère ne pas perdre de temps. D'autant plus que si j'en ai le temps et la possibilité, j'aimerais visiter le parc du *palazzo* Barigo, dessiné par ma tante.

— Vous ne l'avez jamais vu ?

— Non, je ne suis jamais allée dans cette région. Mes parents ne passent jamais leurs vacances à la campagne.

Zara réprima une petite moue de dérision. A qui sa mère pourrait-elle y faire admirer ses tenues haute-couture ?

— Un jour j'ai demandé à ma tante si elle aimerait revoir son œuvre. Elle m'a répondu que les jardins changeaient avec le temps et qu'elle préférait ne pas altérer le souvenir qu'elle en gardait.

— Si j'arrive à organiser ça avant votre départ, je vous emmènerai au *palazzo* Barigo, proposa Vitale en prenant la bouteille de vin pour la resservir.

— Non merci, dit-elle aussitôt en posant la main sur son verre. J'ai tendance à rire bêtement quand j'ai trop bu, alors je préfère éviter.

Vitale s'abstint de tout commentaire. Pas de doute, elle gardait résolument ses distances. Cependant, ses regards admiratifs ne lui avaient pas échappé. Même si elle s'efforçait de le cacher, elle était très attirée par lui… A cette pensée, il fut submergé par une bouffée de désir d'une intensité inhabituelle.

Ayant beaucoup voyagé l'un et l'autre, ils échangèrent des anecdotes amusantes et découvrirent qu'ils partageaient le même humour.

Vitale parlait beaucoup avec les mains, constata Zara, fascinée par l'élégance de ses gestes et la finesse de ses doigts. A un moment, leurs regards se croisèrent et elle crut que son cœur s'arrêtait de battre. Prenant une profonde inspiration, elle s'efforça de maîtriser son trouble. D'accord, Vitale était irrésistible. Mais ce n'était pas une raison pour renoncer à la prudence la plus élémentaire. Au contraire. Après son fiasco avec Julian elle s'était juré de ne plus jamais renouveler ce genre d'erreur. Et elle avait bien l'intention de se tenir à cette résolution.

— J'espère que vous n'allez pas me trouver impolie mais j'ai eu plusieurs nuits très courtes cette semaine. J'aimerais aller me coucher maintenant afin de pouvoir me lever tôt demain matin, déclara-t-elle avec un sourire contrit.

Vitale se leva aussitôt, sans émettre la moindre objection. Elle se sentit soudain ridicule. S'il l'avait invitée à dîner c'était peut-être uniquement par courtoisie. Tous les hommes n'avaient pas forcément envie de lui sauter dessus…

Au pied de l'escalier, elle hésita. En réalité, elle n'avait aucune envie de le quitter si tôt… Décidément, elle était pathétique !

— Vous verrai-je demain ? demanda-t-elle d'une voix mal assurée.

— Ça m'étonnerait. Je partirai vers 6 heures.

Conscient de l'indécision de Zara, Vitale devait faire des efforts pour résister à l'envie de la prendre dans ses bras. Plongeant un regard brûlant dans le sien, il murmura d'une voix rauque :

— Mais avant de nous séparer, *cara mia*…

Il lui prit le poignet et l'attira vers lui. A la fois électrisée et consternée, elle le repoussa fermement des deux mains en s'efforçant d'ignorer la chaleur qui se dégageait de son corps.

— Non. Je ne sais pas ce que vous vous imaginez mais ce n'est pas pour cela que je suis ici.

Il arqua un sourcil ironique.

— Vraiment ?

— Vous avez une très haute opinion de vous-même, n'est-ce pas ? lança-t-elle, piquée au vif.

De toute évidence, il s'attendait à ce qu'elle lui tombe dans les bras sans opposer la moindre résistance ! Et malheureusement, il n'était pas le premier homme à la prendre pour une fille facile… Eh bien, il se trompait !

Une étincelle de colère jaillit furtivement dans les yeux de Vitale.

— Désolé. J'ai peut-être mal interprété la situation…

— En effet ! Je vous suis reconnaissante pour votre hospitalité et j'ai apprécié votre compagnie mais ça ne va pas plus loin. Bonne nuit.

Zara s'empressa de monter l'escalier et courut se réfugier dans sa chambre. Après avoir refermé la porte elle s'y adossa, les joues en feu et le souffle court. Quelle hypocrite ! Malheureusement, il ne s'était pas trompé du tout… Il avait compris qu'elle le trouvait très attirant et il avait tenté sa chance.

Contrairement à ce qu'elle croyait, elle était loin d'être vaccinée contre les hommes. Et certainement pas contre Vitale Roccanti ! Mais cette découverte ne pouvait pas tomber plus mal ! Pourquoi fallait-il que ça lui arrive au moment où elle venait de se fiancer ? Même si c'était un mariage de convenance qu'elle s'apprêtait à faire, elle ne pouvait s'empêcher de se sentir coupable.

Allongée dans son lit, Zara s'efforça de retrouver son calme en contemplant le croissant de lune, qui brillait à travers les rideaux. Vitale exerçait sur elle une attirance redoutable, mais après tout elle avait résisté à la tentation. Désormais elle serait encore davantage sur ses gardes, si bien qu'elle risquerait encore moins d'y succomber.

Certes. Mais pourquoi ne lui avait-elle pas tout simplement dit qu'elle se mariait dans quelques mois ?

3

Furieuse contre elle-même, Zara se tourna et se retourna dans son lit pendant une grande partie de la nuit. Elle finit malgré tout par s'endormir et se réveilla dans une chambre baignée par la lumière du jour, qui filtrait à travers les rideaux.

Giuseppina lui servit le petit déjeuner sur la terrasse. Pêches, café au lait, pain frais et miel. Les oiseaux chantaient, les abeilles bourdonnaient et le soleil inondait la vallée en contrebas de la maison. C'était une matinée radieuse à savourer en se réjouissant d'être en vie au lieu de broyer du noir. Un Italien séduisant lui avait fait des avances. Et alors ? Pourquoi s'en rendrait-elle malade ? Elle le trouvait terriblement attirant ? Ça prouvait simplement qu'elle était humaine. Ce qui après tout, était plutôt une bonne nouvelle, non ?

Giuseppina lui donna les clés de la villa et de la camionnette garée devant la maison. A cette heure de la matinée, le jardin de la villa était un merveilleux havre de paix. Profitant de la fraîcheur relative de l'air, elle prit toutes les mesures dont elle avait besoin, puis elle s'assit sur une chaise en fer forgé à l'ombre de la maison pour faire quelques esquisses préliminaires.

Une fois choisi l'emplacement le plus propice pour la piscine, elle donna libre cours à son imagination. Les parterres géométriques bordés de buis qui occupaient le devant de la maison manquaient d'âme, décida-t-elle. Il fallait quelque chose de plus original et plus doux.

Elle était si absorbée dans son travail qu'elle n'entendit pas la voiture qui arrivait. Quelques instants plus tard, un bruit de porte à l'intérieur de la maison la fit tressaillir.

Vitale apparut, vêtu d'un pantalon de toile et d'un polo, un sweat-shirt négligemment noué sur les épaules. Elle se leva, le cœur battant à se rompre et la gorge sèche.

— Bonjour, vous n'avez pas trop faim ? demanda-t-il. Il est largement l'heure du déjeuner, déclara-t-il.

Zara consulta sa montre pour la première fois depuis son arrivée à la villa. L'après-midi était déjà bien avancé, constata-t-elle avec stupéfaction. Et à vrai dire, elle avait très faim…

— J'ai perdu la notion du temps.

Vitale la rejoignit et jeta un coup d'œil curieux aux esquisses qu'elle était en train de ramasser.

— Avez-vous déjà quelque chose à me montrer ?

— Avant de soumettre une proposition, je préfère attendre d'avoir complètement terminé l'avant-projet, déclara-t-elle, habituée à tempérer l'impatience des clients.

Vitale l'étudia à travers ses cils. Même sans la moindre trace de maquillage et vêtue d'un jean et d'une chemise ample, elle était d'une beauté saisissante. Des mèches blondes échappées de sa barrette bouclaient sur ses pommettes. Ses yeux lavande étaient immenses et sa bouche pulpeuse plus tentante que jamais…

Transpercé par un éclair de désir, il serra les dents. Elle paraissait très jeune et incroyablement candide. Sauf qu'une rumeur avait couru plusieurs années auparavant… Monty Blake aurait payé une fortune pour la destruction de photos pornographiques prises par un petit ami de sa fille encore adolescente. Alors pas question de s'attendrir sur son air innocent.

Embarrassée par le regard scrutateur de Vitale, Zara rangea son carnet de croquis et ses crayons. Le coton épais de sa chemise frottait contre les pointes durcies de ses seins.

Comme souvent quand il faisait chaud, elle n'avait pas mis de soutien-gorge. Grave erreur, étant donné l'effet que lui faisait Vitale…

— Je vous emmène au *palazzo* Barigo, annonça-t-il, tandis qu'ils faisaient le tour de la maison.

Le jardin d'Edith ! Il l'emmenait voir le jardin d'Edith ! Zara faillit pousser un cri de joie. Un sourire ravi aux lèvres, elle se tourna vers Vitale, les yeux brillants.

— Fantastique. Il est donc ouvert au public ?

— En principe, non.

— Bien sûr. Vous avez dit qu'il appartenait à votre oncle, se souvint-elle.

Si elle y était allée seule, on ne l'aurait sans doute pas autorisée à entrer dans la propriété.

— Merci infiniment. Dois-je me changer ou bien puis-je rester comme je suis ? Je n'ai pas pris beaucoup de vêtements. J'aime voyager léger.

— Il n'y a que le personnel au palais en ce moment. Vous pouvez venir comme vous êtes.

— Qu'allons-nous faire de la camionnette avec laquelle je suis venue ici ?

— Quelqu'un viendra la chercher plus tard.

Le *palazzo* Barigo se trouvait à un peu plus d'une heure de voiture. Zara profita du trajet pour questionner Vitale sur différentes sortes de pierres, puis elle évoqua la nécessité de faire appel à un spécialiste en éclairage extérieur. Il était plus silencieux et distant que la veille, constata-t-elle très vite. Avait-il été vexé qu'elle le repousse ? Non, elle se faisait sans doute des idées. Malgré tout, il semblait assez tendu…

— Qu'avez-vous fait ce matin ? demanda-t-elle après avoir épuisé tous les autres sujets.

— Je suis allé au bureau.

— Vous travaillez souvent le week-end ?

— J'étais à New York la semaine dernière. Le travail s'est accumulé pendant mon absence.

— Cette région est splendide. Je comprends qu'elle ait inspiré Edith.

— Vous êtes toujours aussi bavarde ?

Vitale soupira. Le paysage qui suscitait l'admiration de sa passagère lui était malheureusement familier. Il avait l'impression de remonter le temps. Or les souvenirs associés au *palazzo* étaient tous très douloureux. Ce qui ne l'avait pas empêché de prendre, deux ans plus tôt, une décision qui lui interdisait tout espoir d'échapper un jour à ce passé.

Zara s'empourpra. Oui, elle était bavarde. Et ses sujets de conversation n'étaient pas particulièrement intellectuels. Sans doute Vitale la trouvait-il ennuyeuse. A cette pensée, son cœur se serra. Mais quelle importance ? se dit-elle aussitôt avec agacement. Ce n'était pas son petit ami. Il n'était rien pour elle et elle se moquait éperdument de son opinion.

— Excusez-moi, je n'aurais pas dû dire ça. C'était discourtois de ma part, reprit Vitale d'une voix apaisante.

Il quitta la route et franchit un passage voûté en pierre, orné d'une urne grecque.

— J'ai eu une matinée éprouvante mais ce n'est pas une raison pour passer ma mauvaise humeur sur vous. D'autant plus que j'apprécie beaucoup votre compagnie.

Comment le croire ? Il disait ça par politesse, bien sûr. Une fois la voiture arrêtée, Zara descendit en disant d'un ton crispé :

— S'il n'y a personne ici à part le personnel, vous pouvez très bien me laisser visiter le jardin toute seule et revenir me chercher dans une heure. Ne vous sentez pas obligé de m'accompagner…

— Ce n'est pas une obligation mais un plaisir, *angelina mia,* coupa Vitale en enlevant ses lunettes de soleil pour plonger son regard dans le sien. Pourquoi croyez-vous que je vous ai proposé cette sortie ?

Zara se détendit. Rien ne l'obligeait à organiser cette sortie, en effet. S'il ne la supportait pas, il n'aurait pas pris cette peine.

— Excusez-moi. Je ne suis pas à l'aise avec les hommes lunatiques. Ils me rendent nerveuse.

— Je ne suis pas lunatique du tout.

Zara réprima une moue dubitative. Sur ce point, elle avait un peu de mal à le croire. Peut-être n'était-il pas exactement d'humeur changeante, mais il avait de toute évidence une très forte personnalité. Nul doute qu'il pouvait être aussi inflexible, dur et individualiste que charmant. Comment pouvait-elle en être aussi certaine, alors qu'elle ne l'avait rencontré que la veille ? Elle n'en avait aucune idée. Elle en était juste certaine.

Par ailleurs, la lueur inquiète qui brillait dans ses yeux indiquait que contrairement à ce qu'elle croyait, il ne voyait pas en elle qu'une proie sexuelle comme beaucoup d'hommes qu'elle avait rencontrés. Il était visiblement contrarié de l'avoir blessée et anxieux de l'apaiser. Et cette idée était très réjouissante.

Vitale prit le panier-repas que Giuseppe leur avait préparé, tendit une couverture en coton à Zara, puis la prit par la main.

— Cherchons un endroit où pique-niquer.

— La cerisaie, suggéra-t-elle, impatiente de découvrir l'œuvre de sa tante, qu'elle avait si souvent étudiée sur le papier.

Dans la chaleur de l'après-midi, ils suivirent des allées de gravier. Quarante ans après sa création, le parc restait un témoignage éclatant du talent d'Edith.

— Le jardin a été replanté, commenta-t-elle aussi surprise que ravie.

Elle ne s'attendait pas à le trouver aussi bien entretenu. Elle craignait même que le travail de sa tante ait été estompé par une croissance incontrôlée de la végétation.

— Oui, il y a dix-huit mois, répliqua Vitale d'un ton crispé.

Voir Zara devant ce grand if lui rappelait sa sœur… Il revoyait Loredana poser dans cette même allée, dans une robe de soie écarlate, devant l'objectif d'un photographe de mode. Son beau visage exprimait la froideur un peu hautaine propre aux mannequins. Seul le pétillement de son regard trahissait son humeur joyeuse.

— A une époque, la maison et le parc étaient ouverts aux visites.

— Et aujourd'hui, plus du tout ?

— Le propriétaire tient à préserver sa vie privée.

— C'est un peu égoïste de posséder un endroit aussi beau et de refuser de le partager avec les autres, commenta Zara en promenant autour d'elle un regard émerveillé.

Ignorant ce commentaire, Vitale la regarda grimper sur un banc de pierre pour avoir une vue d'ensemble de la propriété.

— C'est le temple qui se trouve au sommet de la colline qui offre le meilleur point de vue, déclara-t-il.

Zara plissa le front.

— Il n'y avait pas de temple dans le projet original.

— Le propriétaire a peut-être pensé qu'il pouvait en ajouter un sans détruire l'harmonie de l'ensemble.

Zara se mordit la lèvre. Il y avait une pointe de sarcasme manifeste dans la voix de Vitale. Il avait pris sa remarque pour une critique, et il n'avait pas tort…

— Il a eu raison, s'empressa-t-elle de déclarer. Je trouve fantastique qu'il apprécie assez le parc pour l'entretenir et préserver son avenir.

Amusé, Vitale lui lança un regard aigu. Elle mentait terriblement mal. En fait, elle avait l'ingénuité d'une enfant. Elle parlait et agissait avec une spontanéité rafraîchissante. Et elle n'avait aucune patience… Il la regarda partir devant en sautillant, silhouette minuscule et cheveux platine étincelants sous les rayons du soleil.

Lorsqu'il l'avait vue en photo, il avait pensé qu'elle se teignait les cheveux. Mais de toute évidence, sa blondeur était naturelle et parfaitement en harmonie avec son teint pâle et ses yeux lavande, si originaux. Pour approfondir la question, il faudrait lui enlever ses vêtements. Ce qu'il était impatient de faire… A un point qu'il n'aurait jamais imaginé !

Il ne s'attendait pas du tout à ce que la fille de Monty Blake ait un charme aussi particulier. Même dans ce jean et cette chemise ample qui n'avaient rien de sexy, sa féminité et sa spontanéité déconcertante la rendaient incroyablement attirante. Il y avait des années qu'il n'avait pas ressenti un désir aussi irrépressible pour une femme. Or il se serait bien passé de ce genre de surprise. Avec les femmes, il valait mieux rester maître de la situation en toutes circonstances…

Au-delà d'une grande allée bordée de cyprès, d'où l'on apercevait un village pittoresque perché au sommet d'une colline, le jardin devenait moins classique. Un chemin sinueux aboutissait à la cerisaie, où l'herbe luxuriante était parsemée de fleurs sauvages. Zara hésita à y étaler la couverture. Ecraser ces fleurs serait un sacrilège…

Dénué de ce genre de scrupules, Vitale lui prit la couverture des mains. Avait-elle choisi cet endroit isolé dans l'espoir que ça l'inciterait à renouveler ses avances de la veille ? se demanda-t-il. Si oui, elle allait être déçue… Il n'était pas question qu'il perde le sang-froid qui faisait sa réputation pour batifoler dans l'herbe comme un adolescent frustré !

A genoux sur la couverture, Zara avait déjà entrepris de vider le panier.

— J'ai une faim de loup, annonça-t-elle avec une mine gourmande.

Vitale fut assailli par une nouvelle bouffée de désir. Bon sang, ce qu'elle était sexy ! Après tout, si flirter dans l'herbe lui permettait de l'attirer plus facilement dans son lit, pourquoi pas ? Il servit deux verres de vin blanc glacé pendant qu'elle disposait sur la couverture deux assiettes et divers bols contenants des tranches de *prosciutto*, de la *frittata* aux épinards, une salade de tomates et mozzarella, et des pâtes aux fleurs de courgette.

— Giuseppina est un véritable cordon-bleu, commenta-t-elle en attaquant sans plus de cérémonie la frittata avant de boire une gorgée de vin.

— Je ne l'ai engagée que tout récemment. Moi-même je me débrouille assez bien.

— Pour ma part, je sais tout juste faire griller du pain ! Ma grande sœur Bee essaie régulièrement de m'apprendre à cuisiner, mais je ne suis vraiment pas douée.

— Je ne savais pas que vous aviez une sœur.

Zara se débarrassa de ses chaussures et allongea les jambes, appuyée sur un coude, avant de dévorer un morceau de jambon et une généreuse portion de salade avec un plaisir non dissimulé.

— Papa a eu trois filles, de deux épouses et d'une maîtresse. Il est un peu coureur…

— Est-il toujours marié à votre mère ?

— Oui, mais ça ne l'empêche pas d'aller voir ailleurs. De son côté, elle ferme les yeux.

Zara se mordit la lèvre.

— Je ne sais pas pourquoi je vous raconte ça. C'est très personnel.

— De toute évidence, cette situation vous déplaît.

En effet, elle avait beaucoup de mal à comprendre l'indulgence de sa mère, reconnut Zara intérieurement. Des années plus tôt, Edith lui avait conseillé gentiment de ne pas se mêler de la vie de ses parents en lui expliquant que certains adultes étaient prêts à faire des compromis pour préserver leur mariage.

— C'est vrai. J'attache beaucoup d'importance à la fidélité, déclara-t-elle.

Vitale faillit s'esclaffer. Si elle était vraiment sincère, pourquoi ne lui avait-elle pas précisé hier soir qu'elle se mariait dans quelques mois ? Une preuve de plus qu'il ne fallait jamais faire confiance aux femmes !

Les joues en feu, Zara s'efforçait de masquer son embarras. La fidélité était très importante pour elle, et pourtant elle avait accepté d'épouser un homme qui n'avait aucune intention de lui être fidèle… Et si Bee avait raison ? Et si elle était sur le point de commettre la plus grosse erreur de sa vie ?

Mais il était vrai que son mariage avec Sergios ne serait pas un « vrai » mariage, se dit-elle pour se rassurer. La fidélité était importante quand il y avait de l'amour… Mais épouser un homme qu'on n'aimait pas, était-ce vraiment une bonne idée ? En proie au doute, Zara vida son verre de vin d'un trait et ne protesta pas quand Vitale le remplit aussitôt.

— Et vous qu'en pensez-vous ? ne put-elle s'empêcher de lui demander.

C'était idiot, mais elle était très curieuse de connaître son point de vue sur la question…

— Je pense que la discussion prend un tour beaucoup trop sérieux pour une aussi belle journée.

Elle lui jeta un regard perplexe. Etait-ce une manière habile d'éviter un sujet qui prêtait à la controverse ? Elle qui parlait toujours à tort et à travers et commettait sans arrêt des gaffes, elle ferait bien d'en prendre de la graine… Néanmoins, elle mettait l'honnêteté au-dessus de tout et elle tenait à le faire savoir. Même si certaines personnes considéraient son amour de la franchise comme un signe d'immaturité.

— Je ne pourrais jamais pardonner un mensonge ou une infidélité, insista-t-elle avant de boire une gorgée de vin.

Fasciné malgré lui, Vitale ne se lassait pas d'admirer ses cheveux blonds incendiés par le soleil, ses yeux lavande et sa bouche gourmande. S'il était un homme sensible, elle pourrait bien s'avérer dangereuse. Elle était vraiment d'une beauté inouïe… Et son sourire radieux exprimait une joie de vivre qui la rendait encore plus attirante. Heureusement pour lui, il en fallait beaucoup plus que ça pour l'émouvoir. D'autant plus qu'il savait exactement de qui elle était la fille…

Sans l'avoir décidé, il se pencha soudain sur elle et pressa ses lèvres contre les siennes. Loin de protester, elle referma les mains sur ses épaules en laissant échapper un petit gémissement. Il approfondit son baiser avec fougue et elle enfonça les doigts dans ses cheveux soyeux tout en lui répondant avec une ardeur égale à la sienne. Sans interrompre la joute sensuelle de leurs langues, il la renversa sur le dos et glissa une cuisse entre les siennes.

Zara se raidit, prête à repousser Vitale comme elle l'aurait fait avec n'importe quel autre homme. Mais ce réflexe fut aussitôt freiné par le feu qui courait dans ses veines.

— Tu es délicieuse, murmura-t-il d'une voix rauque contre ses lèvres. Absolument délicieuse, *angelina mia*.

Il parlait trop. Elle n'avait pas envie qu'il lui parle mais qu'il l'embrasse… Elle l'incita à reprendre sa bouche et il s'exécuta avec une passion qui acheva de l'embraser tout entière. Glissant une main sous sa chemise, il la referma sur un sein nu et en pinça la pointe hérissée entre ses doigts. La flèche acérée de plaisir et de désir mêlés qui la transperça l'arracha brusquement à la brume de sensualité dans laquelle Vitale l'avait plongée.

Elle rouvrit les yeux, aperçut les arbres par-dessus son épaule, se rappela où elle se trouvait.

— Non ! s'écria-t-elle, horrifiée, en le repoussant avec force.

Il s'écarta d'elle, hébété. *Dio mio !* Que lui avait-il pris ? Ils étaient dehors, bon sang ! En plein jour ! Mais bon, il se serait ressaisi avant de les choses aillent trop loin… Du moins il fallait l'espérer. Cette fille était un bâton de dynamite ! Le souffle court, Vitale s'efforça de surmonter sa frustration. Une femme capable de lui faire perdre la tête à ce point devrait être accompagnée d'une notice de mise en garde… Il avait dangereusement sous-estimé son pouvoir d'attraction. Erreur qu'il n'était pas près de renouveler.

— Je suis désolée.

Au comble de l'embarras, Zara crispait les doigts sur la couverture.

— Excusez-moi d'avoir été aussi brusque, mais quelqu'un aurait pu venir…

Il devait la prendre pour une hystérique… Après tout, il s'était contenté de l'embrasser et de lui caresser le sein. Et elle avait réagi comme s'il s'apprêtait à la violer !

— Non, c'est moi qui te dois des excuses, déclara-t-il d'un ton apaisant en lui prenant la main. Je n'ai pas réfléchi.

Il réprima une moue de dérision. Etait-ce bien lui, Vitale Roccanti qui venait de faire cet aveu ? Lui qui, avec la patience et la ruse d'un machiavel, planifiait avec soin chacune de ses actions depuis l'âge de treize ans ?

Zara fut submergée par un immense soulagement. L'expérience lui avait appris que tous les hommes n'étaient pas aussi magnanimes après avoir été repoussés…

D'un accord tacite, ils rangèrent le pique-nique, puis reprirent la direction de la voiture. Elle avait à peine vu le parc, mais pour l'instant ce n'était pas sa principale préoccupation. Les pensées qui se bousculaient dans son esprit n'avaient qu'un seul objet. Vitale Roccanti.

Etait-ce cela qu'on appelait une tocade ? Ou bien cet élan qui la poussait vers lui était-il tout autre chose ? Serait-elle en train de tomber amoureuse de lui ? Etait-il ridicule de se poser cette question ? Comment le savoir ? Julian avait été son premier amour, et pourtant elle n'avait jamais éprouvé pour lui une attirance aussi irrésistible. Mais il était vrai qu'elle était encore très jeune, à l'époque…

Alors qu'elle s'apprêtait à monter en voiture, un jardinier qui taillait une haie salua Vitale d'un signe de la main. Les employés de son oncle le connaissaient, bien sûr, songea-t-elle alors qu'il répondait par un bref hochement de tête. Ses cheveux étaient tout ébouriffés et c'était parce qu'elle y avait enfoncé les doigts… Un long frisson la parcourut. Au même instant, il se tourna vers elle et plongea son regard dans le sien. Comme s'ils étaient seuls au monde… Elle sentit son cœur se gonfler de joie. A quoi bon se torturer l'esprit ? Il valait beaucoup mieux arrêter de se poser des questions et savourer l'instant présent.

Tandis qu'il démarrait, elle se laissa aller contre le dossier de son siège, songeuse et un peu étourdie par la chaleur, le vin et le désir.

— Tu es bien silencieuse, murmura-t-il au bout de quelques kilomètres.

— Je pensais que c'était ce que vous… tu voulais.

Il lui prit brièvement la main.

— Non. Ton bavardage me manque, *angelina mia*.

Le cœur de Zara se mit à battre la chamade. Après tout, il était tout à fait possible de rompre des fiançailles et d'annuler un mariage… A cette pensée, son sentiment de culpabilité s'atténua un peu. Elle n'avait jamais eu l'intention de tromper l'un ou l'autre des deux hommes, mais il était trop tard pour informer Vitale qu'elle était censée se marier dans quelques mois…

Elle se tortilla sur son siège, mal à l'aise malgré elle. Si elle avait été honnête, elle l'aurait averti depuis longtemps. Bien avant le premier baiser, en tout cas… A présent, elle n'avait plus d'autre choix que de se taire. L'idée qu'il pourrait avoir une mauvaise opinion d'elle était trop insupportable.

Perdue dans ses pensées, elle trouva le trajet de retour très court.

— Je n'ai même pas visité correctement le jardin d'Edith, dit-elle avec une pointe de regret alors qu'ils pénétraient dans le hall de la maison.

— Un jour, nous y retournerons.

Pourquoi cette promesse ? se demanda aussitôt Vitale. Il avait perdu l'esprit !

— Je m'en vais demain, rappela Zara avec une mine attristée.

Il enveloppa son beau visage d'un regard admiratif et lui caressa la joue en murmurant :

— Détache tes cheveux.

Electrisée par la lueur qui brillait dans ses yeux aux reflets d'or, Zara fut envahie par une vive chaleur.

— Pourquoi ?

— J'aime tes cheveux… leur couleur, leur douceur.

Comme dans un rêve, Zara leva la main et enleva sa

barrette. Se penchant sur elle, il plongea les doigts dans ses cheveux et les fit bouffer sur ses épaules.

— Même leur parfum me plaît, avoua-t-il, assailli par des effluves vanillés déjà familiers.

Comme il était beau… C'était l'homme le plus beau qu'elle avait jamais rencontré. Et de toute évidence, il était très attiré par elle. Grisée par cette pensée, Zara déglutit péniblement. Oubliant ses scrupules, elle se hissa sur la pointe des pieds et, comme si elle était libre comme l'air, déposa un baiser sur sa bouche.

Tout en lui rendant son baiser, il la souleva de terre et la porta à l'étage.

4

Lorsque les lèvres de Vitale se détachèrent des siennes, Zara reprit conscience du monde environnant et constata qu'elle était allongée sur un lit dans une chambre inconnue.

Plus vaste et plus masculine que la sienne, décorée dans des nuances d'ocre. Soudain assaillie par un souvenir glaçant, elle se figea. La dernière fois qu'elle s'était trouvée seule dans une chambre avec un homme, elle était à moitié nue et menottée aux barreaux de la tête de lit ! Et c'était à cause de cette expérience effroyable qu'elle était toujours vierge à vingt-deux ans…

Pâle comme un linge, elle regarda Vitale avec anxiété. Elle l'avait embrassé et encouragé… de son plein gré. Sans être cette fois sous l'influence de l'alcool.

— Qu'est-ce qui ne va pas ?

La chemise à moitié déboutonnée sur un torse puissant recouvert d'une fine toison brune, Vitale s'était immobilisé et la considérait d'un air perplexe.

Sa nervosité ne lui avait pas échappé, comprit-elle, consternée. Les joues en feu, elle s'efforça de chasser de son esprit le souvenir de la trahison qui lui faisait fuir les hommes depuis des années. Vitale n'était pas un maître-chanteur. Il n'allait pas brandir un appareil photo… du moins il fallait l'espérer. Mais non, il n'y avait aucun risque. C'était un homme puissant et fortuné qui n'avait aucune raison de se servir d'elle pour obtenir de l'argent.

— Rien... Ce n'est pas toi, répondit-elle, embarrassée. C'est juste que j'ai eu une expérience... très désagréable.

— Si tu veux changer d'avis, je comprendrai.

Profondément touchée, Zara sentit sa gorge se nouer. Quelle délicatesse ! Il ne pensait pas qu'à son propre plaisir. Ce qu'elle ressentait était important pour lui. Alors que Julian, malgré ses grandes déclarations s'était toujours moqué éperdument de ce qu'elle pouvait éprouver. Pour lui elle n'était qu'un moyen d'atteindre son but. Soutirer de l'argent à son père...

Relevant le menton, elle enleva ses chaussures avec détermination. Il était temps de surmonter le traumatisme que lui avait infligé Julian Hurst. Il était temps de reconnaître que tous les hommes n'étaient aussi manipulateurs que lui.

— Je reste, déclara-t-elle d'une voix mal assurée.

Vingt-deux ans et toujours vierge... Mais pas question de l'avouer. Elle avait lu quelque part que les hommes ne faisaient pas la différence. Il fallait juste qu'elle parvienne à dissimuler son trac. Avec un peu de chance, il ne devinerait pas à quel point elle était inexpérimentée.

Vitale enleva sa chemise. Il aurait bien aimé assurer à Zara Blake qu'elle ne regretterait pas sa décision, mais il savait que ce n'était pas vrai. Or il n'avait jamais été hypocrite. De toute façon, une aventure d'une nuit de plus ou de moins, quelle importance pour une femme aussi expérimentée ? Malheureusement, il ne pouvait s'empêcher d'avoir des scrupules. D'où lui venait cette soudaine crise de conscience ? Il était pourtant déterminé à venger sa sœur par tous les moyens. Alors pourquoi se sentait-il coupable ?

Comment une petite blonde aux allures de lutin pouvait-elle ébranler sa résolution et faire naître le doute dans son esprit ? D'ordinaire, quand il prenait une décision, même difficile, il s'y tenait sans se torturer l'esprit.

Certes, il n'avait pas prévu d'éprouver une attirance aussi irrésistible pour la fille de Monty Blake. Même le fait qu'elle avait soigneusement évité de l'informer de son prochain mariage ne parvenait pas à le refroidir. Mais quelle importance ? La seule chose qui comptait c'était de venger sa sœur, morte à cause d'un ignoble lâche. Et c'était à travers cette femme qu'il atteindrait son objectif.

— Enlève ton short, demanda-t-il d'une voix rauque.

Zara se raidit un instant avant de se décider à se relever. C'était une demande raisonnable, se dit-elle pour se tranquilliser. Après tout, il ne lui avait pas ordonné de se déshabiller entièrement d'un seul coup... Les doigts tremblants, elle eut toutes les peines du monde à ouvrir le bouton de son short. Après une nouvelle hésitation, elle finit par le retirer, révélant une culotte de satin bleu.

Quelque chose clochait... Quoi exactement ? Il n'en savait rien, mais c'était une évidence. Vitale observa Zara avec perplexité. Les joues en feu, elle évitait son regard et elle avait des gestes gauches. Ce n'était pas l'attitude d'une femme habituée à avoir de nombreux amants.

Décidément, plus le temps passait moins elle ressemblait à l'image qu'il avait d'elle... Une lueur anxieuse brillait dans ses yeux lavande et elle gardait les bras croisés. Pas de doute, elle était sur la défensive. Etait-ce à cause de cette expérience désagréable à laquelle elle avait fait illusion ? Quel genre de traumatisme pouvait rendre aussi peu sûre d'elle une femme aussi belle ?

Mais son propos n'était pas de la psychanalyser, se rappela Vitale avec une pointe d'agacement. Tout ce qu'il voulait c'était coucher avec elle. Pourquoi le déstabilisait-elle à ce point ? Avec les autres femmes, il ne se posait pas autant de questions !

Zara appréhendait de se montrer nue. Comment oublier la réaction de Julian ? Il s'était moqué de sa minceur et lui avait dit qu'elle avait un corps de garçon. Elle avait envisagé d'avoir recours à la chirurgie esthétique mais elle avait craint qu'une poitrine plus grosse sur une silhouette aussi fine ne paraisse pas naturelle. Aujourd'hui, elle avait très envie d'être parfaite. Pour Vitale.

Il la rejoignit et la prit par les épaules.

— Qu'y a-t-il ?

— Je suis très intimidée, répondit-elle avec sincérité.

Il la souleva de terre, l'allongea sur le lit et s'empara de sa bouche dans un baiser fougueux qui l'embrasa tout entière. Aussitôt, elle oublia qui elle était et où elle se trouvait. Elle oublia même qu'elle était vierge. Laissant échapper un gémissement, elle couvrit son torse puissant de caresses fébriles. Avec un grognement étouffé, il lui prit une main et la posa sur la bosse qui gonflait son pantalon.

Rassurée par le témoignage de son désir, elle fit preuve d'une audace qu'elle ne se connaissait pas. Ouvrant sa braguette, elle glissa les doigts sous l'élastique de son slip. Au contact de sa virilité dure et frémissante, elle fut électrisée et ses derniers doutes s'évanouirent. De toute évidence, il la trouvait très sexy…

Vitale se débarrassa de son pantalon avec des gestes impatients, puis il lui enleva sa chemise et l'embrassa de nouveau avec une avidité qui attisa le feu qui la consumait. Au bout d'un moment, il finit par s'arracher à ses lèvres pour parsemer son cou de baisers et poursuivit sa descente jusqu'à la pointe d'un sein, qu'il aspira goulûment entre ses lèvres, lui arrachant un cri étranglé.

— Voilà deux petites merveilles très sensibles, *gioia mia,* murmura-t-il en enveloppant ses seins d'un regard admiratif.

Plus du tout inquiète au sujet de leur taille, elle vibrait de désir. Mais lorsqu'il enleva son slip, elle sentit son estomac se nouer. Sa virilité était vraiment très impressionnante… Elle avait très envie de lui, mais ne risquait-elle pas d'avoir mal ? Cette crainte l'abandonna très vite.

Son esprit se vida de toute pensée cohérente dès qu'il glissa la main entre ses cuisses tout en s'emparant de sa bouche. Elle n'eut même pas le temps d'être embarrassée. Les caresses diaboliques de Vitale déclenchaient en elle des sensations si intenses qu'elles étaient à la limite de l'insoutenable. Elle creusa les reins en gémissant.

— Comme tu es chaude et douce, murmura-t-il contre ses lèvres.

Il enfonça un doigt dans le cœur brûlant de sa féminité, tout en accentuant la pression sur le bouton durci de sa fleur intime. Etourdie de désir et de plaisir mêlés, elle se mit à onduler des hanches, les doigts crispés sur ses épaules.

Vitale l'enveloppa d'un regard étincelant.

— J'ai tellement envie de toi que j'en ai mal…

— Alors qu'attends-tu ? demanda-t-elle, le souffle court.

Il se redressa le temps de mettre un préservatif. Elle le regarda faire avec une impatience mêlée d'appréhension. Non, il n'y avait aucune raison d'avoir peur… Aucune raison pour qu'elle ne puisse pas l'accueillir en elle. La nature avait conçu les hommes et les femmes pour qu'ils s'unissent.

Plongeant son regard dans le sien, il prit place entre ses cuisses et entra en elle. Une douleur aiguë la transperça, lui arrachant un petit cri de protestation. Il se figea.

— Zara ? Je t'ai fait mal. Je suis désolé…

— Non, il n'y a pas de problème, coupa-t-elle précipitamment, furieuse contre elle-même. Continue, s'il te plaît.

Quelle idiote ! Pourquoi n'avait-elle pas pu se retenir de crier ? Elle n'avait déjà plus mal… Malheureusement, le feu qui la consumait semblait éteint également. Mais tant pis. Pour rien au monde elle ne renoncerait à vivre cette expérience.

— Mais je t'ai fait mal…

— Je préfère ne pas en parler, coupa-t-elle d'un ton solennel.

Vitale eut toutes les peines du monde à se retenir de pouffer. Cet air guindé était si peu approprié à la situation que c'était du plus haut comique ! Mais pas question d'accroître son embarras en éclatant de rire…

— Tu es sûre que tu veux que je continue ?

Zara hocha la tête et il s'enfonça lentement dans le cœur de sa féminité. Alors qu'il commençait à bouger en elle avec une douceur calculée, elle sentit son désir renaître.

S'abandonnant à ses coups de reins nonchalants, elle avait l'impression enivrante que son corps s'accordait parfaitement au sien. Bientôt, le plaisir qui montait en elle la priva de toute pensée. Emportée dans un tourbillon de feu, elle ne s'appartenait plus.

Vitale accéléra peu à peu la cadence, et soudain ce fut comme si le monde chavirait. Une explosion de sensations prodigieuses la secoua, lui arrachant un cri rauque auquel se mêla celui de Vitale.

Quelques instants plus tard, il l'enveloppa d'un regard ébloui avant de capturer sa bouche dans un baiser langoureux.

— *Ebbene*… Tu es vraiment une femme incroyable…

Comblée, encore parcourue d'ondes de volupté, Zara pressa les lèvres contre la peau veloutée de son épaule. Il lui prit la main et lécha du bout de la langue la veine qui battait au creux de son poignet. Parcourue d'un long frisson, elle laissa échapper un petit soupir. Tandis qu'il se levait et disparaissait dans la salle de bains, elle roula sur le côté, encore éblouie par l'expérience inouïe qu'elle venait de vivre dans ses bras.

Ça dépassait tout ce qu'elle avait pu imaginer… Et elle n'avait aucune envie de s'arrêter là. Quelles étaient les intentions de Vitale ? Envisageait-il de prolonger cette relation ? Ou bien n'était-elle qu'une petite distraction du week-end ? Après tout, cette dernière hypothèse n'était pas exclue…

En tout cas, de son côté il n'était plus question qu'elle épouse Sergios Demonides. Comment avait-elle pu être assez aveugle pour nier les risques de tentation ? Et surtout, comment avait-elle pu accepter d'épouser un homme qu'elle n'aimait pas, uniquement pour faire plaisir à ses parents ? Quel manque de maturité !

Si seulement elle n'avait pas fait la sourde oreille quand Bee avait tenté de la dissuader de commettre cette folie… La situation serait beaucoup moins compliquée si elle avait changé d'avis à ce moment-là !

Mais après tout, mieux valait un mariage annulé quelques semaines avant l'envoi des invitations qu'un mariage raté…

Nul doute que Sergios serait contrarié qu'elle lui ait fait perdre son temps. Et l'annulation allait coûter très cher à ses parents. Elle avait vraiment fait preuve d'une légèreté et d'une imprévoyance impardonnables. Mais inutile de se lamenter. Ce qui était fait était fait.

Aujourd'hui tout avait changé. Impossible de faire comme si elle n'était jamais venue en Italie et n'avait pas rencontré Vitale Roccanti. Il avait fait voler en éclat toutes ses certitudes et lui avait ouvert les yeux sur elle-même. A présent, elle savait qu'elle attendait autre chose du mariage que ce que Sergios aurait pu lui offrir.

— Viens me rejoindre sous la douche.

La voix profonde de Vitale agit sur elle comme un aimant. Elle se leva aussitôt et se dirigea vers la salle de bains. Se promener entièrement nue n'allait pas de soi pour elle, mais les souvenirs dégradants que lui avait laissés Julian s'étaient estompés, remplacés par d'autres, beaucoup plus flatteurs. Parcourue de longs frissons, elle était impatiente de sentir les bras de Vitale se refermer sur elle. Le rêve auquel elle avait cessé de croire s'était réalisé ! Elle avait rencontré un homme capable de l'enflammer tout entière d'un seul regard… Et elle était bien décidée à profiter pleinement de chaque seconde qui lui restait à passer avec lui avant de reprendre l'avion. Elle aurait tout le temps de s'angoisser une fois de retour à Londres. Chercherait-il à la revoir ? La balle serait dans son camp, en tout cas. Il n'était pas question qu'elle le sollicite. Elle avait trop d'amour-propre pour cela.

Vitale la prit dans ses bras et la souleva de terre.

— Je pourrais facilement m'habituer à une femme de ta taille, *gioia mia*. Tu es si légère !

Le cœur de Zara se gonfla de joie et elle chassa de son esprit toutes les incertitudes concernant l'avenir. Il fallait vivre dans le présent et savourer chaque instant. Après tout, elle était jeune et libre — du moins moralement. En rompant ses fiançailles, elle ne briserait pas le cœur de Sergios.

Bien sûr, elle préférerait ne pas être obligée de continuer

à cacher la vérité à Vitale. Mais il était trop tard pour la lui révéler. Elle avait trop peur de détruire l'estime qu'il avait pour elle.

L'eau coulait déjà dans la cabine de douche. Vitale s'empara de sa bouche en même temps qu'il la portait sous le jet. Elle noua les jambes sur ses reins et répondit aussitôt à son baiser, oubliant tout le reste. Promenant les mains sur son dos, elle fut surprise par la rugosité de sa peau. Une cicatrice ? Avait-il eu un accident ? Sa curiosité fut très vite balayée par les sensations qui l'assaillaient de toutes parts. Tandis qu'une chaleur délicieuse se répandait entre ses cuisses, les pointes de ses seins se hérissèrent contre le torse de Vitale.

— Tu me rends fou, murmura-t-il en la laissant glisser contre lui pour la reposer sur ses pieds.

Il prit du gel douche et se mit à la savonner, lui caressant longuement les seins avant de descendre peu à peu vers son triangle soyeux et d'honorer la fleur de sa féminité. Submergée par un désir irrépressible, elle crispa les doigts sur ses épaules tout en ondulant des hanches en gémissant. Avec un grognement étouffé, il la souleva contre la paroi carrelée.

— Je n'en peux plus, murmura-t-il en la pénétrant d'un seul mouvement puissant.

Il l'agrippa par les hanches et s'enfonça au plus profond d'elle, puis la souleva pour se retirer du cœur brûlant de sa féminité avant d'y replonger aussitôt. Submergée par des sensations inouïes, elle se cramponna à ses épaules et s'abandonna au rythme enivrant de ses reins.

Lorsqu'il sortit de la douche et s'allongea par terre avec elle, ce fut à peine si elle en eut conscience. Plus rien n'existait que l'accord parfait de leurs deux corps et le plaisir qui montait en elle, implacable. Avec un cri étranglé, elle sombra bientôt dans un gouffre sans fond.

Ce fut seulement quelques instants plus tard qu'elle sentit la dureté du carrelage.

— Il y a un problème, commenta brusquement Vitale en se redressant et en la hissant sur ses pieds.

— Un problème ? répéta-t-elle, l'esprit embrumé. Comment ça… ?

— J'ai oublié de mettre un préservatif. Tu prends la pilule ?

Elle se figea. Le beau visage de Vitale était soudain très sérieux. Et il y avait de quoi… Elle sentit son estomac se nouer.

— Non…

— Je serai plus prudent à l'avenir, promit-il en caressant du bout des doigts ses lèvres gonflées par les baisers. Mais tu as une fâcheuse tendance à me faire perdre la tête.

Electrisée par l'éclat de ses yeux mordorés, elle était incapable de réfléchir.

— Je suis sûre qu'il n'y aura pas de problèmes, murmura-t-elle en chassant ses doutes de son esprit.

Après tout, si elle tenait de sa mère, elle n'avait rien à craindre. Malgré son désir d'avoir beaucoup d'enfants, sa mère n'était tombée enceinte qu'une seule fois.

Elle se tourna pour prendre une serviette et réprima un cri horrifié. Le dos de Vitale était zébré de cicatrices.

— Qu'est-il arrivé à ton dos ? ne put-elle s'empêcher de demander.

Il se raidit imperceptiblement.

— C'est de l'histoire ancienne.

Sans lui donner plus de détails, il enfila un slip et une chemise et l'entraîna au rez-de-chaussée dans la cuisine. C'était le jour de congé de Giuseppina, mais elle avait pris soin de remplir le réfrigérateur. Il alluma deux bougies sur la table de la terrasse, puis ils dégustèrent du poulet froid et de la salade en buvant du vin et en bavardant avec animation. Malgré sa curiosité, Zara n'osa pas interroger de nouveau Vitale sur ses cicatrices.

Lorsqu'ils furent rassasiés, il l'attira sur ses genoux et glissa les mains sous son T-shirt. Lorsqu'il les referma sur ses seins, elle se laissa aller en arrière en gémissant, de nouveau submergée de désir. Il la porta jusqu'à la chambre et lui refit l'amour avec passion deux fois de suite.

Plus tard, épuisée et comblée, elle le regarda dormir. Le

clair de lune mettait en relief ses traits ciselés. Pommettes saillantes, nez aquilin, mâchoire carrée, il était vraiment d'une beauté à couper le souffle… Et elle mourait d'envie de le toucher ! Il était si tentant d'effleurer du bout des doigts ses sourcils arqués, ses lèvres sensuelles…

Fermant les poings, elle se rallongea et lui tourna le dos. Il fallait absolument qu'elle cesse de bêtifier comme une adolescente amoureuse ! Pourquoi avait-elle autant de mal à se contrôler quand elle était avec lui ? Heureusement que cette attirance irrésistible était partagée…

Il faisait encore nuit quand Vitale se réveilla. Sans doute était-ce de sentir une présence dans son lit qui troublait son sommeil. Après tout, il dormait toujours seul. Solitaire par nature, il ne restait jamais toute la nuit avec ses maîtresses.

En dehors de l'acte sexuel proprement dit, il fuyait toute forme de relation intime… Or Zara était très affectueuse. Elle se blottissait contre lui, le serrait dans ses bras… Il réprima un soupir. Ce n'était pas si grave. Bientôt, il serait débarrassé d'elle. Très bientôt. Curieusement, cette perspective ne le réjouissait pas plus que ça. Pourquoi ? Il n'en avait aucune idée. Mais il était vrai que l'introspection n'était pas vraiment son truc.

— Tu aurais dû me réveiller plus tôt ! se plaignit Zara quelques heures plus tard, en tirant sur la fermeture Eclair de son sac de voyage.

Vitale s'était levé tôt mais il l'avait laissé dormir et ça avait été la course pour être prête à l'heure à laquelle ils devaient partir. Elle eut un pincement au cœur. Au début elle avait été ravie qu'il prenne la peine de la conduire lui-même à l'aéroport… Sauf qu'il était devenu très distant, tout à coup. Elle n'avait jamais eu d'aventure sans lendemain, mais c'était exactement ce que lui évoquait l'attitude de Vitale. Peut-être parce que ce qu'elle venait de vivre avec lui n'était justement rien d'autre qu'une aventure sans lendemain… A cette pensée, elle sentit sa gorge se nouer. Serait-ce déjà la fin de l'histoire ?

Venait-il de temps en temps à Londres pour son travail ? Y avait-il un espoir qu'il veuille nouer avec elle une relation durable ? En fait, il était très probable qu'elle ne le reverrait jamais, admit-elle pour la première fois dans son for intérieur.

De client potentiel, il était devenu son amant. Il était très possible qu'il préfère désormais se passer de ses services.

— Tu veux toujours que je te présente un avant-projet pour la villa ? demanda-t-elle d'un ton qu'elle espérait détaché.

— *Si,* bien sûr, répliqua-t-il en prenant son sac pour le descendre au rez-de-chaussée.

Pas de doute, il était fuyant, songea-t-elle, tous les sens en alerte. Avait-il déjà décidé de confier l'aménagement du jardin de la villa à quelqu'un d'autre ? Ne serait-ce pas la solution la plus simple pour couper court à une situation qui risquait de devenir embarrassante ?

« Je ne le reverrai plus jamais. » Zara s'efforça d'ignorer la poigne d'acier qui lui broyait le cœur. Quelle importance, après tout ? Quelques jours plus tôt, elle ignorait jusqu'à son nom… Relevant le menton, elle s'enquit d'un ton très professionnel du niveau de détail qu'il attendait des plans qu'elle devrait lui soumettre. Sa réponse évasive confirma ses craintes. Il avait déjà décidé de ne pas donner suite. Du moins n'aurait-elle pas complètement perdu son temps, puisque Magic Gardens facturait les avant-projets.

Le visage fermé, Vitale sortit de la maison et porta son sac jusqu'à sa voiture. Sous le porche, elle mit sa veste tout en s'efforçant de se composer un visage serein. Après tout, elle n'avait que ce qu'elle méritait, se dit-elle avec amertume. Elle avait fait preuve d'un manque de professionnalisme impardonnable.

— Zara…

Elle tressaillit et leva les yeux. Vitale l'avait rejointe… A sa grande stupéfaction, il la prit dans ses bras et se pencha vers elle. Le cœur battant à tout rompre, elle s'alanguit contre lui et enfonça les doigts dans ses cheveux. Mais son intention n'était pas de l'embrasser avec fougue, comprit-elle presque aussitôt lorsqu'il s'écarta d'elle. Il voulait juste lui donner un baiser furtif.

Tout à coup, son sang se glaça dans ses veines. Ces deux hommes, qui se relevaient brusquement à quelques mètres de la villa, appareil photo au poing, et qui prenaient leurs jambes à leur cou… De toute évidence, ils venaient de la photographier dans les bras de Vitale.

— Qui sont ces hommes ? s'exclama-t-elle, furieuse. Que faisaient-ils là ? Pourquoi nous prenaient-ils en photo ?

5

— Ce sont des *paparazzi*. Ils devaient surveiller la maison.

Zara considéra Vitale avec perplexité. Comment pouvait-il rester aussi calme ? Il ne semblait pas surpris par cette intrusion. Ni même contrarié… Alors que tous les gens qu'elle connaissait étaient prêts à tout pour protéger leur vie privée ! Elle inspira profondément.

— Pourquoi des *paparazzi* surveilleraient-ils la maison ?

— A en juger par ton affolement, tu sais très bien quel intérêt des *paparazzi* pourraient avoir à te surprendre en compagnie d'un autre homme, rétorqua-t-il d'un ton vif.

— Mais comment auraient-ils su que j'étais ici avec toi… ?

Prenant brusquement conscience de ce qu'impliquait la réflexion de Vitale, Zara sentit son estomac se nouer.

— Un autre homme ? Que veux-tu dire ?

Il arqua un sourcil narquois.

— Tu as oublié ton fiancé grec ? Tu ne te souviens pas que tu te maries avec Sergios Demonides dans quelques mois ? C'est une raison suffisante pour que la presse people soit à l'affût de photos de toi dans les bras d'un autre homme, non ?

Atterrée, Zara avait toutes les peines du monde à respirer.

— Tu es au courant pour Sergios ?

— A ton avis ?

— Nous ne sommes pas réellement fiancés, dit-elle d'une voix éteinte.

A quoi bon se lancer dans des explications ? Vitale Roccanti l'avait déjà jugée coupable. Et comment lui en vouloir puisqu'elle s'était bien gardée de lui parler de son mariage ?

— Il n'y a pas eu de fiançailles officielles, poursuivit-elle néanmoins. Sergios et moi nous ne sommes pas amoureux ni rien de tout ça…

L'air méprisant, Vitale lui enjoignit le silence d'un geste de la main.

— Peu importe…

— Non, insista-t-elle d'un ton plus ferme.

Même si ça ne servait à rien, elle tenait à s'expliquer.

— J'avais prévu d'annoncer à Sergios dès mon retour à Londres que je ne pouvais plus me marier avec lui. Avoir une aventure dans son dos n'était pas mon intention. Je ne suis pas comme ça. Après t'avoir rencontré, j'ai pris la décision de ne pas l'épouser…

— Je m'en moque éperdument.

— Tu étais au courant pour Sergios et tu n'as rien dit ? insista-t-elle en s'efforçant d'ignorer ce dernier commentaire.

Mais ces paroles terribles résonnaient dans son esprit. Il se moquait éperdument qu'elle soit censée épouser un autre homme ? Comment pouvait-il lui dire ça ? Il ferait tout aussi bien de lui enfoncer un poignard dans le cœur…

— Si tu ne veux pas rater ton avion, il faut partir maintenant, déclara-t-il d'une voix dénuée de la moindre émotion.

— Je prendrai un autre vol, à mes frais, répliqua Zara d'une voix légèrement tremblante. Ce qui m'intéresse pour l'instant c'est de découvrir ce qui se passe ici. Hier, je me suis endormie dans les bras d'un homme et ce matin j'ai l'impression de m'être réveillée à côté de son double malfaisant. Si tu étais au courant pour Sergios, pourquoi n'as-tu rien dit ?

Vitale serra les dents. Et elle, pourquoi n'avait-elle rien dit ? Mais quelle importance ? Zara Blake était infidèle et dissimulatrice. Et alors ? Elle n'était rien pour lui. Absolument rien. Il n'avait qu'une envie : mettre fin à la discussion. Et en l'occurrence, le plus simple était sans doute de répondre avec honnêteté. Ce serait le moyen le plus efficace d'en finir une fois pour toutes.

— J'étais prêt à tout pour faire échouer tes projets de mariage et par ricochet le rachat de la chaîne d'hôtels de ton père par Demonides.

Abasourdie, Zara vacilla sur ses jambes et se laissa tomber lourdement sur le muret qui entourait un massif d'arbustes à côté du porche.

— De quoi parles-tu ?

— Je t'ai tendu un piège, reconnut Vitale sans la moindre hésitation. C'était mon objectif depuis le début. C'est pour ça que j'ai contacté ta société d'aménagements paysagers, que je t'ai fait venir ici…

Zara sentit le sang se retirer de son visage.

— Et que tu as couché avec moi ? coupa-t-elle, au bord de la nausée. Ça aussi c'était prévu depuis le début ?

— En effet, mais que tu le croies ou non, je n'avais rien contre toi personnellement. C'était ton père que je visais.

— Mon père ? répéta Zara d'une voix blanche. Pourquoi ?

Le regard de Vitale s'assombrit.

— Il y a seize ans, ton père a invité ma sœur Loredana à passer le week-end en mer. Mais quand son bateau a eu des problèmes, il n'a pensé qu'à sauver sa peau et l'a laissé se noyer. Elle avait vingt ans et elle était enceinte de lui.

Horrifiée, Zara secoua lentement la tête. Seize ans plus tôt, son père était divorcé de la mère de Bee et pas encore remarié. Elle-même était née plusieurs années avant qu'il épouse sa mère, mais de toute façon, le fait d'être marié ou pas ne l'avait jamais empêché d'avoir des aventures. Et à vrai dire elle gardait le souvenir d'une crise qui avait provoqué de nombreuses disputes entre ses parents… Mais à quel propos ? Que s'était-il passé ? Non, impossible de se souvenir. Mais seize ans plus tôt, elle n'était encore qu'une petite fille de six ans. Et malgré cela, Vitale avait décidé de se servir d'elle pour se venger de ce que Monty Blake aurait fait à sa sœur à l'époque.

— Voilà, à présent tu sais tout, ajouta-t-il.

Oui, à présent elle savait que de nouveau elle s'était laissé duper par un homme. De nouveau elle avait fait preuve d'une crédulité impardonnable… Peut-être que tous ceux, y compris ses parents, qui la prenaient pour une idiote avaient raison. Pas un seul instant elle n'avait douté de la sincérité de Vitale.

Ce n'était que ce matin, au tout dernier moment, qu'elle s'était rendu compte que quelque chose clochait. Quelle conclusion fallait-il en tirer ? Qu'en ce qui concernait les hommes elle était d'une stupidité à toute épreuve. Se laisser séduire par un Vitale Roccanti après l'épisode Julian Hurst était la preuve qu'elle manquait totalement de jugement. Deux fois de suite, elle avait cru aveuglément les mensonges d'hommes déterminés à l'utiliser pour servir leurs intérêts.

Le cœur de Zara se serra cruellement. Jamais elle ne s'était sentie aussi désemparée. C'était comme si le monde venait de s'effondrer autour d'elle. Dire qu'elle se croyait déjà amoureuse d'un homme qui n'avait pas cessé de la manipuler avec le plus grand cynisme ! C'était la pire humiliation qu'elle avait jamais subie !

— Appelle-moi un taxi, intima-t-elle d'un ton sec.

— C'est inutile, répliqua Vitale en ouvrant la portière passager.

Ignorant cette invitation, Zara darda sur lui un regard méprisant.

— Tu as couché avec moi dans le seul but de faire échouer l'accord passé entre mon père et Sergios… Eh bien au moins, je sais maintenant exactement ce que tu vaux. Quand je pense que tu m'as fait miroiter un contrat pour m'attirer jusqu'ici et que tu n'as pas hésité à trahir ma confiance et à me prendre ma virginité pour parvenir à tes fins…

— Ta virginité ? Tu ne vas tout de même pas prétendre que…

— Si. Tu étais mon premier amant. Je ne couche pas avec n'importe qui. Tu es assez stupide pour croire tous les ragots colportés par la presse à mon sujet ? s'exclama Zara en se levant. Je regrette amèrement d'avoir couché avec toi, bien sûr. Malgré tout, je suis soulagée d'avoir découvert aussi rapidement à quel point tu es ignoble. Je ne veux plus jamais rien avoir affaire avec toi…

— Zara…

— Non, c'est toi qui vas m'écouter, pour changer ! Je ne vous ai jamais rien fait à toi ni à ta sœur. Avant que tu prennes contact avec Magic Gardens, je ne savais même pas que tu existais. Si tu avais un problème avec mon père, tu aurais dû avoir le courage et la décence de le régler directement avec lui sans me mêler à vos histoires. Tu n'as aucune excuse pour m'avoir choisie comme instrument de ta vengeance.

Vitale subit ce réquisitoire sans broncher, la mine sombre. Peut-être avait-il conscience que ces reproches étaient justifiés, songea Zara avec satisfaction.

— Tu montes dans la voiture ? demanda-t-il d'un ton neutre.

— Non, appelle-moi un taxi. Je ne monterais pas en voiture avec toi, même si j'étais en danger de mort !

D'un geste vif, Zara s'empara de son sac dans la voiture, tandis que Vitale passait un coup de téléphone.

— Le taxi sera là dans dix minutes, annonça-t-il en raccrochant. Est-ce que… j'étais vraiment ton premier amant ?

Zara lui répondit par une grossièreté qui la choqua elle-même. Ce n'était pourtant pas dans ses habitudes d'employer un tel langage… Mais il était vrai qu'elle n'avait aucune envie de continuer à discuter avec un homme qui s'était montré aussi odieux avec elle.

— Tu ferais mieux d'attendre à l'intérieur, déclara-t-il froidement.

Elle le foudroya du regard et ne bougea pas d'un millimètre.

— Quand je pense que tu m'as embrassée uniquement pour offrir une photo compromettante aux *paparazzi* !

Quelle humiliation ! Elle n'allait plus jamais oser regarder Sergios en face. Bien sûr, l'annulation du mariage ne serait pour lui qu'une simple contrariété et il s'en remettrait vite.

Mais ce genre de publicité allait sûrement l'embarrasser et il n'avait rien fait pour mériter ça.

Vitale avait affirmé lui avoir dévoilé la vérité en lui racontant ce qui était arrivé à sa sœur. Mais était-ce bien le cas ? La vérité n'était pas forcément tout d'une pièce et elle avait du mal à croire sa version des faits. Monty Blake aurait laissé une jeune fille enceinte se noyer sans rien tenter pour la sauver. Ce serait surprenant. Elle n'aimait pas beaucoup son père et elle le craignait. Obsédé par l'argent et la réussite sociale, il avait placé tous ses espoirs dans son fils adoré et n'avait jamais estimé ses filles. Elle en avait toujours été consciente. Il avait un caractère épouvantable et pouvait devenir violent, mais de là à se conduire de manière aussi monstrueuse…

Zara déglutit péniblement. Son père allait la tuer… Jusque-là elle n'avait pas pensé à cet aspect de la situation, mais c'était une évidence. Il ne lui pardonnerait jamais d'avoir bafoué Sergios en ayant une aventure avec un autre homme. Malgré le soleil, elle fut soudain envahie par un grand froid. Provoquer la colère de Monty Blake était très dangereux. Sans compter que sa mère serait outrée elle aussi.

Par ailleurs, elle allait être obligée de prendre ses distances avec Bee pour lui éviter d'être impliquée dans ses problèmes. Si sa sœur prenait son parti, ça ne servirait qu'à attiser la fureur de leur père.

En fait, après la publication de photos d'elle en train d'embrasser Vitale, elle aurait tout le monde contre elle… Même si Sergios et elle ne s'étaient pas fiancés officiellement, beaucoup de gens avaient deviné qu'un mariage se préparait…

Quelques minutes plus tard, Vitale regarda le taxi disparaître à un détour du chemin. C'était terminé. Il avait eu ce qu'il voulait. Il pouvait reprendre le cours de son existence, consacrée à négocier des contrats se chiffrant en millions d'euros et à voyager dans le monde entier. Il avait atteint son objectif, avec une efficacité remarquable.

Après toutes ces années, Monty Blake allait enfin être

puni. Il devrait s'en réjouir, non ? Alors pourquoi cette victoire imminente avait-elle un goût aussi amer ?

Malgré tous ses efforts, Vitale ne parvenait pas à chasser de son esprit l'image du visage de Zara Blake blanc comme un linge et de l'incrédulité qui écarquillait ses yeux lavande. Avec un juron, il donna un coup de poing dans le mur. La douleur lui arracha un deuxième juron. Que lui prenait-il ? Il n'était pourtant pas dans ses habitudes d'avoir des réactions aussi ridicules ! se dit-il en regardant son sang couler sur les dalles. Pourquoi se sentait-il aussi frustré ?

Zara lui avait dit qu'elle était vierge… Quelle raison aurait-elle de mentir sur ce point ? A vrai dire, l'idée l'avait effleuré mais il l'avait aussitôt rejetée. Comment imaginer qu'une jeune femme riche et belle de vingt-deux ans, à laquelle les magazines people prêtaient de nombreuses aventures, n'avait en réalité aucune expérience des hommes ? Et pourtant… Vitale se remémora le manque d'assurance de Zara, son indignation quand il avait avoué avoir cru tout ce qu'on racontait d'elle dans les médias. Il crispa la mâchoire. Oui, il avait eu des doutes. Mais il les avait délibérément ignorés parce que ça l'arrangeait. S'il avait su la vérité, se serait-il quand même servi d'elle pour se venger de son père ? Impossible de répondre à cette question…

Mais pourquoi n'avait-elle jamais eu d'amant avant lui ? Il secoua la tête, irrité contre lui-même. Quelle importance ? De toute façon, il était trop tard pour revenir en arrière. Il ne restait plus qu'à attendre que Demonides dénonce l'accord passé avec Blake et refuse de racheter la chaîne hôtelière Royale. Son objectif serait atteint et c'était la seule chose qui comptait. Non ?

Malgré lui, Vitale ne pouvait s'empêcher de remettre en question le désir de vengeance qui l'animait depuis l'âge de treize ans. Dès le début il avait été convaincu que demander des comptes à l'ex-amant de sa sœur serait une perte de temps parce que Monty Blake lui mentirait comme il avait menti devant le jury lors de l'enquête judiciaire. Et il avait eu raison. Blake était un homme retors à qui on ne pouvait pas accorder la moindre confiance.

Oui, il avait eu raison, se répéta fermement Vitale en ignorant la petite voix qui lui soufflait que la fin ne justifiait peut-être pas toujours les moyens. Il avait fait ce qu'il avait à faire. Et ce n'était pas le regard accusateur de deux grands yeux lavande qui pourrait lui faire oublier la fin tragique de sa sœur ni sa détermination à la venger. Loredana n'était pas une « people ». Elle n'avait pas de relations. Ou du moins elle n'en avait pas qui tenaient suffisamment à elle pour contester le jugement auquel avait abouti l'enquête, selon lequel sa mort était accidentelle.

Zara Blake n'était rien pour lui. Absolument rien. Selon toute probabilité, il ne la reverrait jamais. A moins qu'elle soit enceinte… A cette pensée, l'estomac de Vitale se noua. Ce serait vraiment catastrophique. Comment avait-il pu prendre un tel risque ? Jamais auparavant il n'avait été submergé de désir au point d'oublier les précautions les plus élémentaires… Au contraire, il avait toujours été très fier de son sang-froid exceptionnel, qui faisait d'ailleurs de lui une exception dans sa famille. Comment avait-il pu perdre la tête à ce point ?

Il fallait reconnaître qu'il avait passé un week-end extraordinaire. Zara ne correspondait pas du tout à l'image qu'il avait d'elle. Il était allé de surprise en surprise et rien ne s'était passé comme prévu.

Mais pourquoi se posait-il autant de questions ? Pourquoi avait-il éprouvé le besoin de donner un coup de poing dans le mur ? Il devrait plutôt être en train de célébrer sa victoire ! Quand il verrait dans les journaux les photos de Zara dans les bras d'un autre homme, Demonides annulerait aussitôt le mariage.

— Ignore-les, conseilla Jono en aidant Zara à empiler les cartons dans la camionnette qu'il avait empruntée pour l'aider à déménager.

Neige sortait la tête de son sac, le regard craintif. Le lapin détestait le changement et les déplacements, même les plus brefs.

D'énormes lunettes noires sur le nez, Zara s'efforçait d'afficher une indifférence royale devant les *paparazzi* qui la mitraillaient tout en la harcelant de questions plus grossières les unes que les autres. Depuis son retour d'Italie, il y en avait toujours au moins deux en faction devant l'hôtel particulier de ses parents.

Si seulement elle s'était décidée plus tôt à quitter la maison familiale ! Si elle n'avait pas attendu aussi longtemps pour conquérir son indépendance, elle ne se sentirait pas aussi perdue… Cependant, à quelque chose malheur était bon, se dit-elle pour tenter de se réconforter. Aujourd'hui, elle commençait une nouvelle vie. Ses parents l'avaient mise à la porte et ne voulaient plus entendre parler d'elle, mais au moins elle était désormais libre de vivre comme elle l'entendait et de se consacrer entièrement à Magic Gardens.

Jono lui jeta un coup d'œil et lui pressa la main avant de démarrer.

— Ça ira mieux dès que tu seras installée chez toi, tu verras.

— Ça peut difficilement aller plus mal, répliqua-t-elle avec une moue de dérision.

Jono, un conseiller en communication blond aux yeux bleus, était l'un des rares amis qui l'avaient soutenue lorsque la tempête s'était déchaînée dix jours plus tôt.

En tant que fille d'un homme aisé et future épouse d'un des hommes les plus riches du monde, elle avait été très populaire. Mais depuis que son père lui avait coupé les vivres et que son mariage avait été annulé, sa cote avait considérablement baissé.

Depuis qu'elle n'avait plus les moyens de passer ses après-midi à faire du shopping ni de partir en voyage quand ça lui chantait, elle n'intéressait plus grand-monde.

Bien sûr, elle aurait pu compter sur le soutien de Bee,

mais elle avait préféré ne pas la mêler à ses problèmes pour ne pas aggraver la fureur de son père.

Elle réprima un soupir. Après tout, elle n'avait que ce qu'elle méritait. Elle avait commis de graves erreurs et il était normal qu'elle en paie le prix. Dix jours plus tôt, plusieurs photos d'elle dans les bras de Vitale devant ce qui était décrit comme « un nid d'amour caché dans les collines de Toscane » avaient paru dans la presse people.

Sergios n'avait pas perdu de temps. Le jour même, il lui avait annoncé par téléphone que le mariage était annulé. Oh ! il ne lui avait fait aucun reproche et n'avait porté aucun jugement sur sa conduite. Il s'était contenté de lui dire d'un ton glacial que pour des raisons évidentes il ne pouvait pas se permettre de l'épouser. Il avait raccroché avant qu'elle ait le temps de trouver les mots appropriés pour s'excuser de ce scandale impardonnable.

Zara sentit ses joues s'enflammer. Elle n'était pas près d'oublier l'humiliation qu'elle avait ressentie… Toutefois, la réaction de Sergios était un modèle de modération par rapport à celle de ses parents. Les hurlements de son père avaient dû s'entendre dans tout Londres. Après l'avoir traitée de tous les noms, il avait décrété qu'il ne pouvait pas garder plus longtemps sous son toit une fille aussi indigne. Mais du moins s'en était-il tenu à la violence verbale. Ce qui malheureusement n'avait pas toujours été le cas.

Elle avait fait des recherches sur internet au sujet de la sortie en mer dont lui avait parlé Vitale. Les rares informations qu'elle avait trouvées ne lui avaient pas permis d'en savoir davantage. Suite à un tremblement de terre suivi d'un raz-de-marée, le yacht avait coulé en pleine nuit dans l'océan Indien. Apparemment, tout s'était passé très vite. Un membre de l'équipage et une passagère, un mannequin italien du nom de Loredana, avaient été portés disparus, présumés morts par noyade.

Son père étant déjà hors de lui, elle avait préféré éviter de mettre de l'huile sur le feu en évoquant cet accident. Et de toute façon, s'il avait nié toute responsabilité lors de l'enquête, il n'y avait aucune chance qu'elle parvienne à lui arracher des aveux éventuels.

Le studio qu'elle avait loué était aménagé de manière à tirer le meilleur parti de l'espace disponible. Sauf que cet espace était horriblement restreint, constata-t-elle très vite avec découragement. Elle manquait d'autant plus de place qu'il fallait en laisser un peu à Neige.

Un voisin l'avait informée que les animaux étaient interdits dans l'immeuble et l'avait menacée de la dénoncer au gardien. Mais pour l'instant, c'était le cadet de ses soucis, songea-t-elle, l'estomac noué. Après avoir acheté du linge de maison, un peu de vaisselle et quelques provisions, elle n'avait déjà presque plus d'argent sur son compte. Or elle ne pouvait plus compter que sur le maigre salaire qu'elle touchait de Magic Gardens. Si elle ne voulait pas s'endetter, elle allait devoir apprendre à se passer de beaucoup de choses…

Zara soupira. A présent qu'elle était disponible pour travailler à plein temps, elle n'avait plus besoin de gérant. Théoriquement. En pratique, elle ne pouvait malheureusement pas se passer de Rob, à cause de sa dyslexie.

Le soir de son emménagement, Zara se coucha tôt. Dès qu'elle ferma les yeux, l'angoisse qu'elle avait plus ou moins réussi à réprimer toute la journée la submergea. Elle avait l'impression d'être tombée au fond d'un gouffre dont elle ne parviendrait jamais à ressortir. Ses parents avaient raison depuis le début. Elle était vraiment la femme la plus stupide du monde… Prenant une profonde inspiration, elle s'efforça de faire le vide dans son esprit. Demain serait un autre jour.

La même semaine, au siège de sa banque à Florence, Vitale constata jour après jour avec une irritation croissante qu'il avait toutes les peines du monde à se concentrer sur son travail. Même en pleine réunion, il était poursuivi par l'image envoûtante d'une petite blonde menue qu'il n'arrivait pas à chasser de son esprit malgré ses efforts désespérés.

La nuit c'était encore pire. Zara Blake hantait ses rêves. Elle tenait le premier rôle dans des scénarios d'un érotisme torride qui portaient sa frustration à son paroxysme. Même les innombrables douches glacées qu'il s'infligeait ne parvenaient pas à éteindre le feu qui le consumait.

Résolu à régler le problème, il avait dîné deux soirs de suite avec deux femmes différentes, invité une troisième à l'opéra et accompagné une quatrième à un gala de charité. Toutes extrêmement séduisantes et pleines d'esprit. Toutes disposées à avoir avec lui une aventure sans lendemain.

Malheureusement, elles l'avaient toutes laissé complètement froid. Pour la première fois de sa vie il avait déployé des trésors d'ingéniosité pour éviter que la soirée se prolonge dans son lit ! Depuis quand était-il devenu aussi difficile ? Non seulement il n'avait éprouvé aucune attirance pour ces femmes, mais elles l'avaient horripilé. Lui qui détestait les bavardages incessants avait trouvé la première trop silencieuse ! La deuxième avait un rire exaspérant, la troisième n'avait parlé que de shopping et la quatrième avait passé la soirée à guetter son propre reflet dans les miroirs.

Tous les jours pendant sa pause-café, Vitale feuilletait les principaux titres de la presse britannique. Il refusait de s'avouer ce qu'il y cherchait, mais se surprenait à prendre son café de plus en plus tôt dans la matinée. Au bout d'une dizaine de jours, il tomba sur une photo de Zara en compagnie d'un blond très séduisant. Qui était cet homme ? Chargée d'une valise presque aussi grande qu'elle, elle semblait plus menue que jamais… Il parcourut l'encadré accompagnant le cliché. Ses parents l'avaient mise à la porte ? Qu'y avait-il de surprenant à cela ? A quoi d'autre s'attendait-il ?

Vitale était consterné malgré lui. Il ne pouvait s'empêcher d'imaginer un chiot abandonné au bord de l'autoroute, incapable de se débrouiller seul et risquant de se faire écraser à tout instant. Nul doute que la fille de Monty Blake était jusque-là une enfant gâtée à qui on passait tous ses caprices. N'ayant jamais eu à se battre pour survivre — contrairement à lui — elle risquait d'avoir beaucoup de mal à s'en sortir…

Il n'avait pas prévu que sa vengeance aurait des conséquences aussi désastreuses pour elle. Ce qui était impardonnable de sa part. S'il avait provoqué l'annulation du mariage et du rachat de la chaîne d'hôtels par Demonides, ce n'était pas pour faire plaisir à Monty Blake… Il aurait pu se douter que ce dernier passerait sa colère sur sa fille. Quel idiot !

Pris de remords, Vitale décrocha son téléphone pour demander qu'on prépare son jet privé. Il fallait qu'il aille à Londres. Juste pour voir comment elle allait. Rien de plus. Rien de personnel. Il sentit son estomac se nouer. Pourvu qu'elle ne soit pas enceinte… Il n'avait aucune envie d'avoir des relations suivies avec elle, mais si c'était le cas, il assumerait ses responsabilités. Il était trop bien placé pour savoir que prendre une grossesse non désirée à la légère pouvait avoir des conséquences dramatiques…

Il passa deux autres coups de téléphone pour connaître la nouvelle adresse de Zara et reçut à cette occasion des informations qui confirmèrent ses craintes. La fille de Monty Blake devait passer un très mauvais moment.

Mais pourquoi en était-il aussi contrarié ? Pourquoi se sentait-il aussi responsable de ce qui pourrait lui arriver ? Après tout, elle avait choisi toute seule de trahir la confiance de l'homme qu'elle s'était engagée à épouser. C'était une menteuse sans aucun sens moral. La fille d'un homme qu'il haïssait. Malgré tout, il avait été son premier amant, se rappela-t-il, mal à l'aise. Or c'était bien la dernière chose à laquelle il s'attendait. Se pourrait-il que ce ne soit pas le seul point sur lequel il s'était trompé ? Se pourrait-il qu'il ait d'elle une image entièrement fausse ? Cette idée était très perturbante. Il n'avait pas l'habitude de commettre ce genre d'erreur.

Le lendemain matin, Vitale se rendit chez Zara à 9 heures. Pourquoi éprouvait-il le besoin de rendre visite à la fille de son ennemi ? se demanda-t-il en pénétrant dans l'immeuble. Parce qu'il n'était pas exclu qu'elle soit enceinte… Si elle attendait un enfant de lui, il avait une responsabilité morale envers elle. Tant qu'il ne saurait pas à quoi s'en tenir, il ne pouvait pas couper les ponts avec elle. D'autant plus que si elle avait été mise à la porte de chez ses parents, c'était à cause de lui…

Lorsque la porte de l'ascenseur s'ouvrit à l'étage de Zara, il entendit des éclats de voix.

— Ce n'est pas négociable. Ou bien vous vous débarrassez du lapin ou bien vous déménagez !

Zara regardait d'un air effaré l'homme de forte carrure qui venait de lui lancer cet ultimatum.

— Mais c'est…

— Pas d'animaux dans l'immeuble. Vous avez signé le bail et vous n'en respectez pas les clauses, répliqua l'homme, de plus en plus agressif. Si ce lapin n'a pas disparu d'ici ce soir, je vous mets dehors !

— Je n'ai pas d'autre endroit où l'emmener ! protesta Zara avec feu.

— Ce n'est pas mon problème.

Sur ces mots, le propriétaire tourna les talons et s'engouffra dans l'ascenseur que Vitale venait de quitter.

Ce fut seulement quand il s'avança vers elle que Zara remarqua sa présence. Elle écarquilla les yeux, visiblement outrée.

— Que viens-tu faire ici ?

6

Médusée, Zara avait du mal à respirer et les sons lui parvenaient assourdis. Le bruit de la circulation n'était plus qu'un vague murmure. Sur le seuil de son appartement, son propriétaire hargneux avait été remplacé par Vitale, plus beau et plus élégant que jamais dans un costume gris à la coupe impeccable. Son cœur se serra douloureusement. Comment oublier que cet homme d'une beauté à couper le souffle s'était servi d'elle de manière odieuse ? Il n'avait vu en elle qu'un instrument de vengeance. Il n'avait couché avec elle que pour atteindre son père…

— Que veux-tu ? s'exclama-t-elle d'un ton vif. Et comment as-tu su où j'habitais ?

— J'ai mes sources, éluda-t-il en promenant sur elle un regard scrutateur.

En pantacourt et tongs, elle paraissait encore plus menue et plus jeune, constata-t-il. Mais encore plus belle… Ses épaisses boucles soyeuses encadraient son visage au teint de porcelaine et aux traits délicats, mangé par ses immenses yeux lavandes. Quant à ses lèvres pulpeuses… A sa grande exaspération, Vitale fut transpercé par un éclair de désir. Allons bon… Cette réaction dépassait l'entendement ! Comment cette femme pouvait-elle lui faire un tel effet alors que toutes celles qu'il avait fréquentées ces derniers jours l'avaient laissé froid ?

D'autant plus qu'elle était loin d'être la plus belle, se dit-il, déterminé à lui trouver tous les défauts de la terre. Elle était trop petite, trop blonde, elle parlait trop et pour ne dire que des choses sans intérêt. Certes. Mais contrairement à ce que racontaient les journaux, elle était loin d'être stupide. Elle avait l'esprit vif et un sens de l'humour irrésistible.

Le regard insistant de Vitale accrut l'irritation de Zara.

— Tu ne m'as toujours pas dit ce que tu faisais là.

Soudain, elle sentit ses joues s'enflammer.

— Oh ! bien sûr… Tu veux savoir si…

— Je peux entrer ?

— Je n'ai aucune envie de t'y inviter mais je suppose que je n'ai pas vraiment le choix…

Avec tout ce qui s'était passé depuis son retour d'Italie, elle avait refoulé ses angoisses au sujet d'une éventuelle grossesse, reconnut Zara intérieurement. Il ne manquerait plus qu'elle soit enceinte !

Dès que Vitale franchit le seuil, Neige poussa un cri de frayeur et courut se réfugier dans son clapier.

— Tu as un lapin chez toi ? s'exclama Vitale, abasourdi.

— Oui. Neige est mon animal de compagnie. Elle a peur des hommes.

Zara réprima un soupir. Si elle avait fait preuve de la même prudence que Neige, elle n'en serait pas là… Et pourquoi ne parvenait-elle pas à détacher ses yeux de l'homme qui était la cause de tous ses problèmes ? Comment pouvait-il continuer à la fasciner à ce point alors qu'elle n'éprouvait pour lui que de la rancune et du mépris ?

A son grand dam, elle fut soudain assaillie par des souvenirs très précis de la nuit qu'elle avait passée avec lui dans les collines de Toscane. Malgré tous ses efforts, elle ne parvenait pas à chasser les images qui s'imposaient à elle. Elle revoyait ses épais cheveux noirs ébouriffés sur l'oreiller. Ces cheveux dans lesquels elle avait enfoncé les doigts avec volupté avant de couvrir son corps splendide de caresses… Ses épaules musclées, son torse puissant recouvert d'une toison soyeuse, son ventre plat… et sa virilité fièrement dressée… incroyablement douce et dure… frémissante sous ses caresses… Le cœur battant à se rompre, Zara déglutit péniblement. Il fallait absolument penser à autre chose ! Redescendre sur terre…

— Je ne sais pas encore si je suis enceinte.

Cet homme était peut-être irrésistible, mais il était surtout son pire ennemi, se rappela-t-elle fermement. Un escroc de plus, qui n'avait couché avec elle que par intérêt. A cause de lui, sa vie était sens dessus dessous et le pire était peut-être à venir…

Toujours déconcerté par la présence du lapin, dont le nez frémissant dépassait du clapier, Vitale plissa le front. Comment avait-il pu se mettre dans une telle situation ? C'était la première fois de sa vie que cela lui arrivait. D'ordinaire, les femmes étaient sous contraception !

— Je crois qu'il existe des tests, non ?

— Oui. Je vais en acheter un et je te communiquerai le résultat dès que je l'aurai utilisé. Pour l'instant j'ai des problèmes plus importants en tête.

Vitale arqua les sourcils.

— Par exemple ?

— Neige, mon lapin. Que vais-je en faire ? Ma voisine s'est déjà plainte et tu as entendu le propriétaire ! Il est intraitable. Il va me mettre dehors si je ne trouve pas quelqu'un qui veuille bien héberger Neige !

— Les règlements sont faits pour être respectés, commenta Vitale, un peu dépassé par la situation.

A en juger par son air catastrophé, la détresse de Zara était sincère… Mais pour sa part il n'avait jamais eu d'animal familier et il avait du mal à comprendre son attachement pour cet animal.

— Tu pourrais peut-être le donner, ton lapin, ajouta-t-il avec une pointe d'agacement.

Zara lui lança un regard outré.

— Il n'en est pas question ! Neige est avec moi depuis mon seizième anniversaire et je l'aime.

— Je vais aller acheter un test de grossesse et…

— Inutile de te déranger ! Je suis capable de me débrouiller seule.

Vitale soupira.

— C'est mon devoir. Je suis aussi concerné que toi par ce problème et j'aimerais savoir où nous en sommes.

— Si tu veux vraiment savoir où nous en sommes, je peux te le dire tout de suite ! Je te hais. Et si je découvre que je suis enceinte, je te haïrai encore plus. Je me vengerai en te traînant devant les tribunaux pour obtenir une pension et j'espère bien que tu seras très embarrassé !

Vitale réprima un mouvement d'impatience.

— Si tu es enceinte, tu n'auras pas besoin de me traîner devant les tribunaux pour obtenir mon soutien financier. Il va de soi que je te l'accorderai.

Les yeux lavande lancèrent des éclairs.

— Alors je me battrai pour le refuser !

Inutile d'insister. Quoi qu'il propose, elle le contredirait… Vitale réprima un sourire sarcastique. Mais elle ne savait pas à qui elle avait affaire…

— Je reviens tout de suite, annonça-t-il avant de quitter l'appartement.

— C'est inutile !

Zara secoua la tête. Vitale, son beau banquier, était parti lui acheter un test de grossesse ? Mais ce n'était pas « son » banquier, se corrigea-t-elle aussitôt avec irritation. Elle n'aurait même pas dû lui adresser la parole !

En attendant, elle avait déjà quatre jours de retard… Jusque-là, accaparée par d'autres problèmes, elle avait préféré l'ignorer. Il y avait pourtant de quoi s'inquiéter. D'ordinaire, elle avait des cycles très réguliers… En réalité, elle n'avait aucune envie de faire ce test, admit-elle en caressant Neige. Pas encore. Pour l'instant elle préférait rester dans l'ignorance et imaginer des lendemains meilleurs. Ce qui était une attitude parfaitement irresponsable. Il fallait bien le reconnaître… Son estomac se noua. Elle se trouvait déjà dans une situation très précaire. Devenir mère célibataire serait une véritable catastrophe.

Moins d'une heure plus tard, Vitale revint et lui tendit un sac en plastique. Elle y trouva non pas un mais quatre tests.

— Je ne savais pas lequel tc conviendrait le mieux, expliqua-t-il avec le plus grand naturel.

Elle ouvrit la première boîte et en sortit le mode d'emploi. Les caractères minuscules des instructions se mirent à danser devant ses yeux et elle fut même incapable de déchiffrer le schéma. Les mains moites et tremblantes, elle déglutit péniblement. Pas question d'avouer qu'elle était dyslexique. Elle ne survivrait pas à une telle humiliation !

— Va-t'en, dit-elle d'une voix tremblante.

— Pourquoi ? Je préfère attendre, répliqua Vitale, visiblement impatient d'être fixé.

Il prit une autre boîte.

— Utilise celui-ci. D'après ce qui est marqué sur l'emballage, le résultat est immédiat.

Reconnaissante pour cette information, Zara prit la boîte, sortit la notice et la déplia sur la table. Les caractères étaient aussi minuscules et illisibles que sur le premier. Elle inspira profondément. Il fallait absolument qu'elle parvienne à se calmer. Si elle était encore plus handicapée que d'habitude par sa dyslexie c'était parce que la présence de Vitale la rendait nerveuse.

— Qu'est-ce qui ne va pas ? demanda-t-il d'un ton brusque.

De nouveau, elle inspira profondément.

— C'est écrit trop petit. Je n'arrive pas à lire.

Il penserait qu'elle avait des problèmes de vision mais refusait de porter des lunettes, songea-t-elle.

Avec un grognement étouffé, Vitale prit la notice et lut le mode d'emploi à haute voix. Les joues en feu, Zara s'enferma dans la minuscule salle de bains avec le test. Elle avait rarement été aussi embarrassée ! Mais elle le serait encore beaucoup plus s'il découvrait pourquoi elle avait été incapable de lire elle-même les instructions…

C'était seulement en terminale qu'un professeur avait demandé à sa mère d'autoriser un psychologue scolaire à faire passer des tests à sa fille. Une fois sa dyslexie établie, on avait enfin proposé à Zara l'aide dont elle avait besoin pour rattraper son retard sur ses camarades.

Malheureusement échaudée par des années d'échec, elle avait perdu toute confiance en elle et la réaction de son père n'avait rien arrangé. La dyslexie étant selon lui une invention des psychologues, il avait décrété que les séances d'orthophonie prescrites seraient une perte de temps et d'argent. Sa fille était tout simplement stupide, et il n'y avait aucun remède à cela.

Mortifiée, Zara avait renoncé à la rééducation et quitté le lycée sans passer ses examens de fin d'études secondaires. Le sujet n'avait plus jamais été abordé par ses parents, qui continuaient de la considérer comme une éternelle gamine sans cervelle.

Dans la salle de bains, Zara fixait avec anxiété l'horloge murale laissée par un ancien locataire, préférant éviter de regarder le test trop tôt. Une fois le temps de réaction écoulé, elle s'arma de courage et baissa les yeux sur le stylo. Atterrée, elle vacilla sur ses jambes. La fenêtre de résultat affichait la ligne redoutée. Positif. Il n'y avait aucun doute possible.

— Mauvaise nouvelle, annonça-t-elle d'une voix tremblante en ouvrant la porte.

— Fais voir.

Habitué à ne croire que ce qu'il voyait, Vitale vérifia le résultat.

Puis il fixa le ventre encore plat de Zara avec consternation. Elle était enceinte de lui. Il allait avoir un enfant avec la fille de Monty Blake. Quelle catastrophe… Pour un simple oubli dans le feu de la passion, leurs deux vies étaient bouleversées. Comment avait-il pu faire preuve d'une telle inconscience ? se demanda-t-il, furieux contre lui-même. Il était pourtant bien placé pour connaître les risques liés à ce genre de négligence…

— Tu peux t'en aller, maintenant, déclara Zara d'une voix sans timbre.

— Je ne peux pas te laisser comme ça.

— Pourquoi pas ? Tu ne crois pas que tu en as assez fait comme ça ?

Vitale crispa la mâchoire. En presque trente ans d'existence il avait vécu beaucoup de moments difficiles et il avait toujours fait front. Pas question de prendre la fuite aujourd'hui. Même si le fait de n'avoir aucun contrôle sur la situation était particulièrement déstabilisant…

— Avant de partir, je voudrais régler ce problème.

Relevant le menton, Zara croisa les bras.

— « Régler le problème » ? Il vaut mieux que je te prévienne tout de suite. Je n'ai pas l'intention d'avorter…

— Ce n'est pas ce que j'ai voulu dire, coupa-t-il avec exaspération tout en cherchant désespérément une solution à un problème qu'il savait insoluble. Je sais bien que tu n'as aucune confiance en moi, mais je t'assure que je n'ai que l'intérêt de mon enfant en tête.

Zara eut une moue incrédule. Comment pourrait-elle le croire ? Comment être certaine que cette grossesse ne faisait pas partie de sa vengeance ? N'avait-il pas accusé son père d'avoir mis sa sœur enceinte ? Quelle valeur pouvait-elle accorder à sa parole ?

— C'est un changement d'attitude plutôt surprenant, déclara-t-elle d'un ton sec.

Les yeux de Vitale lancèrent des éclairs.

— Que ça me plaise ou non, le fait que tu portes mon enfant change tout entre nous.

Zara laissa échapper un rire méprisant.

— Comment veux-tu que je te croie alors que tu considères mon père comme un meurtrier et que tu me hais pour la simple raison que je suis sa fille ?

La colère crispa le beau visage de Vitale.

— Je ne te hais pas.

— Sois honnête avec toi-même. Tu me hais à cause du

sang qui coule dans mes veines. Sinon comment aurais-tu pu me traiter comme tu l'as fait ?

Vitale réprima un soupir. Il acceptait aussi mal qu'elle cette situation, mais ce n'était pas en donnant libre cours à leur colère qu'ils trouveraient une solution. Et encore moins en ressassant le passé.

— Ce n'est pas le moment de discuter de ça. Nous avons des problèmes plus importants à régler…

— Excuse-moi, mais je viens d'apprendre que j'étais enceinte d'un homme que je hais et en qui je n'ai aucune confiance. Avant de réfléchir à d'autres problèmes, j'ai besoin d'un peu de temps pour m'habituer à cette idée, rétorqua-t-elle d'un ton cinglant.

— Tu devrais au moins songer à consulter un médecin le plus tôt possible.

— Quand j'aurai le temps.

Zara jeta un coup d'œil à sa montre.

— Il faut vraiment que tu t'en ailles. J'ai rendez-vous avec un client dans une heure et je ne suis même pas habillée… Oh ! mon Dieu ! J'avais oublié ! Que vais-je faire de Neige ?

— Je vais le prendre, s'entendit répondre Vitale.

— Tu es sérieux ? s'exclama Zara avec incrédulité.

— Bien sûr.

A présent qu'il avait fait cette proposition, pas question de reculer, décida Vitale. D'autant plus que Zara était suffisamment perturbée comme ça. Inutile qu'elle s'angoisse en plus pour son lapin…

— Tu n'as pas intérêt à le refiler à quelqu'un d'autre, prévint-elle d'un air soupçonneux. Et encore moins à le faire piquer.

Il réprima un soupir. Pas de doute, elle n'avait vraiment aucune confiance en lui…

— Ne t'inquiète pas. Ton lapin va être dorloté.

Zara regarda Neige avec inquiétude.

— Tu n'as pas l'intention de le laisser dans une pension

pour animaux, j'espère ? Il y a toujours plein de chiens et elle a terriblement peur des chiens.

— Bien sûr que non, répliqua aussitôt Vitale comme si cette pensée ne lui était jamais venue à l'esprit.

Il apprit ensuite tout ce qu'il n'avait jamais rêvé de savoir au sujet des lapins. Neige ne voyageait pas léger. Même avec l'aide de Zara, il fallut deux voyages pour transporter toutes ses affaires jusqu'à sa voiture.

Depuis quand était-il devenu capable d'une telle patience ? se demanda-t-il avant d'assurer pour la dixième fois :

— Je m'occuperai bien de lui, ne t'inquiète pas.

— Il faut que tu me donnes ton numéro de téléphone. Je t'appellerai tout à l'heure pour savoir si tout se passe bien.

Il réprima un sourire de triomphe. Voilà qui le récompensait de son accès inhabituel de générosité ! La femme qui portait son enfant s'inquiétait davantage du bien-être de son lapin que du sien propre. C'était pour le moins surprenant, mais ça avait l'avantage de rétablir la communication entre eux. Il allait devenir père… A cette pensée, Vitale fut pris de vertige.

Un bébé, se répétait-il encore quelques instants plus tard, en déposant le clapier dans un coin de son salon. Le palace de bois multicolore de Neige jurait avec la sobriété du décor de son appartement mais c'était le cadet de ses soucis.

En apprenant que le lapin était installé chez lui pour une période indéterminée, sa gouvernante à temps partiel l'informa d'un air pincé qu'elle était allergique aux poils d'animaux. Devant son absence de réaction, elle donna sa démission et quitta les lieux sur-le-champ.

Zara téléphona brièvement pour lui dire que Neige, qui avait apparemment l'oreille musicale, appréciait les programmes de MTV.

— Pas de chance, Neige, commenta Vitale en allumant la télévision pour regarder les derniers cours de la bourse. C'est moi qui détiens la télécommande et je préfère les chaînes d'information.

Neige s'aventura hors de son clapier, longea furtivement

le mur et s'immobilisa devant un tapis persan hors de prix, dont elle attaqua le coin à belles dents. Vitale se leva pour mettre le holà et elle courut se réfugier dans son clapier. Il réprima une moue de dérision. Un avant-goût de ce qui l'attendait ? Nul doute qu'un enfant mettrait par moments sa patience à rude épreuve.

A condition que Zara Blake lui laisse la possibilité de jouer son rôle de père… Un grand froid envahit Vitale et un juron lui échappa. Comment avait-il pu se mettre dans une situation aussi impossible ? Plusieurs de ses amis avaient des enfants qu'ils ne voyaient que très rarement ou pas du tout. Certaines mères étaient très réticentes à partager la garde de leurs enfants, et n'étant pas marié il n'aurait pratiquement aucun droit sur le sien.

Vitale, dont la mère était instable, avait été victime de maltraitance de la part de son beau-père. Il était inenvisageable pour lui d'être exclu de la vie de son enfant. Comment le protéger contre d'éventuels mauvais traitements s'il n'avait aucun contact avec lui ?

Soudain incapable de se mettre au travail, Vitale éteignit son ordinateur portable, qu'il venait d'allumer. Après avoir donné à manger à Neige, qui avait un régime de fin gourmet, il se mit à arpenter nerveusement le salon en réfléchissant à la conduite à adopter.

De son côté, Zara eut une journée très chargée. Après avoir discuté pendant une heure avec un client potentiel, elle alla vérifier comment avançait l'aménagement d'un jardin sur lequel travaillait Magic Gardens, puis elle se rendit au bureau pour finaliser un projet.

— C'est très impressionnant, commenta Rob lorsqu'il vit les plans qu'elle avait dessinés pour la villa de Toscane.

— On verra ce que ça va donner, répondit-elle en les roulant pour les mettre dans un étui en carton.

— Quand le client va-t-il les voir ?

— Cette semaine. Il est à Londres.

— Très pratique.

Ce fut seulement lorsqu'elle se mit à chercher une place de parking en arrivant chez elle qu'elle eut le temps de penser à la vie minuscule qui se développait en elle. Un bébé… *Son* bébé… Elle avait du mal à y croire. Et il fallait bien reconnaitre qu'elle ne pouvait s'empêcher d'être émerveillée. Pourtant, elle pouvait difficilement se réjouir d'être enceinte d'un homme avec qui elle n'avait eu qu'une aventure d'une nuit. C'était une très mauvaise nouvelle pour son enfant. Mais était-ce si sûr ? Pour sa part, elle n'était pas certaine que grandir auprès de son père ait été une chance pour elle. Non seulement il ne l'avait jamais soutenue, mais il lui faisait très peur quand il se mettait en colère. Cependant, elle avait des amis qui adoraient leurs pères et les trouvaient de très bon conseil.

Elle soupira. Cette grossesse imprévue n'allait pas améliorer ses relations avec ses parents, même s'ils étaient mal placés pour la blâmer. Après tout, Tom et elle avaient déjà huit ans quand ils avaient fini par vivre sous le même toit. De toute évidence, leur père n'avait pas été pressé de s'engager avec la mère de ses jumeaux. D'autant plus qu'à cette époque, il devait déjà avoir une liaison avec la mère de sa sœur Tawny…

Mais peu importait. Elle n'était pas comme ses parents et il n'y avait aucune raison qu'elle ne soit pas une bonne mère, même si elle était célibataire. Heureusement, elle avait la société d'Edith pour gagner sa vie. Par ailleurs, elle était forte et elle avait la tête sur les épaules. En cas de problème, elle saurait faire front.

Certes, elle s'était montrée d'une naïveté impardonnable avec Vitale. Elle devait apprendre à vivre avec ça. Comme lui-même apprenait à vivre avec Neige… Zara ne put s'empêcher de sourire. Vitale s'occupant de son lapin… Il fallait reconnaître que cette idée faisait naître des images d'un haut comique. D'ailleurs, elle avait été stupéfaite qu'il lui propose de s'occuper de son lapin. Mais il était vrai que Vitale était un homme énigmatique et complexe qu'elle ne parvenait pas du tout à cerner. Il n'était pas surprenant qu'elle ait été aussi fascinée par lui…

Un signal sonore annonçant l'arrivée d'un texto arracha Zara à ses pensées.

Tu veux venir dîner chez moi ? Je ferai la cuisine. V.

Sûrement pas ! A quoi jouait-il ? se demanda-t-elle avec consternation. « N'oublie pas que tu portes son enfant et que par la force des choses, tu vas être en relation avec lui pendant des années », lui souffla une petite voix intérieure très pragmatique. Elle soupira. Elle aimerait beaucoup pouvoir couper les ponts avec lui, mais malheureusement c'était impossible.

Malheureusement, il avait raison sur un point. Sa grossesse changeait tout. Même si ses sentiments pour lui n'avaient pas évolué le moins du monde. Elle le haïssait toujours. Rassurée par cette conviction, Zara répondit qu'elle acceptait l'invitation.

Après tout, ce serait l'occasion de lui donner le projet d'aménagement du terrain de sa villa de Toscane.

7

Quand Vitale rentra chez lui ce soir-là, il n'en crut pas ses yeux. Le lapin de Zara regardait la télévision, confortablement installé sur le canapé en cuir ! Dès qu'il pénétra dans le salon, Neige sauta du canapé et courut se réfugier dans son clapier. Quelques instants plus tard, il lui apporta de la nourriture mais il resta invisible.

Malgré les apparences, il n'était pas resté inactif toute la journée, constata-t-il très vite. Le tapis et le pied d'une table de bois en avaient fait les frais... De toute évidence c'était un lapin ravageur, incapable de se conduire de manière civilisée dans un appartement au décor luxueux. D'un autre côté, si Zara avait accepté son invitation c'était sans aucun doute pour vérifier que son lapin adoré se portait bien.

Zara arriva vêtue d'une robe bleu Nattier qui mettait en valeur la couleur de ses yeux et chaussée d'escarpins à talons démesurés. Pour la première fois de sa vie, le plaisir que prit Vitale à admirer les jambes d'une femme fut très vite mêlé d'inquiétude. Et si elle trébuchait et tombait ?

— Ces chaussures sont de véritables échasses, commenta-t-il d'un ton plus brusque qu'il ne l'aurait voulu.

Au même instant, Neige fit irruption dans l'entrée et se mit à sautiller autour des pieds de sa maîtresse pour lui souhaiter la bienvenue.

Soulagée de cette diversion, Zara se pencha pour le caresser et lui parler. Pourquoi était-elle toujours aussi troublée par Vitale ? se demanda-t-elle, le cœur battant à tout rompre. Il fallait reconnaître qu'en jean et chemise noire à col ouvert, il était sublime… Elle aurait dû mettre un jean, elle aussi. Avec cette robe et ces talons, elle paraissait endimanchée et ridicule.

Vitale l'invita sans attendre à prendre place à la table dressée dans un coin de l'immense salon et servit le dîner. Ce n'était pas de la grande cuisine, mais il était quand même plus doué qu'elle, constata-t-elle en mangeant son steak, accompagné d'une salade. La seule fois où elle avait essayé de faire cuire des steaks, le résultat avait été immangeable…

Le silence qui régnait dans la pièce était assourdissant, constata-t-elle avec un pincement au cœur. Rien à voir avec les conversations enjouées qu'ils avaient en Italie… Mais il était vrai que leur complicité n'avait jamais réellement existé. Tout ce qu'elle avait vécu avec lui n'était qu'une sinistre comédie…

— Comment te sens-tu ? finit par demander Vitale.

— Comme si j'étais coincée dans une bulle de savon. C'est une impression très bizarre. J'ai encore du mal à croire que je suis enceinte. Sans doute parce que c'est très récent. Et non prévu.

— J'ai l'intention de t'apporter tout le soutien dont tu auras besoin.

Le ton neutre de Vitale accentua le désarroi de Zara. Il n'y avait pas la plus petite trace d'émotion dans sa voix… Elle eut un sourire crispé.

— Alors ne t'occupe pas de moi.

Ça, c'était hors de question, songea aussitôt Vitale. Et d'autant plus impossible qu'il ne parvenait pas à détacher ses yeux de cette bouche pulpeuse qui lui rappelait des souvenirs brûlants… Assailli par une bouffée de désir, il réprima un juron. Il ferait bien de se ressaisir au plus vite !

— Ça me paraît difficile. Je me sens responsable de toi.

— Eh bien tu as tort. Non seulement je suis capable de me débrouiller seule mais c'est ce dont j'ai envie.

— Ne fais pas payer notre enfant pour ce que j'ai fait en Italie, plaida-t-il, déterminé à tout faire pour avoir la possibilité de jouer son rôle de père.

— Après ce que tu m'as fait, j'ai peur que tu ne sois pas un exemple pour un enfant.

Furieux, Vitale serra les dents. C'était un comble ! La fille de Monty Blake osait mettre en doute sa moralité, alors que son père n'en avait aucune… Mais il fallait reconnaître qu'il lui avait donné toutes les raisons de se méfier de lui. Par ailleurs, il devrait plutôt se réjouir qu'elle refuse de se reposer entièrement sur lui. Après tout, jusqu'où était-il prêt à aller pour assurer l'avenir de son enfant ?

— J'essaie de construire une relation différente avec toi, fit-il valoir avec raideur.

Sous le regard pénétrant de ses yeux noirs, Zara eut l'impression que des dizaines de papillons voltigeaient dans son estomac. Elle se concentra aussitôt sur son assiette. Pas question de retomber sous son charme.

— Pour moi c'est impossible. Je ne pardonne pas aux hommes qui se servent de moi.

Vitale plissa le front.

— Il y en a eu un autre ? Qui ? Qu'a-t-il fait ?

Zara soupira. Après tout qu'avait-elle à cacher ? Si elle lui expliquait ce qui lui était arrivé, il comprendrait peut-être qu'il n'avait aucun espoir de rentrer dans ses bonnes grâces.

— J'avais dix-huit ans quand j'ai rencontré Julian. Il en avait vingt-cinq et il m'a fait croire qu'il m'aimait. Après m'avoir demandée en mariage, il m'a emmenée en week-end. La première nuit, il m'a fait boire dans la chambre d'hôtel…

La voix de Zara s'éteignit. Finirait-elle par se remettre un jour de ce souvenir atroce ? Elle prit une profonde inspiration.

— J'ai dû perdre conscience. Quand j'ai rouvert les yeux, j'étais attachée à la tête du lit par des menottes, à moitié nue…

— Quoi ?

— Un objectif était braqué sur moi. Il avait décidé de prendre des photos compromettantes de moi pour faire chanter mon père. Il m'avait déshabillée pendant que j'étais inconsciente. Il n'a même pas pris la peine de coucher avec moi… Ce n'était pas ça qui l'intéressait.

Zara laissa échapper un petit rire amer.

— Il m'a même dit que je n'étais pas son type et qu'il préférait les brunes pulpeuses.

— *Per amor di Dio !*

Vitale était profondément perturbé par l'image que ce récit avait fait naître dans son esprit. Zara à moitié nue, déroutée, envahie par la peur… Quelle horreur ! Ce Julian s'était servi d'elle de manière odieuse, alors qu'elle était encore très jeune et très naïve. Mieux valait ne pas imaginer l'humiliation et la détresse qu'elle avait ressenties. Dire qu'il avait lui-même trahi sa confiance quelques années plus tard pour venger sa sœur… Mais inutile de revenir là-dessus. On ne pouvait pas changer le passé et les regrets ne servaient à rien.

— Mon père a beau collectionner les maîtresses, il est très strict en ce qui concerne la conduite des femmes de sa famille, poursuivit Zara. Et il tient par-dessus tout à préserver son image. Il a payé pour récupérer les photos et celles-ci ont été détruites. Mais ça ne m'empêche pas de continuer à payer pour cette histoire. Il m'a encore jeté Julian à la figure la semaine dernière. C'est la deuxième fois que je nuis à l'image de ma famille et il ne le supporte pas.

— Mais ce que Julian a fait était criminel. C'était une agression. Ton père aurait dû porter plainte.

— Il voulait éviter à tout prix que l'affaire s'ébruite. Mais c'est du passé, à présent.

Zara haussa les épaules.

— Je croyais que ça m'avait servi de leçon, et puis je t'ai rencontré.

— Ce qui s'est passé entre nous en Italie n'est plus d'actualité.

— Vraiment ? Ce n'est peut-être plus d'actualité, mais je ne l'ai pas oublié, rétorqua Zara d'un ton vif. Et je n'ai pas l'intention de te donner l'occasion de me malmener davantage.

Une évidence s'imposa à Vitale. Etant donné l'opinion qu'elle avait de lui, il n'y avait qu'une solution pour la convaincre du sérieux de ses intentions. Il crispa la mâchoire. Mais quelle solution ! Le mariage était un prix très élevé à payer pour quelques secondes d'inconscience… Mais que faire d'autre pour être certain d'avoir la place qui lui revenait dans la vie de son enfant ? Le mariage était le moyen le plus sûr d'acquérir l'autorité parentale.

Par ailleurs, il y avait peu de chances que Zara parvienne à s'en sortir correctement en tant que mère célibataire. Certes. Mais s'il l'épousait il perdrait la liberté à laquelle il tenait tant… Vitale se remémora sa propre enfance et ses réticences s'évanouirent. Il était prêt à tout pour éviter à son fils ou à sa fille de grandir dans le même enfer que lui.

Il plongea son regard dans celui de Zara.

— Dirais-tu la même chose si je te demandais de m'épouser ?

Le souffle coupé, Zara ouvrit de grands yeux. C'était forcément une plaisanterie. De très mauvais goût. Surtout après ce qu'elle venait de lui raconter au sujet de Julian, qui l'avait demandée en mariage pour gagner sa confiance.

— Tu te crois drôle ?

— Je suis parfaitement sérieux. Je te demande de devenir ma femme, insista Vitale d'une voix ferme. Dans l'espoir que nous pourrons élever notre enfant ensemble.

— Il n'y a pas si longtemps, tu m'as dit que si tu étais encore célibataire c'était parce que tu fuyais les femmes qui rêvaient de mariage.

— C'est vrai. Mais entre-temps tu es tombée enceinte de moi, ce qui a altéré mon point de vue sur la question, répliqua-t-il d'un ton pince-sans-rire. Nous ne pouvons pas remonter le temps. Aujourd'hui, il faut regarder vers l'avenir.

Elle avait subitement perdu l'appétit, constata Zara. Elle repoussa son assiette à dessert et se leva. S'il s'imaginait pouvoir réparer l'affront qu'il lui avait fait subir en la demandant en mariage, il se trompait lourdement. Elle ne voulait plus rien avoir affaire avec lui.

— Non, pas question. Tu n'as aucune raison de t'inquiéter.

Le bébé et moi nous nous en sortirons très bien. Dieu merci, je ne suis pas une adolescente incapable de se prendre en charge.

Vitale eut une moue dubitative. Il se leva.

— Il faut que nous en discutions. Reste encore un peu.

Déstabilisée par cette proposition, Zara s'efforça de masquer son trouble.

— Je n'avais pas l'intention de m'en aller tout de suite. J'ai apporté le projet que j'ai élaboré pour la villa. Si tu as fini de dîner, nous pouvons les regarder maintenant.

Avec un peu de chance, ce serait l'occasion de se ressaisir, songea-t-elle en étalant les plans sur la partie de la table restée inoccupée. Elle expliqua à Vitale la signification de certains symboles qu'elle avait utilisés et développa chacune de ses propositions.

Vitale ne put s'empêcher d'être impressionné par la précision et l'originalité de son projet. Pas un instant il n'avait imaginé qu'elle dessinerait elle-même les plans…

— Ces platebandes… serait-il possible d'en laisser quelques-unes vides ?

Elle plissa le front.

— Oui, bien sûr, mais…

— La dame qui, je l'espère, habitera la villa sera peut-être intéressée par le jardin. S'il reste des plantations à effectuer, cela lui laissera la possibilité d'y ajouter sa touche personnelle.

— C'est une bonne idée, approuva Zara en s'efforçant de contenir sa curiosité.

Qui était cette femme ? Lors de son séjour en Toscane, il s'était bien gardé de lui confier à qui était destinée la villa. Et il ne fallait pas se faire d'illusions. Sa réserve naturelle maintiendrait toujours une certaine distance entre eux. Il n'était pas du genre à faire des confidences ni à dévoiler quoi que ce soit de ses pensées. Quoi qu'il arrive, il resterait toujours un mystère pour elle.

Soudain, Zara sentit quelque chose lui chatouiller la cheville et elle pouffa. C'était Neige qui lui apportait un de ses jouets.

Sous le regard surpris de Vitale, elle lança le jouet et le lapin le lui rapporta aussitôt.

— Il aime jouer, expliqua-t-elle en riant.

Fasciné par la joie qui brillait soudain dans ses yeux, Vitale la regarda caresser affectueusement la tête du lapin, qui de toute évidence l'adorait.

— Ma proposition était sérieuse, déclara-t-il avec une pointe d'agacement.

Comment avait-elle pu s'imaginer qu'il plaisantait ?

— Etre enceinte n'est pas une raison suffisante pour se marier, répliqua Zara en s'efforçant d'ignorer les effluves de son eau de toilette.

Pourquoi était-il aussi près d'elle, tout à coup ? Et pourquoi son odeur lui était-elle aussi familière ? A son grand dam, elle fut envahie par une vive chaleur. Elle prit une profonde inspiration. Pas question de laisser deviner son trouble.

De plus en plus frustré par son refus, Vitale insista d'un ton crispé.

— Je tiens absolument à jouer mon rôle de père dans la vie de mon enfant…

— Tu n'es pas obligé de m'épouser pour cela…

Au souvenir des sévices que lui avait infligés son odieux beau-père, Vitale crispa la mâchoire.

— Si nous ne nous marions pas, si nous restons séparés, nous finirons l'un et l'autre par vivre avec quelqu'un d'autre et la situation deviendra très compliquée.

— Des tas de gens vivent ce genre de situation et s'en sortent très bien, rétorqua Zara avec une assurance qu'elle était loin de ressentir.

Mon Dieu, pourquoi était-il aussi perturbant d'imaginer Vitale avec une autre femme ? Mais elle ferait bien de se faire à cette idée. Vitale n'était pas du genre à vivre comme un moine. Depuis son week-end en Toscane, il avait sûrement déjà eu au moins une autre maîtresse. Si elle se sentait aussi possessive c'était sans doute parce qu'il avait été son premier amant. Avec le temps, ça lui passerait.

« Mais si tu l'épousais, il serait à toi », lui souffla une petite voix intérieure, qu'elle réduisit aussitôt au silence, atterrée par la stupidité de cette réflexion.

Le lendemain matin, Zara avait rendez-vous chez son médecin. Il lui confirma le résultat du test de grossesse et l'envoya voir une infirmière, qui lui donna plusieurs brochures de conseils pour bien vivre sa grossesse.

Alors qu'elle venait de quitter le cabinet, un homme la bouscula sur le trottoir et les brochures qu'elle avait toujours dans la main s'éparpillèrent sur le sol. Elle se baissa pour les ramasser, tandis que l'homme poursuivait son chemin sans s'apercevoir de rien.

— Zara ? Je ne m'attendais pas à te rencontrer dans le quartier, s'exclama une élégante jeune femme brune de sa connaissance. Tu n'as pas déménagé ?

Zara se redressa, les joues en feu sous le regard curieux d'Ella.

— Si, en effet…

— Oh ! mon Dieu ! C'est pour toi tout ça ? coupa Ella en s'emparant d'une brochure. Tu es enceinte ?

— Excuse-moi, j'ai rendez-vous et je suis en retard, éluda Zara avec un sourire éclatant.

Elle rangea les brochures dans son sac et s'éloigna sans autre commentaire. Quelle poisse ! Pourquoi avait-il fallu qu'elle tombe sur une des pires cancanières qu'elle connaissait ? Le moment n'aurait pas pu être plus mal choisi !

De son côté, Vitale passait lui aussi une mauvaise journée. Dire qu'il avait demandé à Zara de l'épouser… Certes, c'était un sacrifice indispensable. Elle était enceinte de lui et il tenait absolument à faire partie de la vie de son enfant. Mais ça supposait de vivre avec elle. Or il n'avait jamais eu envie de vivre avec une femme. Et encore moins d'avoir un enfant ! Depuis toujours, il évitait soigneusement toute forme de liens affectifs.

Il devrait donc se réjouir qu'elle lui ait opposé un refus catégorique. Il pouvait très bien se contenter de lui apporter son soutien financier. Pourquoi cette solution ne le satisfaisait-elle pas ? Objectivement, les risques que Zara vive un jour avec un homme aussi brutal que son beau-père étaient infimes.

Zara était en train de vérifier les comptes de Magic Gardens avec Rob quand Jono lui téléphona pour attirer son attention sur un entrefilet paru dans un journal people. L'estomac noué, elle sortit aussitôt acheter le journal en question. Ella — ou une de ses copines — n'avait pas perdu de temps pour lancer la rumeur. Sa grossesse avait beau être annoncée au conditionnel, cette indiscrétion risquait d'avoir des conséquences très déplaisantes…

Comme pour lui donner raison, son portable sonna de nouveau. C'était sa mère, qui lui demanda de passer parce que son père et elle voulaient lui parler. De quoi ? Ce n'était pas difficile à deviner ! songea-t-elle en raccrochant. Elle n'avait aucune envie d'affronter la tempête… Mais que faire d'autre ? De toute façon, il faudrait bien y passer un jour ou l'autre… Mieux valait ne pas imaginer dans quel état se trouvaient ses parents. Leur fille célibataire était enceinte, alors que quelques semaines plus tôt ils se préparaient à célébrer son union avec un milliardaire grec, au cours de ce qui devait être le mariage de l'année…

— Est-ce exact ? demanda Ingrid Blake dès que sa fille franchit le seuil du grand salon peu meublé, où l'élégance du décor comptait davantage que le confort.

Le cœur battant à tout rompre, Zara jeta un coup d'œil à son père, debout devant la cheminée, le visage fermé.

— Oui, je suis enceinte.

— Tu vas avorter. Nous allons nous occuper de tout, commenta sa mère sans la moindre hésitation.

Zara redressa les épaules.

— Non. Je veux garder mon bébé.

— Qui est le père ? demanda Monty Blake d'un ton glacial.

— Je suis désolée, mais je n'ai pas envie d'en parler.

— Evidemment, espèce de petite… ! s'écria-t-il, fou de rage.

La mère de Zara posa la main sur le bras de son mari.

— Ne te mets pas dans cet état à cause d'elle, chéri… Elle n'en vaut pas la peine.

— Ça je le sais, merci !

Le visage crispé par la colère, Monty Blake s'avança vers Zara d'un pas menaçant.

— Il est hors de question que tu gardes ce bébé.

Prenant une profonde inspiration, Zara affronta son père du regard en silence. Pas question de battre en retraite comme elle avait si souvent vu sa mère le faire.

— Ecoute ton père, pour une fois, insista Ingrid. Tu ne peux pas garder ce bébé ! Sois raisonnable. Avec un enfant, ta vie sera gâchée.

Le cœur de Zara se serra.

— Tom et moi nous avons gâché ta vie ?

— Je t'interdis de prononcer le nom de ton frère, pauvre idiote ! éructa Monty Blake en lui assenant une gifle retentissante.

Elle vacilla sous la violence du coup et dut reculer d'un pas pour garder l'équilibre.

— Et moi je t'interdis de me frapper ! Je devrais porter plainte contre toi.

— Ne dis pas de bêtises ! coupa sa mère, visiblement affolée. Tu l'as cherché.

— Comme tu l'as toujours fait toi-même ? rétorqua Zara d'une voix tremblante.

Dardant sur son père un regard méprisant, elle ajouta :

— Je ne remettrais plus jamais les pieds dans cette maison.

— Nous survivrons, railla-t-il. Tu n'es pas une grande perte !

Profondément bouleversée, Zara rentra chez elle. En descendant de voiture, elle sentit quelque chose couler sur sa joue. C'était du sang, constata-t-elle en s'essuyant du revers de la main. Elle sortit son miroir de poche de son sac. Elle avait la pommette éraflée. Sans doute par la bague de son père quand ce dernier l'avait giflée.

Malgré tous ses efforts, elle ne parvenait pas à maîtriser les tremblements qui la secouaient depuis qu'elle avait quitté la maison de ses parents. Mais pourquoi était-elle aussi surprise par ce qui venait de se passer ? Même si son père ne l'avait pas frappée depuis des années, ce n'était pas la première fois qu'il levait la main sur elle.

Elle avait appris très jeune que son père était capable de perdre son sang-froid au point de devenir violent. En général, c'était sur Ingrid qu'il se défoulait. Alors qu'elle était âgée de dix ans, Zara avait vu son père battre sa mère. Terrifiée, elle avait appelé la police.

Jamais elle n'oublierait les conséquences de cette initiative malheureuse. Elle avait été traitée d'horrible menteuse et envoyée en pension. Même son frère lui en avait voulu de cette « trahison ». Ce jour-là elle avait appris que tout ce qui se passait derrière les portes de l'hôtel particulier des Blake était strictement privé et ne devait être répété à personne, même pas à Bee.

— C'est entre maman et papa. Ça ne nous regarde pas. Il ne lève pratiquement jamais la main sur nous, disait Tom quand ils étaient adolescents. Juste une gifle de temps en temps. Je suis sûr que c'est bien pire dans beaucoup de familles.

Cependant, tout le monde vivait dans la crainte des accès de rage de Monty Blake et s'efforçait de ne pas le contrarier. Malgré ces précautions, il avait continué à passer ses nerfs sur Ingrid, mais plus discrètement. Zara n'avait plus jamais assisté à aucune scène de violence, mais elle avait remarqué que par moments sa mère ne bougeait qu'avec une certaine raideur, comme si elle était percluse de douleurs.

Lorsque Zara arriva dans son appartement, elle avait une migraine due au stress et des élancements dans la joue. Elle prit une boîte d'analgésiques dans l'armoire à pharmacie, puis se ravisa. Elle était enceinte. Mieux valait éviter de prendre des médicaments sans avis médical.

Elle inspecta sa pommette dans le miroir. Rouge et enflée, celle-ci était zébrée par une éraflure. Par ailleurs, un hématome se formait déjà sous son œil. La sonnerie de la porte d'entrée la fit tressaillir. Avant d'aller ouvrir, elle mit ses lunettes de soleil.

C'était Vitale, vêtu d'un costume noir et visiblement sur le point de sonner de nouveau avec impatience. Laissant retomber sa main, il considéra Zara d'un air perplexe.

— Pourquoi portes-tu des lunettes de soleil ? demanda-t-il en entrant chez elle sans attendre qu'elle l'y invite.

Alors qu'elle cherchait une réponse appropriée, il lui enleva ses lunettes et se figea.

— Que t'est-il arrivé ? s'exclama-t-il avec une indignation manifeste.

— Je suis tombée… J'ai trébuché sur le trottoir et…

— Ne me mens pas, s'il te plaît, intima-t-il en effleurant sa pommette d'un geste très doux. Quelqu'un t'a frappée.

— Ne dis pas de bêtises, protesta-t-elle d'une voix tremblante.

A son grand dam, des larmes lui brouillèrent la vue. S'efforçant de les refouler, elle ajouta :

— Que fais-tu ici ?

Pour toute réponse, Vitale déplia le journal qu'il avait à la main. C'était celui qui avait lancé la rumeur sur sa grossesse.

— Oh ! ça…, murmura-t-elle, tandis qu'il fermait la porte derrière lui.

Etait-ce seulement ce matin qu'elle avait lu cet entrefilet ? Elle avait l'impression qu'un siècle s'était écoulé depuis !

— Tu n'es pas tombée. Je ne te crois pas. Je veux savoir qui t'a fait ça. Qui t'a frappée ?

Vitale parlait d'un ton calme, mais ses yeux étincelaient d'indignation.

— Demain tu auras certainement un œil au beurre noir.

Zara déglutit péniblement. Elle avait mal, elle était épuisée et elle n'avait qu'une seule envie. Qu'on la laisse tranquille.

— Ça n'a pas d'importance.

— Comment peux-tu dire ça ? Tu as été agressée ! Qui essaies-tu de protéger ?

Zara pâlit.

— Personne.

— Tu es enceinte. Quel genre de monstre peut s'attaquer à une femme enceinte ? Il aurait pu te donner un coup dans le ventre et provoquer une fausse couche. Tu essaierais encore de le protéger ?

Zara baissa les yeux.

— Je n'ai pas envie d'en parler, Vitale.

Il la prit par la main et l'attira plus près de lui.

— Je ne partirai pas d'ici tant que tu ne m'auras pas dit qui t'a frappée. Notre enfant a été mis en danger et je ne peux pas laisser passer ça.

Zara fut assaillie par un vif sentiment de culpabilité. Vitale avait raison. Elle avait le devoir de protéger son bébé… Mais pouvait-elle pour autant trahir sa famille ? Sa détresse était telle que toute résistance l'abandonna.

— C'est mon père… d'accord ? lança-t-elle en dégageant sa main d'un geste brusque. Mais il n'avait pas d'intention particulière. C'est juste qu'il lui arrive d'être violent quand il est en colère…

— Ton… père ? répéta Vitale d'un air effaré.

Les yeux étincelants, il rouvrit la porte.

— Où vas-tu ?

Consternée, Zara le suivit dans le couloir et le saisit par le bras pour tenter de le retenir.

— Qu'as-tu l'intention de faire ?

— Ce qu'il faut pour l'empêcher de recommencer.

— Comment comptes-tu t'y prendre ? Je ne veux pas que tu te battes avec mon père… Je ne veux pas que ça se sache ! Ça ne regarde que nous ! insista-t-elle en agrippant désespérément Vitale par la manche de son costume.

Avec douceur mais fermeté, il l'obligea à le lâcher.

— Je ne me battrai pas avec ton père. Je ne dirai rien à personne non plus. C'est à toi de le faire si tu le souhaites. Mais je vais faire en sorte qu'il n'ose plus jamais lever la main sur toi. A plus tard.

Une fois seule, Zara se remit à trembler de tout son corps. Son père entrerait de nouveau dans une rage folle quand il saurait qu'une fois de plus elle l'avait dénoncé. Les tempes vrillées par la migraine, elle s'affaissa au bord du lit et inspira profondément à plusieurs reprises pour tenter de retrouver un semblant de calme.

Comment avait-elle pu avouer la vérité à Vitale ? Depuis des années elle la gardait enfouie au plus profond d'elle comme un secret honteux… Comment avait-elle pu donner à un homme qui haïssait déjà son père une raison supplémentaire de s'en prendre à lui ? Quelle catastrophe avait-elle déclenchée ?

Zara se revit quelques heures plus tôt dans l'élégant salon, au moment où elle avait vacillé sous la violence de la gifle de son père. Il fallait reconnaître que Vitale avait raison. Si elle était tombée, elle aurait pu perdre le bébé. La violence de son père était inacceptable. Depuis toujours. Malheureusement, sa mère l'avait acceptée. En refusant de se rebeller, elle avait imposé le silence à tous les autres membres de la famille.

Le cœur de Zara se serra. Même Tom avait préféré nier le problème. Mais il était vrai qu'il n'en avait jamais été victime. Monty Blake ne s'attaquait qu'aux femmes.

Trop exténuée pour manger, Zara s'allongea sur le lit et finit par s'endormir. Un coup de sonnette la réveilla. Vitale était de retour… Etouffant un bâillement, elle alla ouvrir nu-pieds et les cheveux ébouriffés. A sa grande stupéfaction, Vitale était accompagné de son père, pâle et visiblement déconfit.

— Ton père a quelque chose à te dire, annonça Vitale d'un ton dur.

— Je suis désolé de t'avoir frappée… ça ne se reproduira plus, déclara Monty Blake d'une voix éteinte.

— Je ne me ferai pas avorter, rappela-t-elle en relevant le menton.

Si son père s'imaginait pouvoir la convaincre de payer ce prix pour obtenir son pardon, autant le détromper tout de suite…

Visiblement outré que cette possibilité ait été évoquée, Vitale darda sur Monty Blake un regard haineux.

— Nous allons nous marier dès que possible.

Zara le considéra avec perplexité. Que lui prenait-il ? Il connaissait parfaitement sa position sur ce sujet. Il soutint son regard d'un air de défi. Elle ouvrit la bouche pour protester puis se ravisa. Mieux valait attendre qu'ils soient en tête à tête. Elle lui devait bien ça. Après tout, il avait réussi un exploit en obligeant son père à venir chez elle lui présenter des excuses. C'était la première fois de sa vie qu'un homme s'efforçait de la protéger au lieu de profiter d'elle. Et il fallait reconnaître qu'elle ne pouvait s'empêcher d'être impressionnée.

— Tu fais ce que tu veux, commenta Monty Blake d'un ton neutre à l'adresse de Zara.

Il se tourna vers Vitale.

— Satisfait ?

— Pour le moment, oui. Mais vous avez intérêt à vous tenir tranquille.

Monty Blake battit en retraite sans demander son reste. Zara regarda la porte de l'ascenseur se refermer sur lui, puis laissa échapper un profond soupir de soulagement.

— Comment as-tu réussi à le persuader de venir ici ?

— En le menaçant, admit Vitale sans l'ombre d'un remords. La perspective de subir les conséquences légales et sociales de ses actes le terrifie. Je suis surpris que tu n'aies jamais utilisé cette arme contre lui.

Zara baissa les yeux. La seule fois où elle avait essayé, elle l'avait amèrement regretté…

— Ce n'est pas la première fois qu'il te frappe, n'est-ce pas ? ajouta Vitale.

— C'est la première fois depuis que je suis adulte. Il est incapable de se contrôler. Je pense qu'il devrait consulter un médecin, mais il ne s'y résoudra jamais. Il ne veut pas reconnaître qu'il a un problème.

— Est-ce qu'il bat ta mère ?

Zara hocha la tête à contrecœur.

— Elle ne veut rien faire contre lui. Elle refuse même d'en parler. Malgré tout, je suis heureuse que tu ne l'aies pas frappé.

— Je lui aurais fait avaler toutes ses dents avec un plaisir immense. Mais ça n'aurait rendu service à personne. Pour certains hommes, la violence domestique est une addiction. Cependant, je pense que la crainte du déshonneur pourrait le pousser à se faire soigner.

— Lui as-tu demandé des explications au sujet de ta sœur ? Lui as-tu demandé ce qui s'est passé le soir où elle s'est noyée ?

Vitale eut une moue amère.

— Non. Ce n'était pas le moment. Je voulais avant tout te protéger.

Venait-il vraiment de dire ça ? se demanda Vitale avec effarement. Il ne se reconnaissait plus ! D'accord, il était normal qu'il cherche à protéger Zara, puisqu'elle portait son enfant. Mais il y avait des années qu'il rêvait de se venger de Monty Blake !

Zara était elle aussi au comble de la perplexité. Comment Vitale avait-il pu se taire malgré son désir de vengeance ?

— Il n'a pas compris qui tu étais ? Ton nom ne lui a rien dit ?

Le visage de Vitale se ferma.

— Loredana et moi nous n'avions pas le même nom de famille. Elle s'appelait Barigo.

Elle avait touché un point sensible, comprit Zara. De toute évidence, Vitale avait lui aussi des secrets de famille.

— Pourquoi lui as-tu dit que nous allions nous marier ?

Vitale crispa la mâchoire.

— Je suis convaincu qu'après réflexion, tu comprendras que tu n'as rien à perdre et tout à gagner à devenir ma femme…

— Vraiment ? coupa Zara avec impatience. Je t'ai déjà dit ce que je pensais de toi.

— Prends le risque.

— Je n'aime pas le risque.

— Moi si. C'est pour ça que je dirige une grande banque d'investissements. Ce serait raisonnable de ta part d'essayer le mariage pour le bien de notre enfant. Si ça ne marche pas, nous pourrons toujours divorcer. Mais au moins nous aurons essayé.

Déconcertée par le plaidoyer de Vitale, Zara resta silencieuse un instant. « Pour le bien de notre enfant. » Décidément, Vitale ne cessait pas de la surprendre. D'abord il prenait sa défense contre son père, et à présent il se faisait l'avocat de leur enfant. Lentement mais sûrement, il l'amenait à changer d'avis à son sujet.

Nul doute qu'en tant que père il aurait un rôle bien plus positif que le sien. Il était visiblement déterminé à faire passer leur enfant avant tout le reste. Riche et séduisant, il devait être très attaché à sa liberté. Et pourtant il était prêt à sacrifier celle-ci pour offrir un foyer stable à un enfant qu'il avait conçu par accident. Son sens des responsabilités forçait l'admiration. Et il fallait bien reconnaître que de son côté, elle préférerait nettement que son enfant grandisse entre ses deux parents.

— Si le mariage échoue, ce sera très perturbant pour toutes les personnes concernées, fit-elle valoir.

— Pour ma part, je trouverais beaucoup plus perturbant de voir mon enfant élevé par un autre homme. Tout ce que je te demande, c'est de nous laisser une chance de réussir.

— Ce n'est pas aussi simple.

Vitale poussa un soupir impatient.

— C'est toi qui compliques tout.

Zara déglutit péniblement. Pouvait-elle prendre le risque de lui donner une seconde chance ? Le mariage n'était pas une simple expérience. Elle savait qu'elle serait incapable de le prendre à la légère. L'expérience lui avait appris qu'un échec était toujours douloureux et difficile à surmonter. Et puis comment faire confiance à un homme qui restait pour elle un mystère insondable ?

— Je ne te connais pas assez. Et je ne peux pas oublier que tu m'as tendu un piège ignoble.

— Moi je suis capable d'oublier le passé s'il le faut, *angelina mia.* C'est à notre enfant qu'il faut penser avant tout.

Le regard indécis de Zara se posa sur la bouche de Vitale. Assaillie par des souvenirs très troublants, elle fut submergée par une vive chaleur. Furieuse contre elle-même, elle détourna les yeux.

— Mais je dois être honnête… J'éprouve du désir pour toi, ajouta Vitale à sa grande stupéfaction. Je ne l'ai pas choisi et je n'en suis pas particulièrement heureux. Mais c'est un fait. Depuis notre week-end en Italie, j'ai envie de recoucher avec toi.

Zara s'empourpra. Cet aveu était à la fois très embarrassant et très réconfortant. C'était même un immense soulagement d'apprendre qu'il n'était pas aussi indifférent qu'il voulait bien le laisser paraître. Parce que de son côté, elle était toujours aussi sensible à son charme irrésistible… L'idée qu'il partageait son attirance était très réjouissante.

— D'accord, je veux bien tenter l'expérience pendant trois mois. Mais si à la fin de cette période nous constatons que notre mariage est un échec, nous devrons nous séparer à l'amiable.

— Un mariage à l'essai, en quelque sorte ?

— Pourquoi pas ?

Zara esquissa un sourire timide. Elle avait le sentiment d'avoir repris le contrôle de la situation et ça faisait un bien fou… Le désir qu'elle éprouvait pour Vitale n'était plus un problème insurmontable, puisqu'il était partagé. Si elle prenait soin de rester sur ses gardes, elle n'avait aucune raison de souffrir. De toute façon, après le piège odieux qu'il lui avait tendu en Toscane, elle ne risquait plus de l'idéaliser…

Refermant la main sur son épaule, Vitale captura sa bouche. Quand sa langue franchit le barrage de ses lèvres, une flèche de désir la transperça et elle fut parcourue d'un long frisson. Elle enfonça les ongles dans ses paumes pour résister à l'envie de nouer les mains sur sa nuque et s'efforça d'ignorer le feu qui l'envahissait tout entière.

Vitale interrompit son baiser et l'enveloppa d'un regard brûlant.

— Je vais tout faire pour que ça marche entre nous, promit-il d'une voix rauque.

8

Deux semaines avant le mariage, Vitale vint chercher Zara à la boutique pour l'emmener déjeuner. Ne l'ayant pas vu depuis une semaine en raison de son emploi du temps trop chargé, elle ne cacha pas sa surprise.

— Je croyais que tu étais trop occupé pendant la journée pour ce genre de déjeuner, commenta-t-elle en montant dans la voiture.

N'était-ce pas ce qu'il lui avait dit au téléphone, quelques jours plus tôt ?

— D'ordinaire oui, mais aujourd'hui c'est différent. Nous allons voir ton père.

Elle ouvrit de grands yeux.

— Pourquoi ?

— Il est temps que je lui demande des explications sur la mort de ma sœur, répliqua Vitale, la mine sombre. Etant donné que c'est ton père et que nous sommes sur le point de nous marier, je ne peux pas te laisser en dehors de ça.

— Je ne suis pas sûre d'avoir envie d'assister à cette confrontation. Mes relations avec mes parents sont déjà exécrables et elles ne risquent pas de s'améliorer si tu humilies mon père en ma présence.

— Ce n'est pas mon intention. J'ai appelé ton père ce matin pour lui dire que j'étais le frère de Loredana et que je voulais savoir ce qui s'était passé la nuit où elle s'est noyée. Il a eu quelques heures pour réfléchir à ses réponses.

— Et tu crois qu'il va te dire la vérité ?

— Il n'est pas stupide. Qu'a-t-il à perdre ? Il sait que je ne peux rien contre lui. Il n'y avait que deux membres d'équipage sur le yacht. L'hôtesse, qui était également cuisinière, est morte. Quant au capitaine, Rod Baines, il a été blessé à la tête et souffre de troubles de la mémoire.

Monty Blake se trouvait dans son bureau, au premier étage du plus prestigieux hôtel de la chaîne Royale. Lorsqu'il vit sa fille, ses traits se crispèrent et il demanda d'un ton accusateur :

— Savais-tu qui était cet homme quand tu l'as rencontré ?

— Quelle importance ? Contente-toi d'expliquer à Vitale ce qui s'est passé cette nuit-là, répliqua-t-elle d'une voix égale.

— J'ai déjà tout raconté il y a des années lors de l'enquête judiciaire.

— En effet, je crois me souvenir que vous vous êtes retrouvé par miracle dans le canot de sauvetage et que vous avez eu la bonne idée de perdre conscience pendant que le yacht coulait, intervint Vitale d'un ton méprisant. Depuis combien de temps étiez-vous l'amant de ma sœur ?

— Je n'ai jamais été son amant. Je la connaissais à peine…

— Elle était enceinte…

— Pas de moi, comme je l'ai indiqué à l'enquête. Je n'ai jamais été son amant.

Les yeux de Vitale lancèrent des étincelles.

— Vous me prenez pour un imbécile ?

— Je vous assure que c'est la stricte vérité. Je n'ai pas eu le temps. Vérifiez les dates, si vous ne me croyez pas. J'ai rencontré Loredana chez votre oncle, à la campagne, j'ai dîné avec elle la semaine suivante à Rome et je l'ai invitée sur mon yacht le week-end suivant. C'était une jeune femme très belle, mais je n'envisageais rien d'autre qu'une aventure.

Monty Blake lança un regard penaud à Zara.

— Ma vie était déjà assez compliquée. Ta mère et moi nous nous adressions à peine la parole, à l'époque.

Zara se raidit.

— Rien de ce que tu nous diras ne sortira d'ici, promit-elle avec embarras.

— Loredana était très perturbée quand elle m'a rejointe à bord du yacht, reprit son père. Pendant le dîner, elle m'a confié qu'elle s'était disputée avec son petit ami et qu'elle était enceinte. Ce n'était pas exactement ce à quoi je m'attendais et elle n'a pas apprécié que je lui demande pourquoi elle avait accepté mon invitation.

— Une dispute a éclaté ? demanda Vitale d'un air soupçonneux.

— On ne peut pas dire ça. Apparemment, Loredana avait accepté mon invitation uniquement pour rendre jaloux son petit ami. Elle espérait qu'il tenterait de l'empêcher de venir mais il n'a rien fait et elle en était malade. Quand elle s'est mise à pleurer, je lui ai suggéré de se retirer dans sa cabine pour la nuit. Sans vouloir être irrespectueux, j'en avais pardessus la tête de ses tendances au mélodrame.

Vitale crispa la mâchoire, mais il garda le silence. Sa sœur était en effet quelqu'un de très émotif, capable d'éclater de rire, de fondre en larmes ou de se mettre en colère avec la même facilité, se souvint-il. Au cours de l'enquête, il n'avait pas été fait mention d'une dispute ni de l'agitation supposée de Loredana. Malgré tout, il y avait une note de sincérité très convaincante dans le récit de Blake. Il était facile d'imaginer son irritation quand il avait compris que ce n'était pas pour ses beaux yeux que Loredana l'avait rejoint et que ses projets pour le week-end étaient fortement compromis.

— Votre sœur m'avait donné le sentiment que j'étais trop vieux pour les filles de son âge, ajouta le père de Zara avec une moue dépitée. Elle m'avait déprimé. Je ne suis pas allé me coucher. Je suis resté dans le salon et j'ai bu. J'ai fini par m'endormir, ivre mort. A un certain moment, Rod m'a réveillé pour me prévenir que nous étions pris dans une tempête et que le yacht était endommagé. Il m'a demandé d'aller chercher votre sœur et Pam, l'hôtesse, pendant qu'il préparait le canot de sauvetage. D'après lui, elles étaient ensemble…

Monty secoua la tête.

— J'étais ivre et le générateur est tombé en panne. Le bateau a été plongé dans l'obscurité.

— Et qu'avez-vous fait ? lança Vitale.

— Votre sœur n'était pas dans sa couchette et je n'arrivais pas à m'orienter parmi les cabines de l'équipage. Le yacht tanguait dangereusement et je ne voyais ni où j'allais ni où je mettais les pieds. J'ai crié les noms des deux femmes. L'eau ruisselait dans le carré. C'était terrifiant. Je suis tombé et je me suis fait mal. Je suis remonté sur le pont pour demander à Rod de venir m'aider, mais il avait été blessé à la tête et il était en sang.

La frayeur que Monty Blake avait éprouvée cette nuit-là transparaissait dans sa voix hachée et sur ses traits altérés par le souvenir du cauchemar qu'il avait vécu.

— Le bateau était en train de couler et j'ai paniqué. C'est ça que vous voulez que j'avoue ?

— Tout ce que veux, c'est la vérité, répliqua Vitale, presque aussi tendu que son interlocuteur.

— Eh bien je suis désolé de ne pas avoir été héroïque, mais avec la mer qui s'engouffrait dans le carré, je n'ai pas eu le courage de redescendre seul, reconnut Monty avec une pointe de défi mêlé de honte, comme si le souvenir de ce moment décisif le hantait depuis des années.

— J'ai enfilé un gilet de sauvetage et j'ai aidé Rod à mettre le sien. Ensuite, j'ai mis tant bien que mal le canot à l'eau en suivant ses instructions. Je ne sais pas nager, figurez-vous… Je n'ai jamais appris. Le bateau coulait, il était trop tard pour entreprendre de nouvelles recherches, trop tard pour faire quoi que soit…

— Vous la connaissiez à peine, commenta Vitale d'un ton neutre. Vous avez sauvé votre peau. Je ne pense pas qu'on puisse vous juger pour ça.

Zara ne déjeuna pas ce jour-là. Vitale et elle quittèrent l'hôtel en silence. Il n'avait sans doute pas plus faim qu'elle, songea-t-elle. Il pensait à sa sœur et la vérité n'avait pas dû être facile à entendre pour lui. Loredana était très jeune et c'était sur un coup de tête qu'elle avait accepté de passer le week-end en mer avec un homme qu'elle connaissait à peine.

Quant à son père, il était ivre et avait manqué de courage. Toutefois, les gens prêts à risquer leur vie pour en sauver une autre n'étaient pas si nombreux. Il serait injuste de le condamner parce qu'il n'avait pas su se comporter en héros.

— Non, on ne voit absolument rien ! déclara Bee deux semaines plus tard, le jour du mariage de Zara, en examinant le ventre de sa demi-sœur sous tous les angles.

Il fallait n'avoir jamais eu de problèmes de poids pour choisir une robe de mariée aussi moulante quand on était enceinte, ajouta-t-elle *in petto.*

Zara se contempla dans le miroir avec satisfaction. En effet, sa grossesse était impossible à deviner. Certes, ses seins étaient un peu plus pleins, mais c'était le seul changement qu'elle avait décelé jusque-là. Sa robe, très élégante, lui allait à merveille.

— J'espère que Vitale ne va pas trouver que je suis trop habillée.

— Comment peut-on être trop habillée à son propre mariage ? s'exclama Bee.

— Quand il a lieu dans la plus stricte intimité, en présence des seuls témoins, répliqua Zara avec un pincement au cœur.

— Ça t'ennuie ?

Bee la considéra d'un air inquiet.

— Ce n'est sûrement pas le genre de mariage dont tu rêvais.

— Détrompe-toi. Je n'étais pas du tout chaude pour le genre de réception grandiose que maman voulait organiser quand j'étais censée épouser Sergios. Et ce mariage-ci n'est qu'une formalité…

— Je pense que c'est un peu plus que ça, étant donné que l'homme que tu vas épouser est le père de ton bébé, coupa Bee avec un sourire amusé.

— Je suis très reconnaissante à Vitale de tenir à partager cette responsabilité.

— Bien sûr. Et c'est uniquement pour ça que tu as choisi une robe sublime et des chaussures extravagantes, et que tu t'es maquillée avec autant de soin. Voyons, Zara, ai-je vraiment l'air stupide à ce point ?

Zara resta silencieuse. Il fallait reconnaître qu'elle avait décidé de faire le grand jeu. Et qu'ironiquement, il lui avait fallu des tonnes de maquillage pour obtenir l'effet naturel recherché. L'effet naturel qu'admirait Vitale…

Ses escarpins en strass étaient aussi extraordinaires que les pantoufles de verre de Cendrillon. Pour respecter la tradition qui voulait qu'elle ait sur elle quelque chose d'ancien, elle avait accroché l'insigne d'étudiant de son frère. Et enfin, elle portait une jarretière bleue. Si ce mariage n'était qu'une formalité, pourquoi s'était-elle donné tout ce mal ?

Etant donné les circonstances, elle n'avait invité que ses demi-sœurs à la cérémonie, qui serait très brève. Bee l'accompagnait à l'église et Tawny avait promis de les rejoindre là-bas. Tout de suite après, Vitale et elle partiraient en Italie. Elle avait quitté son appartement et dormi la veille chez Bee.

Rob continuerait de gérer Magic Gardens à Londres et elle espérait avoir suffisamment de commandes en Toscane pour y ouvrir une petite succursale. Neige s'était déjà envolée pour sa nouvelle maison.

Avait-elle fait le bon choix ? Avait-elle eu raison d'accepter la proposition de Vitale ? Elle n'en était pas du tout certaine et elle appréhendait l'avenir. Si elle avait commis une erreur, elle ne serait pas la seule à en subir les conséquences… L'avenir de son enfant était en jeu.

La voiture que Vitale lui avait envoyée s'arrêta devant l'église. Elle descendit avec l'aide de Bee et Tawny se précipita vers elle.

— Zara ! s'exclama-t-elle en écartant une boucle cuivrée de ses yeux. Tu es splendide ! Qui est cet Italien ? Et pourquoi n'ai-je pas encore fait sa connaissance.

— Je suis enceinte et nous étions pressés.

Tawny écarquilla les yeux et les baissa sur le ventre de Zara.

— Oh… Et tu l'épouses ? J'espère que tu sais ce que tu fais…

— Tu crois que c'est déjà arrivé à Zara de savoir ce qu'elle faisait ? intervint Bee. Elle ne voit jamais plus loin que le bout de son nez.

— Le jour de mon mariage, mes sœurs sont censées m'apporter un soutien inconditionnel, rappela Zara d'un ton ferme.

Ses sœurs cessèrent aussitôt leurs railleries. Elles montèrent les marches de l'église avec elle et s'immobilisèrent sous le porche, le temps de lisser le bas de sa robe. Les portes s'ouvrirent et les premières notes d'orgue retentirent. Au bord de la panique, Zara sentit son estomac se nouer. Le mariage était une étape décisive… et un engagement lourd de conséquences. Etait-elle faite pour devenir une épouse ? Il y avait tellement de choses qu'elle ignorait au sujet de Vitale. Tellement de sujets qu'ils n'avaient pas abordés…

Il l'attendait devant l'autel. Et elle ne risquait pas de paraître trop habillée, constata-t-elle avec soulagement. Comme l'homme qui l'accompagnait, il était vêtu d'un costume gris très élégant.

Il tourna la tête vers elle et lui sourit. Aussitôt, elle sentit ses craintes s'évanouir. Quand il souriait il était encore plus superbe… Mais surtout, il y avait de l'admiration dans son regard. Et rien ne pouvait lui faire plus chaud au cœur…

— J'aime ta robe, murmura-t-il avant que le pasteur prenne la parole. Tu es splendide.

Le cœur gonflé de joie, elle fut libérée de ses derniers doutes. La cérémonie commença. Quelques instants plus tard, ce fut sans trembler qu'elle tendit la main pour que Vitale lui glisse son alliance au doigt. Puis très vite, ce fut la fin.

L'orgue retentit de nouveau, tandis que Vitale l'entraînait vers la sortie.

Sous le porche, elle le présenta à ses demi-sœurs et apprit que l'homme qui l'accompagnait était un ami qu'il avait connu quand il était étudiant et qui était devenu son avocat.

Ils se rendirent directement à l'aéroport.

— As-tu regretté que tes parents ne soient pas présents ? demanda Vitale dès qu'ils furent seuls.

— Pas du tout. Ça n'aurait pas été assez grandiose pour ma mère, et mon père aurait trouvé le moyen de gâcher ma journée en me traitant d'idiote.

Consciente du regard surpris de Vitale, Zara haussa les épaules et se tut.

— Pourquoi aurait-il fait ça ?

— J'aurais dû te le dire plus tôt… Je suis atteinte de dyslexie. Une dyslexie *sévère,* précisa-t-elle en joignant étroitement les mains sur ses genoux. Mais contrairement à ce que pense mon père, je ne suis pas stupide pour autant. J'ai des problèmes pour lire et écrire, mais avec un ordinateur, je m'en sors très bien.

Vitale se remémora son air perplexe devant les instructions du test de grossesse et il eut un pincement au cœur. A en juger par l'anxiété qui se lisait dans son regard, cet aveu lui avait beaucoup coûté et elle craignait qu'il la rejette…

— J'ai eu des camarades de classe qui étaient dyslexiques. Je sais très bien que tu n'es pas stupide. Et heureusement, de nos jours les enfants dyslexiques sont très bien pris en charge.

Zara eut une moue dépitée.

— Mon père nie l'existence de la dyslexie. Il dit que c'est une invention des psychologues. Pour lui, je suis tout simplement stupide et il a refusé que je sois suivie par un orthophoniste.

— C'est ridicule. Et à l'école, tu n'as pas été aidée ?

— J'avais déjà seize ans quand ma dyslexie a été dépistée. J'ai quitté l'école quelques mois plus tard. Mais même si je n'ai pas passé mes examens, je m'en sors très bien.

Elle n'avait aucune envie d'approfondir le sujet, comprit Vitale. Il la revit, la notice explicative à la main, pâle et tendue. Elle était terrifiée à l'idée qu'il risquait de découvrir son problème… Il fut assailli par une bouffée de rage. Monty Blake était vraiment un père odieux ! Au lieu d'apporter à sa fille le soutient dont elle avait besoin, il l'avait écrasée de son mépris. Au lieu d'apprendre à surmonter son problème, elle avait appris à en avoir honte. Mais pourquoi était-il aussi furieux ? Pourquoi ressentait-il un besoin aussi viscéral de protéger cette femme ?

— Il n'est jamais trop tard pour apprendre. Quelques séances avec un professionnel devraient te permettre de régler le problème. Et te redonner confiance.

Zara sentit ses joues s'enflammer. Nul doute qu'il n'avait pas prévu d'épouser une femme qui avait besoin d'aide… Mais apparemment, cela ne le perturbait pas.

— Je croyais que tu serais embarrassé d'avoir une femme dyslexique.

— Il en faut beaucoup plus pour m'embarrasser, *gioia mia*. Tes parents ont très mal réagi. Il n'y avait pas lieu de dramatiser. Albert Einstein et d'autres gens très célèbres étaient dyslexiques.

A l'aéroport, un jet privé les attendait. Elle ne savait presque rien de l'homme qu'elle venait d'épouser, songea une fois de plus Zara en s'installant dans un confortable siège de cuir crème.

— J'ignorais que tu possédais un jet, confia-t-elle.

— Je voyage beaucoup. Ça me fait gagner du temps et ça me permet de partir à l'improviste si nécessaire.

— Où allons-nous ?

— C'est une surprise. Qui te fera plaisir, j'espère.

On leur servit le déjeuner, mais après plusieurs nuits sans sommeil à s'angoisser sur son avenir, Zara était trop épuisée pour manger. Elle se contenta de quelques bouchées, repoussa son assiette et ferma les yeux. Elle ne se réveilla qu'à l'atterrissage, quand Vitale la secoua avec douceur.

Lorsqu'ils prirent la route, elle fut partagée entre la tristesse et la joie à la vue des collines Toscane. Ce paysage était toujours aussi enchanteur, mais comment oublier que Vitale lui avait tendu un piège odieux lors de son précédent séjour ?

— Ce n'est pas la route du *palazzo* Barigo ? demanda-t-elle soudain.

— *Si,* répondit sobrement Vitale.

Quelques instants plus tard, il franchit l'entrée de la propriété.

— Que faisons-nous ici ? s'exclama Zara.

— Tu verras.

Vitale se garda devant le *palazzo.* Avait-il l'intention de la présenter à son oncle ? se demanda-t-elle en descendant de voiture. Lissant sa robe, elle monta les marches qui conduisaient à la porte d'entrée, qui s'ouvrait déjà. Elle s'immobilisa dans le hall de marbre, à la vue de tous les domestiques, visiblement rassemblés pour les accueillir.

Vitale la rejoignit et fit les présentations. Où se trouvaient les membres de sa famille ? se demanda-t-elle avec perplexité. Au même instant, un valet de chambre du nom d'Edmondo les conduisit jusqu'à un grand salon. Personne ne les attendait dans cette pièce non plus, constata-t-elle, de plus en plus intriguée.

— Nous allons séjourner ici ? demanda-t-elle à mi-voix.

— Le *palazzo* m'appartient, répliqua Vitale avec le plus grand naturel.

9

Abasourdie, Zara resta sans voix. Elle se remémora sa précédente visite au *palazzo*. Dire qu'il avait prétendu s'être arrangé pour qu'ils puissent faire le tour du parc ! Et le jardinier qui l'avait salué… Elle avait été un peu surprise mais elle s'était dit aussitôt que les employés de son oncle le connaissaient forcément ! Pendant tout le week-end, il n'avait pas cessé de lui mentir…

— Mais tu m'avais dit que cet endroit appartenait à ton oncle ! s'exclama-t-elle, furieuse.

— Pas du tout. Je t'ai juste dit que j'habitais ici avec mon oncle et ma famille quand ta tante a dessiné le parc.

— Ne joue pas avec les mots ! Tu m'as menti ! Je ne pourrai plus jamais rien croire de ce que tu me diras !

Impassible, Vitale s'exhorta au calme.

— J'ai acheté le *palazzo* il y a deux ans, quand mon oncle a décidé de le vendre, mais jusqu'à aujourd'hui, je me suis contenté d'assurer l'entretien de la propriété sans jamais y habiter.

Le soleil qui entrait à flots par les fenêtres illuminait les cheveux blonds de Zara. Elle était splendide dans cette robe de dentelle blanche qui mettait la finesse de sa silhouette en valeur. Quand sa grossesse commencerait-elle à se voir ? se demanda Vitale, soudain envahi par une exaltation intense. Bientôt, son ventre s'arrondirait… Ce serait le premier signe visible de l'existence de son bébé… A cette pensée, il fut assailli par une bouffée de désir qui lui coupa le souffle.

Prenant une profonde inspiration, il s'efforça de se ressaisir. Pourquoi cette femme persistait-elle à provoquer en lui des réactions aussi inhabituelles ? Pourquoi ne parvenait-il pas à garder avec elle autant de distance qu'avec les autres femmes ?

Les yeux lavande de Zara lançaient des éclairs.

— Pourquoi ? Si tu as acheté le *palazzo* pourquoi ne l'as-tu jamais habité ?

— Je ne m'y sentais pas bien. Quand j'étais adolescent, je passais mes vacances ici et je n'en garde pas de bons souvenirs, reconnut-il d'un ton crispé.

— Alors que faisons-nous ici ?

— Tu as aimé le parc. J'ai pensé que la maison te plairait aussi. Elle est très belle.

Zara ne savait plus quoi penser.

— Pourquoi as-tu acheté cet endroit si tu ne l'aimes pas ?

— Le *palazzo* appartient à la famille Barigo depuis des siècles. J'estimais qu'il était de mon devoir de l'acheter pour pouvoir le transmettre aux générations suivantes.

— Mais tu ne t'appelles pas Barigo…

— J'ai choisi de ne pas porter ce nom, mais je suis un Barigo.

Zara se mordit la lèvre. Voilà pourquoi il n'avait pas le même nom que sa sœur… Ils ne devaient pas être nés du même père. Vitale était sans doute un fils illégitime, fruit d'une aventure extraconjugale, qui n'avait jamais été accepté par le reste de la famille. Et pourtant, il semblait dans son élément au *palazzo*. Il possédait l'assurance d'un homme habitué à évoluer dans ce genre d'environnement. Par ailleurs, il avait une position sociale prestigieuse et il était manifestement plus riche que les derniers propriétaires du *palazzo*. Malgré tout cela, il ne s'était pas senti digne d'habiter le *palazzo* dont il était propriétaire ? A cette pensée, Zara sentit son cœur se serrer.

— Quand on achète une maison, il faut l'habiter, déclara-t-elle. D'autant plus que tu emploies visiblement un grand nombre de domestiques pour l'entretenir. Ma tante disait qu'une maison qui n'est pas habitée perd son âme.

— Je ne suis pas certain que le *palazzo* Barigo ait jamais eu une âme, commenta Vitale avec une moue de dérision. Ma sœur y a grandi. Pour elle c'était différent. C'était sa maison jusqu'à ce que son père meure et que mon oncle en hérite.

— Pourquoi n'est-ce pas elle qui en a hérité ?

— Le *palazzo* ne se transmet qu'entre hommes. Loredana a reçu de l'argent en compensation.

— Alors pourquoi as-tu été obligé de l'acheter ? demanda Zara, incapable de contenir sa curiosité. Parce que tu es un enfant illégitime ?

— Je ne suis pas un enfant illégitime… c'est trop compliqué à expliquer, éluda Vitale avec un haussement d'épaules.

Inutile d'insister, il ne lui dirait rien de plus, comprit Zara. Mais cette propriété familiale et son enfance perturbée étaient la clé de sa personnalité complexe. Et ces cicatrices qui zébraient son dos… D'où provenaient-elles ? Elle aimerait tellement percer le mystère Vitale Roccanti ! Pendant un moment, elle l'avait pris pour un homme sans cœur qui ne pensait qu'à la vengeance. Mais depuis, il lui avait prouvé le contraire. N'avait-il pas insisté pour assumer ses responsabilités de père ? Ne l'avait-il pas protégée contre son père, obligeant même ce dernier à lui présenter des excuses ?

— Visitons la maison, suggéra-t-elle d'un ton délibérément léger.

— Tu n'as pas exactement la tenue appropriée…

— Je peux me changer.

— J'envisageais plutôt de te l'enlever moi-même, *cara mia,* objecta Vitale avec un sourire charmeur.

— De toute façon, tu vas être obligé de m'aider pour l'enlever. Ce matin je n'aurais jamais réussi à la mettre si Bee n'avait pas été là.

Alors qu'ils s'apprêtaient à monter l'imposant escalier de marbre, Edmondo apparut et les devança pour leur montrer le chemin. Amusée par son air solennel et son pas majestueux,

Zara eut toutes les peines du monde à contenir son fou rire. Le coup d'œil malicieux que lui adressa Vitale faillit réduire ses efforts à néant.

Edmondo les conduisit jusqu'à une chambre immense au décor surchargé sur laquelle Zara promena un regard impressionné. Cette profusion de meubles anciens, de dorures et de tentures richement brodées était digne de la chambre d'un roi… Mais c'étaient bien ses bagages et ceux de Vitale qui étaient posés devant la grande armoire aux portes garnies de miroirs.

— Waouh, murmura-t-elle après le départ d'Edmondo.

Allait-elle vraiment dormir dans cet énorme lit à baldaquin garni de lourds rideaux cramoisis ?

— Qu'en penses-tu réellement ? demanda Vitale alors qu'elle ouvrait sa valise.

— C'est hideux. Mais je suis sûre que les meubles sont d'époque et qu'ils valent une fortune, ajouta-t-elle de crainte d'avoir manqué de tact.

— Nous pourrions les stocker dans un garde-meuble et changer toute la décoration. Ce n'est pas mon style non plus, reconnut Vitale en se mettant derrière elle pour dénouer les lacets de satin qui fermaient sa robe. Mais Edmondo est très à cheval sur la tradition et cette chambre est celle du propriétaire du *palazzo* depuis toujours.

— Eh bien, tes prédécesseurs devaient aimer l'apparat !

Le corsage de sa robe tomba en avant et Zara frissonna.

— Et toi, tu es très doué pour défaire les lacets…

Vitale déposa un baiser à la base de son cou, où une petite veine battait frénétiquement. Savourant la douceur parfumée de sa peau, il s'attarda longuement sur ce point sensible. Parcourue de longs frissons, elle réprima un gémissement.

Se laissant aller en arrière, elle s'appuya contre Vitale et aperçut son reflet dans un des miroirs de l'armoire. Elle avait les yeux brillants et les joues en feu. Quant à ses seins gonflés, ils semblaient prêts à jaillir de son soutien-gorge sans bretelles, un peu trop juste.

— Mon Dieu ! J'ai l'air d'une petite effrontée ! s'exclama-t-elle en remontant son corsage sur sa poitrine.

— Pour moi c'est parfait, *angelina mia,* commenta Vitale en finissant de dégrafer le bas de sa robe.

Il lui fit lâcher le corsage et la robe tomba en une flaque à ses pieds. La soulevant de terre, il l'allongea sur le lit et l'enveloppa d'un regard admiratif.

— Vous êtes superbe, *Signora* Roccanti.

Envahie par une vive chaleur, elle sentit les pointes de ses seins se hérisser contre la dentelle de son soutien-gorge. Vitale enleva sa cravate, sa veste, son gilet et ses chaussures, puis la rejoignit sur le lit, les yeux brillants. Il s'empara de sa bouche avec une ardeur qui l'électrisa. Libérant un sein de son enveloppe de dentelle, il pinça délicatement le bourgeon hérissé entre le pouce et l'index avant de le lécher du bout de la langue. Puis il l'aspira avec volupté tout en glissant la main entre ses cuisses. Au contact de la soie humide de sa culotte, il laissa échapper un grognement.

— Je rêve de cet instant depuis des semaines…

Ce fut seulement lorsqu'il lui enleva son soutien-gorge qu'il vit le petit insigne qu'elle y avait accroché.

— Qu'est-ce que c'est ?

— La tradition veut qu'une mariée porte quelque chose d'ancien. C'est un souvenir de mon frère.

— Je ne savais même pas que tu avais un frère.

— Tom était mon jumeau. Il est mort dans un accident de voiture il y a deux ans.

Le cœur de Zara se serra. Elle n'avait aucune envie de s'appesantir sur ce sujet douloureux… Enfonçant les doigts dans les cheveux de Vitale, elle l'incita à l'embrasser de nouveau. Il ne se fit pas prier et les sensations délicieuses qui l'assaillirent chassèrent tous ses mauvais souvenirs de son esprit.

Son soutien-gorge vola dans la chambre, bientôt suivi par sa culotte. Vitale se redressa le temps de finir de se déshabiller, et son impatience manifeste la transporta de joie.

— Je voulais prendre mon temps et que ce soit parfait, contrairement à la dernière fois, avoua-t-il avec une mine contrite.

Elle lui caressa la joue.

— La perfection n'est pas humaine. Et ce n'est pas ce que j'attends de toi.

— Tu as tort.

Vitale referma délicatement les mains sur ses seins, lui arrachant un petit soupir d'aise.

— Est-ce un effet de mon imagination, ou bien tes seins ont-ils vraiment grossi depuis la dernière fois ?

— Tomber enceinte présente certains avantages, répondit-elle avec un sourire mutin.

Il pouffa. Puis il captura sa bouche dans un baiser passionné, tout en glissant la main entre ses cuisses pour honorer sa fleur ruisselante de désir. Ses caresses diaboliques attisèrent le feu qui la dévorait et elle se mit à onduler des hanches en gémissant. Les sensations qui l'assaillaient étaient si intenses qu'elles en devenaient presque insupportables. D'une voix qu'elle ne reconnut pas elle le supplia de la rejoindre, et il plongea dans le cœur brûlant de sa féminité d'un coup de reins puissant.

— Oui !

Tandis qu'il accélérait peu à peu la cadence, elle fut emportée dans une spirale de feu. Les doigts crispés sur son dos, elle sentit les premières ondes de plaisir la parcourir. Puis un raz-de-marée déferla en elle, lui arrachant un cri aigu qu'elle étouffa contre l'épaule de Vitale. Presque aussitôt, il fut balayé à son tour par une vague irrésistible.

— Je ne veux pas flatter ton ego… mais c'était parfait ! murmura-t-elle dans un souffle un moment plus tard.

Elle fit glisser ses mains sur le dos de Vitale avec un petit soupir d'aise et sentit ses cicatrices sous ses doigts.

— Que t'est-il arrivé ?

Il tressaillit.

— J'ai été battu et torturé par mon beau-père quand j'étais enfant. Il est allé en prison pour ça.

Horrifiée, Zara sentit sa gorge se nouer. Elle refoula les larmes qui noyaient déjà ses yeux et retint Vitale, qui tentait de s'écarter d'elle.

— Je croyais qu'il n'y avait pas pire que mes parents, mais je vois que je me trompais, commenta-t-elle d'une voix mal assurée.

Comment se libérer de son étreinte sans la blesser ? se demanda Vitale. Il n'avait pas l'habitude des démonstrations d'affection et il s'en passait très bien. Sauf que chez la femme qu'il venait d'épouser, c'était visiblement une seconde nature, songea-t-il en se remémorant le comportement de Zara avec son lapin. Il faudrait donc apprendre à faire avec.

Il déposa un baiser maladroit sur le sourcil de Zara et constata avec consternation qu'une larme avait roulé sur sa joue.

— Nous n'avons peut-être pas eu de chance à la loterie parentale, mais ça ne nous empêchera pas d'être nous-mêmes de bons parents, déclara-t-il d'une voix ferme. Après tout, nous connaissons l'un et l'autre les erreurs à ne pas commettre.

Zara s'efforça de chasser les images terribles qui la hantaient. Oui, l'enfance de Vitale avait dû être un véritable enfer… Mais de toute évidence, il refusait de s'appesantir sur les souffrances passées. Il préférait regarder vers l'avenir et c'était tout à son honneur. Leur mariage avait peut-être des chances de réussir, finalement.

— A dix-huit ans, ma mère, Paola, a épousé un riche homme d'affaires de vingt ans son aîné. Carlo Barigo.

Vitale consentait enfin à raconter à Zara l'histoire qu'elle brûlait d'entendre depuis son arrivée au *palazzo*, le jour de leur mariage, huit semaines plus tôt.

Pour le faire sortir de sa réserve, elle avait dû déployer des trésors de patience et bien choisir son moment. Ils venaient de faire l'amour et ils étaient allongés entre les draps froissés, comblés et détendus.

— Loredana est née pendant la première année de leur mariage. Son mari étant souvent absent pour ses affaires, Paola a pris l'habitude de profiter de sa liberté. Ayant fait de mauvaises rencontres, elle s'est mise à boire, puis à se droguer, et enfin, elle a pris un amant. Le mariage n'y a pas survécu.

« Carlo l'a jetée dehors et ses parents lui ont tourné le dos. Elle n'avait jamais travaillé et elle était enceinte, si bien qu'elle est allée vivre chez son amant…

— L'homme qui te battait ?

— *Si.* C'était un dealer pour riches. Il l'a épousée parce qu'il pensait qu'elle avait obtenu une grosse pension alimentaire. Ce qui n'était pas le cas. Il croyait également que l'enfant qu'elle attendait était de lui.

— C'était toi.

— Oui. En fait, j'étais le fils de Carlo Barigo, mais Paola avait menti. Mon père l'avait déjà privée de sa fille et elle ne voulait pas me perdre moi aussi.

Vitale crispa la mâchoire.

— C'était soi-disant pour ça que mon beau-père me battait. Parce que je n'étais pas son fils, contrairement à ce qu'il avait cru. Mais en réalité, c'était tout simplement un homme violent, qui prenait du plaisir à me frapper.

— Ta mère n'essayait pas de l'en empêcher.

— Elle en était au stade où la seule chose qui comptait pour elle c'était d'avoir de quoi se piquer.

Le cœur de Zara se serra.

— Il devait bien y avoir quelqu'un qui se préoccupait de ton sort…

— Personne. Jusqu'à ce que Loredana décide de rencontrer sa mère, après la mort de Carlo Barigo. Mais quand elle est venue chez nous, Paola était complètement droguée et c'est avec moi qu'elle a fait connaissance. Quand elle a vu les marques de coups, elle a prévenu les autorités. J'ai été placé dans une famille d'accueil et mon beau-père a été condamné et arrêté. Loredana m'a sauvé la vie. Elle est devenue ma tutrice quand j'avais onze ans. Je suis allé en pension pendant qu'elle gagnait sa vie comme mannequin.

Pas étonnant qu'il soit aussi attaché à sa sœur, songea Zara. Elle l'avait arraché à l'enfer…

— Dans quelles circonstances es-tu venu au *palazzo* quand tu étais adolescent ?

— Loredana était une héritière, *gioia mia*. Mon oncle voulait qu'elle continue à se sentir chez elle au *palazzo* parce qu'il espérait qu'elle épouserait un de ses fils et que la famille profiterait de sa fortune. C'est pour cette raison qu'il a accepté qu'elle m'amène ici. C'était ça ou me laisser en pension toute l'année.

Vitale poussa un profond soupir.

— Ma sœur m'aimait tel que j'étais et il ne lui est jamais venu à l'esprit que ses cousins snobs seraient outrés qu'on leur impose le fils d'un dealer doublé d'un toxicomane.

Zara plissa le front.

— Mais ce n'est pas ce que tu étais.

— Non, mais eux le croyaient. Mes cousins me sortaient de mon lit en pleine nuit pour me rouer de coups. Et comme ils voulaient être sûrs que je ne prenne pas la grosse tête, ils m'ont appris que ma mère se prostituait pour survivre.

Zara pâlit.

— Je parie que tu n'as jamais prévenu ta sœur de ce qui se passait.

— Bien sûr que non. Je l'idolâtrais et elle croyait que mes séjours au *palazzo* me permettaient de goûter à la vie de famille qu'elle-même ne pouvait pas m'offrir. Elle faisait confiance à tout le monde, ajouta Vitale avec une moue de dérision. Elle ne voyait jamais le mal.

— Quel âge avais-tu quand elle est morte ?

— Treize ans.

— Et comment as-tu découvert qui était ton vrai père ?

Les traits de Vitale se crispèrent.

— Le test ADN effectué pour l'identification de son

corps a révélé que nous étions frère et sœur. J'ai choisi de garder cette information pour moi. Elle n'avait pas modifié son testament pour m'y inclure mais le tribunal a décidé de mettre une partie de ses biens en réserve pour couvrir mes frais de scolarité et de subsistance. Mon oncle a hérité du reste. Et par crainte du qu'en-dira-t-on, il a insisté pour que je continue à passer mes vacances au *palazzo.*

— Tu n'as connu ta sœur que très peu de temps.

Le cœur de Zara se serra. Quelle détresse il avait dû éprouver à la mort de la seule personne au monde qui lui avait témoigné de l'amour ! Et quelle tristesse qu'il n'ait découvert qu'à ce moment-là leur véritable lien.

— C'est ici, au *palazzo*, qu'elle a fait la connaissance de ton père, déclara Vitale d'un ton dur. La propriété servait de cadre à une séance photo et Loredana posait comme mannequin. A l'époque, ta tante Edith travaillait encore à l'aménagement du parc. Ton père était venu la voir et il a été invité à dîner.

— Oh.

Zara déglutit péniblement. Si son père avait été plus courageux, Loredana aurait peut-être survécu au naufrage.

— Ne parlons pas de ça pour l'instant, s'il te plaît. Trouve plutôt au moins une chose positive à me dire au sujet du *palazzo.*

— Ne sois pas si puérile, *cara mia.*

— Ce n'est pas puéril du tout. Tu as tendance à être très négatif.

Un sourire contrit aux lèvres, Vitale renversa la tête sur l'oreiller.

— J'ai fait ériger le temple qui domine le lac en hommage à Loredana. Cette colline était son endroit favori…

— Tu triches. C'est une chose à la fois positive et négative.

— Je n'aurai pas besoin de faire construire quoi que ce soit pour me souvenir de toi, plaisanta Vitale avec un sourire malicieux. Tu as mis ton empreinte partout dans cette maison.

Les antiquités ornées de dorures avaient été remplacées par des meubles contemporains en chêne qui s'harmonisaient de façon surprenante avec les murs tendus de soie. Des sièges confortables garnis de coussins moelleux et de plaids invitaient à la détente, tandis que de belles poteries et des compositions florales égayaient le décor tout en lui donnant du caractère.

Edmondo, enthousiasmé par ces transformations, avait décrit la nouvelle maîtresse du *palazzo* à son mari comme une « force de la nature ».

— Tu n'as pas besoin de te souvenir de moi, objecta Zara. Je n'ai pas l'intention de m'en aller.

Le regard de Vitale se posa sur le petit réveil en émail posé sur la table de chevet de Zara et il se redressa d'un bond.

— Je ne m'étais pas rendu compte qu'il était presque 18 heures !

Dix secondes plus tard Zara était seule dans le lit. Le cœur serré, elle écoutait la douche couler dans la salle de bains attenante. Malheureusement, elle savait pourquoi Vitale était aussi pressé. Ou plutôt, elle le savait sans le savoir…

On était vendredi. Or chaque vendredi depuis cinq semaines, Vitale sortait seul et ne rentrait que vers 2 heures. Il lui avait seulement dit qu'il allait dîner chez une vieille « amie » qui habitait près de Florence. Et si elle tentait d'en savoir plus, il devenait irritable… Elle lui avait demandé si cette amie vivait dans la villa pour le parc de laquelle elle avait dessiné des plans. Pourquoi avait-il refusé de répondre ?

— Tu dois apprendre à me faire confiance. Ce n'est pas parce que tu es ma femme que je suis obligé de tout te dire ! avait-il déclaré la semaine précédente d'un ton catégorique.

Pour sa part, elle considérait au contraire que le mariage impliquait de tout se dire. Cependant, elle avait préféré ne pas insister, afin de ne pas provoquer une querelle.

A son retour, demain, Vitale serait sombre et distant. Et il s'écoulerait au moins quarante-huit heures avant qu'il la touche. De toute évidence, ses soirées du vendredi ne le mettaient pas de bonne humeur.

Les passait-il dans le lit d'une femme qui comptait beaucoup pour lui ? Une femme qu'il aurait délaissée à contrecœur pour l'épouser parce qu'elle était enceinte ? C'était sa pire angoisse… Mais comment expliquer autrement son attitude au retour de ses soirées ? Il avait tout d'un homme écartelé.

Zara soupira. Il fallait cependant reconnaître que ces mystérieuses sorties du vendredi soir étaient le seul nuage dans sa vie. D'ailleurs, au début elle ne voyait aucun inconvénient à ce qu'il la laisse seule un soir par semaine. Ce qui l'inquiétait, c'était son refus de lui dire où il allait. Elle n'aimait pas les secrets et elle ne pourrait pas continuer à supporter son silence pendant très longtemps.

Pourtant, elle vivait avec lui en Toscane depuis huit semaines et elle avait fait l'expérience tout au long de cette période d'un bonheur et d'un sentiment de sécurité entièrement nouveaux pour elle. Pendant les trois premières semaines, Vitale lui avait consacré tout son temps, mais ensuite il avait dû reprendre son travail à la banque et ses voyages à l'étranger.

Pendant ses absences, elle était retournée plusieurs fois à Londres pour faire le point avec Rob sur l'évolution de Magic Gardens et voir des clients.

Autour du cou, elle portait un diamant en forme de larme au bout d'une chaîne. Vitale détestait qu'elle enlève ce bijou. Il disait que le scintillement du diamant sous les rayons du soleil lui rappelait ses cheveux et son sourire lumineux. Il lui avait fait une foule de compliments romantiques du même genre, qu'elle chérissait et se répétait chaque fois qu'elle était seule ou qu'elle avait des doutes sur la longévité de leur mariage.

Il était très généreux et lui avait offert d'innombrables cadeaux. Des bijoux et des fleurs, bien sûr, mais aussi des œuvres d'art ou des meubles. Même Neige avait été couvert de jouets…

Et surtout, il avait pris contact avec un orthophoniste qui venait la voir une fois par semaine au *palazzo* pour des séances de rééducation. Elle avait déjà beaucoup moins de problèmes de lecture.

Peu à peu, Vitale était devenu le centre de l'univers de Zara sans même qu'elle s'en aperçoive. Jusqu'à ce que les vendredi soirs commencent à devenir une source d'angoisse.

Elle se rendait malade à force de se demander où il pouvait être et avec qui.

Finalement, elle dut se rendre à l'évidence. Elle était tombée éperdument amoureuse de l'homme qu'elle avait épousé. Dire qu'elle avait proposé que leur mariage comporte une période d'essai de trois mois… Trois mois ! Quelle idée stupide ! Que lui avait-il pris ? Elle savait déjà qu'elle n'aurait aucune envie de renoncer à Vitale, même après trois mille mois.

Que dirait-elle à la fin des trois mois s'il empruntait la porte de sortie qu'elle lui avait stupidement ménagée ? Que ferait-elle s'il décidait de reprendre sa liberté ? Chaque fois que Zara évoquait cette éventualité, son sang se glaçait dans ses veines.

Elle ne savait pas quand elle était tombée amoureuse de lui ni à quel moment elle lui avait pardonné le piège qu'il lui avait tendu lors de leur première rencontre. Peu importait. Elle avait découvert que son mari était un homme entier, prêt à tout pour offrir le meilleur avenir possible à son enfant, comme il avait été prêt à tout pour venger sa sœur. Et cet homme, elle était folle de lui. L'importance qu'il accordait à la famille la touchait en plein cœur.

Le portable de Vitale sonna et il sortit de la salle de bains pour y répondre, une serviette nouée sur les reins. Plissant le front, il passa nerveusement la main dans ses cheveux et parla longuement en italien. Après avoir raccroché, il regarda Zara.

— Je suis obligé de partir à Bahreïn ce soir pour rencontrer un investisseur important. Je ne serai pas de retour avant demain, tard dans la soirée.

Zara réprima un sourire. Il ne pouvait pas à la fois partir pour Bahreïn et dîner quelque part près de Florence avec sa mystérieuse amie…

Il se mit face à la fenêtre pour passer un autre coup de téléphone, toujours en italien, mais d'une voix beaucoup plus douce. De toute évidence, il prévenait cette femme qu'il ne pourrait pas la voir… Le cœur de Zara se serra et l'angoisse s'empara d'elle de nouveau.

Où allait-il tous les vendredis soir ? En gardant le secret, il mettait leur relation en péril. N'en avait-il pas conscience ? Ou bien estimait-il que cette femme valait la peine de prendre ce risque ? Avait-il installé une maîtresse dans la luxueuse villa ? Une maîtresse à laquelle il tenait davantage qu'à sa femme enceinte ? Il fallait absolument qu'elle en ait le cœur net.

Dès qu'il serait parti pour l'aéroport, elle se rendrait à la villa, sous prétexte de voir où en était l'aménagement du jardin. Il fallait qu'elle sache qui vivait là-bas. Elle ne pouvait pas continuer à vivre dans le doute.

Et tant pis s'il réagissait mal en apprenant qu'elle avait satisfait sa curiosité derrière son dos.

10

L'entreprise paysagiste engagée par Vitale pour réaliser le projet de Zara avait fait un excellent travail. Une vaste terrasse entourée d'arbres et de buissons égayait le devant de la villa tout en lui donnant un aspect plus moderne.

Le cœur battant à tout rompre, Zara se gara et descendit de voiture. Quoi qu'elle découvre, il fallait à tout prix garder son sang-froid, se rappela-t-elle en s'avançant vers la villa. Pas de scène, pas de larmes et surtout pas de récriminations. N'était-ce pas ce qu'elle avait promis à Vitale avant de l'épouser ? Ils étaient convenus de faire un essai de trois mois, à la fin duquel chacun d'eux pourrait choisir de mettre fin à leur mariage.

S'il avait une maîtresse qui vivait à la villa, elle devrait donc lui rendre sa liberté et tourner la page. Une bouffée d'angoisse assaillit Zara. C'était d'une logique implacable, sauf que la perspective de vivre sans Vitale et d'élever son enfant sans lui était terrifiante.

Soudain, alors qu'elle hésitait sur le seuil de la villa, incapable de se résoudre à frapper à la porte, celle-ci s'ouvrit. Elle reconnut avec surprise Giuseppina, la gouvernante qui s'était occupée d'elle et de Vitale à la ferme, lors de son premier séjour en Toscane.

— *Buona sera, Signora Roccanti,* s'exclama Giuseppina avec un sourire réjoui.

Zara ne comprit pas le flot d'italien qui suivit mais elle se rasséréna. A en juger par cet accueil chaleureux, il était peu probable que Vitale héberge une maîtresse dans la villa. Alors qu'elle pénétrait dans le hall à l'invitation de la gouvernante, un bruit de pas se fit entendre et une femme apparut.

Une femme âgée, svelte et pas très grande, avec des cheveux argentés coupés courts. Son regard était anxieux et son visage sillonné de rides. En voyant Zara, elle se figea, manifestement embarrassée.

— Vous devez être Zara, déclara-t-elle avec l'accent italien. Vitale vous a parlé de moi ? Je lui ai fait promettre de garder le secret sur moi, mais je savais que ce serait très difficile pour lui…

— Il n'a pas rompu sa promesse, reconnut Zara en se maudissant.

Pourquoi n'était-elle pas restée au *palazzo* ? Pourquoi persistait-elle à céder à des impulsions qui lui attiraient invariablement des ennuis ?

— Je vous dois des excuses. Je n'aurais pas dû venir sans y avoir été invitée, mais je ne parvenais plus à contenir mon anxiété. Le fait de ne pas savoir qui vivait ici, qui Vitale voyait tous les vendredis soir…

Le visage de la femme se détendit.

— *Naturalmente*… Bien sûr. Venez, Giuseppina va nous préparer du thé anglais.

Elle parla brièvement à la gouvernante en italien, puis elle tendit la main.

— Je suis Paola Roccanti.

— Je m'en doutais, répliqua Zara, toujours au comble de l'embarras. Vitale a vos yeux.

Prenant visiblement ce commentaire comme un compliment, Paola sourit. Elle entraîna Zara dans le salon, désormais meublé et décoré dans un style sobre et moderne.

— J'aurais dû autoriser Vitale à vous dire que j'habitais ici. Je me rends compte que je l'ai mis dans une position délicate. Ce n'était pas mon intention. C'est juste que je ne voulais pas vous embarrasser, ni l'un ni l'autre. Je ne voulais pas que vous vous sentiez obligée de venir me voir…

— Comment pourriez-vous m'embarrasser ? s'exclama Zara, stupéfaite. Pourquoi ne voudrais-je pas vous voir ?

Paola soupira.

— Vous êtes mariée avec mon fils. Vous devez savoir que je ne me suis pas du tout occupée de lui quand il était enfant. Beaucoup de gens me méprisent pour la vie que j'ai menée et je comprends ce qu'ils ressentent. Je me suis droguée, j'ai vécu dans la rue, je suis allée en prison parce que je volais pour pouvoir m'acheter de la drogue…

— Vitale a envie de vous voir, et c'est tout ce qui compte pour moi, interrompit Zara d'un ton calme.

Tout cela ne la regardait pas.

— Depuis que je suis sortie de cure de désintoxication, mon fils et moi nous essayons d'apprendre à nous connaître. Ce n'est pas facile, ni pour l'un ni pour l'autre, avoua Paola d'une voix pleine de regret. Il est difficile pour lui de ne pas me juger, et de mon côté j'ai parfois du mal à le regarder en face quand certains souvenirs me reviennent à la mémoire.

— Je pense que c'est bien que vous essayiez tous les deux, commenta Zara avec tact, alors que Giuseppina arrivait avec le thé.

— Me réconcilier avec mon passé et reconnaître mes erreurs fait partie du programme de rétablissement, expliqua Paola. J'assiste régulièrement à des réunions de narcotiques anonymes. J'ai un parrain qui est très bien et Vitale m'apporte un grand soutien également.

— C'est bien.

Toujours embarrassée, Zara regarda Paola servir le thé avec des mains légèrement tremblantes.

— En général, le vendredi soir nous dînons dehors et nous discutons. De sujets difficiles, parfois… comme ma fille, Loredana. Je n'ai aucun souvenir d'elle après l'âge de six ou sept ans, à l'époque où j'ai quitté mon premier mari, Carlo. Une fois adulte elle est venue me voir deux fois, mais je n'étais pas en état de lui parler et je ne me souviens pas de ces visites…

— Vitale m'en a parlé.

— Vous devez être au courant de certaines choses.

Les yeux humides, Paola était visiblement très tendue.

— Il aurait pu mourir quand il était enfant. Je pense que plus tard il a souvent regretté d'avoir survécu. Je l'ai privé de son vrai père et de son héritage. Pourtant, il m'a installée dans cette splendide villa et il m'emmène dîner dans des restaurants chics, comme si j'étais toujours la jeune femme respectable qui a épousé son père… La femme que j'étais avant de devenir toxicomane. Il dit que maintenant je peux être qui j'ai envie d'être.

— Il a raison. Vous le pouvez, acquiesça Zara d'une voix apaisante.

Comment ne pas ressentir de la compassion pour cette femme accablée de honte, dont la fragilité était si flagrante ? Pourvu que le programme de rétablissement soit un succès et qu'elle parvienne à ne plus toucher à la drogue…

Lorsque Paola lui proposa de lui montrer le jardin, Zara se détendit un peu. Les deux femmes commentèrent l'aménagement imaginé par Zara, puis Paola demanda des conseils pour les plantations à effectuer dans les platebandes encore vides situées à l'arrière de la maison. Elle s'était déjà rendue dans une jardinerie voisine. Tout en priant que Vitale ne soit pas contrarié par cette initiative, Zara suggéra qu'elles y aillent ensemble la semaine suivante et elles convinrent d'un rendez-vous.

Il était tard dans l'après-midi quand Vitale revint au *palazzo* le lendemain. Vêtue d'une robe bain de soleil blanche très simple, Zara était en train d'arranger une brassée de lavande dans un gros vase de cristal. Il s'immobilisa sur le seuil et promena sur elle un regard à la fois admirateur et attendri. Comme elle était belle… Sa grossesse commençait à se voir. Sa robe s'évasait comme une cloche au-dessus de ses jambes fines. Mais pourquoi cette lueur inquiète dans son regard ?

— Tu peux crier, si tu veux, dit-elle d'un air penaud.

— Pourquoi crierais-je ?

— Je suis allée voir ta mère. Je suppose que tu le sais déjà.

— En effet. Paola m'a appelé tout de suite après ton départ.

Vitale eut un petit sourire.

— Elle t'a trouvée charmante et elle pense que j'ai beaucoup de chance. Ce dont je suis conscient…

— Mais j'y suis allée délibérément derrière ton dos, insista Zara, qui ne pouvait s'empêcher de se sentir coupable. Il fallait absolument que je sache où tu allais le vendredi et avec qui tu passais la soirée…

— C'était très dur de ne pas te le dire mais je ne voulais pas perturber Paola en précipitant les choses. J'ai déjà eu beaucoup de mal à la persuader d'emménager à la villa. Elle a peur d'empiéter sur nos vies et de nous gêner…

— Pourquoi nous gênerait-elle ?

— Si elle ne te gêne pas, moi non plus. Elle a perdu trente ans de sa vie dans la drogue et elle a fait des efforts immenses pour surmonter ses problèmes. J'estime qu'elle mérite qu'on lui offre un nouveau départ.

— Mais quand tu la vois, tu sembles… perturbé.

— Ça ne me plaisait pas de la voir en cachette. Et il est vrai que c'est parfois bizarre d'être avec elle. Quand j'étais enfant je ne l'ai pas vraiment connue, et ensuite, de l'âge de onze ans à cette année, je n'ai eu aucune relation avec elle et je n'en voulais pas. Nous avons beaucoup de temps à rattraper mais elle m'a appris des choses que je suis heureux de savoir, déclara Vitale en montant l'escalier en compagnie de Zara.

— Ça ne t'ennuie pas si je prends une douche ? J'ai l'impression d'avoir voyagé toute la journée.

— Pas du tout ? Qu'as-tu appris de Paola ?

— Que pendant tout le temps qu'a duré leur mariage, mon père avait une maîtresse, répliqua-t-il en ouvrant la porte de leur chambre. Il n'a épousé ma mère que pour avoir des enfants et il était odieux avec elle. Il n'est pas surprenant qu'elle ait été déstabilisée et qu'elle ait fini par sortir du droit chemin.

— Comment vous êtes-vous retrouvés ?

— Elle avait tenté de reprendre contact avec moi par l'intermédiaire d'une assistante il y a plusieurs années, mais à l'époque je ne voulais pas entendre parler d'elle. Et puis je t'ai rencontrée, et j'ai commencé à prendre conscience que les êtres humains sont plus compliqués que je ne le croyais.

— Qu'est-ce que j'ai à voir avec ça ?

— J'avais tendance à ne pas faire dans la nuance. Pour moi les choses ne pouvaient être que toutes noires ou toutes blanches. Mais en réalité, il est rare que les gens soient entièrement mauvais ou entièrement bons. Et tout le monde commet des erreurs. Par exemple j'en ai commis une énorme en essayant de me venger de ton père à travers toi. C'était terriblement injuste.

— Je n'imaginais pas que je t'entendrais un jour le reconnaître.

Zara se pelotonna sur le lit.

— Quand en es-tu arrivé à cette conclusion ?

Vitale lui lança un regard amusé.

— Disons qu'après t'avoir rencontrée, *angelina mia,* une foule d'indices m'ont mis sur la voie. Pour commencer, j'ai découvert que j'étais devenu accro à toi en un week-end, alors que j'avais ruiné toutes mes chances. Ensuite, le jour où tu as appris que tu étais enceinte, tu m'as dit que tu me méprisais. Et enfin, tu m'as imposé un mariage à l'essai, au cas où je te donnerais des raisons de reprendre ta liberté au bout de trois mois. Crois-tu que j'ai l'esprit lent au point de ne pas en avoir tiré les conclusions qui s'imposaient ?

— Je n'ai jamais pensé un seul instant que tu avais l'esprit lent.

— Pourtant, je n'étais vraiment pas doué pour comprendre mes propres sentiments, admit Vitale en dénouant sa cravate. Ni même pour les reconnaître… Quand j'étais enfant, je les étouffais parce que tout ce que je pouvais ressentir me rendait vulnérable.

— C'est compréhensible.

— Et une fois devenu adulte, je n'étais plus capable de les reconnaître. Par exemple, je n'ai pas pris conscience de ce que j'éprouvais pour ma mère avant qu'il soit presque trop tard pour avoir une chance de la connaître. Quand un prêtre qui la soutenait en cure de désintoxication est venu me voir cette année, tu étais entrée dans ma vie et j'avais déjà l'esprit plus ouvert. J'étais davantage prêt à admettre qu'il y avait peut-être des choses que j'ignorais au sujet de ma mère, et j'ai écouté ce qu'il avait à me dire.

— Je ne comprends pas ce que j'ai à voir avec ça.

— C'est très simple. Quand je suis tombé amoureux de toi, mon cœur s'est ouvert à tout le reste ! répliqua Vitale d'un ton moqueur. J'en suis même arrivé à éprouver de l'affection pour Neige ! Alors essayer de comprendre que ma mère avait besoin de faire amende honorable n'était plus aussi difficile…

Zara fixait Vitale avec incrédulité.

— Tu es tombé amoureux de moi… Quand donc ?

Il eut un sourire malicieux.

— Oh ! Sans doute le premier week-end, quand je jouais au méchant séducteur pour te tendre un piège. Par la suite, j'ai compris qu'en fait c'était moi-même que j'avais piégé. A ce moment-là, je ne savais pas encore que j'étais amoureux. J'avais juste l'impression que tu m'avais jeté un sort parce que je n'arrivais plus à te chasser de mes pensées ni à me passer de toi.

— Et quand as-tu décidé que c'était de l'amour ?

Vitale eut une moue contrite.

— Il m'a fallu du temps… Quand je suis avec toi, je suis heureux. Quand je rentre chez nous après une absence, je suis fou de joie. Tout prend un sens quand tu es auprès de moi. T'aimer m'a apaisé. Sauf quand je m'angoisse à cause de toi.

— Pourquoi t'angoisses-tu à cause de moi ?

— C'est ma tendance à tout voir en noir qui reprend le dessus, reconnut Vitale en enlevant sa chemise. Plus je tiens à toi, plus j'ai peur de te perdre. Et par moments, quand je te regarde, ce que je ressens est si fort que ça me terrifie.

Comme tout à l'heure quand je suis entré dans le hall et que je t'ai vue avec ces fleurs mauves…

— De la lavande.

— Peu importe, *angelina mia*. Tu étais belle et visiblement contente de me voir, mais il y avait une lueur inquiète dans ton regard. J'ai eu un instant de panique. J'ai cru qu'il était arrivé quelque chose…

— Je craignais juste que tu sois contrarié que je sois allée voir en cachette qui habitait la villa.

— Non. J'ai été touché par ta compassion. Tu as passé du temps avec Paola. Tu ne l'as pas perturbée. Tu lui as même proposée de l'accompagner à…

— Elle a besoin de compagnie, coupa Zara. Ce n'est rien du tout.

— Il y a des femmes à qui ça coûterait beaucoup. Si Paola entre dans notre vie, ça va provoquer des commérages, peut-être même du scandale. Certaines personnes approuveront, d'autres pas.

— Ça m'est complètement égal. Nous verrons bien comment ça se passe.

— Elle a encore un long chemin à parcourir dans le cadre de son programme de rétablissement et le succès définitif de sa cure de désintoxication n'est pas assuré, fit valoir Vitale. Elle a besoin que nous croyions en elle. Elle n'a personne d'autre.

Uniquement vêtu de son boxer, Vitale effleura du bout des doigts la joue de Zara.

— Mais j'ai été difficile à vivre ces derniers temps, n'est-ce pas ?

— En revenant de la voir, tu étais lunatique.

— Et tu n'aimes pas les hommes lunatiques. Au début c'était dur. Mais si voir Paola a réveillé de mauvais souvenirs, ça m'a également permis d'avoir un nouveau regard sur mon passé.

— Je trouve très touchant que tu fasses des efforts pour ta mère, confia Zara avec sincérité. Il aurait été plus facile pour toi de lui tourner le dos.

— En fait, je pense qu'il est plus difficile de s'accrocher

à ses préjugés, comme je l'ai fait en ce qui concerne la mort de Loredana.

Vitale crispa la mâchoire.

— Je n'apprécierai jamais ton père. C'est un homme très déplaisant et il t'a fait souffrir. Mais en discutant avec lui de la nuit où ma sœur s'est noyée, j'ai pris conscience que je pensais toujours à sa disparition avec l'esprit de vengeance d'un adolescent désespéré par la mort de sa sœur.

— C'est vrai.

— Quand un malheur survient, il n'y a pas forcément de coupable. Même si ton père, ou plutôt tes deux parents, sont responsables de ton enfance malheureuse. Il est impardonnable de t'avoir fait passer pour une menteuse quand tu avais dix ans pour cacher les mauvais traitements que ton père vous faisait subir à ta mère et à toi. C'était une grave trahison.

— Je m'en suis remise.

— Et je crois que je ne comprendrai jamais pourquoi tu étais prête à épouser Sergios uniquement pour sceller un rachat d'entreprise et recevoir l'approbation de tes parents.

— C'était stupide de ma part, je le reconnais. Mais je rêvais depuis toujours de gagner l'estime de mes parents sans jamais y parvenir. Je manquais d'amour-propre. Il a fallu que je vienne en Toscane pour comprendre qu'épouser un homme que je n'aimais pas était une très mauvaise idée.

— J'ai eu le même genre de révélation quand je t'ai rencontrée. Tu as modifié mon point de vue, *gioia mia*. Je me méfiais des sentiments et je refusais tout engagement. Mais tu m'as appris tout ce que l'amour pouvait m'apporter…

Avec un petit soupir d'aise, Zara posa la main sur l'épaule de Vitale.

— A propos de cette période d'essai que je t'ai imposée, je ne vais pas faire durer le suspense plus longtemps, annonça-t-elle, les yeux pétillant de malice. J'ai décidé de te garder pour une durée indéterminée.

Un sourire étira les lèvres de Vitale.

— Elle me délivre enfin de l'incertitude !

— Je suis sûre que ça ne t'a pas fait de mal de rester quelque temps dans l'incertitude. Parfois, tu es beaucoup trop sûr de toi. Mais je t'aime, ajouta-t-elle d'une voix rauque. Je t'aime de tout mon cœur.

Vitale ne prit sa douche que beaucoup plus tard dans la soirée. Et il ne ressortit pas de la chambre. Edmondo reçut l'instruction d'apporter leur dîner à ses employeurs dans leur chambre.

Après avoir fait l'amour avec passion, Vitale et Zara restèrent au lit pendant des heures à disséquer le pourquoi, le comment et le quand des premières étincelles d'amour qui avaient jailli dans leurs cœurs.

Zara apprit avec émotion que Vitale avait été outré quand il avait compris que ses parents n'avaient jamais caché leur préférence pour son frère jumeau, qu'ils portaient aux nues alors qu'elle n'avait droit qu'à leur mépris.

De son côté, Vitale trouva très amusant que Zara ait commencé à soupçonner qu'il n'était peut-être pas un monstre au moment où il avait proposé de s'occuper de Neige.

— Je ne suis donc plus à l'essai, commenta-t-il d'un air satisfait.

— Comment en es-tu arrivé à cette conclusion ?

— Tu m'as dit que tu avais décidé de me garder pour une durée indéterminée.

— « Pour une durée indéterminée » peut vouloir dire des tas de choses, plaisanta Zara.

— Ça veut dire « pour toujours », comme dans les contes de fées !

Vitale posa la main sur le ventre de Zara et rit joyeusement en sentant bouger le bébé.

Épilogue

Trois ans plus tard, Zara regardait sa fille, Donata, s'amuser dans son bain, dans leur hôtel particulier londonien. Elle la sortit de l'eau et l'enveloppa dans une serviette moelleuse, avec laquelle elle l'essuya avant de lui mettre son pyjama. La petite fille avait les yeux noirs de son père et elle savait comment s'en servir pour obtenir ce qu'elle voulait de sa mère.

— Papa ? lança Donata.

— Tu le verras demain, répondit Zara en bordant sa fille dans son lit.

Vitale avait passé toute la semaine à New York. Il arrivait à Zara de l'accompagner en voyage avec leur fille, mais cette fois elle avait profité de son absence pour achever l'élaboration de plusieurs projets commandés par des clients de Magic Gardens à Londres et en Toscane.

Les affaires étaient si prospères dans les deux pays qu'elle avait été obligée de refuser du travail. Des articles élogieux dans la presse, ainsi qu'un prix récompensant un jardin conçu pour le Chelsea Flower Show lui valaient une excellente réputation, et les commandes affluaient. Rob travaillait désormais à plein temps et elle avait engagé un paysagiste pour la seconder à Londres.

La mère de Vitale, Paola, était arrivée au bout de son programme de rétablissement avec succès et avait peu à peu retrouvé confiance en elle. Après avoir suivi une formation, elle avait commencé une nouvelle vie en apportant son soutien bénévole à d'autres toxicomanes. Par ailleurs, Vitale avait accepté de financer une fondation qui venait en aide aux anciens toxicomanes et à leurs familles.

Paola avait noué des liens étroits avec Vitale et Zara et se révélait une grand-mère très affectueuse. Zara s'en réjouissait d'autant plus qu'elle n'avait que très peu de contacts avec ses parents.

Alors que les relations entre Vitale et sa mère étaient devenues sereines, celles de Zara avec ses parents restaient tendues. Son père ne supportait pas que Vitale soit au courant des violences qu'il avait infligées à sa femme et à sa fille. Quant à sa mère, elle était trop dévouée à son mari pour se rebeller contre lui et passer outre l'hostilité qu'il témoignait à leur fille et à son mari.

Lorsqu'il leur arrivait de se croiser dans des réceptions à Londres, les deux couples échangeaient toujours quelques mots, mais uniquement pour ménager les apparences. Par moments, Zara en souffrait beaucoup plus qu'elle ne le reconnaissait devant Vitale. Elle nourrissait malgré tout l'espoir que la situation finisse par s'améliorer. En effet, sa mère lui téléphonait régulièrement pour connaître les dates de ses séjours à Londres, afin de venir voir sa petite-fille. Toutefois, par un accord tacite, ces visites avaient lieu à l'insu de Monty Blake.

Cette situation causait une certaine tristesse à Zara, mais celle-ci était amplement compensée par le bonheur que lui apportaient les liens qui l'unissaient à son mari et à sa fille. Sûre de l'amour de Vitale, elle se réveillait et s'endormait tous les jours le sourire aux lèvres.

La naissance de Donata les avait encore rapprochés. Vitale voyageait moins pour pouvoir passer plus de temps en famille. C'était un père très affectueux, qui adorait jouer avec sa fille et lui lire des histoires. Zara était profondément touchée par sa détermination à offrir à Donata l'enfance heureuse et insouciante dont la vie les avait privés l'un et l'autre.

Ce soir-là, Zara resta un peu moins longtemps que d'habitude avec sa fille après l'avoir couchée. Vitale et elle dînaient dehors pour célébrer leur troisième anniversaire de mariage.

Elle mit une robe bleue de coupe sobre, qui soulignait ses formes discrètes, puis elle se maquilla en pensant à la nouvelle qu'elle annoncerait à Vitale au cours de la soirée. Un sourire ému étira ses lèvres. Ce serait bien différent de la première fois…

Quelques instants plus tard, il pénétra dans la chambre d'un pas décidé, toujours impatient de revoir sa femme après avoir été séparé d'elle, même quelques heures.

Alertée par le bruit de la porte de la chambre, elle gagna le seuil de la salle de bains et l'enveloppa d'un regard admiratif. Dire que cet homme superbe était son mari et le père de sa fille ! Même après trois ans de mariage, elle s'en émerveillait encore, comme au premier jour…

— Tu es superbe, murmura-t-il en promenant un regard ébloui sur sa robe avant de s'attarder sur son sourire radieux. Sommes-nous vraiment obligés de sortir ?

Elle eut une moue faussement boudeuse. Quand Vitale revenait après s'être absenté, il fallait faire preuve d'autorité pour arriver à l'entraîner hors de leur chambre…

— Je ne me suis pas préparée avec autant de soin pour rester à la maison.

Vitale émit un grognement dépité.

— Je n'ai qu'une envie. Te déshabiller comme on déballe un cadeau. Mais je sais que cette soirée est une occasion très spéciale.

— Notre troisième anniversaire, rappela Zara d'un ton faussement solennel.

Vitale sortit un écrin de sa poche et le lui tendit.

— Un modeste témoignage de mon amour…

C'était un anneau de diamants qui semblait fait pour être porté avec son alliance. Connaissant Vitale, ce n'était pas un hasard… Quelle attention touchante pour leur anniversaire !

— Elle est magnifique, murmura-t-elle, rose de plaisir.

— Je suis désolé, mais je vais être obligé de ruiner ton maquillage, *angelina mia.* Je suis possédé par des forces obscures contre lesquelles je ne peux pas lutter, plaisanta-t-il avant de s'emparer de sa bouche dans un baiser enflammé.

Il ne se contenta pas de ruiner son maquillage. Incapables de résister à la passion qui les consumait, ils s'y abandonnèrent avec volupté. Un peu plus tard, il donna un coup de téléphone pour décaler la réservation.

Ils dînèrent aux chandelles dans leur restaurant florentin favori. Au cours du repas, Zara annonça à Vitale qu'elle attendait leur deuxième enfant. N'osant pas lui avouer qu'il l'avait déjà deviné parce qu'elle avait refusé de boire du vin, il lui prit la main en lui disant que c'était une nouvelle fabuleuse. Puis il ajouta que les trois années qu'ils avaient passées ensemble avaient été les plus heureuses de sa vie.

Profondément émue par son regard éperdu, Zara sentit des larmes perler à ses paupières.

— De la mienne également. Je t'aime, Vitale.

— Plus le temps passe et plus je t'aime, *angelina mia.*

LYNNE GRAHAM

L'épouse de Sergios Demonides

INTÉGRALE
MARIAGES SOUS CONTRAT

Traduction française de
ÉLISABETH MARZIN

SAGAS

HARLEQUIN

Titre original :
A DEAL AT THE ALTAR

Ce roman a déjà été publié en 2013

1

— Mes intentions concernant les hôtels Royal ?

Sergios Demonides esquissa un sourire sarcastique.

— Pour l'instant, laissons Blake se faire des cheveux blancs.

— Bien, monsieur.

Thomas Morrow, cadre supérieur venu sonder son employeur à la demande de ses collègues, sentait la sueur perler à son front. Les tête-à-tête avec le milliardaire grec étaient aussi rares que stressants. Il valait mieux éviter de commettre le moindre impair.

Tout le monde savait que Sergios Demonides n'avait aucune indulgence. Malheureusement, c'était également un franc-tireur qui n'éprouvait guère la nécessité d'expliquer ses stratégies à ses collaborateurs, ce qui avait tendance à leur compliquer la vie.

Quelques mois plus tôt, il semblait prêt à acquérir le groupe Royal à n'importe quel prix. La rumeur avait même couru qu'il allait épouser la ravissante Zara Blake, fille du propriétaire. Cependant, après la publication dans la presse d'une photo de Zara dans les bras d'un banquier italien, cette rumeur s'était éteinte. Sans pour autant que les employés de Demonides perçoivent le moindre signe de contrariété chez leur patron.

— J'ai retiré ma première offre. A présent, le prix va baisser, déclara Sergios, les yeux brillants.

Acheter le groupe Royal au prix fort serait une aberration. Même si quelques mois plus tôt il était prêt à le faire. A l'époque, son grand-père Nectarios, qui avait fondé son empire des Demonides en dirigeant le tout premier hôtel Royal de Londres, était gravement malade. Mais, Dieu merci, Nectarios avait la peau dure ! Les dernières techniques de chirurgie cardiaque dont il avait bénéficié aux Etats-Unis avaient fait le reste. La chaîne hôtelière restait le cadeau idéal à lui offrir pour son quatre-vingtième anniversaire, mais Sergios n'était plus disposé à l'acheter à n'importe quel prix.

Quant au mariage qu'il avait failli contracter pour sceller l'accord initial, quel soulagement d'y avoir échappé ! Il pouvait remercier le destin de lui avoir évité une grossière erreur. Zara Blake avait démontré qu'elle était une femme frivole sans aucun sens des responsabilités. Et par conséquent, tout à fait indigne de devenir son épouse. Dommage, parce qu'elle semblait avoir un bon contact avec les enfants.

C'était pour eux que Sergios envisageait de se remarier. S'il n'avait pas été le tuteur de ses trois neveux orphelins, il n'envisagerait pas aujourd'hui de se remarier. Dans ce domaine, un désastre était amplement suffisant !

D'ailleurs, il n'avait rien caché de ses intentions à Blake. Il ne cherchait qu'un mariage de convenance. Une union fictive qui lui permettrait d'offrir une mère à ces petits et d'apaiser sa conscience. Il ne savait pas s'y prendre avec les enfants et il n'en voulait pas lui-même. Toutefois, son sens du devoir lui imposait de faire tout son possible pour rendre heureux ceux de son cousin disparu.

— Nous attendons que Blake prenne l'initiative ? hasarda Thomas Morrow en rompant le silence d'une voix hésitante.

Sergios hocha la tête.

— Il ne tardera pas. Il ne dispose pas des fonds suffisants pour gérer toutes ses sociétés. En bref, il a le couteau sous la gorge, conclut-il avec une satisfaction non dissimulée.

*
* *

— En tant qu'institutrice, tu as l'habitude des enfants, souligna Monty Blake, ignorant l'air effaré de sa fille aînée. Tu serais une épouse idéale pour Demonides…

— Stop !

Les yeux émeraude de Bee lancèrent des éclairs. Quand son père lui avait demandé de passer le voir à son bureau de l'hôtel Royal, elle s'était dit que ça ne présageait rien de bon. Malheureusement, elle avait vu juste !

— Je ne suis pas Zara. Je n'accepterai jamais d'épouser un milliardaire arrogant et mufle qui cherche une épouse parce qu'il trouve ça plus pratique qu'une baby-sitter pour s'occuper de ses enfants !

— Ce ne sont pas les siens, rectifia Monty Blake comme si ça changeait tout. Il est devenu leur tuteur à la mort de son cousin. Et apparemment cette responsabilité lui pèse.

Bee leva les yeux au ciel. De mieux en mieux ! Mais il était vrai que des tas d'hommes considéraient les enfants comme des fardeaux. A commencer par celui qui se trouvait en face d'elle… Son père avait peut-être réussi à convaincre sa sœur Zara d'accepter un mariage de convenance avec Demonides, mais avec elle il n'avait aucune chance !

Contrairement à sa cadette, elle n'avait jamais cherché à gagner l'estime de son père, pour qui elle n'éprouvait ni affection ni respect. Non seulement il l'avait négligée pendant toute son enfance, mais quand elle avait eu seize ans il n'avait rien trouvé de mieux à faire que de lui conseiller de suivre un régime et de se teindre les cheveux ! Pour Monty Blake, la femme idéale était blonde et mince. Tout l'inverse de sa fille aînée, brune et plantureuse…

Dans le bureau lambrissé de chêne, Bee jeta un coup d'œil à la photo de sa belle-mère Ingrid, un ex-mannequin suédois blond platine et filiforme.

— Désolée, je ne suis pas intéressée.

Son père la foudroya du regard.

— Tu ferais pourtant bien de l'être. Ta mère et toi vous menez une existence confortable, il me semble ? Eh bien, si Demonides réussit à racheter le groupe Royal pour une bouchée de pain, Ingrid et moi nous ne serons pas les seuls à en subir les conséquences.

Bee tressaillit.

— Que veux-tu dire ?

— Tu as très bien compris. Tu n'es pas aussi stupide que ta sœur…

— Zara n'est pas stu… !

— Je vais aller droit au but, coupa sèchement Monty Blake. J'ai toujours été très généreux avec ta mère et toi.

— C'est vrai, reconnut Bee à contrecœur.

Impossible de nier l'évidence. Et le moment était mal choisi pour expliquer qu'elle avait toujours considéré cette générosité comme une juste compensation pour le préjudice subi par sa mère.

Emilia, première épouse de Monty Blake, était restée paraplégique après un grave accident de voiture survenu alors que Bee était âgée de quatre ans. Très vite, elle s'était rendu compte que son handicap révulsait son jeune et ambitieux mari. Très digne, elle avait accepté un divorce par consentement mutuel. Soulagé, Monty lui avait acheté un pavillon qu'il avait fait aménager pour répondre à ses besoins spécifiques. Il payait également les services d'une aide à domicile, ce qui laissait à sa fille toute sa liberté pendant la journée.

En raison des responsabilités qu'elle assumait depuis son plus jeune âge, Bee avait une vie sociale restreinte et des besoins limités. Cependant, elle était consciente que, sans le soutien financier de son père, elle n'aurait jamais pu faire d'études ni exercer le métier dont elle avait toujours rêvé.

— A moins d'accepter de faire ce que je te demande, il va falloir tirer un trait sur mes largesses, insista Monty Blake. La maison de ta mère m'appartient. Si j'ai besoin d'argent, je la vendrai.

Bee sentit le sang se retirer de son visage.

— Tu ne peux pas faire ça à maman !

— Pourquoi pas ? Je l'ai épousée il y a plus de vingt ans et je n'ai jamais cessé de subvenir à ses besoins depuis. N'importe qui conviendrait que je me suis largement acquitté de mes devoirs envers une femme à qui je n'ai été marié que cinq ans.

— Oui. Maman et moi nous te sommes reconnaissantes de tout ce que tu as fait pour elle, acquiesça Bee, mortifiée.

Etre obligée de s'aplatir devant son père était insupportable ! Malheureusement, elle n'avait pas vraiment le choix…

— Si tu veux qu'elle continue à bénéficier de ma générosité, il va falloir y mettre du tien, poursuivit Monty. Il faut absolument que Sergios Demonides achète mes hôtels au prix fort. Il était prêt à le faire avant que ta sœur le laisse tomber pour épouser cet Italien…

— Zara a eu bien raison ! Elle est amoureuse de Vitale et très heureuse avec lui. Mais ce n'est pas pour ça que je dois me sacrifier à sa place.

Ignorant cette objection, Monty Blake déclara d'un ton cassant :

— Tu n'as malheureusement pas le physique avantageux de ta sœur. Mais après tout Demonides cherche avant tout une mère pour les enfants dont il a hérité. Or tu es beaucoup plus apte à jouer ce rôle que Zara. Elle ne sait même pas lire correctement ! Je suis sûr qu'il l'ignorait. Sinon il n'aurait jamais envisagé de l'épouser.

Bee serra les dents. Décidément, son père serait toujours aussi odieux. Qu'il lui rappelle crûment qu'elle n'était pas séduisante, elle s'en moquait. En revanche, elle ne supportait pas qu'il affiche un tel mépris pour sa sœur, atteinte de dyslexie !

— Zara est une paysagiste de grand talent, rappela-t-elle d'un ton vif. Quant à Sergios Demonides, je suis sûre qu'il a l'embarras du choix. Les femmes superbes prêtes à tout pour l'épouser ne doivent pas manquer. Or, comme tu l'as si élégamment fait remarquer, je peux difficilement prétendre à ce qualificatif. Je ne comprends pas pourquoi tu t'es mis dans la tête que je pourrais l'intéresser.

— Parce que ce qu'il recherche ce n'est pas un top model, mais une femme sérieuse capable d'élever trois enfants. Tu es la candidate idéale. Pédagogue, intelligente, sensée…

— C'est ridicule ! Je n'ai rencontré Sergios Demonides qu'une seule fois et il m'a à peine regardée !

En réalité, ce mufle ne s'était pas gêné pour reluquer sa poitrine pendant toute la soirée… Mais mieux valait éviter de le préciser, décida Bee.

— Peu importe, répliqua son père en balayant cette objection d'un revers de la main. Tu vas aller le voir pour lui proposer un marché. Le même que celui qu'on avait conclu à propos de Zara. Un mariage qui assure une vie de famille aux enfants de son cousin contre le rachat de mes hôtels au prix convenu.

Bee faillit s'étrangler.

— Tu veux que j'aille le voir pour lui proposer de m'épouser ? C'est une idée grotesque !

— Tu es suffisamment intelligente pour le convaincre que tu es l'épouse qu'il lui faut. Il faut que tu réussisses. J'ai besoin de vendre mes hôtels au plus vite. Sinon, tout ce pour quoi j'ai travaillé toute ma vie s'écroulera comme un château de cartes. Et ta mère pourra dire adieu à son confort…

— Ne menace pas maman !

— Ce n'est pas une menace, c'est un fait. La banque me refuse un nouveau prêt et Demonides a visiblement décidé de me faire lanterner. Or je ne peux pas me permettre d'attendre. Si je plonge, toi et ta mère vous perdrez tout vous aussi. Imagine la situation. Plus de maison accessible en fauteuil, plus d'aide à domicile, plus de vie à toi…

— Ça va, j'ai compris ! protesta Bee, l'estomac noué. Mais il faut avoir perdu la tête pour s'imaginer que Sergios Demonides pourrait épouser une femme comme moi !

— Peut-être, mais nous n'en aurons la certitude que si tu tentes le coup, non ?

— C'est bien ce que je disais… Tu as perdu la tête !

— Si tu ne fais pas au moins l'effort d'aller le voir, je mettrai la maison de ta mère en vente dès cette semaine.

— Je ne veux pas… Je ne *peux* pas y aller !

— Ma demande n'a rien d'extravagant, Bee. Elle est même très raisonnable. Je suis dans une situation extrêmement délicate. Après tout l'argent que j'ai dépensé pendant des années pour ta mère et pour toi, il est normal que tu m'aides à ton tour.

— Tu trouves raisonnable de m'envoyer chez ce milliardaire qui a toutes les femmes à ses pieds pour lui proposer de l'épouser ? Sur quelle planète vis-tu ?

— Promets-lui de prendre ses enfants en charge tout en lui laissant sa liberté. A mon avis, tu as toutes les chances d'aboutir.

— Et si je m'humilie devant lui pour rien ?

— Il faut que ça marche. C'est la seule solution pour que ta mère continue à vivre confortablement comme elle le fait depuis des années.

— J'ai un scoop pour toi ! lança Bee avec amertume. La vie en fauteuil roulant n'a rien de confortable !

— Sans mon soutien, elle risque de l'être encore moins.

Quelques minutes plus tard, Bee quitta l'hôtel et prit le bus pour regagner la maison qu'elle partageait avec sa mère. Elle préparait le dîner quand Emilia revint de la bibliothèque, accompagnée de Beryl, son aide à domicile.

— J'ai trouvé un Catherine Cookson que je n'ai pas lu ! annonça-t-elle avec un sourire joyeux en arrivant dans la cuisine.

— Je sens que je vais avoir du mal à te convaincre de dormir, ce soir.

Bee observa sa mère, le cœur serré. Le visage d'Emilia était marqué par des années de souffrance mais elle restait déterminée à se réjouir de la moindre petite satisfaction. Cet accident avait détruit sa vie, et pourtant elle ne se plaignait jamais.

Plus tard, après avoir installé sa mère pour la nuit, Bee entreprit de corriger les devoirs de ses élèves. Au bout d'un moment, elle dut se rendre à l'évidence. Malgré tous ses efforts, elle était incapable de se concentrer. Impossible de chasser de son esprit sa conversation avec son père…

Certes, les menaces de ce dernier étaient odieuses, mais de son côté n'avait-elle pas fait preuve jusque-là d'un optimisme démesuré ? Depuis toujours, elle considérait comme acquis le soutien financier de son père. Jamais elle n'avait imaginé qu'il pourrait se trouver un jour dans l'impossibilité de subvenir aux besoins de sa mère.

A présent, elle ne pouvait s'empêcher d'imaginer le pire… Si Emilia était obligée de déménager, ce serait un déchirement pour elle. L'agencement de sa maison lui assurait une grande autonomie. Quant au jardin, Zara y avait mis en place des parterres de fleurs surélevés, afin qu'elle puisse jardiner les jours où elle en avait l'énergie.

L'estomac de Bee se noua. Si la maison était mise en vente, son salaire lui permettrait de louer un appartement, mais pas de payer une aide à domicile. Si bien qu'elle serait obligée d'arrêter de travailler pour s'occuper de sa mère. Et qu'elle perdrait donc son salaire…

Pour l'instant son père réglait toutes les factures, mais aucune disposition légale ne l'obligeait à subvenir aux besoins de son ex-femme. Sans son soutien, Emilia dépendrait entièrement de l'aide sociale. Elle devrait renoncer à tous les extra qui lui rendaient la vie plus douce. Comment se résoudre à une telle éventualité ?

Bee déglutit péniblement. La perspective de proposer à un milliardaire arrogant et séducteur de l'épouser en devenait presque acceptable…

Quelle importance si elle se ridiculisait ? Parce qu'elle se ridiculiserait, il n'y avait aucun doute là-dessus. Demonides en ferait peut-être même des gorges chaudes pendant des années ! Il semblait du genre à se réjouir du malheur des autres.

Il était vrai que dans ce domaine il avait eu sa part… Quand sa sœur Zara avait accepté d'épouser l'armateur, Bee avait fait des recherches sur internet. Sergios n'était entré dans la famille Demonides qu'à l'adolescence. Il traînait derrière lui un passé de petit délinquant après avoir grandi dans l'un des quartiers les plus pauvres d'Athènes. A vingt et un ans, il avait épousé une belle héritière grecque, qui s'était tuée en voiture trois ans plus tard, alors qu'elle était enceinte. Sergios Demonides était peut-être démesurément riche et puissant, mais sa vie privée était un véritable désastre.

Par ailleurs, il était réputé pour son manque total d'humanité. Impitoyable en affaires comme en amour, il était dénué de la moindre compassion. Le genre d'homme qui aurait donné des cauchemars à Zara !

Par chance, contrairement à sa sœur elle n'était pas une âme sensible, se dit Bee pour se réconforter. Grandir sans père et être obligée de mûrir prématurément pour s'occuper d'une mère invalide lui avait forgé le caractère…

A vingt-quatre ans, elle n'était ni jolie ni féminine, et elle savait que son manque de coquetterie rebutait les hommes. Elle s'en moquait. Le seul dont elle était tombée amoureuse lui avait ôté le goût de plaire en lui brisant le cœur. Son intelligence pénétrante et son franc-parler achevaient de les faire fuir. Elle n'était pas du genre à jouer les femmes fragiles pour flatter leur ego comme le faisait sa belle-mère Ingrid avec son père…

Le lendemain, Bee dut se faire violence pour décrocher son téléphone et solliciter un rendez-vous avec Sergios Demonides. Pour la première fois de sa vie, elle partait battue d'avance… Quelle démarche ridicule ! Quelle perte de temps !

Lorsque l'assistante de Sergios Demonides lui demanda s'il accepterait de recevoir Beatriz Blake, une image s'imposa aussitôt à son esprit. Une brune aux yeux verts étincelants de colère et aux seins somptueux… Ce dîner mortellement ennuyeux avait été rendu supportable par le spectacle de cette poitrine défiant la loi de la gravité. Même si la fille aînée de Blake n'avait pas paru flattée par ses regards admiratifs !

Pourquoi voulait-elle le voir ? Travaillait-elle avec son père ? Comptait-elle mener les négociations pour le compte de ce dernier ? Le meilleur moyen de le savoir c'était de le lui demander…

Le lendemain après-midi, vêtue d'un tailleur-pantalon gris réservé aux rendez-vous importants parce qu'il lui donnait un semblant d'assurance, Bee attendait à la réception, au rez-de-chaussée de l'élégant immeuble de verre et d'acier qui abritait le siège londonien de la compagnie maritime SD Navigation. L'estomac noué, elle luttait contre une furieuse envie de prendre ses jambes à son cou.

— M. Demonides vous attend, mademoiselle Blake, annonça la réceptionniste avec un sourire professionnel.

Elle se leva, le cœur battant à tout rompre. Pourquoi avait-elle cédé aux injonctions de son père ? L'armateur grec était une brute incapable de contrôler ses regards libidineux… Quel souvenir détestable ! Que lui avait-il pris d'emprunter une robe de soirée à une amie pour ce stupide dîner ? Elle qui dissimulait toujours soigneusement sa poitrine, elle avait été au supplice toute la soirée avec ce décolleté plongeant… Au lieu de s'intéresser à Zara, pourtant sublimement belle, Demonides n'avait pas cessé de la dévorer des yeux.

Une chose était certaine, le but de cette visite n'était pas de le soumettre à une offensive de charme, songea Sergios avec dérision dès que Beatriz Blake franchit le seuil de son bureau. Chaussures plates, tailleur-pantalon informe, chignon strict et pas la moindre trace de maquillage… Un homme comme lui, habitué à ce que les femmes se mettent en quatre pour le séduire, pourrait considérer cette absence criante de coquetterie comme un affront…

Il s'avança vers Bee, le visage fermé.

— Mon temps est précieux, Beatriz. J'ignore la raison de votre visite, mais je vous serais reconnaissant d'être brève.

Impressionnée, Bee recula d'un pas. Elle avait oublié à quel point Sergios Demonides était imposant… Non seulement il la dépassait d'au moins trois têtes, mais il était bâti en athlète. Quant à son visage aux traits ciselés et au teint hâlé, mis en valeur par d'épais cheveux noirs, il était d'une beauté saisissante. Il fallait bien le reconnaître… Par ailleurs, le milliardaire possédait l'assurance liée à son immense richesse, perceptible à l'éclat discret de sa montre et de ses boutons de manchettes en or, ainsi qu'à la coupe impeccable de son complet sombre.

Le regard de Bee croisa celui de Sergios et elle fut électrisée par l'éclat de ses yeux noirs.

— C'est mon père qui m'a demandé de venir vous voir.

Allons bon, elle avait tellement de mal à respirer que sa voix était à peine audible ! constata-t-elle avec agacement.

— Que pouvez-vous bien avoir à me dire qui puisse m'intéresser ?

— Je pense que vous allez être surpris…

Amusée malgré elle, Bee réprima une moue de dérision.

— Non, je *sais* que vous allez être surpris.

Sergios resta impassible. Les surprises étaient très rares dans sa vie. Pour la bonne raison qu'il les évitait. Tout contrôler était pour lui une règle de base.

— Il a été question que vous épousiez ma sœur Zara et…

— Ça n'aurait pas marché, coupa-t-il d'un ton sec.

Bee crispa les doigts sur la poignée de son sac.

— Elle m'a expliqué ce que vous attendiez de cette union.

— C'est très indiscret de sa part.

A son grand dam, Bee sentit ses joues s'enflammer.

— Je… je vais jouer cartes sur table et en venir au fait.

Sergios s'appuya contre son bureau et darda sur elle un regard qui n'avait rien d'encourageant.

— J'attends.

Elle inspira si profondément que sa poitrine se gonfla et

faillit faire sauter les boutons de son corsage sous la veste de son tailleur. L'espace d'une seconde, le regard de Sergios fut irrésistiblement attiré par ces seins, dont il gardait un souvenir très précis.

— Mon père a beaucoup insisté pour que je vienne vous voir… Je lui ai dit et répété que c'était ridicule, mais finalement je suis ici.

— Oui, vous êtes ici…

Sergios feignit d'étouffer un bâillement.

— Et vous ne vous décidez toujours pas à en venir au fait…

— Mon père propose que je prenne la place de Zara.

Les joues en feu, Bee vit l'incrédulité se peindre sur les traits de son interlocuteur.

— Je vous avais dit que c'était ridicule. Il pense qu'il aura plus de chance de vous vendre ses hôtels s'il met dans la balance une épouse susceptible de vous convenir.

— Vous n'avez pas le profil d'une épouse susceptible de me convenir, répliqua Sergios avec une franchise brutale.

Après tout, c'était la stricte vérité. Beatriz Blake était tout à fait quelconque… Un souvenir enfoui s'imposa soudain à lui. Son grand-père lui avait dit un jour :

« Ce sont les femmes peu séduisantes qui font les meilleures épouses. Ta grand-mère était généreuse, fidèle et affectueuse. Je n'aurais pas pu être plus heureux en ménage. Mon autorité était respectée, mes enfants choyés, ma maison bien tenue. Elle ne m'a jamais causé le moindre souci. Les femmes belles sont plus exigeantes et moins bienveillantes. »

Le commentaire peu flatteur de Sergios avait fait pâlir Bee, mais elle s'efforça de se ressaisir.

— Je ne suis ni blonde ni belle, mais je pense être plus apte que Zara à remplir cette fonction.

Sergios la considéra avec curiosité.

— Vous parlez comme si devenir ma femme revenait à accepter un emploi.

— N'est-ce pas le cas ? D'après ce que j'ai compris, si vous voulez vous marier c'est uniquement pour donner une mère aux enfants de votre cousin. Or je pourrais m'occuper d'eux à plein temps, ce qui n'aurait pas été le cas de Zara. Je suis également…

— Attendez un peu… Quel genre de pression votre père a-t-il exercé sur vous pour vous convaincre de venir me débiter de telles absurdités ?

Après une brève hésitation, Bee releva le menton d'un air de défi. Au nom de quoi garderait-elle le secret sur le chantage de son père ?

— Il menace de couper les vivres à ma mère et de vendre notre maison s'il n'obtient pas le prix espéré pour sa chaîne d'hôtels. Je gagne ma vie, mais ma mère est en fauteuil roulant et je n'ai pas les moyens de lui offrir le confort dont elle bénéficie actuellement. Or je ne supporte pas l'idée que ses conditions de vie se dégradent. Sa situation est déjà assez pénible comme cela.

Sergios ne put s'empêcher d'être impressionné par le dévouement de Bee. De toute évidence, Monty Blake était encore plus inhumain qu'il ne l'imaginait. Même son grand-père Nectarios, l'un des hommes les plus durs de sa connaissance, ne serait jamais allé jusqu'à menacer de jeter à la rue une ex-épouse handicapée. Quant à Beatriz, son honnêteté et son sens de la famille étaient admirables et en disaient long sur sa personnalité. Ce n'était pas par cupidité qu'elle faisait cette démarche, mais parce qu'elle n'avait pas le choix. Bien sûr, ce n'était pas très flatteur pour lui. Mais justement il détestait la flatterie. Celle-ci était rarement désintéressée…

— Expliquez-moi pourquoi vous vous estimez plus apte que votre sœur à vous occuper de mes enfants.

— Etant institutrice, j'ai l'habitude des enfants.

— Que feriez-vous face à un garçon de six ans qui peint sur les murs ?

— Je lui parlerais.

— Il refuse d'écouter ce qu'on lui dit. Il ne répond même

pas quand on lui parle. Son frère, lui, se cramponne à moi dès qu'il me voit et il ne me lâche plus. Quant à la plus jeune, elle a le regard perdu dans le vague en permanence.

Sergios soupira.

— Mais pourquoi est-ce que je vous raconte tout ça ?

De toute évidence, il était sincèrement préoccupé par ces enfants, nota Bee, surprise.

Un coup bref fut frappé à la porte, puis celle-ci s'ouvrit dans son dos et quelqu'un parla à Sergios dans une langue qu'elle supposa être du grec. Il répondit brièvement puis reporta son attention sur elle.

— Je vais réfléchir à votre proposition, déclara-t-il à sa grande stupéfaction. Mais je préfère vous prévenir, je suis extrêmement exigeant.

Quelques minutes plus tard, Bee quittait l'immeuble de SD Navigation, abasourdie. Sergios Demonides allait réfléchir à sa proposition ? Mais peut-être n'était-ce qu'un mensonge poli. Cependant, quelque chose lui disait qu'il n'était pas du genre à faire des promesses en l'air… et encore moins à mentir par politesse ! Il n'excluait pas de l'épouser ? C'était insensé ! Elle avait toujours été persuadée que sa démarche n'avait aucune chance d'aboutir.

Pas un seul instant elle n'avait envisagé sérieusement d'épouser Sergios Demonides…

2

Quatre jours plus tard, alors qu'elle sortait de l'école où elle travaillait, un homme en costume sombre de carrure impressionnante s'approcha de Bee.

— Mademoiselle Blake ? M. Demonides aimerait vous inviter chez lui, déclara-t-il en indiquant une limousine noire garée un peu plus loin.

Bee resta un instant sans voix. Comment Sergios Demonides savait-il où elle travaillait ? Et à quoi jouait-il ? Mais après tout pourquoi refuser ? Pourquoi attendre le bus quand on vient vous chercher en limousine ? Le milliardaire était-il venu lui annoncer en personne qu'il refusait sa proposition ? Pourquoi prendre cette peine ? Un homme aussi puissant ne devait pas avoir l'habitude de se déranger pour si peu…

La foule amassée devant l'école s'écarta pour les laisser passer, son imposant compagnon et elle, tandis qu'ils se dirigeaient vers le véhicule aux vitres teintées. Tout le monde la regardait avec une curiosité non dissimulée, constata-t-elle, les joues en feu.

Sergios était assis sur la banquette arrière, un ordinateur portable sur les genoux.

— Bonjour, Beatriz.

A peine installée à côté de lui, elle fut assaillie par un trouble inhabituel. Il émanait de cet homme une virilité à couper le souffle. Il sentait la testostérone, aurait plaisanté une de ses amies de l'université… Parcourue d'un long frisson, elle sentit les pointes de ses seins se hérisser sous son soutien-gorge. Que lui arrivait-il ? C'était la première fois que la proximité d'un homme déclenchait en elle des réactions aussi intenses.

Elle l'observa à la dérobée. La barbe naissante qui accentuait son charme irrésistible contrastait avec sa tenue impeccable. C'était le seul signe indiquant qu'au lieu de commencer sa journée de travail était sur le point de se terminer. En comparaison, elle devait avoir une allure épouvantable avec ses cheveux ébouriffés par le vent et ses vêtements confortables et informes… Mais pourquoi en était-elle aussi embarrassée ? se demanda-t-elle avec agacement. D'ordinaire, l'élégance était le cadet de ses soucis !

Tandis que la limousine démarrait, Sergios ferma son portable et se tourna vers Bee. Décidément, il n'avait jamais vu une femme aussi mal habillée… Cependant, elle avait un teint éclatant, des yeux superbes et une chevelure somptueuse. N'importe quelle autre femme ferait un minimum d'efforts pour mettre ces atouts en valeur. Pourquoi n'en prenait-elle pas la peine ?

— Qu'est-ce qui me vaut l'honneur ? demanda-t-elle d'une voix mal assurée en regardant Sergios ranger son portable.

Jamais elle n'avait vu des mains aussi belles…

— Je pars pour New York ce soir et j'aimerais vous présenter mes enfants avant mon départ.

Elle ouvrit de grands yeux.

— Vraiment ? Mais… pour quelle raison ?

Sergios esquissa un sourire.

— A votre avis ? Parce que je songe à vous pour le « poste », bien sûr.

— C'est impossible !

Devant la mine à la fois ahurie et consternée de Bee, Sergios faillit éclater de rire. Cette femme était d'une spontanéité rafraîchissante.

— Pas du tout. Votre père a été bien inspiré de vous envoyer à moi.

— Je ne comprends pas… Un homme comme vous doit avoir l'embarras du choix.

— Ne vous sous-estimez pas, répliqua Sergios.

Les résultats de l'enquête qu'il avait fait faire sur Beatriz Blake depuis leur entretien — beaucoup plus approfondie que celle qui avait été effectuée sur sa sœur Zara — étaient extrêmement favorables.

— D'après mes renseignements, vous vous occupez de votre mère avec beaucoup de dévouement et vous montrez autant d'enthousiasme que de compétence dans l'exercice de votre métier. Je pense que vous pouvez apporter à ces enfants tout ce dont ils ont besoin…

— Comment avez-vous obtenu ces informations ? s'exclama Bee, indignée.

— Il existe des agences spécialisées dans ce genre d'enquête, expliqua Sergios avec le plus grand calme. Il était naturel que je cherche à en savoir davantage à votre sujet. Et je dois reconnaître que j'ai été très impressionné par tout ce que j'ai appris.

« Mais je n'ai jamais songé sérieusement à vous épouser ! » faillit protester Bee. Elle se ravisa juste à temps. La menace de son père était toujours valable. Le bien-être de sa mère dépendait entièrement de sa situation financière… Elle déglutit péniblement. Malheureusement, elle n'était pas libre de choisir son avenir. Si contre toute attente Sergios Demonides décidait de l'épouser, elle ne pourrait pas se permettre de refuser.

— Je dois vous prévenir que je n'ai jamais eu affaire à des enfants perturbés à la suite d'un choc émotionnel. Je n'ai d'ailleurs jamais élevé d'enfants et je ne sais pas faire de miracles.

— Ne croyant pas aux miracles, je n'en attends pas.

Sergios darda un regard narquois sur Bee.

— Vous aurez également d'autres conditions à remplir pour satisfaire à mes exigences.

Elle resta silencieuse. Nul doute que celles-ci étaient nombreuses et démesurées… Sergios Demonides ne devait pas être du genre à se contenter d'à peu près. Elle prit son portable dans son sac et appela sa mère pour la prévenir qu'elle rentrerait plus tard que prévu. Lorsqu'elle raccrocha, la limousine s'était déjà engagée dans une allée bordée de bouleaux, qui commençaient à peine à se couvrir de feuilles. Elle s'immobilisa devant un hôtel particulier.

— Mon pied-à-terre londonien, indiqua Sergios. Un de vos devoirs d'épouse serait de veiller à ce que mes différentes demeures soient correctement tenues.

Ses « devoirs d'épouse » ? Bee réprima une moue affligée.

— Je ne suis pas certaine d'avoir envie de vivre au XIXe siècle.

Sergios lui lança un regard interloqué.

— C'est une plaisanterie ?

— Non. Il y a quelque chose de très victorien dans l'expression « vos devoirs d'épouse ».

— C'est vous qui avez parlé la première de ce rôle comme d'un emploi. Je dois dire que c'est un point de vue qui me convient parfaitement.

L'estomac de Bee se noua. Le problème c'était qu'elle était ravie de son emploi actuel… Comment avait-elle pu accéder à la demande de son père sans penser un seul instant aux conséquences éventuelles en cas de succès ?

Un majordome les accueillit dans le vaste hall de la maison. Sergios lui donna des instructions avant d'entraîner Bee dans un salon immense.

— Vous semblez déconcertée, Beatriz. Pourquoi ? Ce n'est pas un mariage traditionnel que je recherche. Je ne veux ni sentiments ni contraintes. Il se trouve simplement que d'un point de vue pratique une épouse me serait très utile.

— J'avoue que je suis un peu prise au dépourvu. Je ne m'attendais pas à ce que vous donniez suite à ma proposition. J'ai également un peu de mal à voir ce que je gagnerais à ce mariage. A part le fait que vous achèteriez les hôtels de mon père et que ma mère resterait à l'abri du besoin, bien sûr.

— Si je vous épousais, c'est moi qui prendrais votre mère en charge. Définitivement, précisa Sergios d'un ton ferme. Même si nous devions nous séparer un jour, vous n'auriez plus jamais à vous inquiéter pour son bien-être. Elle ne dépendrait plus de votre père. Je veillerais personnellement à ce qu'elle ne manque jamais de rien et en particulier à ce qu'elle bénéficie de tous les traitements susceptibles de la soulager.

Bee eut l'impression que tous les nuages menaçants qui obscurcissaient son horizon laissaient soudain place à un ciel serein. Elle pensa aussitôt à tous les soins coûteux qui pourraient améliorer la qualité de vie de sa mère. Des séances de kinésithérapie permettraient sans doute de fortifier ses membres atrophiés. Et peut-être existait-il des moyens d'atténuer ses problèmes respiratoires… En tout cas, Sergios était suffisamment riche pour lui offrir une vie beaucoup plus confortable. Et curieusement elle ne doutait pas un seul instant de sa sincérité.

Une jeune femme entra dans la pièce avec une petite fille dans les bras et suivie de deux jeunes garçons qui traînaient les pieds.

— Merci. Laissez-nous les enfants, ordonna Sergios.

A peine assise sur le tapis, la petite fille âgée d'environ dix-huit mois se mit à hurler, les joues ruisselantes de larmes. Un des garçons, qui devait avoir trois ans, agrippa Sergios par une jambe de pantalon, tandis que le plus âgé restait à l'écart, silencieux.

— Tout va bien, ma chérie.

Bee se pencha pour prendre la petite fille, qui s'arrêta aussitôt de crier et la fixa de ses grands yeux bleus au regard anxieux.

— Comment s'appelle-t-elle ?

— Eleni… Et voici Milo, ajouta Sergios en faisant lâcher prise non sans peine au petit garçon et en le poussant vers Bee.

— Et tu dois être Paris, dit-elle à l'autre garçon, tout en

ébouriffant les cheveux de Milo. Ma sœur Zara m'a dit que tu avais eu une bicyclette pour ton anniversaire.

Paris ne répondit pas mais il s'approcha de Bee, tandis qu'elle s'installait sur le canapé avec la petite fille sur les genoux. Milo grimpa à côté d'elle et se cramponna à son bras.

— Paris, sois poli, s'il te plaît, intervint Sergios.

Le regard fuyant, Paris tendit la main à Bee. Elle l'invita à s'asseoir à côté d'elle et lui expliqua qu'elle était institutrice. Quand elle lui demanda à quelle école il allait, il baissa la tête sans répondre.

Des trois enfants, Milo semblait le moins perturbé. Débordant d'énergie comme tout enfant de son âge, il avait simplement besoin d'attention et envie de s'amuser. Paris restait sur ses gardes, tandis que la petite fille était d'un calme inquiétant.

Au bout d'une demi-heure, l'opinion de Sergios était faite. Beatriz Blake était la femme dont les enfants de son cousin avaient besoin. Son attitude chaleureuse et son énergie exerçaient sur eux une attraction manifeste. Elle était parfaitement à l'aise, contrairement à sa sœur, très nerveuse, qui avait voulu trop bien faire le jour où il les lui avait présentés. Le calme de Beatriz renforçait au contraire l'autorité bienveillante qui émanait d'elle. Sergios rappela la nurse pour qu'elle reprenne les enfants.

— Vous avez parlé de conditions…

Etait-elle vraiment en train de discuter de son éventuel mariage avec le milliardaire grec ? se demanda Bee, un peu étourdie. Cette idée était si extravagante qu'elle n'arrivait pas à y croire…

— Oui, répliqua Sergios, debout devant la fenêtre. J'ai une maîtresse. Melita. Ce n'est pas négociable. Il m'arrive également d'avoir d'autres aventures. Je suis très discret. Il n'est pas question que ma vie privée fasse les gros titres.

Le souffle coupé par sa franchise, Bee resta sans voix. Il avait une maîtresse appelée Melita ? Etait-ce un prénom grec ? Mais quelle importance ? De toute évidence, Sergios Demonides n'était pas l'homme d'une seule femme…

L'imagination de Bee s'enflamma. Au comble de l'embarras, elle baissa les yeux en s'efforçant de chasser de son esprit l'image de Sergios Demonides nu entre des draps froissés avec une blonde hyper-sexy.

— Je n'envisage pas de partager mon lit avec vous, poursuivit-il sur le même ton neutre. Toutefois, si vous souhaitez avoir un enfant, il serait égoïste de ma part de vous refuser ce droit.

Les yeux rivés sur ses pieds, Bee tentait de mettre de l'ordre dans les pensées qui tourbillonnaient dans son esprit. Il n'envisageait pas de partager son lit avec elle… C'était une bonne nouvelle, non ?

— Si je comprends bien, je pourrai prendre un amant du moment que je reste discrète ? demanda-t-elle, les joues en feu.

Elle n'avait aucune raison d'être embarrassée, se morigéna-t-elle. C'était une question parfaitement légitime !

Les yeux de Sergios lancèrent des étincelles.

— Bien sûr que non !

— Je ne comprends pas comment vous pouvez croire un seul instant qu'un tel mariage a des chances de fonctionner. Vous ne pouvez pas exiger d'une femme de mon âge qu'elle renonce à avoir une vie sexuelle, insista Bee, décidée à surmonter sa gêne coûte que coûte.

Formulée ainsi, l'objection pouvait paraître justifiée, reconnut Sergios intérieurement. Mais comment accepter que son épouse le trompe ? Non. Impossible.

— Désolé, mais je n'admettrai pas que mon épouse soit infidèle.

— Bien sûr… En vertu de cette morale hypocrite qui veut qu'on ait deux poids deux mesures, lança Bee, amusée malgré elle par ce machisme d'un autre âge.

La femme n'avait pas les mêmes droits que l'homme… Mais le plus ironique n'était-il pas d'avoir une telle discussion avec ce grand séducteur ? S'il savait qu'elle était encore vierge à vingt-quatre ans…

Les yeux noirs de Sergios lancèrent des étincelles.

— Je n'admettrai pas non plus qu'elle me parle sur ce ton.

— Combien de temps serait censé durer ce mariage ?

— Jusqu'à ce que les enfants soient adultes.

— Ce qui reviendrait à sacrifier ma jeunesse, déclara Bee d'un ton faussement désinvolte.

Le temps que ces enfants deviennent indépendants, sa jeunesse serait même envolée depuis longtemps…

Sergios l'étudiait attentivement en se remémorant les courbes voluptueuses mises en valeur par la robe de soirée qu'elle portait lors de leur première rencontre. A son grand dam, une bouffée de désir l'assaillit.

— Il n'y a qu'une seule solution à ce problème, décréta-t-il en masquant son trouble avec agacement. Si vous voulez un homme dans votre lit, ce sera moi. Personne d'autre.

Bee sentit son visage s'enflammer jusqu'à la racine des cheveux.

— Je n'ai pas vraiment envie de poursuivre cette discussion, mais je dois vous prévenir que s'il y a d'autres femmes dans votre vie il est hors de question que je partage votre lit, répliqua-t-elle en détournant le regard.

— Cessons de perdre du temps avec ces absurdités. Nous sommes adultes et nous résoudrons ces problèmes le moment venu, décréta Sergios d'un ton impatient. Vous devrez signer un contrat de mariage.

— Quelles autres conditions comptez-vous m'imposer ?

— Rien qui doive vous préoccuper. Nos avocats se chargeront des contrats. S'il y a des clauses qui vous paraissent contestables, vous verrez ça avec eux. A présent, si vous voulez bien m'excuser, je vais vous faire reconduire chez vous. J'ai du travail à finir avant de partir pour New York.

Elle qui s'imaginait qu'il l'inviterait peut-être à dîner… Bee lissa son imperméable et se leva.

— J'ai moi aussi une condition à poser. Si nous nous marions, vous devrez vous engager à être courtois, respectueux et attentionné en toute circonstance.

Sergios se figea. Suggérait-elle qu'il manquait de savoir-vivre ? Et si c'était le cas, pourquoi en était-il aussi contrarié ?

— C'est beaucoup demander, répliqua-t-il avec le plus grand sérieux. Je suis égoïste, coléreux et souvent cassant. J'attends de mon personnel qu'il s'adapte à ma façon d'être.

— Si j'accepte de devenir une épouse fidèle et dévouée, je pourrai difficilement être considérée comme un membre du personnel, fit valoir Bee en soutenant son regard. Vous devrez en tenir compte et faire des efforts.

Il serait désastreux de laisser croire à ce monstre de machisme et d'arrogance qu'elle était prête à tout accepter. Se résigner à ce mariage parce qu'elle n'avait pas le choix, soit. Mais se laisser piétiner, jamais !

Sergios ne put s'empêcher d'être impressionné. Il fallait reconnaître qu'elle ne manquait pas de cran…

— Votre argument est pertinent et j'en tiendrai compte. Question pratique, si nous parvenons à nous mettre d'accord sur le contrat, je veux que le mariage soit célébré le plus tôt possible, afin que vous puissiez emménager ici et prendre les enfants en charge.

— Je ne peux pas laisser ma mère toute seule ! s'exclama Bee avec consternation.

— Que vous ai-je dit ? Si nous nous marions, vous n'aurez plus jamais à vous inquiéter pour votre mère. Elle bénéficiera des meilleures conditions de vie possibles.

3

Après cet entretien, la vie de Bee commença très rapidement à changer.

Le lendemain, en rentrant de l'école, elle trouva sa mère déstabilisée par un coup de téléphone de son ex-mari.

— Monty est très remonté. Il prétend que tu vas te marier. J'ai objecté qu'il n'y avait personne dans ta vie.

— Je ne te l'ai pas dit mais…

— Alors c'est vrai ? Il y a quelqu'un ! Mais tu ne sors que deux fois par semaine pour aller à tes cours de gymnastique !

Bee prit les mains de sa mère dans les siennes. Pas question de lui dire quoi que ce soit qui risquerait de la perturber. Pour préserver sa sérénité elle était prête à tout. Même à mentir.

— Excuse-moi pour ces cachotteries, maman. J'attendais d'être sûre de moi pour t'éviter une fausse joie. Mais justement je m'apprêtais à te l'annoncer.

Emilia enveloppa le visage enflammé de sa fille d'un regard ravi.

— Alors comme ça, quand tu sortais ce n'était pas pour suivre des cours… Comme je suis heureuse !

— Tu ne m'as pas dit pourquoi papa était remonté.

— Oh ! A propos d'une affaire en cours avec ton futur mari. Apparemment, elle n'a pas évolué comme il l'espérait. Mais que veut-il que tu y fasses ? Suis mon conseil, ne t'en mêle pas !

— Qu'a-t-il dit exactement ?

— A vrai dire, je n'ai pas très bien compris quel était le problème. Tu sais à quel point il s'énerve quand les choses n'évoluent pas dans le sens qui l'arrange… Mais parle-moi plutôt de ce Sergios ! N'est-ce pas cet homme que tu as rencontré à un dîner auquel t'avait invité ton père il y a quelques mois ?

— Oui, c'est lui.

De toute évidence, le mariage était en bonne voie, mais son père n'en tirerait pas le bénéfice escompté, comprit Bee. Il y avait donc une justice. Le maître chanteur n'était pas parvenu à ses fins…

— Dis-moi, c'est un véritable coup de foudre ! Tu es bien certaine que Sergios est l'homme qu'il te faut, au moins ?

Bee se remémora l'engagement pris par le milliardaire. Plus jamais le bien-être de sa mère ne dépendrait de son père. Même si elle ne parvenait pas à envisager l'avenir sans une certaine appréhension, elle faisait confiance à Sergios sur ce point. Il tiendrait parole.

— Oui, maman. Certaine.

Sergios appela Bee dans la soirée pour l'informer qu'une de ses assistantes se mettrait en rapport avec elle pour l'organisation du mariage. Il lui suggéra également de présenter sa démission sans attendre.

Pourquoi était-il aussi pressé, tout à coup ? se demanda-t-elle avec perplexité. Avec Zara, il était prêt à attendre plusieurs mois avant de se marier…

Dans la foulée, il lui annonça qu'une fois mariée elle s'installerait en Grèce.

— Pourquoi, puisque vous avez une maison ici.

— Je continuerai à venir régulièrement à Londres, mais la Grèce est mon pays. Et celui des enfants.

— Mais quand vous envisagiez d'épouser Zara…

— Pas de discussion. C'est de vous et moi qu'il s'agit à présent.

— Je ne veux pas laisser ma mère seule à Londres.

— Votre mère s'installera en Grèce elle aussi. Elle nous

rejoindra un peu plus tard. J'ai déjà donné les instructions nécessaires pour l'aménagement de sa future maison. Avez-vous eu des nouvelles de votre père ?

Il avait déjà pris des dispositions pour que sa mère s'installe en Grèce ? Abasourdie, Bee secoua la tête. Cet homme lui donnait le vertige. Il avait des centaines de longueurs d'avance sur elle…

— Il a téléphoné à ma mère dans l'après-midi, répliqua-t-elle. Très contrarié, apparemment.

— C'est normal. Il n'a pas conclu l'accord qu'il espérait. Mais ça n'a rien à voir avec vous et je le lui ai dit en votre nom.

Bee se hérissa. De toute évidence, Sergios trouvait tout naturel de se faire son porte-parole, même si elle ne lui avait rien demandé… Si elle ne fixait pas rapidement des limites à son autoritarisme, il la manipulerait bientôt comme une marionnette !

— Vous lui avez parlé en mon nom ? répéta-t-elle d'un ton réprobateur.

— Vous êtes ma future épouse. J'ai juste prévenu votre père que je ne tolérerai pas qu'il vous manque de respect. Ni à votre mère, d'ailleurs.

L'irritation de Bee s'évanouit aussitôt et elle faillit pouffer. Elle imaginait bien la scène entre son père hors de lui et un Sergios Demonides glacial !

— Pourriez-vous emménager chez moi à Londres dès cette semaine ?

— Cette semaine ? répéta-t-elle, affolée.

— Oui. Je suis à l'étranger et j'aimerais que vous restiez auprès des enfants pendant mon absence. Ne vous inquiétez pas pour votre mère. J'ai déjà demandé à une société spécialisée de lui trouver une dame de compagnie qui s'installera chez elle jusqu'à son départ en Grèce.

Bee raccrocha en soupirant. Bien sûr, elle ne pouvait pas en vouloir à Sergios de souhaiter qu'elle commence à s'occuper des enfants le plus tôt possible. Cependant, elle avait la sensation très désagréable que sa vie lui échappait.

Emilia, à qui elle avait parlé des enfants, se montra très compréhensive.

— Désormais, tu dois penser d'abord à eux et à Sergios. Je suis déjà un fardeau assez lourd pour toi. Il ne faut pas que tu te compliques la vie encore davantage. Je me débrouillerai, ne t'inquiète pas.

Bee pressa l'épaule de sa mère.

— Tu n'as jamais été un fardeau pour moi, maman.

— Sergios estime qu'il doit avoir la première place et c'est normal. Je ne veux surtout pas semer la discorde entre vous.

Après avoir dressé la liste de tout ce qu'elle avait à faire, Bee rédigea sa lettre de démission afin de la remettre le lendemain, dernier jour du deuxième trimestre. Elle se rendit ensuite à son cours de gymnastique et s'efforça de se vider l'esprit.

Sa liste s'allongea encore le lendemain lorsqu'elle reçut la visite d'Annabel, l'assistante hyper efficace que Sergios avait chargée de l'organisation du mariage.

— Il faut que je consulte une styliste personnelle ? répéta-t-elle d'une voix blanche en consultant le programme chargé déjà établi pour elle.

Rendez-vous dans un prestigieux cabinet d'avocats pour la préparation du contrat de mariage, série complète de soins esthétiques dans un institut renommé, séance de shopping en compagnie d'une coach spécialisée dans le changement de look…

— C'est ridicule ! Je n'ai pas de temps à perdre chez l'esthéticienne ni dans les magasins !

— Ce sont les instructions de M. Demonides, répliqua Annabel d'un ton ferme.

Bee serra les dents. Elle verrait ça directement avec Sergios. Il s'imaginait peut-être qu'un changement de look était le rêve de toutes les femmes, mais pour sa part elle ressentait cette initiative comme un affront !

La dame de compagnie de sa mère arriva le soir même. Elle discuta avec elle et l'aida à s'installer avant de faire sa valise pour partir chez Sergios dès le lendemain matin.

A son arrivée, elle fut conduite dans sa chambre au premier étage. C'était en réalité une suite digne des plus grands palaces, luxueusement meublée et décorée. Il y avait même du papier à en-tête, posé sur un ravissant bureau ancien en noyer. Lorsqu'une domestique lui proposa de défaire sa valise, elle s'efforça de surmonter son embarras à l'idée de se faire servir et accepta avec un large sourire. Puis elle partit à la recherche des enfants.

Seule Eleni, la plus jeune, était à la maison. Paris était à l'école et Milo à la garderie, expliqua la nurse. Elles étaient trois jeunes filles en tout, qui se relayaient pour s'occuper des enfants, jour et nuit. Après s'être renseignée sur l'organisation de la vie quotidienne de ces derniers, Bee s'agenouilla sur le tapis pour jouer avec Eleni.

Lorsqu'elle se mettait tout près d'elle et la regardait dans les yeux, la petite fille réagissait bien, mais il semblait difficile de retenir son attention, constata-t-elle avec perplexité. Soudain, un courant d'air fit claquer la porte de la nursery. Elle tressaillit, mais à sa grande surprise Eleni resta impassible.

— Son audition a-t-elle été contrôlée ? demanda-t-elle à la nurse.

Arrivée depuis peu, la jeune fille ne sut pas répondre. Au cours des mois précédents, de nombreuses nurses s'étaient visiblement succédé auprès des enfants. Bee trouva le carnet de santé d'Eleni, mais le renseignement recherché n'y figurait pas.

Elle appela le cabinet médical et apprit que la petite fille avait manqué un contrôle quelques mois plus tôt. Après avoir pris un nouveau rendez-vous elle regagna la chambre, où la nurse avait entrepris de soumettre Eleni à quelques tests d'audition simples. De toute évidence, la petite fille avait des problèmes. Il n'était pas nécessaire d'être spécialiste pour s'en apercevoir.

Un peu plus tard, Milo rentra de la garderie. Très démonstratif avec tout le monde, il lui sauta au cou comme s'ils se connaissaient depuis toujours. Elle était en train de lui lire une histoire pour l'endormir quand Paris apparut sur le seuil de la chambre.

— Vous allez vous occuper de nous tous les jours ? demanda-t-il, les sourcils froncés.

— Oui. A partir d'aujourd'hui, je vais vivre ici. Sergios et moi nous nous marions dans quelques semaines, répondit-elle d'un ton qu'elle espérait naturel.

« Sergios et moi nous nous marions dans quelques semaines. » Etait-ce vraiment elle qui venait de prononcer cette phrase ? Elle avait toujours autant de mal à y croire !

Paris lui lança un regard hostile avant de gagner sa chambre, dont il referma soigneusement la porte pour bien montrer qu'il voulait être tranquille. Mieux valait respecter ce souhait jusqu'à ce qu'elle ait vu son institutrice, décida Bee en réprimant un soupir.

Quelle autre réaction pouvait-elle espérer ? Elle était une étrangère. Elle ne pouvait pas s'attendre à nouer du jour au lendemain des liens étroits avec des enfants qui avaient perdu leurs parents et quitté leur environnement familier quelques mois plus tôt. Pourvu que Sergios le comprenne…

Quarante-huit heures plus tard, Sergios revint à Londres. Rentrer chez lui en sachant qu'une femme s'y trouvait mais sans se demander avec inquiétude ce qui l'attendait était une expérience inédite…

Il gardait un souvenir cuisant de l'époque où il ne savait jamais à quoi s'attendre en rentrant de voyage. D'où un besoin viscéral de préserver son espace vital… Mais Beatriz ne comptait pas. Elle était là pour les enfants, pas pour lui. Elle apprendrait très vite à respecter sa tranquillité.

A sa grande contrariété, la gouvernante l'informa que sa future épouse était sortie. Il l'appela sur son portable et son irritation s'accrut quand il apprit qu'elle rentrait en bus.

— Je ne vous attendais pas si tôt… J'ai rendu visite à ma mère, répondit-elle, sur la défensive.

Quand elle arriva à l'hôtel particulier, Bee était essoufflée d'avoir pratiquement couru depuis l'arrêt de bus. Et outrée par le ton sec sur lequel Sergios lui avait parlé au téléphone. N'avait-elle donc pas le droit de sortir ? Etait-elle censée lui demander l'autorisation ?

Serrant les dents, elle franchit le seuil et ses pas résonnèrent dans le vaste hall au sol de marbre. Sergios apparut dans l'encadrement d'une porte. Aussitôt, sa colère fut balayée par un trouble intense, qui la fit vaciller sur ses jambes.

Vêtu d'un costume noir visiblement taillé sur mesure, il avait desserré le nœud de sa cravate et ouvert le col de sa chemise rayée. Ce mélange d'élégance et de désinvolture lui donnait un charme dévastateur, accentué par la barbe naissante qui recouvrait sa mâchoire. La gorge sèche, elle s'efforça d'ignorer les battements frénétiques de son cœur.

Sergios promena sur sa future épouse un regard scrutateur. Depuis ses cheveux ébouriffés jusqu'à son jean informe, elle avait une allure épouvantable… Il était urgent qu'elle passe entre les mains de professionnelles du changement de look !

— J'ai mis à votre disposition une voiture avec chauffeur, rappela-t-il d'un ton neutre.

— C'est un peu beaucoup pour une fille habituée à se déplacer en bus et métro.

— Vous n'êtes plus cette fille. Vous êtes ma future épouse. J'attends de vous que vous vous comportiez comme telle. Je suis un homme riche et vous n'êtes pas à l'abri d'un kidnapping. Vous devez vous habituer à prendre des précautions élémentaires.

Un kidnapping ? Alors qu'elle s'apprêtait à protester avec véhémence, Bee sentit son estomac se nouer. Déglutissant péniblement, elle se contenta de hocher la tête.

— A l'avenir, je m'en souviendrai.

Visiblement satisfait, Sergios s'effaça pour l'inviter à entrer dans la pièce.

— Il faut que je vous parle.

— Oui, il faut que *nous* parlions, acquiesça-t-elle avec un calme qu'elle était loin de ressentir.

En fait, elle n'avait qu'une envie. Courir se réfugier dans sa chambre jusqu'à ce que les réactions que cet homme déclenchait en elle disparaissent ! Elle devait être écarlate… Jamais elle n'avait été aussi troublée par un homme. La première fois, dans son bureau, elle avait cru que c'était dû à sa nervosité et au caractère humiliant de sa démarche.

Aujourd'hui, il fallait se rendre à l'évidence. Sergios Demonides avait un pouvoir de séduction redoutable. Peu de femmes devaient y être insensibles. Cependant, il n'y avait pas de quoi s'affoler, se dit-elle fermement en passant devant lui pour pénétrer dans un bureau au décor luxueux. Ses réactions étaient normales et finiraient par s'atténuer. Elle n'était pas réellement attirée par Sergios.

Il lui demanda des nouvelles des enfants et elle se détendit un peu. Elle lui expliqua que le test d'audition d'Eleni avait révélé des problèmes, sans doute dus à une otite séreuse selon le médecin. Elle devait être examinée par un spécialiste, en vue d'un traitement.

Elle évoqua ensuite la famille — deux parents et leurs trois enfants — que Paris avait dessinée sur le mur de sa chambre, et demanda à Sergios pourquoi il n'avait pas de photos de ses parents.

— J'ai pensé que ce serait moins pénible pour lui… que ça l'aiderait à tourner la page.

— Il éprouve visiblement le besoin de se plonger dans ses souvenirs. A mon avis, il ne faut pas l'en empêcher, plaida-t-elle.

A sa grande surprise, Sergios tint compte de son opinion.

— J'ai mis les affaires de mon cousin au garde-meuble. Je vais demander qu'on recherche des albums de photos.

— Les enfants ont besoin de temps pour retrouver un certain équilibre après le traumatisme qu'ils ont subi.

Le visage de Sergios s'assombrit.

— J'ai sans doute commis des erreurs. Je n'ai pas l'habitude des enfants. Je ne sais même pas comment il faut leur parler.

— Comme on parle à n'importe qui. Avec gentillesse et attention.

Une moue de dérision étira les lèvres de Sergios.

— Ce n'est pas mon style, Beatriz. Je suis plutôt du genre à aboyer des ordres.

— Appelez-moi Bee. C'est comme ça que tout le monde m'appelle.

— Beatriz est beaucoup plus joli.

— Si vous le dites…

— Vous n'êtes pas encore allée chez l'esthéticienne ?

Piquée au vif, Bee releva le menton et prit une profonde inspiration.

Le regard de Sergios fut irrésistiblement attiré par le gonflement de sa chemise, dont le tissu était tendu à craquer. Bon sang ! Comme il était tentant de faire sauter ces boutons d'un coup sec pour libérer ces deux globes somptueux… les prendre à pleines mains… Une flèche de désir le transperça. Allons bon, il y avait trop longtemps qu'il n'avait pas satisfait sa libido… Il allait falloir y remédier rapidement. Il ne voulait pas avoir ce genre de tentation avec sa future épouse.

Probablement inconsciente de l'effet qu'elle lui faisait, Bee déclara d'un ton crispé :

— Je ne veux pas changer de look. Je suis heureuse comme ça. C'est à prendre ou à laisser.

— Vous devez bien vous rendre compte que votre apparence laisse à désirer. Vous ne faites aucun effort.

— Je n'ai pas l'intention de changer pour me conformer à une norme sexiste complètement dépassée.

Sergios poussa un soupir exaspéré.

— Laissez le féminisme en dehors de ça. Quel est votre problème ?

— Je n'ai aucun problème. Je me trouve très bien comme je suis.

— Pas moi. Vos nouvelles fonctions exigent que vous soyez plus élégante.

— Cette demande est un abus de pouvoir. J'ai déjà quitté ma maison, mon travail… Mon look ne regarde que moi.

Les yeux de Sergios lancèrent des étincelles.

— Pas si vous avez l'intention de m'épouser.

— C'est ridicule !

— C'est votre obstination qui est ridicule. Il est normal pour une femme de prendre soin de son apparence. Que vous est-il arrivé pour que vous vous en désintéressiez à ce point ?

Dans le silence tendu qui suivit cette question, Bee fit un effort surhumain pour masquer son désarroi. Il ne fallait surtout pas que Sergios puisse se douter qu'il avait touché un point sensible… A une époque, elle était extrêmement coquette. Mais c'était un moment de sa vie qu'elle préférait oublier.

— Cela ne vous regarde pas, répliqua-t-elle d'une voix qu'elle espérait assurée.

— Le changement de look n'est pas négociable. Vous serez amenée à apparaître de temps en temps à mon côté en public. Et de toute façon il est hors de question que vous continuiez à vous promener dans cet état.

— Comment osez-vous me parler comme ça ?

— Je suis tout simplement honnête avec vous. Venez par ici.

Sergios prit Bee par le coude et l'entraîna vers un miroir.

— Dites-moi ce que vous voyez.

Confrontée à l'image de ses cheveux en bataille, de sa chemise usée et de son jean informe, Bee dut se retenir pour ne pas le gifler.

— Je me moque de ce vous pensez et de ce que vous voulez ! Je ne changerai pas de look, un point c'est tout !

— Pas de changement de look, pas de mariage. Ça fait partie de vos attributions et je ne transigerai pas là-dessus.

Tremblante de colère et d'humiliation, elle rétorqua d'un ton vif :

— Alors il n'y aura pas de mariage ! Parce qu'il faut mettre les choses au clair…

— Vraiment ? coupa-t-il en arquant un sourcil narquois.

— Il est hors de question que vous régentiez ma vie ! Je n'accepterai pas que vous me disiez comment je dois me coiffer et m'habiller. Je ne supporterai pas votre autoritarisme.

De nouveau fasciné malgré lui, Sergios s'efforça de détacher son regard de la poitrine de Bee, qui se soulevait sous l'effet de sa respiration hachée. Ses yeux émeraude brillaient d'un éclat inhabituel, constata-t-il. En fait, la colère lui allait bien. Très bien, même. Elle n'avait jamais été aussi séduisante… Cependant, il ne tolérerait pas qu'elle le défie.

— C'est votre choix, Beatriz. Si j'envisage de renoncer à ce mariage, c'est parce que vous vous conduisez de manière irrationnelle.

Elle suffoqua d'indignation.

— Irrationnelle ? Expliquez-moi ça !

Le visage dur, Sergios ouvrit la porte.

— Cette discussion est terminée.

Bee quitta la pièce hors d'elle et monta l'escalier quatre à quatre. Quel homme odieux ! Jamais personne ne l'avait mise dans une telle rage ! De quel droit la critiquait-il ? Dire qu'il avait osé lui demander ce qui lui était arrivé pour qu'elle se désintéresse de son apparence ! Comment pouvait-il être aussi perspicace ? Comment avait-il pu deviner qu'elle avait subi un traumatisme ?

Le cœur de Bee se serra. Quelques années plus tôt, l'homme dont elle était éperdument amoureuse l'avait laissée tomber pour une petite blonde évaporée. Jon, dont elle se croyait aimée, n'aurait pas pu choisir une femme plus différente d'elle…

La déception avait été si cruelle qu'elle ne s'en était toujours pas remise. A quoi bon passer chaque jour des heures à se coiffer, à se maquiller et à choisir la tenue la plus flatteuse ? Jamais elle ne se pardonnerait d'avoir été assez stupide pour suivre aveuglément la règle qui imposait aux femmes de se faire belles pour plaire aux hommes ! Tout le mal qu'elle s'était donné ne l'avait pas empêchée de perdre Jon. Depuis, elle refusait de faire le moindre effort.

Et de toute façon pourquoi se mettrait-elle en frais pour Sergios Demonides ? Il était comme les autres et ne valait pas mieux que son père ou Jon. Il avait peut-être loué son dévouement envers sa mère et ses compétences professionnelles, mais ces qualités ne l'empêchaient pas de la juger sur son apparence. Il était prêt à la laisser tomber parce qu'elle ne répondait pas à ses exigences en matière d'élégance. Et alors ? Elle s'en moquait éperdument !

Peut-être, mais c'était sa mère qui allait en pâtir, se rappela-t-elle soudain avec consternation. Si elle n'épousait pas Sergios Demonides, Emilia perdrait sa maison. Furieux de ne pas avoir vendu ses hôtels au prix escompté, son père ne lui ferait aucun cadeau. C'était le genre d'homme à rejeter sur les autres la responsabilité de ses échecs. Il n'hésiterait pas à se venger sur elle et sa mère.

Par ailleurs, si le mariage était annulé, Paris, Milo et Eleni seraient une fois de plus abandonnés à leur sort. Depuis son arrivée dans la maison, elle faisait tout pour gagner leur confiance. Elle leur avait annoncé qu'elle allait se marier avec Sergios et qu'elle vivrait avec eux.

Paris était resté de marbre, mais c'était sans aucun doute parce qu'il attendait qu'elle fasse ses preuves. Il ne voulait pas prendre le risque de lui faire confiance sans avoir la certitude qu'elle le méritait. Comment l'en blâmer ? Après avoir rencontré ces enfants, Zara était sortie de leur vie aussi brusquement qu'elle y était entrée, parce qu'elle était tombée amoureuse d'un autre homme. Pouvait-elle vraiment se permettre de les traiter avec la même légèreté ?

Tout ça à cause d'un rendez-vous dans un institut de beauté et de quelques séances de shopping ? Ne serait-il pas terriblement égoïste de renoncer au mariage pour des motifs aussi dérisoires ? Bee déglutit péniblement. Si seulement Sergios n'était pas aussi perspicace… Quand il lui avait demandé ce qui lui était arrivé pour qu'elle néglige à ce point son apparence, elle avait cru défaillir.

Et quelle humiliation quand il l'avait obligée à se regarder dans le miroir ! Impossible de nier qu'elle avait besoin d'une coupe de cheveux et d'une garde-robe dignes de ce nom. Comment avait-elle pu s'imaginer qu'un homme aussi distingué accepterait d'épouser une femme aussi mal fagotée ?

Elle se recoiffa rapidement, puis descendit l'escalier beaucoup plus calmement qu'elle ne l'avait monté. Le visage fermé, elle s'immobilisa devant la porte du bureau, leva la main, puis se ravisa et entra sans frapper. Assis devant son ordinateur portable, Sergios leva la tête et darda sur elle un regard hostile.

— C'est d'accord... pour le changement de look, annonça-t-elle d'un ton posé dont elle se félicita.

— Qu'est-ce qui vous a fait changer d'avis ? demanda Sergios, impassible.

— L'avenir de ma mère et celui des enfants. Je ne peux pas fuir mes responsabilités.

Il eut une moue cynique.

— Des tas de gens le font tous les jours.

— Pas moi.

Sergios se leva.

— Ne vous rebellez pas contre moi, dit-il d'une voix étrangement rauque. Je n'aime pas ça.

— Peut-être, mais contrairement à ce que vous pensez vous n'avez pas toujours raison.

— Il y a des manières plus subtiles de le signifier.

— Je ne suis pas certaine d'être douée pour la subtilité.

— Vous apprendrez. Je ne serai pas facile à vivre.

Sergios offrit à boire à Bee. Elle accepta et resta debout devant son bureau, mal à l'aise, avec dans les mains un verre dont elle n'avait pas vraiment envie.

Tout en goûtant le vin — de toute évidence un grand cru — elle s'interrogea pour la première fois sur la maîtresse de Sergios. Etait-il différent avec Melita ? Etait-elle blonde ou brune ? Depuis combien de temps durait leur liaison ? Où vivait-elle ? La voyait-il souvent ?

Embarrassée par le flot de questions qui surgissaient

dans son esprit, elle sentit ses joues s'enflammer. Que lui prenait-il ? Pourquoi cette curiosité subite ? Ses relations avec sa maîtresse ne la regardaient pas. Elle ne serait pas vraiment son épouse.

— Buvons à notre mariage, proposa-t-il.

— Et à une meilleure compréhension mutuelle ?

— Nous n'avons pas besoin de nous comprendre. Nous ne passerons pas beaucoup de temps ensemble. Au bout d'un moment, nous ne serons même plus obligés de cohabiter…

S'efforçant d'ignorer le pincement au cœur provoqué par cette affirmation, elle finit son verre et le posa sur le bureau.

— Bonsoir, donc.

Elle remonta à l'étage d'un pas lourd. Pourquoi se sentait-elle soudain plus seule qu'elle ne l'avait jamais été ? Elle ne s'attendait pourtant pas à ce que Sergios lui offre sa compagnie et son soutien. Mais n'envisageait-il même pas de partager avec elle l'éducation des enfants ?

De toute évidence, pour lui les paramètres de leur relation étaient fixés une fois pour toutes.

Il ne l'aimait pas, il ne la désirait pas, et il n'avait besoin d'elle que pour s'occuper des enfants pendant qu'il vivrait sa vie.

Une fois mariée avec lui, elle serait bel et bien une employée comme une autre…

4

Bee sortit de la cabine et monta sur le podium pour se contempler dans les miroirs du salon d'essayage. Même si elle n'en avait aucune envie, il fallait reconnaître que Sergios ne pouvait pas mieux choisir.

Quand il lui avait annoncé par téléphone qu'il lui avait acheté sa robe de mariée, elle avait protesté avec véhémence.

— Qu'est-ce qui t'a pris ? Toutes les femmes veulent faire ce choix elles-mêmes !

— J'ai assisté à un défilé de mode à Milan. Quand le mannequin est arrivé sur le podium j'ai su tout de suite que c'était *ta* robe, avait-il répliqué avec une assurance horripilante.

Qui avait-il accompagné au défilé ? Dieu merci, elle avait eu l'intelligence de ne pas lui poser la question. Mieux valait rester dans l'ignorance. Ce qu'elle ne savait pas ne risquait pas de la faire souffrir. Non qu'elle coure le moindre risque de souffrir… Elle n'était pas assez stupide pour devenir possessive avec un homme qui ne voulait pas partager son lit. Mais qui le lui avait malgré tout proposé… Parce que si l'abstinence lui pesait trop il préférait se sacrifier plutôt que de l'autoriser à avoir un amant !

Bee reporta son attention sur son reflet. Cette robe mettait en valeur sa poitrine généreuse tout en soulignant la finesse de sa taille. Elle l'aurait préférée un peu moins décolletée, mais il fallait reconnaître que son corsage cintré flattait sa silhouette. Apparemment, la réputation de Sergios n'était pas usurpée. Il aimait les femmes au point de s'intéresser à la mode et il avait un goût très sûr en la matière.

Comment nier qu'elle était métamorphosée par le changement de look qu'il lui avait imposé ? Allégée par une coupe en dégradé à hauteur des épaules, son épaisse crinière brune dégageait son visage embelli par le maquillage. Ses pommettes avaient retrouvé tout leur relief, et ses yeux émeraude n'avaient jamais eu autant d'éclat. Quant à ses lèvres, elles étaient pulpeuses à souhait.

Contre toute attente, elle ne s'était pas sentie embarrassée ni rabaissée par les multiples soins — nettoyage de peau, manucure, épilation, massages, enveloppements — qu'on lui avait prodigués. Non seulement elle s'était abandonnée avec plaisir aux mains expertes des esthéticiennes, mais elle était ressortie de l'institut régénérée et ravie de se sentir à son avantage.

Dans trente-six heures, elle se mariait… Bee prit une profonde inspiration. Cet après-midi, elle avait un dernier rendez-vous avec l'avocat pour la signature du contrat de mariage. Ce dernier lui avait été expliqué en détail lors de sa première visite au cabinet. Comme prévu, Sergios s'engageait à prendre sa mère en charge et à lui assurer un confort optimal pendant toute son existence, quelle que soit la durée de leur mariage. Pour sa part, elle avait demandé le rajout d'une clause lui garantissant le droit de voir régulièrement les enfants en cas de divorce. Elle avait bien l'intention de nouer des liens durables avec eux, quoi qu'il arrive.

Vêtue d'une élégante robe grise à rayures et d'une veste légère, Bee quitta la maison de couture accompagnée d'un garde du corps et monta dans la limousine qui l'attendait devant la porte. Elle prenait l'habitude de vivre dans le luxe, songea-t-elle avec une pointe de culpabilité lorsqu'elle en redescendit quelques instants plus tard au pied de l'immeuble abritant le cabinet d'avocats. En seulement trois semaines, elle avait déjà oublié ce que c'était de marcher sous la pluie ou d'attendre le bus !

Alors qu'elle attendait à la réception, confortablement installée sur un canapé moelleux, la vue d'un visage familier la fit tressaillir. Jon Townsend ? Plus de trois ans s'étaient écoulés depuis leur dernière rencontre et voilà qu'au moment où elle s'y attendait le moins il se trouvait soudain à quelques mètres d'elle, en costume-cravate… Toujours mince et séduisant. Travaillait-il pour le cabinet ? Quand elle l'avait rencontré, il venait de terminer ses études de droit.

Jon tourna la tête et la reconnut quelques secondes avant que la réceptionniste l'invite à entrer dans le bureau de M. Smyth, l'avocat. Il s'avança vers elle, visiblement stupéfait.

— Bee ?

— Jon… Excuse-moi, j'ai un rendez-vous, répliqua-t-elle en se levant.

— Tu es superbe !

Assaillie malgré elle par des souvenirs douloureux, elle esquissa un sourire crispé.

— Merci. Tu travailles ici ?

— Oui, depuis l'année dernière. Je te verrai après ton rendez-vous. Nous discuterons.

Elle s'empressa de gagner le bureau de Halston Smyth. De quoi Jon pouvait-il avoir envie de lui parler ? Trois ans plus tôt il l'avait laissée tomber, et après leur rupture elle avait perdu de vue leurs amis communs. Ils n'avaient donc rien à se dire.

Aujourd'hui, il était marié, d'après ce qu'elle savait. Et il avait sans doute des enfants, même si trois ans plus tôt il n'était pas certain d'en vouloir. En fait, il n'était pas certain non plus d'être fait pour le mariage… Jusqu'à ce qu'il rencontre Jenna, la petite blonde évaporée pour qui il l'avait quittée. La fille d'un juge de la Haute Cour. Une relation très utile pour un jeune juriste aux dents longues, avait-elle pensé à l'époque.

M. Smyth relut de nouveau en détail chaque clause du contrat de mariage, en présence d'un autre avocat, plus jeune. Lors de sa première visite, Bee avait pris conscience qu'en tant que future épouse d'un milliardaire elle était considérée comme une cliente importante et avait droit à beaucoup d'égards. Dès qu'elle constata que la clause lui accordant le droit de voir les enfants en cas de divorce avait été ajoutée au contrat, elle se détendit. Elle signa le document, tout en se réjouissant des séances de kinésithérapie dont sa mère pourrait bientôt bénéficier.

M. Smyth en personne la raccompagna ensuite jusqu'à l'ascenseur. Juste avant que les portes se referment, Jon la rejoignit dans la cabine.

— Si nous prenions un verre ? Il y a un bar à vin au coin de la rue.

— Je ne suis pas sûre que nous ayons grand-chose à nous dire, objecta-t-elle avec perplexité.

— Cinq minutes. Avec ton garde du corps tu n'as rien à craindre, plaisanta-t-il avec un sourire familier.

— Connaissez-vous ce monsieur, mademoiselle Blake ? demanda Tom, le garde du corps, en promenant sur Jon un regard suspicieux.

Bee croisa le regard amusé de Jon et faillit pouffer.

— Oui, Tom, je le connais. D'accord, mais juste cinq minutes, ajouta-t-elle à l'adresse de Jon.

Son ex-petit ami était probablement poussé par la curiosité. Après tout, trois ans plus tôt, elle appartenait à un milieu plutôt modeste et se préparait à devenir institutrice. Son père était riche, mais il ne lui avait jamais donné d'argent de poche et elle ne le voyait qu'à l'occasion de rares repas de famille. Elle n'avait jamais fréquenté le même monde que Monty Blake.

Aujourd'hui, puisqu'il travaillait dans le cabinet d'avocats, Jon savait sans aucun doute qu'elle était sur le point d'épouser un des hommes les plus riches d'Europe. Il devait se demander comment elle en était arrivée là… Mais pas question de révéler la vérité à qui que ce soit, bien sûr. Bee réprima un sourire. De toute façon, personne ne voudrait la croire !

Au bar, le garde du corps s'assit à une table voisine de celle de Bee et de Jon et sortit son portable de sa poche, tandis que Jon commandait à boire. Autrefois son sourire affolait son cœur dans sa poitrine, se souvint Bee. Mais pas question de penser à ça…

— Jenna et moi nous avons divorcé il y a quelques mois, déclara-t-il soudain.

— Oh… Je suis désolée de l'apprendre, répliqua-t-elle, embarrassée.

Il haussa les épaules.

— Ce n'était qu'un engouement. Je n'aurais jamais dû te quitter. C'est une erreur que j'ai amèrement regrettée.

— Revenir sur le passé ne sert à rien.

— De toute façon, ce n'est pas pour ça que je t'ai invitée à boire un verre.

Jon sortit une brochure de sa poche et la tendit à Bee.

— Je te serais très reconnaissant si tu acceptais de parrainer cette association. Elle fait un excellent travail et a besoin de soutien.

Bee s'efforça de masquer sa surprise. Le Jon d'autrefois était trop occupé à penser à sa carrière pour prendre le temps de récolter des fonds pour de bonnes causes… Mais il était visiblement devenu altruiste en mûrissant, constata-t-elle en parcourant la brochure. Il participait à la gestion d'une association d'aide aux enfants handicapés, semblable à celle dont elle s'occupait lorsqu'elle était étudiante.

— Je crains de ne pas pouvoir m'impliquer personnellement. Je dois m'installer en Grèce après le mariage.

— La simple caution morale de l'épouse de Sergios Demonides nous serait déjà très utile. Il te suffirait d'apparaître de temps à autre en public lors d'un gala, par exemple.

Soulagée que Jon évite de lui poser des questions sur Sergios et ne cherche pas à donner un tour plus personnel à la conversation, Bee lui dit qu'elle réfléchirait et prit congé quelques instants plus tard. Mais, au moment où elle se levait, il la saisit par la main et murmura :

— J'étais sincère tout à l'heure. J'ai commis une grave erreur, il y a trois ans. Je regrette encore de t'avoir perdue, Bee.

Elle s'empressa de retirer sa main.

— Il est un peu tard pour me dire ça, Jon.

— Je sais. Je te souhaite d'être heureuse avec Demonides.

Pourquoi avait-elle le sentiment que ces vœux de bonheur sonnaient faux ? se demanda-t-elle avec perplexité dans la limousine qui la ramenait chez Sergios.

Après avoir goûté avec les enfants, Bee aida Paris à faire ses devoirs, puis donna leur bain à Milo et à Eleni avant de les mettre au lit. Eleni devait être opérée des oreilles un mois plus tard. Selon les spécialistes, l'intervention était banale mais son efficacité n'était pas garantie.

Quant à Paris, Bee avait appris par son institutrice qu'il avait du mal à se faire des amis. Pour l'aider, elle avait invité à plusieurs reprises quelques-uns de ses camarades à venir jouer après les cours. Il s'adaptait peu à peu à sa nouvelle existence et se montrait moins méfiant vis-à-vis d'elle.

Au moment où Bee allait se coucher, Sergios, absent depuis deux semaines, l'appela de Tokyo.

— Qui est l'homme avec qui tu as pris un verre ?

Elle se hérissa.

— Si je comprends bien, Tom est surtout chargé de m'espionner, c'est ça ?

— Beatriz…

— C'est juste un vieil ami que je n'avais pas vu depuis l'université.

Inutile d'entrer dans les détails, décida-t-elle après une hésitation.

— Etant donné que tu vas devenir ma femme, des tas de vieux amis vont surgir de nulle part, lâcha Sergios avec cynisme.

— Tu exagères. Il voudrait que je parraine une association d'aide aux enfants handicapés. On peut difficilement le lui reprocher.

— C'est pour être plus convaincant qu'il te tenait par la main ?

— Il n'y a pas de quoi en faire une histoire !

— Dans les endroits publics, je te serais reconnaissant d'être discrète.

— Il faut toujours que tu aies le dernier mot, n'est-ce pas ?

— Oui, parce que j'ai toujours raison, *latria mou*.

Cette nuit-là, dans son lit, Bee joua au jeu des « et si ? » avec Jon en vedette. Elle était humaine, après tout. Comment ne pas se demander ce qui se serait passé si sa rencontre avec son séduisant ex avait eu lieu avant qu'elle soit sur le point d'épouser un autre homme. Rien, sans doute… Sans Sergios, elle n'aurait jamais changé de look et Jon n'aurait pas été impressionné le moins du monde.

De toute façon, Sergios était plus séduisant que Jon et il avait beaucoup plus de personnalité… Bee tressaillit. Que lui arrivait-il ? D'où sortait cette pensée ? Sergios était un homme séduisant, bien sûr. Impossible de dire le contraire. Mais elle n'avait aucune raison de le comparer à Jon ! Elle ferait mieux de dormir au lieu de perdre son temps à faire des suppositions idiotes.

— C'est une robe incroyablement romantique, déclara Tawny en étudiant sa demi-sœur d'un air intrigué. Et un choix plein de délicatesse pour un homme qui s'apprête à faire un mariage de convenance…

A son grand dam, Bee sentit ses joues s'enflammer. Pourquoi Zara avait-elle éprouvé le besoin d'expliquer à leur sœur la vraie nature de ce mariage ? Tawny trouvait aberrant qu'elle épouse un homme qu'elle n'aimait pas et elle ne le cachait pas. Zara, elle, n'avait pas pu faire le déplacement à cause de sa grossesse…

— Il faut reconnaître que les enfants sont très mignons, poursuivit Tawny. Quant à Sergios, il est hyper-sexy. Mais ce n'est pas le genre d'homme qu'il te faut. Tu es beaucoup trop sage.

— Qu'en sais-tu ? plaisanta Bee en prenant son bouquet.

— Si j'étais soupçonneuse, je penserais que tu te sacrifies

pour ta mère, insista Tawny. Tu ferais n'importe quoi pour elle. Remarque, je te comprends. Elle est adorable.

— N'est-ce pas ? Et elle est très heureuse pour moi. Alors s'il te plaît, ne gâche pas sa joie en lui mettant des sottises dans la tête…

— Des sottises ? Plutôt la vérité, marmonna Tawny. Promets-moi au moins de divorcer s'il est invivable.

Bee leva les yeux au ciel.

— Je te le promets !

Elle quitta sa chambre de jeune fille à pas prudents sur ses talons aiguilles. Sa mère lui avait demandé de passer sa dernière nuit de célibataire chez elle et elle avait accepté avec joie.

— Tu dis ça mais je te connais. Tu n'auras pas le cœur de laisser tomber ces bambins, rétorqua Tawny en soupirant. Et je parie que ton mari le comprendra très vite et qu'il n'hésitera pas à en profiter.

Non, elle ne se laisserait pas marcher sur les pieds, se promit Bee quelques instants plus tard quand son père lui tendit le bras à l'entrée de l'église. Sergios était autoritaire mais elle lui tiendrait tête. Elle n'avait pas l'intention de se laisser piétiner comme son père. Dire que malgré son humiliation Monty Blake n'avait pas osé refuser de jouer son rôle à leur mariage !

Le visage impénétrable malgré son impatience, Sergios se retourna pour regarder sa future épouse s'avancer vers lui au bras de son père. Beatriz s'était fait couper les cheveux ! Qui avait eu cette idée stupide ? Mais il fallait reconnaître que ça ne l'empêchait pas d'être superbe…

Son regard s'attarda sur les lèvres pulpeuses de la jeune femme avant de descendre lentement vers son décolleté. Les hommes auraient-ils tendance à devenir amateurs de poitrines opulentes à partir d'un certain âge ? Pourtant, il n'avait que trente-deux ans… En tout cas, ces deux globes crémeux et rebondis étaient fascinants, et l'échancrure du corsage de dentelle les mettait admirablement en valeur. Il ne s'était pas trompé sur le choix de la robe. Dire que le mannequin qui l'avait présentée à Milan n'avait rien à montrer ! Si Beatriz avait été à sa place, elle aurait été le clou du spectacle... Sergios plissa le front. Pourquoi cette idée lui déplaisait-elle ?

Pourquoi Sergios la considérait-il d'un air aussi réprobateur ? Bee releva le menton. Pas question de se laisser intimider. Le regard étincelant des yeux noirs croisa le sien et son cœur s'affola dans sa poitrine. Elle dut faire appel à toute sa volonté pour masquer son trouble et continuer à avancer sans trébucher.

Le pasteur, qui appréciait manifestement les longs discours, parlait depuis un certain temps déjà lorsque Sergios lui intima à mi-voix « d'accélérer le mouvement ». Bee rougit jusqu'à la racine des cheveux. Comment osait-il faire preuve d'une telle incorrection ? Il glissa l'alliance à son doigt avec une brusquerie qui acheva de l'indigner. Elle se frotta ostensiblement le doigt, feignant d'avoir mal.

— Tu as été très grossier avec le pasteur, murmura-t-elle d'un ton réprobateur tandis qu'ils se dirigeaient vers la sortie.

— Pardon ?

— Tu m'as très bien entendue. Il y a des circonstances dans lesquelles la politesse exige une certaine patience. Pendant une cérémonie de mariage, par exemple.

Au même instant, Milo sauta des genoux de sa nurse pour se précipiter vers Bee et agripper sa robe. Elle lui passa la main dans les cheveux et lui prit la main.

— Il radotait, répliqua Sergios entre ses dents, outré par l'impertinence de son épouse.

Mais la vue du sourire rayonnant que Milo levait vers Bee le calma instantanément. Après un peu plus de deux semaines d'absence, il avait noté une nette amélioration dans le comportement des enfants de son cousin.

De toute évidence, la présence de Bee leur était très bénéfique. Milo était devenu un peu plus autonome et Eleni avait toujours le sourire aux lèvres. Même Paris semblait moins replié sur lui-même et se risquait de temps en temps à prendre la parole.

Sergios n'était pas du genre à nouer des liens étroits avec les gens, mais il avait été malgré tout très proche de Timon. Même s'il avait peu de points communs avec ce cousin très sérieux à la vie rangée, il éprouvait pour lui une réelle affection. Offrir à ses enfants la meilleure vie possible et favoriser leur épanouissement était pour lui une question d'honneur.

Dès que les mariés sortirent sous le porche, les dizaines de photographes amassés devant l'église brandirent leurs appareils. Abasourdie, Bee se figea. Sergios en profita pour la prendre dans ses bras et s'emparer de ses lèvres.

Le souffle coupé, elle fut assaillie par un flot de sensations d'autant plus intenses qu'elle n'était pas du tout préparée à ce baiser. Tandis que sa raison lui intimait de résister au tourbillon qui l'emportait, tout son corps s'y abandonnait sans réserve.

C'était si bon de sentir ces bras musclés refermés sur elle, ce torse puissant pressé contre ses seins, cette bouche gourmande contre sa bouche ! C'était si bon qu'elle en voulait encore plus… beaucoup plus… La langue de Sergios franchit le barrage de ses lèvres et elle crut défaillir. Une chaleur dévastatrice se répandit entre ses cuisses, tandis que les pointes de ses seins se hérissaient contre la dentelle de son soutien-gorge.

— Tu n'es pas censée être aussi délicieuse, *yineka mou,* murmura Sergios d'une voix rauque en s'arrachant à ses lèvres et en plongeant dans le sien un regard étincelant de désir.

Etourdie, elle s'écarta de lui et posa pour les photographes en s'efforçant d'étouffer le feu qui la dévorait. Que lui arrivait-il ? Elle n'avait jamais rien éprouvé de tel ! Pas même avec Jon. C'était comme si Sergios avait réveillé en elle une force obscure dont elle ignorait l'existence… En l'espace d'une seconde, il lui avait fait perdre le contrôle d'elle-même.

C'était très déstabilisant. Et terriblement embarrassant ! Comment avait-elle pu répondre à son baiser avec un tel enthousiasme ? Comment avait-elle pu se coller à lui avec une telle indécence ? De toute évidence, s'il l'avait embrassée c'était uniquement pour les photographes…

Sergios arborait un sourire de circonstance, tout en s'efforçant de réprimer le désir qui le taraudait. Il n'était pas question de coucher avec son épouse, se rappela-t-il fermement. Ce serait désastreux pour sa liberté. Les femmes étaient toutes pareilles. Toutes aussi possessives les unes que les autres.

Non seulement il n'avait pas prévu de mettre sa femme dans son lit mais il n'en avait aucun besoin. A présent qu'il était marié, sa maîtresse mettrait encore plus d'ardeur à le satisfaire. Il connaissait assez les femmes pour en avoir la certitude. Alors pourquoi se compliquer la vie ?

La réception se tenait dans un palace, à l'entrée duquel les invités étaient filtrés.

— Zara a été vraiment stupide, lança Ingrid Blake, la belle-mère de Bee, d'une voix hargneuse. C'est elle qui devrait être à ta place aujourd'hui !

Impassible, Sergios prit son épouse par la taille.

— Il n'y a pas de comparaison. Beatriz est une femme exceptionnelle, déclara-t-il d'une voix rauque.

A la fois flattée par ce compliment inattendu et embarrassée par le jugement implicite porté sur Zara, Bee s'empourpra. Tandis que sa belle-mère s'éloignait, elle marmonna :

— Ingrid a une langue de vipère, mais j'aurais pu la remettre à sa place moi-même.

— Il est hors de question que je garde le silence quand on insulte ma femme.

— Ingrid est désagréable mais c'est la femme de mon père. Elle fait partie de ma famille.

Devant le regard anxieux de Bee, Sergios éclata de rire.

— Tu n'arriveras jamais à protéger tout le monde de moi !

Elle déglutit péniblement. Ce rire était celui d'un homme implacable et sûr de son pouvoir. D'ailleurs son père n'était-il pas présent alors qu'elle était persuadée qu'il ne viendrait pas ? La soumission de son père aux diktats de son mari en disait long sur le pouvoir et l'intransigeance de ce dernier…

— Ton grand-père n'est pas venu ? demanda-t-elle, surprise.

— Il a une bronchite et son médecin lui a conseillé de rester chez lui. Tu le verras demain en Grèce.

Ayant pour habitude de séparer sa vie privée de sa vie publique, Sergios avait choisi de célébrer leur mariage dans une intimité relative. Parmi les cinquante personnes présentes, ses invités appartenaient tous au monde des affaires. Sa famille était très réduite, expliqua-t-il à Bee, qui s'en étonnait. Son grand-père n'avait eu que deux enfants, qui étaient tous les deux morts jeunes.

— Cherchait-il un héritier quand il a appris ton existence ?

— Non. A cette époque, il avait Timon. Ce sont les services sociaux qui ont pris contact avec lui après avoir découvert notre lien de parenté. Il ignorait tout de moi. J'avais dix-sept ans quand il est venu me trouver. Il m'a offert ce dont j'avais le plus besoin. La possibilité de faire des études.

A en juger par son ton crispé, Sergios n'avait pas envie de s'étendre sur le sujet. Mieux valait ne pas insister, décida Bee. Dommage, parce qu'elle avait très envie d'en savoir plus sur son passé…

Peu habituée à être le point de mire, elle ne parvenait pas à se détendre et mangea très peu. Un groupe de musiciens célèbres animait la soirée. Tandis qu'ils jouaient, elle remarqua une femme très belle qui jetait des regards de convoitise sur Sergios. A son grand dam, une bouffée de colère l'assaillit et ses doigts se crispèrent d'eux-mêmes, comme pour griffer l'inconnue. Allons bon, serait-elle jalouse ? C'était ce baiser… Il avait tout changé.

Jamais elle n'aurait imaginé qu'un simple baiser pourrait la mettre dans un tel état. Elle se croyait peu sensuelle. Quand elle était amoureuse de Jon, le tenir à distance ne lui avait pas demandé beaucoup d'efforts. Elle attendait qu'il manifeste son intention de s'engager pour coucher avec lui. Sans doute sentait-elle sans en avoir conscience qu'il n'était pas prêt à construire une relation durable.

— Cette journée est interminable, marmonna Sergios en

consultant l'écran de son téléphone pour la énième fois et en pianotant nerveusement sur la table.

— Ce sera bientôt fini, répliqua-t-elle d'un ton apaisant.

Comme l'avait déjà prouvé son attitude à l'église, cette journée était de toute évidence une épreuve pour Sergios. Serait-ce le souvenir de son premier mariage qui le perturbait ? Comment était sa première épouse ? L'avait-il épousée par amour ? Etait-ce de l'avoir perdue huit ans plus tôt alors qu'elle était enceinte qui l'avait rendu aussi dur ? Etait-ce pour oublier son chagrin qu'il était devenu un grand séducteur ?

— Débarrassons-nous de la danse, murmura-t-il en se levant.

— J'aime ton enthousiasme, ironisa-t-elle en se levant à son tour avec un sourire éclatant, consciente du regard ému dont l'enveloppait sa mère.

Emilia Blake était rayonnante. Sergios avait tenu à lui rendre visite quelques jours avant le mariage et il avait fait l'effort de rester un moment à discuter avec elle. Emilia portait son gendre aux nues et Bee était déterminée à ne jamais rien laisser paraître qui puisse gâcher son bonheur.

Il fallait que ce mariage fasse illusion quoi qu'il arrive, décida-t-elle. Sa mère devant s'installer en Grèce, il ne serait pas facile de lui cacher des tensions éventuelles au sein du couple. Il faudrait donc faire preuve d'une extrême prudence…

L'esprit de Bee se vida soudain de toute pensée cohérente. Sans cesser de danser, Sergios venait de resserrer son étreinte autour d'elle. Plus rien n'existait que son torse puissant contre lequel s'écrasaient ses seins et son regard brûlant plongé dans le sien. Parcourue d'un long frisson, elle sentit une chaleur délicieuse naître au creux de ses reins et se répandre entre ses cuisses.

— *Theos*… comme tu bouges bien, murmura Sergios d'une voix rauque en la faisant tournoyer.

A partir de cet instant, le temps parut s'accélérer. Une fois la danse terminée, Sergios et Bee circulèrent de table en table pour dire un mot à tous leurs invités. Il fallait reconnaître qu'il jouait bien le jeu, songea-t-elle, impressionnée et troublée à la fois. Il ne la lâchait pas un seul instant, la tenant par la taille ou les épaules…

Les enfants finirent par donner des signes de fatigue et les nurses les ramenèrent à la maison. Une heure après leur départ, Sergios décida qu'ils pouvaient s'éclipser à leur tour et ils montèrent dans la limousine qui les attendait devant l'hôtel. Bee jeta un coup d'œil furtif à son mari. Son soulagement d'en avoir enfin terminé était manifeste.

— Ce sont les mariages en général que tu n'aimes pas, ou bien seulement le tien ?

— Tous. Je ne supporte pas les regards émerveillés et les rêves chimériques. Ce n'est pas la vraie vie.

— Il est naturel que les gens aient envie d'être heureux.

Haussant les épaules, Sergios se laissa aller contre le dossier de la banquette et étendit ses jambes devant lui.

— As-tu envie d'être heureuse, Beatriz ?

— Pourquoi pas ? répliqua-t-elle d'un ton délibérément léger.

— Ça ne sera pas avec moi. Je ne crois pas au bonheur.

On ne pouvait pas être plus clair, songea-t-elle avec un pincement au cœur.

La limousine les déposa devant l'entrée de l'hôtel particulier. Ils traversèrent le hall et montèrent l'escalier ensemble. Sur le palier, juste avant qu'ils se dirigent vers leurs suites respectives, Sergios annonça d'un ton neutre :

— Je me change et je ressors. Je te verrai demain à l'aéroport.

Sur ces mots, il s'éloigna dans le couloir et disparut. Quelques secondes plus tard, une porte se referma avec un bruit sourd. Clouée sur place, Bee avait toutes les peines du monde à respirer. On devait ressentir la même chose après avoir reçu un coup de poing à l'estomac… C'était le jour de leur mariage, leur nuit de noces, et il sortait ? Et pourquoi pas ? Ce n'était pas un mariage normal, se rappela-t-elle fermement. Il n'était pas obligé de lui tenir compagnie.

Mais où allait-il ? Voir une autre femme ? Pourquoi cette idée lui était-elle insupportable ? Pourquoi avait-elle l'impression qu'une flèche empoisonnée venait de l'atteindre en plein cœur ? Il n'y avait aucune raison. Absolument aucune… Alors pourquoi se sentait-elle aussi mal ?

Impossible de demander à une domestique de l'aider à enlever sa robe. Ce serait trop humiliant. Mais de toute façon elle ne l'aurait jamais demandé à Sergios non plus, même s'il n'était pas sorti. Ce qui prouvait bien que sa réaction était ridicule ! Furieuse contre elle-même, Bee gagna sa chambre, se déshabilla tant bien que mal et prit une douche.

Melita vivait-elle à Londres ? Ou bien Sergios l'avait-il fait venir spécialement ? A moins qu'il ait rendez-vous avec quelqu'un d'autre ? En tout cas, c'était sûrement une femme qu'il allait retrouver… De nouveau, Bee eut l'impression de recevoir une flèche en plein cœur. Pourquoi avait-elle des réactions aussi absurdes ? se demanda-t-elle avec exaspération. Sergios avait été très clair dès le départ. Leur mariage n'en serait pas vraiment un et il se réservait le droit de coucher avec qui il voulait, quand il voulait.

Elle n'avait aucune raison de se sentir trahie. Et puis il fallait être lucide. Un homme aussi séduisant que Sergios ne pouvait pas être attiré par une femme aussi ordinaire qu'elle. Sa première épouse, Krista, était une femme splendide. Blonde et menue comme Zara. S'il s'était remarié avec elle, c'était uniquement parce qu'elle s'était engagée à s'occuper des enfants de son cousin tout en lui laissant toute sa liberté.

On frappa à la porte. C'était Paris, en pyjama de superhéros, un album sous le bras.

— J'ai vu oncle Sergios qui s'en allait. Tu veux regarder mes photos ?

— Bien sûr, répondit Bee avec un sourire vaillant.

Le petit garçon ne se lassait pas de feuilleter les albums de photos que Sergios avait fait rapporter du garde-meuble. Il aimait les montrer à Bee en lui donnant des tas d'explications, ce qui l'aidait à supporter le manque.

— Tu veux boire quelque chose de chaud ? demanda-t-elle d'un ton enjoué.

Jamais elle n'oublierait sa nuit de noces, songea-t-elle en descendant dans la cuisine.

Un peu plus tard, installée sur son lit, un bras autour de la taille de Paris et un verre de chocolat à la main, elle eut un peu de mal à refouler ses larmes.

Heureusement, son petit compagnon était trop occupé à lui faire partager ses souvenirs pour s'en apercevoir.

5

Le lendemain matin, lorsqu'une hôtesse fit visiter à Bee le jet de Sergios, les enfants étaient déjà installés dans la cabine arrière en compagnie de deux nurses, Janey et Karen. Armées d'un nombre de jouets, magazines et DVD suffisant pour occuper un vol deux fois plus long, les deux jeunes filles étaient enthousiasmées par leurs conditions de voyage.

Sans doute serait-elle aussi séduite qu'elles par ce luxe extravagant si elle n'était pas aussi tendue, songea Bee. Non seulement elle avait très mal dormi mais elle avait été obligée de feindre la bonne humeur au petit déjeuner, afin de ne pas accroître la nervosité des enfants.

Après tous les bouleversements qu'ils avaient subis au cours des derniers mois, Paris et Milo appréhendaient ce nouveau déménagement. Toutefois, Paris s'adressait déjà au steward en grec, constata-t-elle. Et Milo l'écoutait avec attention, visiblement heureux d'entendre de nouveau sa langue maternelle.

Ils ne retrouveraient pas leur maison familiale d'Athènes, bien sûr. Cependant, vivre dans leur pays natal leur ferait sans doute du bien. D'autant plus que la villa de Sergios sur l'île d'Orestos leur était familière. Ils y étaient souvent allés en vacances avec leurs parents.

Après s'être assurée qu'ils n'avaient besoin de rien, Bee retourna dans le salon, s'installa dans un fauteuil et se mit à feuilleter un magazine pour se donner une contenance. Vêtue d'un pantalon de lin blanc, d'un corsage de soie vert et d'un cardigan assorti, elle se sentait à la fois élégante et à l'aise dans ses vêtements. Malheureusement, cela ne l'aidait pas à se détendre…

Elle entendit des voix à l'extérieur de l'appareil et ses mains se mirent à trembler. Les doigts crispés sur les pages de son magazine, elle sentit son cœur s'affoler dans sa poitrine tandis qu'un bruit de pas résonnait sur la passerelle. Sergios allait finir par la rendre folle ! Jamais personne ne lui avait inspiré des sentiments aussi contradictoires. Une part d'elle-même mourait d'impatience de le revoir, tandis que l'autre rêvait de ne plus jamais rien avoir à faire avec lui !

— *Kalimera*… Bonjour, Beatriz, déclara-t-il en arrivant dans le salon, plus séduisant que jamais.

La gorge sèche, elle marmonna un « bonjour » inaudible en esquissant un sourire poli. Pourquoi était-elle aussi mal à l'aise ? se demanda-t-elle, irritée contre elle-même. Il n'y avait aucune raison ! Prenant une profonde inspiration, elle affronta le regard de Sergios. Une lueur suspicieuse brillait dans ses yeux noirs. Elle le savait ! Il était sur ses gardes. Il s'attendait à un mouvement d'humeur en réaction au fait qu'il était sorti la veille au soir. Eh bien, pas question de lui donner cette satisfaction. Gardant le sourire aux lèvres, elle reporta son attention sur son magazine.

Elle resta plongée dans ce dernier pendant le décollage, puis rendit visite aux enfants avant de reprendre sa lecture. Sergios l'observait avec une perplexité croissante. Beatriz n'avait pas eu un mot plus haut que l'autre. Pas un seul… Pourquoi en était-il contrarié ? Au lieu de se féliciter de son détachement, il en était presque froissé. Sans doute parce que c'était la première fois qu'une femme l'ignorait. Mais était-ce vraiment du détachement ? A propos, il avait oublié… Il sortit de sa poche un écrin qu'il posa sur la table.

— Pour toi.

Bee prit l'écrin à contrecœur, l'ouvrit, jeta un coup d'œil au superbe solitaire monté en bague qui se trouvait à l'intérieur, le referma et le reposa sur la table.

— Merci.

Sergios crispa la mâchoire. Cette fois, pas de doute. L'indifférence de Beatriz était délibérée. C'était une manière de le punir tout en le défiant. Lui qui commençait à penser que son épouse était peut-être différente… En réalité, elle cachait son jeu aussi bien que les autres femmes. Pourquoi feignaient-elles toujours d'accepter les règles pour ensuite les enfreindre à la première occasion ? Bien sûr, il savait qu'elle était volontaire et obstinée. Mais il ne s'attendait pas à ce qu'elle se montre rebelle. D'autant plus qu'il avait fait des efforts pour cimenter leur relation.

— Tu ne la mets pas ? demanda-t-il en s'efforçant de garder son calme.

Bee rouvrit l'écrin, prit la bague et la glissa à son annulaire droit avec une désinvolture délibérée avant de se replonger dans son magazine. Mieux valait garder le silence, décida-t-elle. Elle était trop furieuse contre lui pour prendre le risque de dire un seul mot.

Mais surtout il fallait éviter de le regarder. Parce qu'elle ne pourrait pas s'empêcher de l'imaginer entre des draps froissés avec une créature cent fois plus belle et plus sexy qu'elle. Pourtant, jusqu'à ce jour, elle se moquait éperdument d'être belle ou sexy. Elle s'attachait avant tout à mener une vie saine et à garder l'esprit serein. Malheureusement, depuis qu'elle avait épousé Sergios sa sérénité s'était évanouie !

Incrédule, Sergios bouillait de colère. Jamais une femme n'avait manifesté un tel manque d'intérêt pour un de ses cadeaux ! Il scruta le visage de Bee. L'espace d'une seconde, elle leva les yeux pour lui jeter un regard furtif. Il eut le temps de voir briller une lueur de défi dans ses yeux émeraude avant qu'elle reporte son attention sur son magazine avec une moue boudeuse. Transpercé par une flèche de désir, il réprima un juron. Bon sang ! Ces lèvres pulpeuses étaient redoutables ! Elles faisaient naître dans son esprit des images qui le rendaient fou.

— Excuse-moi.

Bee fut debout avant qu'il ait le temps de réagir. Quelques secondes plus tard, elle disparaissait dans la cabine arrière, accueillie par un cri joyeux de Milo.

Soulagée d'avoir fui l'atmosphère irrespirable du salon, Bee s'assit pour jouer avec les enfants. Janey, la nurse la plus jeune, lui saisit la main.

— Oh ! Cette bague est fabuleuse, madame Demonides !

Non, cette bague était un camouflet, songea Bee. Jamais elle ne s'était sentie aussi humiliée. Sergios avait passé leur nuit de noces avec une autre femme et il avait l'indécence de lui offrir une bague ! En compensation ? Si elle s'était écoutée, elle la lui aurait jetée à la figure ! Heureusement qu'elle avait réussi à quitter le salon avant de perdre son sang-froid…

Pourquoi ne parvenait-elle pas à le considérer comme un frère ou un ami ? Pourquoi était-elle irrésistiblement attirée par lui ? Pourquoi ne supportait-elle pas de l'imaginer au lit avec une autre femme ? C'était pathétique !

Il fallait à tout prix qu'elle parvienne à le voir comme un être asexué. C'était la seule solution pour que leur mariage fonctionne. Au lieu de se polariser sur l'effet redoutable que lui faisait Sergios, elle devait penser à sa mère et aux enfants.

Sergios était peut-être un mufle arrogant et égoïste, mais il fallait reconnaître qu'il avait de bons côtés. Il avait fait preuve d'une grande délicatesse vis-à-vis de sa mère. Sans qu'elle le lui demande, il s'était comporté devant Emilia comme si leur mariage était bien réel. Et malgré son peu d'intérêt pour les enfants il avait tenu à adopter ceux de son cousin et à leur offrir une vraie vie de famille. Alors qu'il aurait très bien pu garder sa liberté et payer quelqu'un pour les élever à sa place.

Le jet atterrit à Athènes et tous les passagers le quittèrent pour un gros hélicoptère qui décolla aussitôt pour Orestos. S'efforçant d'ignorer le regard noir de Sergios fixé sur elle, Bee se concentra sur le paysage dès que l'île fut en vue. La côte rocheuse était parsemée de plages de sable blanc bordées de pins et baignées par une eau d'un beau bleu indigo. Les maisons blanches qui entouraient le port formaient une ville assez importante.

— C'est fantastique ! On dirait une carte postale ! s'extasia une nurse.

— Ça doit être un paradis pour les enfants, renchérit sa collègue.

— Orestos appartient à ta famille depuis longtemps ? demanda Bee à Sergios.

— Mon arrière-grand-père l'a reçue en paiement d'une dette dans les années vingt.

Sergios avait grandi dans un quartier déshérité d'Athènes. Peut-être cela expliquait-il pourquoi il était parfois si dur et intransigeant, songea Bee, tandis que l'hélicoptère se posait à quelques mètres d'une grande maison blanche flanquée d'une tour ronde. Nichée au milieu d'une pinède, la propriété n'était visible que du ciel. Sergios sauta à terre, puis se tourna vers Bee pour l'aider à descendre. Surexcité, Milo sauta à son tour et s'élançait déjà vers la maison quand Sergios le retint par le col de son sweat-shirt.

— La mer et les rochers sont tout proches et il faut faire attention aux enfants, dit-il aux deux nurses. Ne les laissez jamais quitter la maison seuls.

Refroidies par cet avertissement, Janey et Karen perdirent le sourire. Bee s'empressa de déclarer d'un ton apaisant :

— Ne vous inquiétez pas. Je suis sûre que tout va bien se passer et que les enfants vont se plaire ici. Il faudra juste leur apprendre à respecter quelques règles de sécurité.

La gouvernante, Androula, une femme bien en chair au sourire chaleureux, sortit de la maison et s'adressa à Sergios en grec.

Il arqua les sourcils, puis expliqua à Bee en anglais :

— Nectarios est ici.

— Tu sembles surpris. Il ne vit pas avec toi ?

— Non. Il a une maison de l'autre côté de la baie. Androula

vient de me dire que celle-ci a été inondée pendant une tempête et qu'elle est inhabitable.

Sergios crispa la mâchoire.

— Ça change tout…

De quoi parlait-il ? se demanda Bee avec perplexité en suivant Androula dans la maison avec les enfants et les nurses. Un homme de forte carrure aux cheveux blancs et aux yeux perçants s'avança à leur rencontre. Aussitôt, Paris se précipita vers son grand-père, suivi de Milo. Le regard du vieil homme se posa sur Bee, qui sentit ses joues s'enflammer.

— Présente-moi à ton épouse, Sergios, demanda Nectarios. Je suis vraiment désolé de vous envahir alors que vous venez de vous marier, ajouta-t-il à l'adresse de Bee.

— Vous faites partie de la famille et vous serez toujours le bienvenu ici, répliqua-t-elle avec chaleur en se détendant un peu. Regardez comme les enfants sont heureux de vous voir !

— Belle et charmante, lança Nectarios à l'adresse de son petit-fils. Tu as bien choisi, Sergios.

C'était très délicat de la part du vieil homme de prétendre qu'elle était belle, songea Bee. D'autant plus qu'elle devait avoir une allure épouvantable ! Son maquillage avait dû s'estomper et son pantalon de lin blanc tout froissé portait des marques des mains de Milo… Eleni geignait et les garçons étaient surexcités. Excellent prétexte pour laisser les deux hommes et suivre Androula, décida-t-elle en prenant la petite fille dans ses bras.

Tandis que les garçons retrouvaient avec joie des jouets familiers, elle confia Eleni aux nurses et demanda à Androula où se trouvait sa chambre. La gouvernante la conduisit jusqu'à une vaste pièce circulaire située dans la tour et baignée de lumière, dont la porte-fenêtre ouvrait sur un balcon de pierre qui dominait la baie. Bee fut tout aussi éblouie par la luxueuse salle de bains attenante, mais elle sentit ses joues s'empourprer lorsque Androula lui montra les deux dressings jumeaux. La gouvernante pensait naturellement que les jeunes mariés partageaient la même chambre…

Après s'être assurée qu'elle avait le temps avant le dîner, Bee prit un peignoir dans une de ses valises et gagna la salle de bains, laissant les domestiques ranger le reste de ses affaires. Un bon bain lui ferait le plus grand bien… Pendant que la baignoire se remplissait, elle se déshabilla, puis elle attacha ses cheveux. Après avoir jeté des sels de bain dans la baignoire, elle se plongea dans l'eau chaude et parfumée avec un petit soupir d'aise.

Des coups frappés à la porte la firent tressaillir. Allons bon, elle n'avait pas fermé le verrou… Elle était en train de se redresser quand la porte s'ouvrit sur Sergios.

Croisant les bras sur la poitrine, elle hurla :

— Sors d'ici !

— Certainement pas.

6

Dans les yeux noirs de Sergios, l'étincelle de colère laissa place à une lueur admirative. Quel spectacle ! Nue dans son bain, la peau parsemée de mousse, Beatriz était sublime.

Malgré ses efforts pour cacher ses seins, elle n'y parvenait pas entièrement. Ils étaient aussi somptueux que dans son imagination, et les deux bourgeons qui les couronnaient aussi appétissants que deux grosses cerises bien mûres…

Submergé par une vague de désir, Sergios dut crisper les poings pour résister à la tentation de toucher ce corps appétissant ruisselant d'eau.

Finalement, être obligé de partager la même suite que son épouse s'annonçait moins pénible qu'il ne l'avait craint en apprenant la présence de son grand-père. Ça risquait même d'être très agréable…

— Va-t'en ! cria Bee d'une voix aiguë.

Ignorant cette injonction, Sergios referma la porte et s'y adossa.

— Ne me parle pas sur ce ton. Les domestiques sont en train de défaire les valises juste à côté et nous sommes censés être en voyage de noces. Pour quelqu'un aussi à cheval sur les bonnes manières, tu as un comportement plutôt curieux. J'ai frappé à la porte et tu as choisi de ne pas répondre !

— Tu ne m'en as pas laissé le temps !

Fatiguée de tenter en vain de cacher sa nudité, Beatriz prit une serviette et s'efforça de s'envelopper dedans en même temps qu'elle se redressait. Fasciné par les courbes voluptueuses de ses hanches, Sergios eut un sourire malicieux.

— Il te faudrait une serviette plus grande, Beatriz.

Piquée au vif, elle sentit son cœur se serrer. Oui, elle était grosse et disgracieuse… Tout l'inverse de sa sœur Zara, filiforme, que Sergios avait initialement prévu d'épouser. D'ailleurs, sa première épouse était aussi menue que Zara. De toute évidence, c'était ce genre de femmes qui attirait son mari. Il devait la trouver énorme…

— Mais le mieux serait de la laisser tomber, *yineka mou,* poursuivit Sergios d'une voix rauque.

— Si je n'étais pas occupée à tenter de la nouer, je te giflerais ! rétorqua-t-elle, persuadée qu'il se moquait d'elle.

Il prit un drap de bain sur une étagère et le lui tendit.

— Nous allons être obligés de partager cette suite.

Elle tressaillit.

— Qu'est-ce que tu racontes ?

— Je veux que mon grand-père croie à ce mariage. Il est hors de question de faire chambre à part et de nous comporter comme frère et sœur. Nous n'avons pas le choix. Il faut jouer le jeu et espérer que notre talent d'acteurs sera à la hauteur.

— Partager la même chambre ? Il n'en est pas question !

— Je ne te demande pas ton avis. Nous avons conclu un accord. Nous nous sommes engagés à ménager les apparences. Toi tu ne veux pas faire de peine à ta mère, et moi je ne veux pas inquiéter Nectarios. Il ne faut pas qu'il puisse avoir le moindre doute à propos de notre mariage. Deux jeunes mariés en lune de miel ne font pas chambre à part.

— En tout cas, je refuse absolument de dormir dans le même lit que toi !

Bee serra les dents. Si seulement elle ne se sentait pas aussi mal à l'aise ! Enveloppée dans ce drap de bain démesuré, elle devait paraître encore plus grosse… L'avait-il choisi aussi grand délibérément, ou bien était-ce un hasard ?

— Je vais m'habiller pour dîner, annonça-t-elle afin que Sergios s'écarte pour la laisser sortir.

Sans la quitter des yeux, il ouvrit la porte. Lorsqu'elle passa devant lui, il posa la main sur son épaule nue. Elle se figea.

— J'ai envie de toi, murmura-t-il en la prenant par la taille pour l'attirer contre lui.

Submergée par la panique, elle crut défaillir. « J'ai envie de toi » ? Depuis quand ?

— Ce n'est pas prévu dans notre accord, répliqua-t-elle d'une voix mal assurée.

Le dos contre le torse de Sergios, elle restait immobile comme une statue de crainte que le moindre mouvement passe pour un signe d'encouragement.

A son grand dam, il pouffa.

— Quelle importance ? Nous sommes adultes et libres de faire ce qui nous plaît !

— Quand on passe un accord, il faut le respecter.

— Le désir est capricieux, *yineka mou.* Ce n'est pas quelque chose qu'on peut planifier, chuchota Sergios en faisant remonter lentement ses mains vers la poitrine de Bee.

Le cœur battant à tout rompre, elle retint son souffle tandis qu'il faisait glisser le drap de bain pour dénuder ses seins. Lorsqu'il referma les mains sur ces derniers en pinçant délicatement leurs pointes hérissées entre ses doigts, elle laissa échapper un petit gémissement. Il fallait le repousser… lui dire d'arrêter… insister pour qu'il arrête…

Il la souleva de terre, la porta dans la chambre et il l'allongea sur le lit. Il appuya sur un bouton au-dessus de la tête du lit et elle entendit la porte se verrouiller. Remontant le drap de bain sur sa poitrine, elle se redressa.

— Beatriz, souffla Sergios en la rejoignant sur le lit.

— Ce n'est pas une bonne idée ! protesta-t-elle d'une voix beaucoup plus aiguë qu'elle ne l'aurait voulu.

Il s'empara de sa bouche dans un baiser fougueux tout en écartant le drap de bain pour lui caresser les seins. Toute velléité de résistance la quitta instantanément. Comment trouver la force de le repousser ? Elle n'avait qu'une envie. S'abandonner à son baiser et à ses caresses…

— *Filise mou*, embrasse-moi, murmura-t-il contre sa bouche. J'adore tes seins.

Non, il ne fallait pas succomber à la tentation ! Dans un sursaut de volonté, Bee se jeta sur le côté et tomba par terre. Sergios la regarda d'un air abasourdi.

— Que s'est-il passé ? Tu t'es fait mal ?

— Non, mentit-elle. Mais il fallait que je t'empêche de continuer.

Elle remonta le drap de bain sur sa poitrine. Jamais elle ne s'était sentie aussi ridicule !

— Pourquoi ?

Elle baissa les yeux.

— Parce que je ne veux pas coucher avec toi.

— Pourquoi mens-tu ? Je sais très bien quand une femme a envie de moi.

Assise par terre, sur un tapis qui ne rendait pas sa position plus confortable, Bee serra les dents. Il mériterait une gifle retentissante !

— J'ai eu un moment de faiblesse, mais ça ne se reproduira plus. Nous étions convenus de ne pas coucher ensemble.

— J'ai changé d'avis.

Bee faillit hurler.

— Pas moi.

Contrairement à toute attente, un sourire ravageur étira les lèvres de Sergios.

— Tu es trop inhibée, Beatriz. Tu as besoin d'un homme comme moi pour te décoincer.

Serrant les dents, elle se leva en maintenant fermement le drap de bain en place.

— Merci beaucoup, mais je suis très heureuse comme je suis.

— Tu pourrais tomber enceinte si tu en as envie. Nous avons déjà trois enfants sur les bras. Un de plus, un de moins…

Effarée, Bee s'écria :

— Tu dis vraiment n'importe quoi !

— Essaie d'être un peu moins conformiste. Je te propose un marché. Je te donne ce que tu veux en échange de ce que je veux. C'est aussi simple que ça.

— Sauf qu'il s'agit de mon corps ! Il n'est pas question qu'il fasse l'objet d'un marché, que ce soit avec toi ou avec n'importe qui d'autre. Nous étions convenus que nous ne coucherions pas ensemble et je ne veux pas revenir là-dessus.

— Ce n'est pas le message que m'envoie ton corps, *latria mou.*

— Tu interprètes mal les signaux. C'est sans doute ton ego démesuré qui t'induit en erreur, rétorqua-t-elle en s'approchant du lit pour appuyer sur le bouton qui commandait le déverrouillage de la porte.

Sergios en profita pour glisser les doigts sous le drap de bain, au-dessus de sa poitrine. Elle fut parcourue d'un long frisson.

— Non, ce n'est pas mon ego qui parle, murmura-t-il d'une voix caressante.

— Si. De toute façon, tu n'as pas vraiment envie de moi. Je ne suis pas ton genre.

Il arqua les sourcils.

— Je n'ai pas de genre particulier.

— Zara ? Ta première femme ? Souviens-toi… minces, blondes, ravissantes…

Au lieu de tirer sur le drap de bain, Sergios laissa sa main retomber sur le lit.

— Voilà ton genre de femme, insista Bee. Rien à voir avec moi.

Il secoua la tête.

— Tu ne sais pas ce qui m'excite.

— Tu crois vraiment ? La difficulté. C'est ça qui t'excite ! Il suffit de te résister. Tu es pervers. Si je me jetais à ta tête, tu détesterais ça.

— Non, pas là maintenant.

Sergios indiqua sa braguette, tendue à craquer.

— Comme tu peux le voir, je n'attends que ça.

Electrisée, Bee détourna les yeux en s'efforçant d'ignorer la chaleur délicieuse qui se répandait entre ses cuisses.

— Tu me dégoûtes, lança-t-elle sèchement.

En même temps qu'elle le disait elle prit conscience qu'elle n'en pensait pas un mot. En réalité, il était très gratifiant de constater qu'il la trouvait désirable…

— Pendant le dîner, réfléchis à ce qui te ferait plaisir, suggéra-t-il d'une voix traînante. Et n'oublie pas que j'ai les moyens de t'offrir tout ce dont tu as envie.

— Tu me proposes de me payer pour coucher avec toi ? s'écria-t-elle, outrée.

Il leva les yeux au ciel.

— Toujours les grands mots…

— Tu es incapable de comprendre le mot « non », n'est-ce pas ? Quand je pense que pour me convaincre tu es allé jusqu'à me proposer de me faire un enfant !

— Bien sûr. Tu en as envie. Je t'ai observée avec les enfants de mon cousin. Pour s'occuper d'eux comme ça, il faut avoir l'instinct maternel. Je connais assez bien les femmes pour savoir qu'à un moment ou à un autre de notre mariage tu vas décider d'en avoir un à toi.

— Pour l'instant, je me demande comment je vais trouver le courage de rester mariée avec un homme aussi cynique !

— Tu le trouveras pour les enfants. Tu n'es pas du genre à fuir tes responsabilités, Beatriz. C'est une qualité que j'admire.

Sergios resserra le nœud de sa cravate, passa la main dans ses cheveux et se leva d'un bond.

— Cependant, il faut que tu saches une chose, précisa-t-il d'un ton glacial. Je ne parle jamais de ma première femme, Krista. Jamais. Alors fais-en autant.

Complètement déstabilisée, Bee regagna la salle de bains, entra de nouveau dans son bain presque froid et resta un long moment allongée dans l'eau, immobile, hébétée. Quand Sergios l'avait embrassée en lui caressant les seins, elle avait été submergée par des sensations si intenses qu'elle avait bien failli perdre la tête.

Jamais un homme ne lui avait fait un effet aussi dévastateur. Mais il était vrai que ce n'était pas n'importe quel homme… Comme il le disait lui-même, Sergios connaissait bien les femmes. Après la mort de Krista — celle dont il ne fallait pas parler — il était devenu un séducteur notoire. C'était sans aucun doute un amant très expérimenté, capable de rendre folle de désir n'importe quelle femme. Du moins avait-elle la satisfaction de ne pas lui avoir cédé.

Mais en réalité il ne la désirait pas vraiment. S'il voulait revenir sur leur accord, c'était uniquement parce que la présence de son grand-père allait les obliger à partager la même chambre. Pourquoi en était-elle blessée ? C'était vraiment ridicule…

En tout cas, il était visiblement prêt à tout pour la convaincre. Il devait être très rare qu'un homme tente de séduire une femme en lui proposant de lui faire un enfant !

Comment avait-il deviné que la perspective d'avoir un enfant avait cent fois plus d'attrait pour elle que des diamants ou n'importe quel autre cadeau somptueux ? Comment pouvait-il lire dans son cœur ? Comment avait-il déjà compris ce qu'elle-même n'avait découvert que tout récemment ?

C'était seulement depuis qu'elle s'occupait de Paris, Milo et Eleni qu'elle avait pris conscience d'avoir envie de devenir mère un jour. Un jour où elle avait acheté des vêtements à Eleni, elle s'était surprise à regarder la layette et les poussettes. Tout à coup, elle s'était sentie en proie à un désir souvent évoqué devant elle par certaines de ses amies mais qui jusque-là lui était resté étranger.

Certes. Mais pour l'instant elle devait rester sur ses positions. Si elle se pliait aux volontés de Sergios dès le début de leur mariage, elle deviendrait très vite son esclave. Il était impératif qu'il respecte les limites qu'ils avaient fixées d'un commun accord.

Après tout, il avait Melita et plusieurs autres maîtresses

dans sa vie. Elle n'avait aucune envie de rejoindre le harem ! A cette pensée, Bee ressentit les premiers élancements de la migraine. En soupirant, elle appuya la tête contre le coussin de bain. Il fallait à tout prix qu'elle parvienne à se détendre…

Quand Sergios entra dans la chambre, Bee finissait de se préparer. Sa robe de soirée bleue moulait sa silhouette sans dévoiler un millimètre de peau superflu. Dans le miroir, elle vit une lueur approbatrice s'allumer dans les yeux noirs.

— Sexy, déclara-t-il sobrement.

Aussitôt sur la défensive, elle se raidit.

— L'encolure est montante et on ne voit pas du tout mes jambes.

Un sourire amusé étira les lèvres de Sergios, tandis qu'il promenait un regard appréciateur sur la poitrine et les fesses de Bee. Cette robe couvrait peut-être sa peau, mais elle soulignait ses courbes féminines qui le méritaient amplement…

Il effleura une mèche brune qui tombait sur son épaule.

— Laisse repousser tes cheveux. Je les préférais longs.

— As-tu l'habitude que les femmes conforment leur apparence à tes goûts ?

— Absolument.

— D'autres instructions, mon commandant ? lança Bee avec une pointe d'agressivité.

— Détends-toi et souris. Nectarios est déjà conquis. Il trouve ses arrière-petits-enfants beaucoup plus épanouis.

— Mon Dieu, je n'y suis pour rien ! Je ne m'occupe d'eux que depuis quelques semaines…

— Mais tu es beaucoup plus présente que ne l'était leur mère, et la sollicitude dont tu fais preuve à leur égard compte beaucoup pour eux.

— Pourquoi ne voyaient-ils pas beaucoup leur mère ?

— C'était une présentatrice vedette de la télévision. Timon était fou d'elle.

Et lui, adorait-il Krista ? se demanda aussitôt Bee. Elle ne parvenait pas à l'imaginer en adoration devant une femme. Il semblait trop froid et dominateur pour ça. Pourtant, il n'avait que vingt et un ans quand il avait épousé Krista. Pour se marier aussi jeune, il fallait accorder une certaine importance à l'institution du mariage… Or ce n'était pas l'impression qu'il lui avait donnée la veille !

Krista avait dû le faire beaucoup souffrir pour qu'il devienne aussi cynique. Ou alors il était inconsolable de sa disparition et de celle du bébé qu'elle portait. Peut-être s'était-il juré de ne jamais retomber amoureux et de ne jamais se remarier…

Mais quelle importance ? Les états d'âme de Sergios ne la concernaient pas, se dit Bee avec irritation. S'il l'avait épousée, c'était uniquement pour les enfants de Timon. Elle ferait bien de ne pas l'oublier…

Et s'il avait tenté de coucher avec elle c'était pour une raison très simple. Cette petite île grecque ne devait pas offrir autant de possibilités que Londres dans ce domaine.

Par ailleurs, s'il voulait que son grand-père croie à son mariage, il pouvait difficilement laisser son épouse en plan en pleine lune de miel ! Voilà pourquoi elle était devenue subitement sexy. Pour l'instant, elle était la seule option disponible pour satisfaire sa libido…

Le dîner fut servi sur la terrasse qui prolongeait la salle à manger. La vue sur le coucher du soleil était splendide et la nourriture délicieuse.

Bee mangea de bon appétit, tandis que Nectarios lui racontait des anecdotes sur l'histoire de l'île et de la famille. Les deux hommes finirent malgré tout par succomber à la tentation de parler affaires. Il n'y avait pas seulement une ressemblance frappante entre Sergios et son grand-père, constata-t-elle, amusée. Ils avaient également les mêmes gestes et les mêmes attitudes.

— Vous pouvez parler en grec, si vous voulez, proposa-t-elle. Je ne me sentirai pas offensée.

Il fallait qu'elle s'y mette rapidement, d'ailleurs. Heureusement, elle avait des facilités pour apprendre les langues étrangères. Il était indispensable qu'elle soit capable de communiquer avec les domestiques et de parler aux enfants dans leur langue maternelle. Elle n'avait aucune envie d'être exclue de la moitié des conversations !

Tout en dégustant sa salade de fruits, elle observa Sergios à la dérobée. La lumière tamisée qui éclairait la terrasse dessinait des ombres sur son visage, ajoutant à son charme irrésistible. Il parlait avec les mains et chacun de ses gestes était d'une sensualité inouïe… Elle leva les yeux et s'empourpra. Allons bon, Nectarios l'avait surprise en train de regarder Sergios…

Quelques minutes plus tard, elle se leva en annonçant qu'elle allait voir les enfants. Elle resta avec eux un moment, puis leur souhaita une bonne nuit en promettant à Paris de l'emmener à la plage le lendemain matin. Elle monta ensuite au dernier étage de la tour. Un peu plus tôt dans la soirée, elle y avait découvert une chambre qu'elle avait décidé de s'approprier.

N'avait-elle pas lu quelque part que faire chambre à part était très tendance chez les couples qui avaient la chance de disposer de l'espace nécessaire ? Cela ne signifiait pas que leur mariage était en difficulté. C'était juste une question de confort. Voilà ce qu'elle dirait à Sergios s'il émettait des objections.

Après avoir enfilé une chemise de nuit en coton qui n'avait rien d'affriolant, elle s'allongea au milieu du grand lit, bras et jambes écartés, en respirant lentement et profondément pour se relaxer. Avec le temps, cette maison et cette nouvelle vie deviendraient familières. Tout se passerait bien…

La porte s'ouvrit brusquement et elle fit un bond dans le lit. Eclairé par la lumière du couloir, Sergios était debout sur le seuil, torse nu, une serviette nouée sur les reins. Le cœur battant à tout rompre, elle alluma la lampe de chevet.

— Que fais-tu ici ?

— Puisque tu as déserté le lit conjugal, je suis obligé d'en faire autant. Où que ce soit, nous dormons ensemble, répondit Sergios en dardant sur elle un regard noir.

Elle déglutit péniblement. Ces épaules carrées et ce torse musclé étaient très impressionnants…

— Je t'interdis d'enlever cette serviette ! lança-t-elle d'une voix mal assurée.

— Ne sois pas aussi pudibonde. Je dors nu. Depuis toujours.

— Eh bien moi, je n'ai pas envie de te voir nu.

Sergios esquissa un sourire narquois.

— Oh ! Je t'en prie ! Comme si tu n'avais jamais vu un homme nu !

— Eh bien non, figure-toi ! rétorqua Bee, exaspérée.

Avec un peu de chance, cette information allait le refroidir ! Il allait peut-être enfin admettre qu'il valait mieux la laisser dormir seule…

Sergios se figea au milieu de la pièce, les yeux écarquillés.

— Ne me dis pas que tu n'as jamais eu d'amant…

Les joues en feu, elle haussa les épaules en s'efforçant de prendre un air désinvolte.

— Non, je n'en ai jamais eu.

Sergios resta cloué sur place. Il était persuadé que les femmes adultes encore vierges constituaient une espèce en voie de disparition… En tout cas, il n'aurait jamais imaginé en trouver une dans son lit ! Pivotant sur lui-même, il quitta la pièce sans un mot.

Bee expira lentement, puis éteignit la lumière. Eh bien, en tout cas cette nouvelle lui avait fait l'effet escompté… Enfin, la paix !

Son soulagement fut de courte durée. La porte se rouvrit et elle fit un nouveau bond dans le lit. Sergios était de retour, débarrassé de sa serviette qui avait été remplacée par un caleçon noir.

Sans un mot, il se coucha dans le lit. Le contact d'une jambe fit tressaillir Bee et elle s'écarta vivement, les nerfs à fleur de peau.

— Je n'ai jamais couché avec une vierge, déclara Sergios. De nos jours, c'est aussi rare qu'un dinosaure.

Contre toute attente, Bee fut prise d'un fou rire irrépressible.

— Je n'essayais pas d'être drôle, marmonna-t-il en l'attirant contre lui.

Habitué à prendre très au sérieux la vie en général et le sexe en particulier, il était complètement désarçonné par cet accès d'hilarité. Bee pleurait de rire dans ses bras. Son corps voluptueux était agité de spasmes incontrôlables et ses seins frottaient contre son torse, tandis que son parfum délicat assaillait ses narines. Une vague de désir le submergea, si puissante qu'elle lui coupa le souffle. Il enfonça les doigts dans la chevelure soyeuse de Bee et s'empara de sa bouche avec fougue. Le fou rire qui la secouait s'arrêta net. Laissant échapper un gémissement étouffé, elle répondit à son baiser avec ardeur.

— Sergios…, murmura-t-elle quelques instants plus tard quand il s'arracha brièvement à sa bouche.

— Tu seras encore vierge demain matin. Je te le promets, *yineka mou*.

7

Parcourue de longs frissons, Bee s'efforçait malgré tout d'écouter la petite voix intérieure qui la mettait en garde. Sergios jouait avec elle à un jeu dont elle ne connaissait pas les règles. Si elle lui cédait, elle le regretterait amèrement. Il n'y avait aucun doute là-dessus… Mais comment résister au feu qui la dévorait tout entière ?

Il fit glisser sa chemise de nuit sur ses épaules pour découvrir ses seins. Dans la clarté laiteuse de la lune qui filtrait à travers les voilages, ces deux globes rebondis étaient les plus appétissants qu'il avait jamais vus… Il les saisit à pleines mains et referma les lèvres sur une pointe hérissée, qui se durcit de plus belle sous les caresses de sa langue et de ses dents.

La tête renversée en arrière, Bee était submergée par des sensations prodigieuses qui menaçaient de lui faire perdre ses dernières bribes de lucidité. La bouche de Sergios quitta son sein pour couvrir l'autre de baisers avant d'aspirer goulûment sa pointe frémissante. Elle enfonça les doigts dans ses cheveux en gémissant.

Un flot de chaleur se répandit entre ses cuisses, tandis que des vibrations délicieuses la parcouraient. Le souffle court, elle crispa les doigts sur les épaules de Sergios tandis que ses reins se creusaient d'eux-mêmes. Les sensations qui montaient en elle gagnèrent en intensité. Prise dans un tourbillon inexorable, elle se mit à onduler des hanches, incapable de contrôler la fièvre qui montait en elle.

Des ondes de volupté lui arrachaient des gémissements rauques, mais elle en voulait plus, toujours plus… Soudain, une lame de fond la balaya et elle s'abîma dans un plaisir surnaturel.

Quelques instants plus tard, au comble de l'embarras, elle fut prise d'une envie irrésistible de bondir hors du lit. Mais où aller ? S'enfermer dans la salle de bains ? De toute façon, elle ne trouverait jamais le courage de bouger. Parce que malgré tout elle était merveilleusement bien. Immobile dans les bras de Sergios, elle avait une conscience aiguë de sa respiration hachée, des battements frénétiques de son cœur… et de la virilité de Sergios, dure comme la pierre contre sa cuisse. Mon Dieu, qu'avait-elle fait ?

— Très intéressant, murmura-t-il, visiblement amusé. C'est ce qui s'appelle rompre la glace…

— Et… et toi ? chuchota-t-elle d'une voix mal assurée.

— Je vais prendre une douche froide.

Elle fut submergée par un immense soulagement. C'était peut-être très égoïste de sa part, mais elle était complètement dépassée par la situation…

— Tu es une femme très ardente, *moli mou*, déclara Sergios en se levant. De toute évidence, Townsend n'était pas l'homme qu'il te fallait.

Elle tressaillit.

— Que sais-tu de Jon ?

Il s'immobilisa sur le seuil de la salle de bains et se tourna vers elle.

— Davantage que ce que tu as bien voulu me dire. J'ai fait faire une enquête sur lui.

— Quoi ? Comment as-tu osé ? Je t'ai dit que c'était un ami…

— Et tu as menti. C'était ton ex. Prendre un verre avec lui n'était donc pas si innocent que ça, *moli mou*. Mais puisque tu n'as jamais couché avec lui il ne compte pas vraiment.

Comment avait-elle pu s'abandonner dans les bras d'un homme aussi odieux ? se demanda Bee, horripilée.

— Si tu me touches encore, je crierai !

— Pas de problème. J'aime que tu cries dans mes bras, rétorqua-t-il avec un sourire sarcastique avant de fermer la porte de la salle de bains.

Tremblante de colère, Bee crispa les poings. Elle mourait d'envie de lancer quelque chose contre cette porte… Mais pas question. Ce serait une réaction puérile et elle n'avait pas l'habitude de faire l'enfant.

Elle avait commis une erreur redoutable en succombant à l'attirance irrésistible que Sergios exerçait sur elle. Quelle idiote ! Et pas étonnant qu'il l'ait traitée de pudibonde. Elle était mortifiée mais en réalité ils n'avaient pas fait grand-chose. Elle prenait ça beaucoup trop au sérieux. Il serait beaucoup plus judicieux de se comporter comme s'il ne s'était rien passé d'important.

Sauf qu'elle venait de vivre une expérience inoubliable… Sergios était absolument redoutable. Elle aurait dû prendre la fuite dès qu'il était entré dans la chambre. Pourquoi s'était-il renseigné sur Jon Townsend ? Elle avait juste pris un verre avec lui dans un café ! Ne faisait-il donc confiance à personne ? De toute évidence, non. Il avait dû souvent être trahi pour devenir aussi soupçonneux… Et en lui mentant elle n'avait pas arrangé les choses.

Elle avait dû s'endormir, se dit-elle en se réveillant au moment où Sergios l'allongeait entre des draps froids.

— Qu'est-ce que… ?

— Rendors-toi, Beatriz.

Elle ouvrit brièvement les yeux, reconnut la chambre circulaire baignée par le clair de lune, puis elle se retourna et ferma les yeux, trop fatiguée pour protester.

Le lendemain matin, elle se réveilla seule dans le lit. A part un creux dans l'oreiller voisin, rien n'indiquait qu'elle avait eu de la compagnie.

Après une douche rapide, elle enfila un bermuda et un

T-shirt pour aller à la plage, comme elle l'avait promis aux garçons. Nectarios lisait un journal sur la terrasse, où Androula lui servit le petit déjeuner.

— Sergios travaille dans son bureau, annonça le vieil homme en pliant son journal. Qu'avez-vous prévu de faire, aujourd'hui ?

— J'emmène les garçons à la plage.

— Beatriz… c'est votre lune de miel. Faites passer les enfants au second plan pendant quelques jours et arrachez mon petit-fils à son bureau.

Faire faire quelque chose à Sergios contre son gré ? Elle réprima une moue de dérision. Nectarios lui demanda des nouvelles de sa mère et lui dit qu'il avait hâte de faire sa connaissance. Quand elle eut fini son petit déjeuner, Bee se dirigea vers le bureau de Sergios. Après ce qui s'était passé entre eux cette nuit, elle préférerait l'éviter… Cependant, il fallait donner le change à son grand-père.

Il travaillait sur son ordinateur portable tout en discutant au téléphone. Elle l'observa pendant qu'il terminait sa conversation. Il avait le don de la mettre hors d'elle, mais il fallait reconnaître qu'il avait un charme irrésistible…

Il raccrocha et se tourna vers elle.

— Beatriz…

A son grand dam, elle sentit ses joues s'enflammer sous son regard pénétrant.

— J'emmène les enfants à la plage. Tu devrais venir avec nous. Nectarios est surpris que tu aies déjà repris le travail alors que c'est notre lune de miel.

— Je ne vais jamais à la plage, et encore moins avec des enfants.

Bee haussa les épaules.

— Alors il est temps de t'y mettre. Ces enfants ont autant besoin d'un père que d'une mère.

— Je ne suis pas capable de jouer le rôle de père. Je n'en ai jamais eu…

— Ce n'est pas une raison pour ne pas faire d'efforts

pour les enfants de ton cousin. Même un père intermittent vaut mieux que pas de père du tout. Le mien ne s'est jamais intéressé à moi et ça m'a toujours manqué.

Sergios se passa la main dans les cheveux avec une impatience manifeste.

— Beatriz…

— Non, n'essaie pas de me faire taire parce que je te dis des choses que tu n'as pas envie d'entendre ! Même si tu ne peux accorder aux enfants qu'une heure par semaine, ce sera mieux que rien. Une heure, Sergios. C'est tout ce que je te demande. Le reste du temps tu pourras les oublier.

— Je t'ai déjà expliqué que je ne sais pas m'y prendre avec les enfants. Je t'ai épousée pour que tu t'occupes d'eux.

— Etant donné que tu sembles décidé à modifier les termes de notre accord quand ça t'arrange, il me semble que tu pourrais m'accorder la même latitude, tu ne crois pas ?

Sergios arqua les sourcils.

— Si je viens à la plage, tu accepteras que nous partagions la même chambre sans faire d'histoires ?

Bee soupira.

— Les relations humaines ne sont pas toujours basées sur le marchandage.

— Tu ne crois pas aux concessions mutuelles ?

— Si, bien sûr ! Mais je ne veux pas que le sexe devienne une monnaie d'échange !

Sergios réprima un sourire amusé. Il fallait reconnaître que son épouse ne manquait pas de caractère. Comment avait-il pu la considérer comme laide et anxieuse de plaire ? Avec ses yeux émeraude qui lançaient des éclairs, son teint de pêche et sa bouche pulpeuse, elle était d'une beauté envoûtante. Dire que c'était la seule femme à l'avoir repoussé ! Cette attitude l'avait rendu fou de rage, mais elle l'avait également émoustillé. Et quand elle lui avait avoué qu'elle était vierge il avait mieux compris ses réticences.

Bee se raidit. Cette lueur qui brillait dans les yeux noirs de Sergios, elle la reconnaissait… A son grand dam, elle sentit les pointes de ses seins se hérisser et une chaleur familière se répandre entre ses cuisses. Les joues en feu, elle détourna les yeux, furieuse contre elle-même. Pourquoi n'avait-elle aucun contrôle sur son propre corps ? Quelle injustice !

— Très bien, dit-elle d'un ton brusque. Si tu acceptes de consacrer une heure par semaine aux enfants, j'accepte de partager ta chambre. Au petit déjeuner, je me suis rendu compte que rien n'échappe à ton grand-père et qu'il est suspicieux.

— J'ai juré il y a longtemps de ne jamais me remarier et il me connaît bien. C'est normal que notre mariage le laisse sceptique.

— A tout à l'heure sur la plage, déclara Bee d'un ton vif.

Dire qu'elle avait été obligée de céder sur la chambre ! Mais si c'était le seul moyen d'obliger Sergios à s'impliquer dans la vie des enfants, elle ne regrettait rien. Toutes ses tentatives précédentes avaient échoué.

Karen avait habillé les enfants et préparé un grand sac de jouets et de boissons. Les garçons ouvrirent la marche à travers la pinède jusqu'à la plage de sable blanc. Ils étaient en train de scruter une flaque dans les rochers quand Sergios arriva quelques instants plus tard, vêtu d'un jean coupé et d'une chemise ouverte sur son torse musclé.

Ils se précipitèrent vers lui avec une joie exubérante. Pendant que Paris discutait crabes, requins et pêche à la ligne, Bee pataugea dans l'écume avec Milo et Eleni. Quand Paris entreprit de construire un château de sable, ils coururent le rejoindre.

Sergios se dirigea vers Bee.

— Trente-deux minutes, annonça-t-elle au cas où il envisagerait de rogner sur l'heure prévue.

Il eut un sourire malicieux.

— Je n'ai pas pris de chronomètre.

— Qu'est-il arrivé à ton père ? demanda-t-elle tout à trac.

Sergios regarda vers l'horizon.

— Il est mort à vingt-deux ans en s'entraînant pour devenir pilote de course.

— Tu ne l'as pas connu du tout ?

— Non. Mais pas parce qu'il est mort. Parce qu'il ne s'est jamais intéressé à moi. Ma mère, Ariana, était une réceptionniste à peine sortie de l'adolescence quand il l'a mise enceinte, un des rares jours où il a daigné travailler pour Nectarios.

— Elle ne lui a jamais parlé de toi ?

— Elle a essayé mais il ne répondait pas à ses coups de téléphone. Et quand elle a essayé de le voir il l'a fait licencier. Elle ne connaissait pas ses droits et elle n'avait pas de famille pour la soutenir. Petros n'avait pas envie de devenir père.

— Ça a dû être très dur pour une fille aussi jeune de s'en sortir en tant que mère célibataire.

— Elle a développé le diabète pendant sa grossesse. Et après ma naissance elle est restée très fragile. Je volais pour nous nourrir. A quatorze ans, j'étais un voleur de voiture chevronné.

— Pour en arriver à… tout ça…

D'un geste de la main, Bee indiqua la luxueuse villa derrière au milieu de la pinède.

— On peut dire que tu as fait du chemin.

— Nectarios a fait preuve d'une patience admirable. Ça a dû être encore plus dur pour lui. J'étais ignare, révolté par la mort de ma mère et très sauvage quand j'ai commencé à travailler pour lui. Mais il ne m'a jamais laissé tomber.

— Tu représentais sans aucun doute un bien meilleur investissement pour lui que le père que tu n'as jamais connu.

Sergios considéra Bee d'un air surpris.

— Il n'y a que toi pour émettre une opinion aussi flatteuse après ce que je viens de te raconter sur mon passé de délinquant juvénile, *yineka mou.*

Elle sentit ses joues s'enflammer. Au même instant, elle vit Milo s'approcher de l'eau, un seau à la main et elle se précipita vers lui. Mais Sergios fut plus rapide qu'elle. Il attrapa le petit garçon au moment où il entrait dans l'eau d'un pas chancelant et le fit sauter en l'air, à sa plus grande joie. Quelques minutes plus tard, il le déposa à côté du château de sable.

Eleni à son côté, Bee étendit le plaid sur le sable et Sergios s'y laissa tomber. Alors qu'elle s'agenouillait, il referma la main sur sa nuque pour lui faire lever la tête et chercha son regard. Elle fronça les sourcils avec perplexité.

— Qu'est-ce que tu veux ?

— Ce que je veux ?

Sergios éclata de rire.

— Tout ce que tu voudras bien me donner. Tu ne l'as pas encore compris ?

Sur ces mots, il captura sa bouche dans un baiser fougueux qui l'enflamma tout entière. Effrayée par l'intensité du désir qui l'assaillait, elle le repoussa vivement et se tourna vers les enfants pour voir si tout allait bien. Paris, qui les avait vus s'embrasser, détourna aussitôt la tête d'un air embarrassé. Elle l'était sans doute bien plus que lui ! songea-t-elle en soupirant.

Appuyé sur un coude, une jambe repliée, Sergios ne la quittait pas des yeux, constata-t-elle avec embarras. Et sa position ne masquait rien de l'éveil de sa virilité… A son grand dam, elle fut submergée par une nouvelle vague de désir.

— Tu essaies de profiter de moi parce que je suis la seule femme disponible dans les parages, marmonna-t-elle en reportant son attention sur les enfants.

Il effleura son bras du bout des doigts.

— Ai-je vraiment l'air d'être en manque à ce point ? Et même si c'était le cas, je pourrais quitter l'île à tout moment pour aller satisfaire ma libido ailleurs.

— Pas si tu veux convaincre ton grand-père que tu es un jeune marié heureux de l'être.

— Je pourrais facilement inventer un problème imprévu exigeant ma présence au siège de la société. Tu as une bien piètre opinion de ton pouvoir de séduction.

— Je suis juste réaliste. Les hommes ne se sont jamais bousculés devant ma porte, reconnut Bee avec le plus grand naturel. Jon a été l'exception pendant quelque temps, mais quand il a compris que ma mère et moi nous étions indissociables il a laissé tomber.

— Pour épouser la fille d'un juge très influent. Il est visiblement plus ambitieux que sentimental.

Bee soupira. Sergios était décidément très bien renseigné… Dire qu'il avait osé charger un professionnel d'enquêter sur sa vie privée !

— Tu ne trouves pas ça curieux qu'aujourd'hui il te demande de parrainer une association caritative ? poursuivit-il d'un ton sarcastique.

Cette remarque était pertinente, mais pas question de lui faire le plaisir de le reconnaître, décida-t-elle.

— Non, pas du tout. En tant que ton épouse, je pourrais être très utile à cette association.

— Et en tant que mon ex-épouse tu pourrais être encore plus utile à Jon. Sois prudente. Il te voit peut-être comme son passeport pour un autre monde.

— Je ne suis pas stupide !

— Stupide non, mais trop confiante.

Sergios eut un sourire malicieux.

— Ne te fais pas d'illusions. J'ai accepté de partager ton lit mais ça n'ira pas plus loin.

— Ce serait tellement dommage, Beatriz ! Nous sommes faits pour nous entendre.

— Si tu veux coucher avec moi, c'est uniquement parce que tu estimes que ça créera entre nous une intimité qui nous rendra plus crédibles aux yeux de ton grand-père. C'est un homme charmant, mais je ne suis pas prête à aller jusque-là pour lui faire plaisir.

— Souviens-toi que je sais éveiller ton désir.

Le cœur de Bee se serra. Sergios parlait d'une voix caressante mais son regard était devenu froid. Où était passé le sourire amusé avec lequel il la regardait quelques minutes plus tôt ? Et le rire joyeux qui lui avait échappé à plusieurs reprises au cours de la conversation ?

Elle pourrait très facilement tomber amoureuse de lui, comprit-elle tout à coup, l'estomac noué. Ce qui serait une catastrophe ! Il avait un charme irrésistible, mais c'était un homme sans scrupules. Si elle lui cédait, il se lasserait d'elle très vite. Elle resterait le cœur brisé, éperdument amoureuse d'un homme qui ne l'aimerait pas et qui passerait son temps à la tromper…

Un ballon aterrit sur l'épaule de Bee. Sergios se redressa d'un bond et ordonna à Paris d'aller jouer plus loin. Mais, soulagée par cette diversion, elle renvoya le ballon aux garçons et les rejoignit pour jouer avec eux pendant qu'Eleni ramassait des coquillages.

Sergios l'observait avec une perplexité mêlée d'exaspération. Comment pouvait-elle refuser avec un tel aplomb de coucher avec lui ? Toutes les autres femmes qu'il avait connues étaient prêtes à tout pour partager son lit et sa vie ! Comment Beatriz pouvait-elle être aussi peu intéressée par tout ce qu'il avait à lui offrir, au lit comme en dehors ?

C'était la première fois qu'il était confronté à une femme qui accordait plus de prix aux valeurs morales qu'à l'argent ou aux bijoux. Lui qui s'imaginait que toutes les femmes étaient bâties sur le même modèle… Rien de ce qu'il avait appris d'elles jusqu'à ce jour n'était applicable à Beatriz Blake. A sa manière, c'était une véritable anticonformiste.

Un domestique vint informer Sergios qu'on le demandait au téléphone et que c'était important. Il regagna la villa. Bee continua de jouer avec les enfants en s'efforçant de ne pas regretter son départ. La plage semblait vide, tout à coup… Stop ! Elle sombrait dans le ridicule ! Mais comment nier que Sergios Demonides avait une présence et un charme hors du commun ?

Lorsqu'elle rentra à son tour en fin d'après-midi, en compagnie de deux petits garçons et d'une petite fille bien fatigués, elle avait la peau poisseuse, couverte de sable et rougie par le soleil, malgré la crème protectrice à indice élevé dont elle s'était enduite régulièrement.

Après avoir donné à manger à Eleni, elle resta avec elle un moment pour lui faire des câlins tout en discutant avec les nurses de l'opération imminente qui devait résoudre ses problèmes d'audition.

Lorsqu'elle regagna sa chambre pour prendre une douche, elle trouva sur le lit plusieurs boîtes en carton portant le nom de grands couturiers. Sergios lui avait commandé de la lingerie de nuit, constata-t-elle avec incrédulité. Toute une collection de nuisettes et peignoirs de soie, satin, mousseline et/ou dentelle, plus destinées au regard de l'homme qu'au confort de la femme… Tout l'opposé de ce qu'elle portait d'habitude ! Comment avait-il osé ? En tout cas, il ne devait pas exister dans le monde beaucoup d'hommes aussi déterminés et sûrs d'eux que lui…

Un peu plus tard, lorsqu'elle sortit de la salle de bains vêtue de son propre peignoir en coton, Sergios était dans la chambre. Elle resserra aussitôt sa ceinture et demanda d'un ton crispé :

— C'est toi qui as commandé tout ça pour moi ?

— Oui. Pourquoi ?

— Je ne porte pas ce genre de choses.

Il haussa les épaules.

— Mon grand-père a décidé de retourner chez lui.

— Je croyais que sa maison était inhabitable.

— Seulement deux pièces. C'est une grande propriété. Je pense que c'était un prétexte pour nous observer de plus près. Il emmène les enfants et les nurses avec lui.

Stupéfaite, Bee ouvrit de grands yeux.

— Pourquoi ?

— Parce que c'est rare un couple qui est ravi d'avoir trois enfants dans les pattes pendant sa lune de miel. Ne fais pas d'histoires, s'il te plaît. Ça part d'un bon sentiment et c'est leur grand-père…

— Oui, je sais bien, mais…

— Il est inutile de discuter. La décision est prise et il paraîtrait bizarre que nous revenions dessus.

Bee ne parvint pas à masquer sa consternation. Comment Sergios avait-il pu prendre cette décision sans la consulter ?

Il l'avait épousée pour qu'elle joue le rôle de mère auprès de ces enfants, mais apparemment cela ne lui donnait pas les droits d'une vraie mère…

— Les enfants commencent tout juste à s'habituer à moi, fit-elle valoir. C'est déstabilisant pour eux d'être trimbalés comme ça.

— Tu pourras aller les voir tous les jours, si tu y tiens. Mais n'oublie pas que tu es mon épouse, Beatriz. Il serait temps que tu commences à te comporter comme telle.

— Est-ce un ordre ? lança Bee avec humeur.

— *Ne…* Oui. Faisons simple. Je te dis ce que je veux et tu le fais.

Furieuse, Bee s'enferma dans la salle de bains pour se maquiller. Recevoir des ordres quand on était nue sous son peignoir était très désagréable ! Et de toute façon elle n'avait jamais aimé qu'on lui dise ce qu'elle devait faire. Sergios était vraiment odieux !

Il voulait qu'elle se comporte comme son épouse ? Si elle le prenait au mot, il n'aimerait pas ça du tout !

Parce qu'une épouse aurait des exigences.

8

Visiblement peu disposé à faire les efforts nécessaires pour convaincre les domestiques qu'il était un jeune marié attentionné, Sergios rejoignit Bee à la table du dîner alors qu'elle avait déjà mangé les hors-d'œuvre et commencé le plat de résistance. Au bout d'un moment, il rompit le silence pesant qui s'était installé entre eux.

— Je n'aurais pas cru que tu étais du genre à faire la tête.

— Tu préférerais que je hurle ?

Ayant perdu son appétit, Bee repoussa son assiette.

— Je t'emmènerai faire de la voile demain matin, annonça Sergios avec l'air de quelqu'un qui s'attendait à des applaudissements pour sa prévenance.

— Quelle chance…, ironisa-t-elle d'un ton morne.

— Et dans la semaine je t'emmènerai faire du shopping à Corfou.

— Est-ce obligatoire ? Je déteste le shopping.

Le silence envahit de nouveau la pièce.

— Quand je t'ai épousée, je croyais que tu étais une femme raisonnable et rationnelle, finit par déclarer Sergios d'un ton vif au moment du dessert.

— Et moi je te croyais quand tu disais que tu voulais un mariage platonique. Ça prouve à quel point on peut se tromper.

— Tu crois que la façon dont nous nous comportons va convaincre ta mère que notre mariage est un mariage heureux ?

Bee pâlit, déstabilisée.

— Ne m'attends pas, ajouta Sergios en repoussant son assiette. Le mois dernier j'ai pris la relève de mon grand-père au sein du conseil de l'île et ce dernier se réunit ce soir. Je resterai après la réunion pour prendre un verre.

Frustrée de se retrouver seule alors qu'aucun problème n'avait été résolu, Bee téléphona à sa mère et lui débita une foule de mensonges sur son immense bonheur. Elle tenta ensuite de se plonger dans un roman, mais elle fut incapable de se concentrer.

Un peu après 22 heures, elle reposa son livre. Elle n'était pas fatiguée le moins du monde, mais elle avait les nerfs à fleur de peau… Pourquoi ne pas faire un peu d'exercice ? C'était le meilleur moyen de se débarrasser de ses tensions.

A sa demande, une barre verticale avait été installée dans la salle de gymnastique de la villa. Elle avait poliment ignoré les réflexions narquoises de Sergios, qui pensait visiblement que la *pole dance* était une discipline érotique réservée aux strip-teaseuses. Vêtue d'un short moulant et d'un T-shirt court ajusté, elle fit quelques exercices d'échauffement avant de mettre sa musique préférée.

Au volant de sa voiture sur le chemin du retour, Sergios s'efforçait de se réjouir de son sort. En vain. Les quelques verres qu'il avait bus et les plaisanteries des autres membres du conseil à propos de son statut de jeune marié ne l'avaient pas déridé. Le mariage n'était pas une partie de plaisir. Apprendre à vivre avec quelqu'un était très difficile. Personne n'était mieux placé que lui pour le savoir… C'était pour cette raison qu'il avait préservé sa liberté pendant si longtemps. Son premier mariage lui avait laissé un souvenir trop cuisant.

Malgré tout, il avait toutes les raisons de se réjouir, se répétait-il résolument. Non seulement Beatriz était très attachée aux enfants, mais elle avait du cœur et elle était d'une parfaite intégrité. Il avait peu de chances d'avoir une mauvaise surprise s'il rentrait chez lui à l'improviste…

Cependant, en entrant dans le salon il ne put s'empêcher d'être vaguement contrarié. Elle ne l'avait pas attendu. De toute évidence, sa mauvaise humeur et leur différend à propos de leur mariage ne l'empêchaient pas de dormir… Mais pourquoi en était-il aussi frustré ? se demanda-t-il avec exaspération. Il lui avait dit lui-même de ne pas l'attendre !

Lorsqu'il trouva la chambre vide, il appela Androula, qui l'informa que Beatriz se trouvait dans la salle de gymnastique. Il s'y rendit après avoir enlevé sa cravate et sa chemise. Ce qu'il vit à travers la porte vitrée le cloua sur place. Beatriz était suspendue la tête en bas à une barre verticale.

Le temps qu'il reprenne ses esprits et qu'il pousse la porte, elle tournait autour de la barre en appui renversé sur les mains, les jambes écartées. Elle était incroyablement musclée, constata-t-il tandis qu'elle exécutait une série d'acrobaties spectaculaires mêlées de pas de danse. Musclée, souple et d'une sensualité diabolique…

Fasciné, il décida de savourer le spectacle. Un moment plus tard, lorsqu'elle roula sur le sol après avoir longuement tourné autour de la barre en ondulant des hanches, reins creusés et seins en avant, il était taraudé par un désir lancinant.

— Beatriz ? dit-il d'une voix rauque.

Consternée, elle se redressa d'un bond, le cœur battant à tout rompre. Depuis combien de temps Sergios était-il là ? Le regard qu'il dardait sur elle depuis le seuil de la pièce brillait d'un éclat inquiétant… Elle prit sa serviette pour essuyer son visage et son cou humides de sueur et éteignit la musique.

— Quand es-tu arrivé ? demanda-t-elle, immobile, tandis qu'il avançait résolument vers elle.

Elle ne voulait surtout pas paraître impressionnée par sa présence.

— Il y a une dizaine de minutes. Est-ce que ça fait longtemps que tu pratiques cette… discipline ? s'enquit-il quand il l'eut rejointe.

— Environ trois ans. C'était plus amusant que les autres cours.

Soudain, il referma les bras sur elle et l'embrassa avec fougue. Au contact de sa virilité pleinement éveillée contre son ventre, elle fut submergée par une vague de désir.

— *Se thelo…* J'ai envie de toi, murmura-t-il d'une voix hachée. Faisons de ce mariage un vrai mariage.

Désarçonnée, elle tenta de s'écarter de lui, mais il l'entraîna hors de la pièce en la tenant fermement par la taille.

— Il faut que nous réfléchissions, plaida-t-elle en s'efforçant de reprendre ses esprits.

— Non, il faut suivre notre instinct, au contraire ! Nous avons déjà perdu beaucoup trop de temps à réfléchir. Dans la vie on n'est pas toujours censé se poser dix mille questions avant d'agir. Certaines choses arrivent naturellement.

Sergios s'empara de nouveau de la bouche de Bee à peine la porte de leur chambre refermée derrière eux. Le feu qui couvait en elle se ranima aussitôt et elle répondit à son baiser avec ferveur. Sans cesser de s'embrasser, ils gagnèrent le lit en titubant et se laissèrent tomber dessus. Sergios promena les mains sur le corps de Bee gainé de Lycra avec un grognement appréciateur.

— Je ne veux pas que quelqu'un d'autre te voie danser comme ça. C'est trop sexy…

— Mais… ce sont juste des exercices pour me maintenir en forme !

— C'est d'un érotisme torride…

— Il vaudrait mieux que nous discutions d'abord, protesta-t-elle tandis qu'il lui enlevait son short.

— Je n'ai plus envie de parler… Nous l'avons déjà fait jusqu'à épuisement.

Le sourire ravageur qui étirait les lèvres de Sergios vainquit les dernières résistances de Bee. Elle captura sa bouche en plongeant les doigts dans ses épais cheveux noirs avec délectation. Pourquoi lutter plus longtemps ? Elle désirait cet homme de toutes les fibres de son être. Jamais aucun autre avant lui ne lui avait inspiré une telle passion… Elle déboutonna sa chemise et la fit glisser sur ses épaules avec une impatience qui le fit pouffer. Il s'écarta d'elle le temps de finir de se déshabiller. La vue de sa virilité fièrement dressée acheva de l'enflammer tout entière.

Après l'avoir débarrassée de son T-shirt et de son soutien-gorge de sport, il referma les mains sur ses seins avec un grognement de satisfaction. Il les caressa longuement tout en cueillant tour à tour dans sa bouche les deux bourgeons hérissés, lui arrachant des gémissements.

Il glissa un doigt sous l'élastique de sa culotte et effleura sa fleur humide encore secrète. Ivre de désir et de plaisir mêlés, elle creusa instinctivement les reins en laissant échapper un petit cri étranglé. Il en profita pour lui enlever sa culotte, puis honora du bout de la langue et des doigts le cœur brûlant de sa féminité en insistant sur son point le plus sensible avec une habileté diabolique.

Submergée par des sensations d'une intensité inouïe, elle perdit tout contrôle d'elle-même. La tête roulant sur l'oreiller, elle se mit à onduler des hanches en poussant des gémissements modulés. Elle le suppliait déjà depuis un moment lorsqu'il entra en elle d'un mouvement souple. Une douleur fulgurante la transperça, mais elle fut vite étouffée par une nouvelle vague de désir.

— Désolé, murmura-t-il contre sa bouche. J'ai essayé d'être aussi doux que possible.

— Tu es pardonné, répliqua-t-elle en nouant les jambes autour de sa taille pour mieux l'accueillir.

Avec une nonchalance exquise il l'entraîna dans une danse langoureuse, s'enfonçant un peu plus profondément en elle à chaque mouvement. Elle ferma les yeux et s'abandonna au rythme de ses reins, enivrée par les sensations dévastatrices qui l'envahissaient.

Peu à peu, il accéléra le rythme et elle fut emportée dans une spirale où le temps et l'espace étaient abolis. Plus rien n'existait que le corps de Sergios mêlé au sien et le plaisir qui montait en elle, implacable. Soudain, une ultime vague la balaya. Elle sombra dans le gouffre sans fond de la volupté avec un cri rauque.

Sergios la rejoignit presque aussitôt, secoué par une explosion d'une force inédite. Mais, alors qu'elle refermait les bras sur lui, il s'écarta brusquement et se laissa tomber à côté d'elle, lui imposant une séparation à laquelle elle n'était pas préparée.

— C'était fantastique, *yineka mou*. Merci.

« Merci » ? Désarçonnée, elle se blottit contre lui et posa la main sur son torse. Il se raidit.

— Je ne fais jamais de câlins, *glikia mou.*

— Il n'est jamais trop tard pour apprendre, répliqua-t-elle, encore étourdie de plaisir. Tu m'as bien persuadée de renoncer à réfléchir. Ce n'est pourtant pas dans mes habitudes…

Il fallait reconnaître que Beatriz avait souvent des réflexions pleines de bon sens, songea Sergios. Il se tourna vers elle.

— Tu as encore mal ?

— Un peu.

— Dommage… J'aurais aimé recommencer tout de suite, mais j'attendrai demain.

— Je… Tu n'as pas mis de préservatif ! Et si je…

— Tu voulais un enfant, non ? Et puis, avec un peu de chance, ça n'aura pas de conséquence. Je n'ai pas de préservatifs ici, de toute façon. Je n'amène jamais de femmes chez moi. Jamais.

Une foule de questions assaillit aussitôt l'esprit de Bee. Mieux valait s'abstenir de les poser, décida-t-elle. Bien sûr, savoir qu'aucune autre femme n'avait occupé ce lit était très réjouissant. Cependant, elle aimerait bien en savoir davantage sur la première épouse de Sergios… Curieusement, il n'y avait pas une seule photo de Krista dans la maison.

Quant à sa maîtresse, c'était un problème encore plus épineux. Mais il était beaucoup trop tôt pour l'évoquer. Surtout avec un homme qui tenait tant à préserver sa liberté. Il ne risquait pas de changer du jour au lendemain…

« Faisons de ce mariage un vrai mariage », avait-il dit dans la salle de gymnastique. Etait-il sincère ? Ou bien était-ce le désir qui l'avait poussé à prononcer des mots qui dépassaient sa pensée ?

A moins que pour la convaincre il lui ait tout simplement dit ce qu'il pensait qu'elle voulait entendre… A cette pensée, Bee sentit son cœur se serrer. Pas question d'exprimer ses doutes. Ça risquerait de provoquer ce qu'elle redoutait le plus…

— Nous allons installer une barre dans la chambre, poursuivit Sergios. Comme ça, tu pourras faire de la *pole dance* sans que personne ne te voie.

Bee s'efforça de masquer sa stupéfaction. Il ne plaisantait donc pas quand il lui avait dit qu'il n'aimerait pas que quelqu'un la voie danser…

— Je n'aurais jamais imaginé que tu étais aussi puritain !

— Tu es ma femme, rappela Sergios, le visage fermé.

Elle l'observa à la dérobée. Cette constatation ne semblait pas le réjouir… Regrettait-il déjà le nouveau tour qu'avaient pris leurs relations ? Elle détourna les yeux. Inutile de se torturer l'esprit pour un problème sur lequel elle n'avait aucun contrôle. De toute façon, vivre avec Sergios ce serait forcément les montagnes russes. Et comme il n'était pas du genre à se taire elle saurait très bientôt à quoi s'en tenir sur son état d'esprit.

— Je rentrerai tard ce soir, déclara Sergios en s'asseyant au bord du lit.

Après une brève hésitation, il saisit la main que Bee tendait instinctivement vers lui. Encore à moitié endormie à cause de l'heure matinale, elle remarqua néanmoins la tension qui crispait ses traits.

— Pourquoi ? demanda-t-elle d'une voix ensommeillée.

— C'est l'anniversaire de la mort de Krista, aujourd'hui. Tous les ans, j'assiste à une messe de souvenir avec ses parents et ensuite je dîne avec eux.

Bee fut décontenancée. En six semaines de mariage, c'était la première fois que Sergios évoquait sa première femme…

Visiblement conscient de sa surprise, il haussa les épaules d'un air embarrassé.

— Je n'y vais pas de gaieté de cœur.

— Tu veux que je t'accompagne ?

— C'est généreux de ta part, mais je ne pense pas que les parents de Krista apprécieraient. C'était leur fille unique. A mon avis, ils n'ont pas envie qu'on leur rappelle que j'ai tourné la page, expliqua Sergios d'un air sombre.

Que ressentait-il exactement ? Cette question hanta Bee toute la journée. Cependant, ce n'était pas exceptionnel. Eperdument amoureuse, elle se la posait souvent. Même si leur entente sexuelle était exceptionnelle, ce n'était pas cet aspect de leur relation qui avait fait naître les sentiments qu'elle éprouvait pour lui. C'était tout ce qu'elle avait découvert à son sujet en le côtoyant jour après jour.

Lorsqu'il était absent, elle avait l'impression de ne vivre qu'à moitié. En manque de sa présence charismatique, elle attendait ses coups de téléphone avec la fébrilité d'une adolescente et elle comptait les heures qui la séparaient de son retour.

Quand il était enfin là elle revivait, impatiente de l'entraîner dans un tourbillon de sensualité, toujours prête à se surpasser pour le combler. Jamais il ne quittait son cœur ni ses pensées, comme s'il y avait sa place depuis toujours.

En apprenant à l'aimer, elle avait également pris conscience de ses points vulnérables. S'il ne savait pas comment s'y prendre avec les enfants, c'était parce que la santé fragile de sa mère l'avait privé d'une enfance insouciante. Elle-même avait connu le même problème, mais le poids des responsabilités avait été compensé par l'amour que lui portait sa mère. Alors que celle de Sergios, très jeune et immature, n'avait jamais donné à son fils l'amour dont il avait besoin.

Après avoir passé quelques jours chez leur grand-père de l'autre côté de la baie, Paris, Milo et Eleni avaient exprimé leur souhait de revoir Bee. Sergios avait promptement accepté l'inévitable et consenti à ce qu'ils reviennent à la villa.

Depuis, encouragé par Bee, il passait davantage de temps avec eux et leurs liens se resserraient peu à peu. Paris aimait discuter avec lui, Milo l'invitait à jouer au ballon et Eleni lui faisait de grands sourires quand il se risquait à s'approcher d'elle. Progressivement, il apprenait à accepter les marques d'affection, à y répondre.

Au grand soulagement de Bee, la première nuit qu'ils avaient passée ensemble sans utiliser de préservatif était restée sans conséquence. Elle était convaincue qu'une grossesse non programmée serait désastreuse pour leur mariage. Si Sergios devait devenir père, il fallait absolument que ce soit par choix. Pourtant, lorsqu'elle lui avait annoncé qu'il n'avait plus de raison de s'inquiéter, il avait haussé les épaules avec désinvolture.

— Je ne m'inquiétais pas. Si tu étais tombée enceinte, nous aurions fait avec.

Dieu merci, ils avaient échappé à ça ! avait-elle songé aussitôt. Oui, elle voulait un enfant. Mais seulement avec un homme qui en avait envie lui aussi. Elle tenait à ce que Sergios décide d'avoir un enfant avec elle.

Les semaines qu'ils avaient passées ensemble sur l'île n'avaient cependant pas été consacrées uniquement aux enfants. Bee avait peu à peu appris à ne pas s'inquiéter pour l'avenir et à savourer le présent. Sergios lui avait fait visiter avec une fierté manifeste le cottage spécialement aménagé où sa mère devait s'installer. Une aide à domicile — qu'elle choisirait elle-même parmi une liste de personnes déjà sélectionnées pour leurs excellentes références — viendrait tous les jours s'occuper d'elle. Très touchée, Bee était impatiente de voir le sourire de sa mère lorsqu'elle prendrait sa première tasse de thé sur la terrasse ensoleillée qui dominait la baie.

Sergios l'avait également emmenée à Corfou pour une semaine. Elle avait été enchantée par l'animation qui régnait dans les rues de la vieille ville bordées d'élégants bâtiments de style vénitien.

Un jour, après l'avoir brièvement perdue dans la foule, Sergios ne lui avait plus lâché la main jusqu'au soir. Il lui avait offert une icône en argent d'une grande beauté, puis ils avaient bu des verres et dîné à la terrasse d'un des cafés situés sous les arcades du Liston, un édifice du XIXe siècle qui se dresse sur la Spianada, l'une des plus belles places de Grèce.

Lorsqu'ils avaient regagné leur hôtel, elle était éméchée et elle avait le fou rire. Il lui avait fait l'amour passionnément jusqu'à l'aube, puis elle s'était endormie dans ses bras. Lorsqu'elle avait rouvert les yeux, il était en train de travailler. En le voyant assis devant son ordinateur portable dans la lumière douce du début de matinée, elle avait compris qu'elle l'aimait. Avec tendresse et passion. Elle l'aimait tel qu'il était, avec ses qualités mais aussi ses défauts.

Il lui avait également fait visiter l'île d'Orestos dans ses moindres recoins et l'avait emmenée faire de la voile et de la plongée. Il appréciait visiblement beaucoup de pouvoir faire du sport avec elle. De son côté, elle avait noté qu'il était très doué pour construire des châteaux de sable et qu'il raffolait des crèmes glacées. Une de ses plus grandes joies était de lui faire fête avec les enfants quand il rentrait de voyage. Il y avait tout au fond de lui un abîme de solitude qu'elle rêvait de combler.

Inquiète des répercussions que risquait d'avoir sur Sergios la messe à la mémoire de Krista, Bee passa tout l'après-midi en proie à une grande nervosité. Elle réprima un soupir en recevant un texto de Jon Townsend, le énième d'une longue série depuis son arrivée en Grèce. Son ex-petit ami lui avait envoyé une foule d'informations sur l'association dont il s'occupait et il tenait absolument à la rencontrer lors de son prochain séjour à Londres.

Le temps étant splendide, elle décida d'aller chercher Milo à la garderie à pied. Cependant, la chaleur écrasante lui fit rapidement regretter sa décision. Déjà épuisée quand elle retrouva le petit garçon, elle se demanda comment elle allait trouver la force de refaire le trajet en sens inverse.

Elle traversait la place avec Milo qui sautait dans tous les sens et Eleni endormie dans sa poussette à l'ombre d'un parasol, quand Nectarios lui fit signe depuis la terrasse de la taverne. Coiffé de sa casquette usée, il n'avait rien d'un important homme d'affaires, ce qu'il était pourtant resté malgré sa semi-retraite. Il avait dû sortir en mer sur son voilier, songea-t-elle en le rejoignant.

— Que faites-vous ici à pied ? demanda-t-il en lui avançant une chaise.

— Milo était à la garderie. J'ai décidé de ne pas prendre la voiture, mais je ne m'étais par rendu compte qu'il faisait aussi chaud.

— On vient me chercher dans dix minutes. Nous vous déposerons.

Le vieil homme commanda à boire pour Bee et se montra d'une patience exemplaire quand Milo grimpa sur ses genoux pour lui enlever sa casquette, qu'il essaya avant de jouer au Frisbee avec.

Tandis que Bee savourait cette halte à l'ombre d'un platane, plusieurs personnes vinrent parler à Nectarios. Chaque jour, elle comprenait un peu mieux le grec et elle saisit quelques bribes de conversations concernant des parties de pêche, des mariages et des baptêmes. Le lendemain, elle partait pour Londres où Eleni devait se faire opérer des oreilles, et lorsqu'elle reviendrait sur l'île sa mère serait du voyage.

Elle aidait la petite fille à manger un petit pot quand elle perçut des murmures autour d'elle. Elle leva la tête et vit une blonde sculpturale traverser la place. Vêtue d'une robe blanche moulante, la jeune femme marchait avec ce balancement des hanches et cette désinvolture que les hommes trouvaient généralement irrésistibles. En tout cas, tous ceux qui étaient présents la dévoraient des yeux…

Un sourire sensuel aux lèvres, la jeune femme tourna la

tête vers le petit groupe et son regard s'attarda sur Bee avec une curiosité manifeste. Nectarios lui adressa un signe de tête.

— Qui est-ce ? demanda Bee.

— C'est Melita Thiarkis.

Ce prénom familier fit à Bee l'effet d'un coup de poing dans l'estomac. C'était peut-être une coïncidence, se dit-elle aussitôt. Sauf que Nectarios semblait terriblement embarrassé...

— Qui est-ce exactement ? demanda-t-elle tout en se maudissant pour son insistance.

— Une styliste. Elle travaille à Athènes, mais elle est née sur l'île et elle y possède une maison.

L'estomac de plus en plus noué, Bee sentit des gouttes de sueur perler à son front. Inutile de se raconter des histoires. Cette femme ne pouvait être que la maîtresse dont lui avait parlé Sergios. Sinon, pourquoi Nectarios serait-il aussi gêné ?

Dire qu'elle s'imaginait qu'Orestos n'offrait à Sergios aucune possibilité de la tromper ! Mais combien de fois l'avait-il laissée seule le soir pour assister à une réunion du conseil de l'île ? Ou bien pour rendre visite à son grand-père ? Elle n'avait jamais eu le moindre soupçon. Pour la bonne raison qu'il ne lui était jamais venu à l'idée que la fameuse Melita pouvait se trouver sur l'île...

— Puis-je me permettre de vous donner un conseil ? demanda Nectarios, tandis que le conducteur du 4x4 qui les raccompagnait s'engageait sur le chemin qui conduisait à la villa.

Bee déglutit péniblement.

— Bien sûr.

— Ne brusquez pas les choses avec Sergios. Laissez-lui le temps d'apprécier à sa juste valeur ce que vous vivez ensemble. Son premier mariage a été désastreux et il en a gardé de profondes cicatrices.

Bee réprima un soupir. Le vieil homme appartenait à une époque où l'égalité dans le mariage n'existait pas et où l'infidélité masculine était acceptée par les femmes. Mais, pour sa part, elle n'avait pas du tout la même conception du couple. Jamais elle ne pourrait fermer les yeux si Sergios la trompait.

Quelle désillusion ! Le rêve dans lequel elle vivait depuis plusieurs semaines venait de prendre fin. A présent, il fallait affronter la réalité. Elle avait laissé Sergios mener la barque. Ils n'avaient pas renégocié les termes de leur accord initial. Il n'y avait eu aucune discussion sérieuse, aucun pacte conclu.

Pendant presque deux mois, ils s'étaient laissés vivre sans aucune règle. Craignant de braquer Sergios si elle posait trop de limites trop tôt, elle avait décidé de lui laisser du temps. En fait, persuadée qu'à Orestos elle était la seule femme dans sa vie, elle avait adopté le comportement que Nectarios lui conseillait aujourd'hui.

Grave erreur… Elle aurait dû mettre les choses au clair dès le début. Lui dire qu'il ne pouvait pas à la fois coucher avec elle et avoir une maîtresse. Au lieu de ça, elle s'était contentée de vivre dans l'instant en se gardant bien de lui révéler ses sentiments pour ne pas le bousculer. Elle s'était armée de patience, prête à attendre le temps nécessaire pour que leur relation se consolide… persuadée que tant qu'ils étaient à Orestos il lui était fidèle.

L'avait-il trompée depuis leur arrivée ? Le cœur de Bee se serra douloureusement. Cette idée lui était insupportable… D'autant plus que Melita Thiarkis était sans aucun doute encore plus dangereuse que prévu. Elle était née sur l'île et Sergios devait la connaître depuis très longtemps. Nul doute qu'ils avaient noué des liens très étroits. Une styliste… Pas étonnant qu'il attache une telle importance à l'élégance ! Et puis c'était une femme très séduisante. Peut-être pas d'une beauté exceptionnelle, mais extrêmement sexy. Le genre de femme qui devait attirer irrésistiblement Sergios. D'ailleurs, son assurance était révélatrice. Lorsqu'elle était passée devant le café, elle l'avait regardée de la tête aux pieds sans le moindre soupçon de gêne ou d'inquiétude. De toute évidence, elle ne se sentait pas du tout menacée par le récent mariage de Sergios. Cela ne signifiait-il pas qu'il couchait toujours avec elle ?

Quant au premier mariage de Sergios, en lui confiant qu'il avait été désastreux, Nectarios n'avait fait que confirmer ses soupçons. Le fait qu'il n'y avait aucune photo de Krista dans la villa et que son nom n'était jamais prononcé suggérait que ce mariage avait été un échec. Cependant, bien que l'occasion se soit présentée plusieurs fois, Sergios ne lui en avait toujours rien dit.

Ce qui ne l'avait pas empêchée d'être merveilleusement heureuse tant qu'elle ignorait que Melita Thiarkis habitait à moins d'un kilomètre de chez eux. Après tout, depuis qu'ils avaient fait l'amour la première fois, Sergios avait toujours été très attentionné avec elle.

Mais comment savoir exactement ce que représentait pour lui sa relation avec Melita ? Il lui avait parlé de cette liaison avant même qu'ils se marient, en lui précisant qu'elle n'était pas négociable. Pas étonnant que la jeune femme soit aussi sûre d'elle !

En tout cas, il avait beau refuser de l'admettre, Sergios était bel et bien attiré par les blondes… Bee contempla avec amertume ses boucles brunes dans le miroir de la chambre et tenta de les imaginer dorées.

Mais se teindre les cheveux uniquement pour plaire à Sergios serait pathétique, non ? Sans doute. Mais, pathétique ou non, elle s'en moquait éperdument.

Il n'était pas exclu qu'elle revienne de Londres avec une superbe crinière blonde.

9

— Je pensais te trouver au lit, déclara Sergios vers 23 heures ce soir-là, alors qu'il venait d'atterrir en hélicoptère.

La cravate desserrée et la mâchoire recouverte d'une barbe naissante, il avait les yeux creusés de cernes profonds.

— La journée a été longue et nous décollons très tôt pour Londres demain matin, ajouta-t-il d'une voix lasse.

Bee lui lança un regard surpris.

— Tu viens avec nous ?

— Bien sûr ! Je tiens à être présent pour l'opération d'Eleni. Tu ne l'avais pas compris ?

— Non.

Ravie de cette nouvelle, Bee résista à l'envie d'évoquer la présence de Melita sur l'île. Après tout, si la jeune femme avait une maison et de la famille à Orestos, elle avait le droit d'y séjourner. Ça n'avait peut-être rien à voir avec Sergios… Se berçait-elle d'illusions ? se demanda-t-elle en préparant un dîner léger dans la grande cuisine. Elle ne voyait pas l'utilité de déranger le personnel alors qu'elle était parfaitement capable de nourrir Sergios elle-même.

Il sortit de la salle de bains une serviette nouée sur les hanches et s'assit à la petite table qu'elle avait dressée pour lui dans la chambre. Les cheveux humides et rasé de près, il paraissait moins fatigué.

— Ça n'a pas été trop pénible ? demanda-t-elle d'une voix hésitante.

— C'est toujours pénible.

Il haussa les épaules, avant de poursuivre :

— Les parents de Krista gardent le souvenir d'une jeune femme que je n'ai jamais connue. A moins que la jeune femme dont ils parlent soit la fille imaginaire qu'ils auraient aimé avoir… En tout cas, elle n'a rien de commun avec la femme à qui j'ai été marié pendant trois ans.

— Je ne comprends pas…

— Krista était bipolaire et elle refusait de se soigner. Elle ne supportait pas les effets secondaires des médicaments. Je l'ignorais quand je l'ai épousée. Pour être honnête, je la connaissais à peine quand je l'ai demandée en mariage. J'étais jeune et stupide.

— Oh…

Bee était si ébranlée par cette révélation qu'elle ne trouva rien d'autre à dire. Sa première femme était atteinte de psychose bipolaire ? C'était une maladie grave mais pour laquelle il existait un traitement approprié.

— Je suis tombé amoureux et j'ai épousé Krista dans la foulée. J'avais du mal à croire que la fille de mes rêves était à moi. Malheureusement, le rêve a tourné au cauchemar. Comme elle ne prenait pas ses médicaments, elle oscillait en permanence entre la dépression et l'euphorie. Elle organisait régulièrement des fêtes très arrosées, et bien sûr elle se droguait. Elle s'est tuée au volant d'une de mes voitures. Elle est morte sur le coup.

— Je suis désolée, Sergios, murmura Bee, pleine de compassion. Sincèrement désolée que tu aies vécu ça et que tu aies perdu ton enfant.

— Le bébé n'était pas de moi. Je ne sais pas qui était le père.

Sergios eut une moue amère.

— Il y avait longtemps que nous ne partagions plus le même lit.

— Tu aurais dû m'en parler plus tôt.

Bee ne pouvait s'empêcher d'être blessée. Il avait été éperdument amoureux de Krista… Dire qu'elle était convaincue qu'il ne savait pas aimer parce que ça ne lui était jamais arrivé ! Elle avait commis une grave erreur de jugement…

— Je me suis toujours senti coupable de la mort de Krista. J'aurais dû être capable de l'aider davantage.

— Qu'aurais-tu pu faire si elle refusait de se soigner ? fit valoir Bee en s'installant dans le lit. Ses parents n'avaient aucune influence sur elle ?

— C'était leur fille unique. Ils l'adoraient. Ils ne savaient pas lui dire non et ils refusaient d'admettre la gravité de ses problèmes. C'est moi qu'ils ont fini par tenir responsable de son état.

Tout en arpentant nerveusement la piècc, Sergios expliqua à Bee ce qu'était sa vie avec Krista. Lorsqu'il rentrait chez eux, dans leur appartement d'Athènes, il ne savait jamais à quoi s'attendre. Les scènes violentes alternaient avec les périodes de mutisme. Krista était toujours dans l'excès, qu'elle fasse la fête ou du shopping. Plusieurs fois, il l'avait trouvée au lit avec d'autres hommes, défoncée, parce qu'elle considérait la drogue comme plus efficace que les médicaments contre ses problèmes.

Les domestiques démissionnaient, les amis prenaient leurs distances, l'appartement était saccagé et des objets de valeur étaient volés. Pendant trois longues années, au cours desquelles il avait essayé tant bien que mal de prendre soin de sa femme, Sergios avait vécu un enfer. Son amour n'y avait pas survécu.

Pas étonnant qu'il ait été déterminé à faire un mariage de convenance qui ne lui coûterait rien d'autre que son soutien financier, songea Bee. Il avait eu beau consacrer toute son énergie à sauver son premier mariage, ce dernier avait été un échec cuisant. Trois années de souffrances et de trahisons lui avaient appris à ne plus s'attacher à personne.

— A présent tu sais pourquoi je ne parle jamais d'elle,

déclara-t-il d'un air contrit en rejoignant Bee dans le lit. Je n'ai pas été à la hauteur.

— Krista était malade. Tu devrais lui pardonner et te pardonner à toi-même. Tu as fait de ton mieux et c'est déjà beaucoup.

Sergios effleura du bout des doigts les lèvres de Bee.

— Tu trouves toujours les mots pour réconforter les gens.

La gorge sèche, elle murmura :

— Tu trouves ?

— Quand Paris t'a demandé si sa mère était au ciel, tu lui as répondu oui, alors que tu sais parfaitement qu'elle était athée, *moli mou*.

— Elle y est peut-être quand même. Paris était inquiet. Il fallait le rassurer.

— J'aurais dû te parler de Krista depuis longtemps, mais je n'aime pas ça. J'ai le sentiment que ce n'est pas correct.

— Maintenant je comprends pourquoi. Et il est naturel que tu veuilles respecter sa mémoire.

Bee avait le nom de Melita sur le bout de la langue, mais elle ne put se résoudre à gâcher ce moment d'intimité.

— Si généreuse, si délicate…

Sergios se pencha sur elle et glissa la langue entre ses lèvres.

— Il faut bien qu'un de nous deux le soit, plaisanta-t-elle d'une voix rauque.

La langue de Sergios explora sa bouche. Elle répondit à son baiser avec ferveur, envahie par des sensations délicieuses. Il la débarrassa de sa chemise de nuit et lui caressa les seins avec une habileté consommée.

Traçant un sillon de baisers jusqu'à son triangle soyeux, il lui écarta les cuisses pour honorer du bout de la langue son sexe déjà humide. Puis il la fit pivoter sur le côté, referma les mains sur ses hanches et s'enfonça dans le cœur brûlant de sa féminité d'un coup de reins puissant. Avec un grognement de plaisir, il la plaqua contre lui et se mit à aller et venir entre ses reins tout en lui caressant les seins. La boule de feu qui enflait peu à peu en elle finit par exploser et elle se renversa en arrière contre lui en sanglotant de plaisir.

— Dors, murmura-t-il quelques instants plus tard à son oreille, les bras refermés sur son corps frémissant. Demain tu vas t'épuiser à te tracasser pour Eleni.

Qu'il la connaisse aussi bien faillit la faire pouffer, mais le plaisir l'avait privée de ses dernières bribes d'énergie. Ereintée, elle sombra dans le sommeil.

Bee passa sa première soirée à Londres avec sa mère, qui était à la fois excitée et angoissée à la perspective de partir bientôt pour la Grèce.

Le lendemain matin, Eleni fut admise à l'hôpital. Une infirmière et le chirurgien avaient déjà expliqué en détail à Bee le déroulement de l'opération, qui ne présentait pas de risques particuliers et devait durer moins d'une heure. Cependant, elle ne pouvait s'empêcher de s'inquiéter pour la petite fille. Pourvu qu'elle ne souffre pas trop à son réveil… Elle était si fragile…

— Nous avons déjà discuté de tout ça, rappela Sergios d'une voix apaisante. Les risques liés à l'intervention sont infimes et Eleni s'en remettra très vite. Il est possible qu'elle n'ait aucun effet sur son audition, mais de toute façon il fallait essayer.

Berçant la petite fille dans ses bras, Bee refoula ses larmes. Elle n'avait pas à regretter leur décision, se répétait-elle. L'opération représentait la meilleure solution pour Eleni.

— Je sais, mais elle est si petite et si confiante…

— Comme toi quand tu m'as épousé, plaisanta Sergios. Tu n'avais aucune idée de ce qui t'attendait mais finalement ça ne se passe pas trop mal, n'est-ce pas ?

— Repose-moi la question dans un an.

— Charmant ! s'exclama-t-il d'un ton faussement indigné. C'est bien la peine que je fasse autant d'efforts pour être un mari parfait !

Bee accompagna Eleni jusqu'à la porte de la salle d'opération, puis elle attendit dans le couloir avec Sergios. A sa grande surprise il s'était rendu disponible pour toute la journée. Il sortit plusieurs fois de l'hôpital pour passer des coups de téléphone et une assistante lui apporta des documents à signer. Cependant, ça lui ressemblait si peu de faire passer son travail au second plan qu'elle lui était très reconnaissante de son soutien.

L'opération ne dura pas très longtemps et ils furent informés qu'elle s'était déroulée sans problème. Bee s'assit au chevet d'Eleni. La petite fille reprenait déjà conscience et elle ne souffrait visiblement pas. Rassurée par la présence de Bee, elle s'endormit rapidement. Une des nurses arriva pour relayer Bee, pendant que Sergios l'emmenait déjeuner.

— Tu es épuisée. Pourquoi est-ce que j'emploie une équipe de nurses si tu te retrouves dans cet état ? Rentre à la maison avec moi, demanda Sergios quand Bee commença à piquer du nez dans son assiette.

Elle tressaillit.

— Il faut que je sois là si Eleni se réveille. Il y a un lit pour moi dans la chambre. Je ne passerai pas une nuit blanche.

— De temps en temps, tu devrais penser à toi d'abord.

Bee sentit son estomac se nouer. Tiendrait-il le même raisonnement pour lui-même si l'envie lui prenait de chercher l'aventure ailleurs que dans le lit conjugal ? Cela lui était-il déjà arrivé ? Avait-il couché avec Melita pendant leur séjour à Orestos ? Elle déglutit péniblement. Il fallait qu'elle en discute avec lui. Pourquoi ne l'avait-elle pas encore fait ? S'imaginait-elle vraiment qu'il y aurait un jour un *bon* moment pour une discussion aussi pénible ?

Mais l'hôpital n'était pas le lieu idéal. D'autant plus qu'elle n'avait pas envie d'aborder ce sujet n'importe comment. Elle devrait préparer soigneusement ce qu'elle dirait. Et qu'elle le dise calmement. Pas question de se mettre à hurler ni de fondre en larmes. Il fallait à tout prix qu'elle reste digne.

Après tout, sa dignité serait peut-être la seule chose qui lui resterait une fois la confrontation terminée. Continueraient-ils à partager le même lit après cette conversation ? Rien n'était moins sûr…

— Qu'est-ce qui ne va pas ? demanda Sergios. Tu as l'air perdu. Eleni n'aura pas de problèmes. Arrête de te tourmenter. C'était une opération simple et elle s'est bien passée.

— Je sais… Excuse-moi. C'est la fatigue.

Allons bon, elle n'imaginait pas qu'il lisait aussi bien sur son visage ! Oui, elle était tourmentée. Mais heureusement il ne pouvait pas deviner que c'était par la jalousie… Melita était une femme *très* sexy. Tous les hommes présents, de quinze à quatre-vingts ans, l'avaient dévorée des yeux quand elle était passée devant la taverne.

Alors que de son côté il avait fallu qu'elle se déhanche à moitié nue autour d'une barre de *pole dance* pour éveiller le désir de son mari…

Bee était de retour au chevet d'Eleni quand son portable vibra silencieusement à la réception d'un texto. Elle le sortit de sa poche en réprimant un soupir. Encore Jon Townsend ? Ayant appris qu'elle venait à Londres, il lui avait demandé de déjeuner avec lui et plusieurs responsables de l'association. Déterminée à rester entièrement disponible pour Eleni, elle s'était dérobée.

Non, ce n'était pas Jon qui lui avait envoyé un texto…

Suis à Londres. Aimerais vous voir *en privé*. Melita.

Bee fixa son téléphone avec effarement, comme s'il venait de lui sauter à la figure pour la mordre. La maîtresse de son mari voulait la voir ? Etait-ce sérieux ? Mais qui pourrait lui envoyer un faux texto en se faisant passer pour Melita ? Bee secoua la tête. En admettant que ce soit bien Melita, comment avait-elle eu son numéro de portable ? L'avait-elle trouvé dans celui de Sergios ? C'était l'explication la plus probable. Et la plus consternante… Elle venait de changer de numéro. Ce qui tendrait à prouver que Sergios et sa maîtresse s'étaient vus tout récemment…

Cette nuit-là, Eleni dormit comme une souche, mais Bee eut beaucoup de mal à trouver le sommeil. Sergios passa les voir en début de matinée avant d'aller au bureau. Bee se trouvait dans le couloir et les murmures admiratifs que le passage de son mari déclencha parmi les infirmières ne lui échappèrent pas. Vêtu d'un costume anthracite qui mettait en valeur sa silhouette athlétique, Sergios était superbe. Très impressionnée également, Eleni lui tendit les bras avec un cri joyeux quand il franchit la porte de sa chambre.

Un sourire étrange aux lèvres, il posa le paquet qu'il avait à la main et la prit dans ses bras en lui parlant en grec. Pour la première fois, la petite fille répondit en fixant sur lui ses grands yeux noirs. Les mots étaient hésitants et la grammaire inexistante, mais c'était une réaction qu'elle n'aurait jamais eue avant l'opération.

— J'ai remarqué qu'elle était plus attentive à mes paroles dès qu'elle s'est réveillée ce matin, déclara Bee d'un ton qu'elle espérait enjoué. Il est évident qu'elle entend mieux. Et son regard ne reste plus dans le vague quand on lui parle.

Bee aida Eleni à ouvrir le paquet que Sergios avait apporté et approcha la table de lit pour qu'elle puisse y poser le puzzle qu'il contenait. Une infirmière passa la tête par la porte et leur proposa une tasse de café.

— Par pour moi, merci, répondit Sergios. Je ne peux pas rester, j'ai une réunion.

— Si le médecin juge son état satisfaisant, Eleni sortira en début d'après-midi, annonça Bee.

— Parfait. Tu as manqué aux garçons, hier soir.

Elle eut un pincement au cœur. Et à lui ? Lui avait-elle manqué ? Comme elle aimerait qu'il le lui dise ! Malheureusement, il n'y avait aucune chance. Sergios n'exprimait jamais le moindre sentiment. Elle aimait un homme qui ne lui dirait jamais « je t'aime ». Et pour cause ! Pourquoi se contenterait-il de son épouse quand il avait une femme comme Melita et de nombreuses autres maîtresses très discrètes à sa disposition ?

Il était à la fois extrêmement séduisant et immensément riche. Toutes les femmes étaient à ses pieds et il n'y avait aucune raison pour que ça change. C'était une réalité qu'il fallait à tout prix qu'elle accepte. Comment allait-elle y parvenir ? Elle n'en avait aucune idée. Rencontrer Melita Thiarkis serait sans doute une première étape judicieuse dans ce sens.

A peine Sergios reparti, Bee envoya un texto à la jeune femme pour fixer un rendez-vous. Qu'avait-elle à perdre ? Sergios n'apprécierait pas du tout qu'elles se rencontrent, mais quelle importance ? Il ne le saurait jamais, non ? Melita répondit aussitôt en lui proposant de la retrouver au bar de son hôtel, à Chelsea, en milieu de matinée. Mieux valait éviter d'avoir une conversation aussi délicate dans un lieu public, décida Bee. Elle répondit qu'elle préférait monter dans la chambre.

Comme elle aimerait avoir toute sa garde-robe sous la main ! Ce serait tellement plus rassurant d'affronter Melita dans une tenue élégante qui lui donnerait un semblant d'assurance…

Malheureusement, elle devrait se rendre au rendez-vous directement de l'hôpital. Mais quelle importance, après tout ? se dit-elle, irritée contre elle-même. Depuis quand avait-elle des réactions aussi superficielles ? C'était d'autant plus ridicule qu'elle n'avait aucune chance de surpasser une professionnelle de la mode en élégance !

Bee se rafraîchit, puis elle se mit en route après avoir confié Eleni à sa nurse et informé ses deux gardes du corps qu'elle n'avait pas besoin d'eux.

A l'hôtel, la réceptionniste lui indiqua tout de suite le numéro de chambre de Melita au premier étage. Elle eut à peine le temps de frapper une fois. La porte s'ouvrit aussitôt sur la jeune femme, qui lui parut beaucoup trop habillée pour la circonstance avec sa veste cintrée dégageant le décolleté, sa jupe moulante et ses talons aiguilles vertigineux.

— Beatriz… Je vous suis très reconnaissante d'avoir accepté de venir. Mais il vaut mieux ne pas en parler à Sergios. Les hommes détestent qu'on discute derrière leur dos.

10

De toute évidence, la maîtresse de son mari appréhendait davantage qu'elle les conséquences éventuelles de cette rencontre, nota Bee avec satisfaction. Pour sa part, elle n'avait pas encore décidé si elle la cacherait à Sergios ou non. Elle n'avait donc rien à répondre à Melita.

Une cafetière attendait dans la luxueuse chambre entièrement décorée de noir et de blanc. Melita s'assit en face de Bee, ce qui ne fut pas une tâche aisée en raison de ses talons aiguilles et de sa jupe noire si serrée qu'elle semblait sur le point de craquer.

— Je pensais que Sergios ne se remarierait jamais, déclara-t-elle d'une voix suave. Mais nous sommes adultes. Il n'y a aucune raison que nous n'ayons pas des relations… cordiales.

« Si, une, répondit Bee intérieurement. Si vous couchez avec mon mari, je risque d'essayer de vous tuer. »

— Sergios et moi nous sommes très proches depuis de nombreuses années, poursuivit la jeune femme avec un petit sourire suffisant.

Impassible, Bee feignit de boire une gorgée de café brûlant avant de répliquer d'un ton neutre :

— Je l'avais deviné.

— Mais rassurez-vous, je n'ai pas l'intention d'empiéter sur votre territoire. Je n'ai jamais eu envie de me marier ni d'avoir des enfants. Je ne convoite donc pas votre place.

— Cependant, vous convoitez Sergios, s'entendit déclarer Bee malgré elle.

— Quelle femme ne le convoite pas ? Mais il n'y a pas de raison que nous ne puissions pas le partager.

— Juste une seule. Je ne partage pas.

— Est-ce une déclaration de guerre ?

Bee haussa les épaules.

— Vous pouvez l'interpréter comme vous voulez. Pourquoi teniez-vous tant à me voir ?

— Je voulais vous assurer que je n'ai aucune envie de nuire à votre mariage. Sergios a besoin d'une épouse qui s'occupe de ses maisons et de ses enfants. Naturellement, je n'ignore pas que c'est un mariage de… comment dire…

Melita eut une moue faussement confuse.

— … de convenance.

— Oh… c'est ce qu'il vous a dit ? s'exclama Bee avec un talent de comédienne qu'elle ne se connaissait pas. Mais il est vrai que les hommes ont parfois du mal à dire les choses. En réalité, notre mariage n'est pas du tout un mariage de convenance.

— Si vous voulez dire que Sergios couche avec vous, je m'y attendais. Après tout, vous êtes disponible vingt-quatre heures sur vingt-quatre et c'est un homme. *Très* viril, ajouta Melita d'un air entendu avec des étoiles dans les yeux.

Prise de nausée, Bee faillit se précipiter dans la salle de bains. Imaginer Melita nue dans les bras de Sergios était insupportable ! Quant à se considérer elle-même comme un substitut sexuel… un succédané prêt à consommer quand le produit de qualité supérieure n'était pas à portée de main !

— Vous êtes consciente que votre mari couche avec moi dès qu'il en a l'occasion, j'espère ?

Jetant le masque, Melita darda sur Bee un regard dédaigneux.

— Il a même passé votre nuit de noces avec moi. Et sachez que je ne renoncerai jamais à lui !

Bee se leva.

— Je crois qu'il vaut mieux arrêter là les confidences. Si vous reprenez contact avec moi, j'avertirai Sergios.

— Je vous interdis de me menacer ! hurla Melita.

Bee quitta la chambre et ne recommença à respirer qu'une fois dans l'ascenseur. Sergios couchait toujours avec sa maîtresse. C'était chez elle qu'il avait passé leur nuit de noces. Pourquoi en était-elle aussi bouleversée ? Que s'était-elle imaginé ? Qu'un homme comme lui s'achèterait une conduite sous prétexte qu'il avait fait un mariage de convenance ? Quelle absurdité ! Il n'en avait jamais été question.

Avant de l'épouser il l'avait prévenue qu'il avait une maîtresse. Il lui avait précisé dès le début qu'il était hors de question qu'il renonce à cette liaison. Mais elle avait choisi d'ignorer cet avertissement tout en laissant leur mariage prendre un tour beaucoup plus personnel que prévu. Quelle idiote !

Bee quitta l'hôtel en proie à une profonde détresse. Impossible de retourner à l'hôpital dans cet état… Pas question non plus d'aller voir sa mère. Son portable sonna. Elle consulta l'écran et soupira. Jon Townsend ! Malgré tout soulagée par cette diversion, elle répondit. Il lui proposa de déjeuner chez lui avec la conseillère en communication de l'association. Elle accepta.

C'était un endroit où se réfugier pendant quelques heures. Au moment où son univers venait de basculer dans le chaos, c'était inespéré… Elle monta dans un bus, trop absorbée dans ses pensées pour se rendre compte qu'elle était suivie.

Sergios avait annulé plusieurs rendez-vous et quitté son bureau pour retrouver Beatriz à l'hôpital. En apprenant qu'elle était allée voir Melita, il avait été atterré. Pourquoi ? Comment ? Quand ce rendez-vous avait-il été pris ? Qu'avait-il fait pour mériter ça ? Déjà hors de lui, il vit rouge en recevant le deuxième coup de téléphone du garde du corps de Beatriz. Elle venait de se rendre chez un certain Jon Townsend ?

— Beatriz…

Dès qu'elle franchit le seuil de l'appartement, Bee regretta d'avoir accepté l'invitation. Jon était seul, la conseillère en communication étant bloquée dans un embouteillage. L'accueil chaleureux de son hôte accrut son embarras.

Tout en mangeant sa salade du bout des dents, Bee tenta pour la troisième fois de ramener la conversation sur l'association caritative. Pourquoi Jon insistait-il pour remuer les souvenirs du passé ?

— Nous étions tellement proches, déclara-t-il avec un petit soupir nostalgique.

— Pas autant que je le pensais à l'époque. En fait, nous étions surtout très jeunes, fit-elle valoir d'un ton léger.

— J'ai compris trop tard à quel point tu comptais pour moi. Je t'avais déjà perdue.

— Ça arrive.

Elle esquissa un sourire poli.

— Si tu avais été heureux avec moi, tu ne serais pas allé voir ailleurs.

Il lui prit la main. Au comble de l'exaspération, elle la dégagea d'un geste brusque.

— J'ai commis une grave erreur et je le regrette encore aujourd'hui. Avec Jenna, je…

— Excuse-moi, mais ce n'est pas pour parler de ça que je suis venue.

— Je suis sûr que si je t'explique…

— Tu perds ton temps ! J'aime mon mari. Et maintenant je dois partir. Il faut que je retourne à l'hôpital.

Alors que Bee se levait, imitée par Jon, un coup de sonnette retentit, strident et prolongé.

— Dommage que ta conseillère arrive si tard, ironisa Bee.

— Il n'a jamais été question qu'elle vienne ! lança Jon avec humeur. C'était une ruse.

— Bien sûr… Sergios avait raison. Je suis trop confiante.

Jon ouvrit la porte d'un geste rageur et le cœur de Bee fit un bond dans sa poitrine. Sergios ?

— Que fais-tu ici ? demanda-t-elle d'une voix étranglée. Comment as-tu su où j'étais ?

Ignorant ses questions, Sergios darda un regard meurtrier sur Jon.

— Pourquoi ma femme vient-elle de dire que j'avais raison et qu'elle était trop confiante ?

— Je plaisantais, s'empressa-t-elle d'intervenir.

Ce piège stupide l'avait horripilée, mais ce n'était pas une raison pour laisser Sergios frapper Jon ! Ce qu'il était à deux doigts de faire…

— Je plaisantais, répéta-t-elle. Nous discutions de l'organisation d'un gala de charité et…

Sergios la saisit par le poignet et la tira hors de l'appartement. Puis il se tourna vers Jon, l'air menaçant.

— Laissez ma femme tranquille. Ce qui est à moi est à moi seul. Essayez de ne pas l'oublier.

« Ce qui est à moi est à moi seul. » Bee aurait souligné l'ironie de cette déclaration si elle n'avait pas été outrée par son aspect sexiste. Mais de toute façon Sergios ne lui laissa pas le temps de réagir.

— Que faisais-tu chez Townsend, en tête à tête avec lui ? demanda-t-il, en l'entraînant dans l'ascenseur.

Assaillie par l'image de Melita et de son sourire suffisant, Bee réprima un haut-le-cœur.

— Ça ne te regarde pas.

— Que faisais-tu chez lui ?

— Il faut aller chercher Eleni, éluda-t-elle d'un ton glacial.

— Elle est sortie il y a une heure. J'ai dit à Karen de la ramener à la maison.

— Oh !

Bee suivit Sergios jusqu'à la limousine, écrasée de remords. Elle avait raté la sortie de la petite fille. Depuis sa rencontre avec Melita, elle était complètement déboussolée… L'homme qu'elle aimait avait une maîtresse avec qui il couchait régulièrement et à laquelle il n'avait pas l'intention de renoncer. Comment réagir ? Avait-elle vraiment envie de s'abaisser à discuter de Melita avec Sergios ? Etait-elle prête à prendre le risque de dévoiler les sentiments qu'elle éprouvait pour lui ?

Ou bien préférait-elle la solution la plus raisonnable ? Tourner la page en imposant à Sergios de faire chambre à part. Il était hors de question de le partager avec Melita. Si elle s'écoutait elle le quitterait. Malheureusement, elle s'était engagée à long terme, pour les enfants. Comment se résoudre à les laisser tomber ? Sergios lui avait dit un jour qu'elle n'était pas du genre à fuir ses responsabilités. Sur ce point il avait raison. Lorsqu'elle prenait un engagement elle le respectait, quoi qu'il lui en coûte.

Mais, cette fois, en serait-elle capable ? Aurait-elle le courage de continuer à vivre avec Sergios en sachant qu'il voyait régulièrement Melita ? Bee eut l'impression qu'une poigne de fer lui broyait le cœur. Ils avaient partagé des moments si merveilleux ensemble… Renoncer à la complicité qui s'était installée entre eux et prendre ses distances lui demanderaient des efforts surhumains. Serait-elle capable de considérer un jour Sergios comme un simple employeur ? Elle jeta un coup d'œil à son visage aimé et sa gorge se noua. Non, elle n'était pas sûre d'avoir la force de tenir son engagement et de survivre aux sacrifices que cela lui demanderait…

Désormais ce serait Melita qu'il embrasserait au réveil, Melita qu'il emmènerait dîner au restaurant, Melita à qui il offrirait des cadeaux… Comment accepter ça ? Cette relation, qui était devenue essentielle pour elle, n'avait visiblement jamais rien signifié pour lui. Transpercée par une souffrance intolérable, Bee étouffa un sanglot.

Au même instant, la limousine s'arrêta. Ecrasée de désespoir, elle ouvrit aussitôt la portière pour descendre. Et se figea. Ils n'étaient pas devant l'hôtel particulier mais au pied d'un immeuble qu'elle ne connaissait pas.

— Où sommes-nous ?

— Je possède un appartement ici.

— Oh… Vraiment ? lança-t-elle sèchement.

Etait-ce là qu'il avait passé leur nuit de noces en compagnie de sa maîtresse ? Nul doute qu'il n'avait pas été obligé d'encourager Melita à porter de la lingerie sexy. Elle y avait sûrement pensé toute seule !

Mais, de son côté, avait-elle sérieusement songé à se faire teindre les cheveux en blond ? Avait-elle vraiment été pathétique à ce point ? Où étaient passées sa dignité et son indépendance ? L'amour les avait anéanties… Dans l'ascenseur qui conduisait à l'appartement inconnu, elle se fustigea. L'amour l'avait rendue stupide et superficielle. Elle avait été prête à tout pour garder Sergios… Y compris à se faire teindre en blonde !

Mais comment avait-elle pu croire un seul instant qu'elle avait la moindre chance de le séduire durablement ? Pour imaginer que l'union de la très quelconque Bee Blake et du sublime Sergios Demonides pouvait devenir autre chose qu'un mariage de convenance, il fallait croire aux miracles. Et elle avait tellement eu envie d'y croire qu'elle s'était raconté un conte de fées…

En proie à un abattement profond, Bee précéda Sergios dans un vaste salon sobrement décoré, dans lequel régnait l'atmosphère particulière des lieux qui ne sont pas habités en permanence.

— Alors c'est ici que toi et Melita…

— Pas du tout, coupa Sergios. C'est ici que mon grand-père habite quand il vient à Londres. Il tient à son indépendance. Cet appartement appartient à la société. Melita n'y a jamais mis les pieds.

Epuisée par les efforts qu'elle faisait pour tenter de masquer son désarroi, Bee feignit de s'intéresser à la vue pour tourner le dos à Sergios.

— Je suis prêt à tout pour te garder, déclara-t-il d'un ton crispé. J'espère que tu apprécies le fait que je n'ai pas massacré Townsend comme j'en mourais d'envie.

— Par moments, tu as des réactions d'homme des cavernes.

Elle secoua la tête. C'était incroyable ! Comment pouvait-il se montrer aussi possessif alors que leur mariage ne représentait rien pour lui ? S'il voulait la garder c'était pour les enfants, bien sûr. Ils étaient attachés à elle et c'était réciproque. Il allait bien falloir trouver un compromis. Une solution magique qui lui permettrait de rester l'épouse de Sergios sans mourir de chagrin…

— Regarde-moi, demanda-t-il d'un ton pressant.

— Je n'en ai pas envie, répondit-elle avec sincérité tout en se retournant quand même.

Sa gorge se noua. Si seulement il n'était pas aussi irrésistible ! Malgré tous les griefs qu'elle avait contre lui, elle ne pouvait pas s'empêcher d'être chavirée chaque fois qu'elle le regardait.

— Voilà qui est mieux, murmura-t-il en scrutant son visage d'un regard pénétrant qui la mit mal à l'aise.

— Pourquoi m'as-tu amenée ici ?

— Si nous devons nous disputer, je ne veux pas que les enfants nous entendent.

— Bien sûr, tu penses à tout !

— Je suis prêt à tout pour te garder.

— Tu l'as déjà dit.

— Oui, et c'est la première fois que je dis ça à quelqu'un.

Bee réprima une moue désabusée. Il voulait tout. Sa maîtresse et sa femme. Un duo qu'il considérait nécessaire à son bien-être. Les sentiments n'avaient rien à voir avec cette conviction. Si seulement elle était comme lui ! Elle sentit des larmes perler à ses paupières et écarquilla les yeux pour tenter de les retenir. Elle ne devait à aucun prix pleurer devant lui !

— Si nous restons ici, j'aimerais bien m'allonger quelques instants, dit-elle abruptement.

— Bien sûr.

Sergios traversa le salon et ouvrit une porte qui donnait sur un couloir. Il la conduisit jusqu'à la chambre et rabattit la couette pour qu'elle puisse se coucher. Il y avait dans ses yeux une lueur inquiète qu'elle n'y avait jamais vue… Se pourrait-il qu'il soit perturbé lui aussi ? se demanda-t-elle avec perplexité.

— Tu veux boire quelque chose ?

— Un cognac, répondit-elle sans réfléchir.

Elle avait lu quelque part que c'était un excellent remontant en cas de choc émotionnel… Mais peut-être pas si indiqué que ça dans les circonstances présentes. L'alcool n'avait-il pas tendance à favoriser les états dépressifs ? Elle n'avait vraiment pas besoin de ça !

Sergios quitta la pièce et revint quelques instants plus tard avec un grand verre à moitié rempli de cognac.

— Tu veux me soûler ? protesta-t-elle.

— Tu as une mine épouvantable. Tu es toute pâle et tu as les traits tirés. Bois.

— Je ne peux pas vivre comme ça…

Ces mots échappèrent à Bee avant qu'elle ait le temps de les retenir. Sergios s'agenouilla devant elle et approcha le verre de ses lèvres.

— Bois.

— Ça va me rendre malade.

— Je ne pense pas.

La main de Sergios tremblait légèrement, constata-t-elle, de plus en plus perplexe. Elle but une gorgée. L'alcool lui brûla la gorge et la fit tousser. Son regard croisa celui de Sergios. La lueur inquiète était de plus en plus visible…

— Mais enfin qu'est-ce que tu as ? s'exclama-t-elle, soudain agacée. Tu fais une de ces têtes !

Il se redressa d'un bond.

— Ça t'étonne ? D'abord tu vas voir mon ex-maîtresse, et ensuite tu te précipites chez ton ex, qui est visiblement prêt à tout pour te récupérer ! Ce n'est pas exactement la journée de mes rêves… Et j'aimerais comprendre ce qui se passe !

Son ex-maîtresse ? Bee faillit s'étrangler. Avait-il l'intention d'esquiver le problème en lui mentant ? Allait-il prétendre que sa liaison avec Melita était terminée ? Elle but une nouvelle gorgée de cognac.

— Pourquoi es-tu allée voir Melita ? Qu'est-ce qui t'a pris ?

— C'est elle qui m'a demandé d'aller la voir.

— C'est *elle* qui t'a demandé… ?

Bee releva le menton.

— Oui. Et j'étais curieuse. Forcément. Je l'ai vue à Orestos la semaine dernière.

— Nectarios m'en a parlé, mais j'espérais que tu n'avais pas compris qui c'était.

— Je ne suis pas stupide !

— Si tu penses que je continue à voir Melita depuis que nous sommes mariés, si. Tu es stupide.

— Elle m'a dit que tu couchais avec elle dès que tu en avais l'occasion.

Sergios écarquilla les yeux.

— Je n'aurais pas cru ça d'elle. Nous nous sommes quittés en bons termes, du moins c'était ce que je pensais.

— Quand l'as-tu vue pour la dernière fois ?

— Il y a environ six semaines, à Athènes. Sans coucher avec elle. Comme je viens de te le dire, je ne l'ai pas touchée depuis que nous sommes mariés.

Bee laissa échapper un petit rire amer.

— Comment veux-tu que je te croie ? Avant le mariage, tu m'as prévenue que tu n'avais pas l'intention de renoncer à elle !

— Parce qu'à l'époque je la voyais régulièrement, en effet. Mais ce n'était pas une relation sentimentale. Je finançais sa maison de couture, elle partageait mon lit. Point. Elle voyageait beaucoup et je pouvais lui donner rendez-vous n'importe où dans le monde. C'était plus simple que d'avoir à m'adapter à des femmes différentes, expliqua Sergios avec une moue contrite.

» Je la connais depuis longtemps. J'ai financé sa première collection parce qu'elle était originaire d'Orestos. Nous avons fini par coucher ensemble après la mort de Krista. J'ai été séduit par sa désinvolture parce qu'à l'époque je ne voulais surtout pas d'une relation sérieuse.

— Si c'est terminé, pourquoi a-t-elle menti ?

— Elle pensait sans doute que si elle parvenait à nous brouiller je reviendrais vers elle.

Sergios crispa la mâchoire.

— Je ne m'attendais vraiment pas à ce genre de réaction de sa part. Je lui ai fait don d'une importante somme d'argent à la fin de notre liaison. Elle devrait s'estimer heureuse !

— Elle m'a dit que tu étais avec elle pendant notre nuit de noces.

Sergios soupira.

— Encore un mensonge. C'était prévu, mais j'ai annulé.

— Tu es sorti, pourtant.

— Je suis allé au casino. J'ai joué à la roulette en buvant des verres. Ça m'embarrassait d'aller la voir. Je sais bien que notre mariage n'était pas censé en être vraiment un, mais passer cette nuit-là avec elle… Ç'aurait été irrespectueux.

— Irrespectueux ? répéta Bee d'une voix rauque en scrutant le visage de Sergios.

Serait-il sincère ? Son air gêné semblait l'indiquer…

— Je te jure que je n'ai plus aucune relation avec Melita. Et si je dois la traîner jusqu'ici pour l'obliger à le reconnaître devant toi, je le ferai.

— Elle ne viendra pas.

— Oh si ! Il suffit que je la menace d'annuler la donation. Elle a pris l'engagement formel de rester discrète sur notre relation passée et de garder ses distances avec toi. Le moins qu'on puisse dire c'est qu'elle ne l'a pas respecté !

Melita tenait absolument à ce que Sergios ne sache rien de leur rencontre, se rappela Bee. Pas étonnant, si la donation qu'elle avait reçue dépendait de sa discrétion…

— Je crois que je commence à te croire.

Peut-être faisait-elle preuve d'une crédulité affligeante, mais jusque-là elle n'avait jamais surpris Sergios à mentir, admit-elle. En fait, il avait une plus grande propension à la franchise brutale qu'à la dissimulation…

— Dieu merci ! murmura-t-il en grec.

— Mais je ne comprends pas pourquoi tu m'as prévenue avant le mariage que tu tenais à garder Melita comme maîtresse… pour rompre avec elle quelques semaines plus tard.

Sergios laissa échapper un grognement de frustration.

— Parce que je n'avais plus besoin d'elle puisque j'étais avec toi !

— Oh…

Bee ne trouva rien d'autre à dire. Etait-ce vraiment aussi simple que ça pour lui ? Il avait découvert le sexe avec sa femme et il avait estimé que c'était un substitut acceptable ? Oui, apparemment c'était aussi simple que ça. Pas follement romantique, mais après tout… Quel soulagement de savoir qu'il ne l'avait pas trompée avec Melita ! Mais pourquoi avait-elle la tête qui tournait ? Le cognac, peut-être…

— Je ne peux plus me passer de toi, *yineka mou.*

— Vraiment ?

— Je n'ai jamais regardé une autre femme depuis que je t'ai épousée. Et ça ne m'arrivera plus jamais. Je le sais. Tu veux bien rentrer à la maison avec moi, maintenant ?

En proie à une douce euphorie, Bee laissa échapper un petit rire joyeux.

— Explique-moi d'abord comment tu as su où j'étais allée cet après-midi.

— Tes gardes du corps savent qu'ils ne doivent pas t'écouter quand tu essaies de te débarrasser d'eux. Ils t'ont suivie. Que voulait Townsend ?

— Moi, apparemment. Mais je ne suis pas intéressée. Je lui ai dit que…

Bee se mordit la lèvre.

— Je lui ai dit que je m'étais attachée à toi.

— C'est vrai ?

Sergios s'assit sur le lit et lui cala une mèche de cheveux derrière une oreille d'un geste tendre.

— Moi aussi, je me suis attaché à toi.

— Je parlais surtout d'un point de vue sexuel, bien sûr, précisa Bee d'un ton délibérément désinvolte.

— Eh bien…, il est vrai que tu as des seins fabuleux. Je dois reconnaître à ma grande honte que c'est la première chose que j'ai remarquée le soir où j'ai fait ta connaissance. Il est vrai également que… le courant passe plutôt bien entre nous.

Sergios eut un sourire malicieux.

— Mais tu t'es arrangée pour attirer mon attention sur de nombreuses autres qualités. Tu es loyale, intelligente, affectueuse… Avec toi, je ne m'ennuie jamais. Quand je suis en colère ou stressé, tu m'apaises. Tu sais écouter mais tu sais aussi défendre ton point de vue avec vigueur. Et je ne parle même pas de la façon merveilleuse dont tu t'occupes des enfants, parce que notre mariage ne se limite plus à ça…

Le cœur de Bee se mit à battre la chamade.

— C'est vrai ?

— Bien sûr. Au début, je considérais notre mariage comme un accord, un partenariat.

— Et maintenant, comment le vois-tu ? demanda-t-elle dans un souffle.

Il l'enveloppa d'un regard plein de tendresse.

— Comme la plus grande chance de ma vie. Je suis fou de toi, Beatriz. En m'apprenant l'amour et la confiance, tu m'as fait le cadeau le plus précieux du monde.

— Tu es fou de moi ?

— Je t'aime à la folie.

Bee se jeta au cou de Sergios et le serra à l'étouffer.

— Je n'étais pas tout à fait sincère quand j'ai dit que je m'étais attachée à toi.

— C'est bien ce que j'espérais, *agape mou*.

— Moi aussi, je t'aime à la folie ! Même si j'ai parfois du mal à comprendre pourquoi, ajouta-t-elle avec un sourire malicieux.

Sergios pouffa.

— Ne cherche pas trop à comprendre, surtout ! Tu risquerais de changer d'avis.

— Reconnais qu'au début tu étais plutôt désagréable.

— C'est vrai. Mais reconnais que depuis un certain temps je fais des efforts. Et je n'ai pas l'intention de m'arrêter.

— Promis ?

— Promis. Je t'aime, Beatriz. Je suis prêt à tout pour te rendre heureuse.

Des larmes de joie perlèrent aux paupières de Bee. La sincérité de Sergios était flagrante. Elle se lisait dans ses yeux, sur son visage… Leur mariage n'était pas menacé. Mieux encore, son rêve était devenu réalité… Sergios l'aimait !

— J'aurais dû me douter que j'étais mal parti, le jour où j'ai acheté ta robe de mariage, confia-t-il avec un petit rire contrit.

— Que faisais-tu à un défilé de mode ?

Une ombre furtive dans le regard de Sergios donna à Bee la réponse à sa question.

— Tu étais là-bas avec Melita ? Et ça ne t'a pas empêché d'acheter ma robe de mariée ? s'exclama-t-elle avec incrédulité.

Il eut une moue de petit garçon pris en faute.

— Quand je l'ai vue, je t'ai tout de suite imaginée dedans. Je sais bien que ce n'était pas très délicat de ma part, mais je n'ai pas pu résister à la tentation de te voir la porter.

Comment lui en vouloir ? songea Bee. C'était si touchant de savoir qu'il était déjà attiré par elle avant le mariage…

— Pourtant, nous pensions l'un et l'autre que je serais une employée plutôt qu'une épouse.

— Eh oui, moi aussi je peux être stupide.

— Ne bouge pas ! Je vais chercher un Dictaphone pour enregistrer cette déclaration ! ironisa Bee en riant.

— Oui, j'ai été stupide. Aveuglé par des principes idiots alors que j'ai été irrésistiblement attiré par toi dès le premier soir.

— Tu avais des circonstances atténuantes. Ton mariage avec Krista t'avait laissé des cicatrices.

— Oui, j'avais été échaudé et j'étais devenu allergique à l'idée de couple. Et puis, peu à peu, tu m'as ouvert les yeux. J'ai fini par prendre conscience que je te voulais dans mon lit et dans ma vie. Rien que toi. Pour toujours.

Sergios déposa un baiser furtif sur les lèvres de Bee.

— J'aurais dû te dire que j'avais rompu avec Melita, mais je n'en voyais pas l'utilité. Pour moi la page était définitivement tournée.

— Et moi qui pensais que tu nous voulais toutes les deux.

A la grande surprise de Bee, Sergios éclata de rire.

— Je n'ai jamais été stupide à ce point ! J'ai toujours su que mon épouse était trop entière pour accepter ce genre de compromis…

Bee se mordit la lèvre.

— Il faut quand même que je t'avoue quelque chose. Quand j'ai vu Melita, j'ai été confortée dans l'idée que tu étais surtout attiré par les blondes. Et pendant… un certain temps j'ai envisagé de me faire teindre les cheveux.

Sergios poussa un grognement effaré et plongea les doigts dans son épaisse crinière brune.

— Quelle horreur ! Ne fais jamais ça, par pitié !

Sur ces mots, il renversa Bee sur l'oreiller et s'empara de sa bouche dans un baiser fougueux.

— Puisque nous sommes ici, autant en profiter…

— Oh oui !

Après avoir fait l'amour avec passion, ils restèrent un long moment enlacés, comblés et heureux.

Dans la limousine, sur le chemin du retour, Sergios regarda Bee d'un air embarrassé et déclara abruptement :

— Je me disais que dans quelques mois nous pourrions peut-être envisager d'avoir un enfant.

— Pourquoi pas ? rétorqua-t-elle d'un ton pince-sans-rire. Un de plus, un de moins…

Il eut une moue contrite.

— Je suppose que je mérite cette pique… Mais j'ai changé. Aujourd'hui, j'ai vraiment envie d'avoir un enfant avec toi.

— Présenté comme ça, je n'y vois pas d'inconvénient, plaisanta-t-elle avant de se jeter à son cou. Et maintenant que je sais que tu m'aimes, il va falloir que tu t'habitues à ce genre de démonstration.

Il referma les bras sur elle en riant.

— Peut-être même que j'y prendrai goût, *yineka mou*.

Épilogue

— Comment te sens-tu ? demanda Sergios d'un ton anxieux.

— Très bien ! répliqua Bee en roulant les yeux. Arrête de t'inquiéter !

Elle réprima une moue dépitée devant le reflet que lui renvoyait le miroir. C'était le quatre-vingt-troisième anniversaire de Nectarios et ils donnaient une grande réception en son honneur dans leur villa d'Orestos. Sa robe de soirée était superbe et les diamants qui brillaient à ses oreilles et à son cou, fabuleux. Mais comment paraître élégante avec un ventre énorme ? A presque huit mois de grossesse, elle avait l'impression d'être une baleine…

Sergios l'attira contre lui et posa les mains sur son ventre. Ses yeux se mirent à briller lorsqu'il sentit sous ses paumes les coups de pied de leur fille. Eleni avait quatre ans et elle était très excitée par l'arrivée prochaine d'une petite sœur. Bee avait pris un plaisir immense à préparer la chambre du bébé et elle avait passé de nombreuses heures à choisir meubles, accessoires et layette.

Sergios et elle étaient mariés depuis trois ans et elle avait un peu de mal à le croire. Ils avaient attendu plus longtemps que prévu avant d'essayer de faire un bébé, mais elle était tombée enceinte très rapidement. Aucun nuage ne troublait son bonheur. L'année précédente, Melita Thiarkis avait vendu la maison qu'elle possédait sur l'île et s'était installée à Milan avec un milliardaire italien.

Bee n'avait jamais participé à l'association dont s'occupait Jon Townsend, mais elle soutenait une organisation qui venait en aide aux adultes handicapés comme sa mère. Lorsqu'elle ne courait pas dans tous les sens après les enfants et qu'elle n'était pas en voyage avec Sergios — ils n'aimaient pas être séparés plus de quelques nuits — elle recherchait des sponsors et collectait des fonds.

Sa mère, Emilia, beaucoup plus heureuse et épanouie qu'à Londres, était à présent parfaitement intégrée à la vie de l'île et ne souffrait plus de la solitude. Elle était ravie de vivre à proximité de sa fille et d'être considérée comme une grand-mère honoraire par Paris, Milo et Eleni, qui mettaient tous les jours de l'animation dans sa maison.

Nectarios venait souvent chez son petit-fils, où il était toujours reçu à bras ouverts. La perspective d'être bientôt grand-père pour la quatrième fois le réjouissait au plus haut point.

— Tu as beaucoup travaillé pour organiser cette réception. J'aimerais que tu te ménages un peu plus, reconnut Sergios.

La maison était déjà pleine d'invités, et un vrombissement lointain annonçait l'approche d'un autre hélicoptère, qui déposerait de nouveaux arrivants.

— Ne t'inquiète pas, je vais très bien, assura Bee, amusée par l'anxiété de son mari.

Il contempla la femme de sa vie et pria comme souvent pour qu'il ne lui arrive jamais rien. Plus il l'aimait, plus elle devenait indispensable à son équilibre, plus il était angoissé. Cependant, cette hantise secrète était largement compensée par le bonheur infini qui était le sien depuis qu'elle était entrée dans sa vie.

— Je t'aime, *agape mou*, murmura-t-il en haut du majestueux escalier.

Sous son regard éperdu, Bee fut envahie par une joie

sereine. Le monde qu'ils avaient bâti ensemble était un havre de paix pour eux et pour les enfants.

— Moi aussi, je t'aime. Bien plus que les mots ne pourront jamais l'exprimer.

LYNNE GRAHAM

Le chantage d'un homme d'affaires

INTÉGRALE
MARIAGES SOUS CONTRAT

Traduction française de
ÉLISABETH MARZIN

SAGAS

HARLEQUIN

Titre original :
A VOW OF OBLIGATION

Ce roman a déjà été publié en 2013

1

— Personne ne t'a vue monter dans ma suite ? demanda Navarre Cazier dans un italien parfait bien qu'il soit Français.

Tia Castelli eut une moue boudeuse qui la fit paraître beaucoup plus jeune que son âge, comme il seyait à l'une des plus grandes stars du cinéma mondial.

— Ne t'inquiète pas, je suis passée par l'entrée de service.

Navarre eut un sourire attendri. Comment rester insensible au regard de ces splendides yeux bleus ?

— C'est pour toi que je m'inquiète. Les paparazzi te suivent partout…

— Pas ici.

Tia releva le menton et sa crinière blonde ruissela sur ses épaules, dégageant un visage d'une beauté parfaite.

— Mais nous n'avons pas beaucoup de temps, poursuivit-elle d'un air plein de regret. Luke doit revenir à notre hôtel vers 15 heures et il faut que je sois là.

A la mention du mari de Tia, rock star célèbre pour ses frasques, les yeux émeraude de Navarre s'assombrirent.

Elle effleura ses lèvres sensuelles du bout des doigts.

— Ne fais pas cette tête, *caro mio.* C'est ma vie et c'est à prendre ou à laisser… mais je ne supporterais pas que tu choisisses la seconde option ! Je ne veux pas te perdre. Et tu sais à quel point je regrette que nous soyons obligés de nous cacher.

— Ce n'est pas grave, mentit Navarre d'un ton apaisant.

Il ne supportait pas de n'être qu'un secret honteux dans la vie de Tia, mais c'était ça ou la rupture. Or, malgré la volonté de fer qui le caractérisait, il n'avait jamais pu se résoudre à cette dernière solution.

— Tu viendras accompagné, à la cérémonie des BAFTA Awards, n'est-ce pas ? demanda-t-elle d'un ton anxieux. Luke est vraiment très méfiant à ton égard.

— Oui, par Angélique Simonet, le top model le plus en vue de Paris, répliqua Navarre d'un ton pince-sans-rire.

— Elle n'est pas au courant pour nous, n'est-ce pas ?

— Bien sûr que non.

— Oui, bien sûr… Excuse-moi. Cette situation me rend nerveuse. Je ne supporterais pas de perdre Luke non plus.

— Tu peux me faire confiance.

Navarre prit Tia dans ses bras. Elle tremblait de tout son corps et ses yeux bleus étaient noyés de larmes. Mieux valait ne pas chercher à savoir ce que Luke Convery avait pu faire ou dire pour la mettre dans cet état. Le temps et l'expérience lui avaient appris qu'il était préférable de ne pas s'aventurer sur ce terrain. Il ne se mêlait pas plus du mariage de Tia qu'elle ne commentait le choix de ses maîtresses.

— Je déteste rester si longtemps sans te voir. Je trouve ça injuste… Mais j'ai raconté tellement de mensonges ! Je ne peux plus me permettre de dire la vérité…

— Je comprends, assura Navarre d'un ton affectueux qui aurait stupéfié plus d'une femme ayant partagé son lit.

Navarre Cazier, le célèbre et richissime homme d'affaires français, avait la réputation d'être un amant généreux mais distant. Il ne cachait pas son attachement au célibat, même si cela n'empêchait pas les femmes de lui faire des déclarations enflammées. Cependant, Tia avait une place à part dans sa vie. Lorsqu'il se trouvait en sa compagnie, il devenait un homme différent. Indépendant depuis sa toute première jeunesse, il était intransigeant, autonome et résolument égoïste, mais avec elle il s'efforçait de lutter contre sa nature.

Plus tard dans l'après-midi, après le départ de l'actrice, il s'apprêtait à prendre une douche quand son portable sonna au pied du lit. Le parfum caractéristique de Tia flottait encore dans la chambre, témoin de sa présence toute récente. Il la reverrait bientôt, mais leur prochaine rencontre aurait lieu en public et ils devraient se montrer prudents. Luke Convery était un homme impétueux, qui n'ignorait rien du passé mouvementé de son épouse en matière de mariages et de liaisons clandestines. Très soupçonneux, il ne relâchait jamais sa vigilance.

Navarre prit l'appel. Contrairement à ce qui était prévu, elle ne pourrait pas le rejoindre à Londres, annonça Angélique. Une grande marque de produits de beauté venait de lui proposer une campagne publicitaire à la télévision. C'était le genre de contrat qu'on ne pouvait refuser.

Il raccrocha en lançant un juron retentissant. Bien sûr, il ne pouvait pas en vouloir à sa maîtresse du moment de saisir une telle occasion… Mais pour lui c'était une très mauvaise nouvelle ! Il avait absolument besoin d'Angélique cette semaine. Et pas seulement pour faire diversion à la cérémonie des BAFTA afin de protéger Tia des rumeurs qui les avaient déjà associés à plusieurs reprises par le passé.

Il avait également un contrat important à signer avec le mari d'une ex-maîtresse. Or celle-ci avait tenté récemment de renouer avec lui. S'afficher avec une femme et feindre d'entretenir avec elle une relation sérieuse était donc primordial.

Navarre jura de nouveau. Comment trouver une solution de rechange en quelques jours ? A quelle femme pourrait-il demander de jouer les fausses fiancées sans craindre qu'elle cherche à pousser le jeu plus loin ?

Urgent. Besoin te parler.

En recevant ce texto, Tawny se précipita au rez-de-chaussée pour prendre sa pause. Qu'arrivait-il à Julie ? Son amie était réceptionniste dans le palace londonien où elle-même travaillait depuis peu comme femme de chambre. Elles ne se connaissaient pas depuis longtemps mais Julie lui avait été d'un grand soutien lors de son arrivée à l'hôtel. Quand elle avait été obligée de partir de chez sa mère du jour au lendemain, Julie l'avait aidée à trouver une chambre meublée abordable et lui avait même proposé sa voiture pour le déménagement.

— J'ai un gros problème, annonça la jeune femme dès que Tawny la rejoignit dans un coin du local miteux réservé au personnel.

— Lequel ?

Julie se pencha vers Tawny et lui murmura à l'oreille :

— J'ai couché avec un client.

— Si ça s'ébruite, tu risques d'être renvoyée ! s'exclama Tawny avec consternation en écartant des boucles folles de son front humide de sueur.

Faire plusieurs lits d'affilée était fatigant et, malgré le verre d'eau fraîche qu'elle était en train de boire, elle était encore en nage.

Julie roula les yeux.

— Ça ne s'ébruitera pas. Personne ne s'est rendu compte de rien.

Tawny sentit ses joues s'enflammer. Elle aurait dû faire preuve d'un peu plus de tact. Pourvu que Julie ne s'imagine pas qu'elle jugeait sa conduite…

— Qui est-ce ? demanda-t-elle avec curiosité.

Julie ne lui avait parlé d'aucun homme, dernièrement…

— Navarre Cazier, répondit son amie d'un air faussement dégagé.

Tawny resta bouche bée.

— Navarre Cazier ?

Elle était bien placée pour savoir de qui parlait Julie. C'était elle qui faisait le ménage dans la suite la plus luxueuse de l'hôtel, située au dernier étage. L'homme d'affaires français y séjournait au moins deux fois par mois et lui laissait toujours un pourboire extrêmement généreux. Par ailleurs, il ne transformait pas les pièces en champ de bataille et n'avait pas de caprices outranciers. Ce qui le distinguait nettement des autres occupants de cette suite…

Elle ne l'avait vu qu'une fois, et encore de loin. Rester invisible faisait partie des impératifs de son métier. Cependant, Julie lui parlait si souvent de ce client et en termes si élogieux qu'elle avait fini par s'arranger pour l'apercevoir. Elle avait aussitôt compris la fascination qu'il exerçait sur son amie. C'était un homme incroyablement séduisant. Impossible de le nier, même quand on était comme elle habituée à considérer les hommes d'un œil critique…

Par ailleurs, sa démarche et sa façon de parler dénotaient l'assurance d'un homme de pouvoir. Elle l'avait vu sortir de l'ascenseur à la tête d'une équipe de collaborateurs qui, téléphone portable au poing, s'efforçaient de suivre les instructions qu'il leur lançait dans deux langues différentes. Il émanait de lui une telle énergie et une telle présence qu'il éclipsait tous les gens qui l'entouraient. Navarre Cazier lui avait donné l'impression d'être un homme d'une exigence et d'une intelligence redoutables.

— Comme tu le sais, j'avais des vues sur Navarre depuis un moment. Eh bien, je n'ai pas été déçue. Il est fantastique ! commenta Julie avec un petit soupir nostalgique.

Navarre et Julie… amants ? Brusquement ramenée au présent, Tawny ne put s'empêcher d'être choquée. Elle avait beaucoup de mal à imaginer ensemble deux personnes qui n'avaient visiblement rien en commun. Cependant, Julie était très sexy. De toute évidence, le milliardaire français n'avait rien contre les relations éphémères.

— Quel est le problème ? demanda-t-elle en résistant à l'envie de demander comment s'était nouée la relation. Tu es tombée enceinte ?

— Je ne suis pas stupide à ce point ! Mais j'ai quand même fait une grosse bêtise…

— Laquelle ?

— J'étais tellement euphorique que je l'ai laissé prendre

des photos de moi… des photos compromettantes. A présent, elles sont sur son ordinateur portable !

Navarre Cazier aimait prendre des photos sexy ? Quelle horreur ! Un frisson de dégoût parcourut Tawny. Dire qu'elle l'avait trouvé séduisant !

— Qu'est-ce qui t'a pris d'accepter ?

Julie une moue contrite.

— J'étais sur un petit nuage et j'ai perdu la tête… Et puis je ne voulais pas paraître coincée. J'espérais qu'il aurait envie de me revoir. Les hommes comme lui se lassent très vite. Pour susciter leur intérêt il faut être prête à toutes les expériences. Mais il ne m'a jamais donné aucune nouvelle… Et maintenant je suis malade à l'idée qu'il a toutes ces photos sur son ordinateur.

Tawny réprima un soupir. Malheureusement, elle était bien placée pour savoir que certaines femmes étaient prêtes à tout pour impressionner un homme riche. Sa mère, Susan, avait accepté pendant des années de rester la maîtresse clandestine et intermittente de son patron. Jusqu'au jour où elle était tombée enceinte et avait découvert qu'elle n'était pas sa seule liaison extraconjugale. Ce genre de situation la dépassait complètement mais comment ne pas compatir au désarroi de Julie ? Elle savait à quel point sa mère avait été blessée d'apprendre que son amant ne la considérait pas digne d'une relation officielle et durable. Toutefois, après une simple aventure d'une nuit, Julie devrait se remettre plus facilement de sa désillusion…

— Demande-lui d'effacer les photos.

— C'est ce que j'ai fait hier, juste après son arrivée, mais il a refusé, répondit Julie avec une moue de dépit. Si seulement j'avais accès à son ordinateur…

— Ça m'étonnerait qu'il te laisse t'en servir.

— Aucune chance ! Mais si je pouvais mettre la main dessus, je pourrais détruire ces fichues photos moi-même.

— Tu ne songes pas sérieusement à lui voler son portable ?

— Mais non ! Je veux juste l'emprunter quelques minutes.

Et comme tu vas tous les jours dans sa suite pour y faire le ménage, je me suis dit que tu pourrais m'aider.

Tawny considéra son amie avec effarement.

— Tu plaisantes, j'espère !

— Je te préviens depuis la réception dès qu'il s'absente de l'hôtel, puis je monte au dernier étage et j'attends dans la réserve que tu m'apportes l'ordinateur. Cinq minutes. C'est tout ce qu'il me faut. Ensuite je te le rends et tu le remets en place, ni vu ni connu ! S'il te plaît, Tawny… c'est très important pour moi.

— J'aimerais t'aider mais je ne peux pas prendre le risque d'être accusée de vol.

— Qui parle de vol ? Il ne s'apercevra même pas que quelqu'un a touché à son portable ! Allons, Tawny… Tu es la seule personne qui puisse m'aider.

— Non, désolée. Je ne peux pas faire ça.

Julie posa sa main sur celle de Tawny.

— Nous n'avons pas beaucoup de temps. Il repart après-demain. Nous en reparlerons au déjeuner avant que tu finisses ton service.

— Je ne changerai pas d'avis.

Baissant la voix, Julie déclara :

— Je suis prête à te payer pour me rendre ce service.

— Me payer ?

— Que puis-je faire d'autre ? Tu es mon seul espoir, fit valoir Julie d'une voix plaintive. Si un peu d'argent peut vaincre tes scrupules, je t'en donnerai volontiers. Je sais que tu en as besoin pour aider ta grand-mère.

— L'argent ne me fera pas changer d'avis. Si j'étais en mesure de t'aider, ça ne te coûterait pas un penny.

Tawny reprit son travail, en proie au plus grand trouble. Navarre Cazier avait cruellement abusé de la confiance de Julie. Encore un homme d'une richesse indécente qui profitait d'une femme ordinaire… Mais malheureusement c'était la vie, non ? Les riches jouissaient d'une influence et d'un pouvoir démesurés qui leur permettaient d'imposer leurs propres règles. Son père ne le lui avait-il pas prouvé ? Il avait laissé tomber sa mère quand elle avait refusé de se faire avorter, puis il s'était contenté de lui verser une pension dérisoire pour élever l'enfant qu'il n'avait pas désiré. Entre sa mère qui regrettait amèrement d'avoir décidé de garder son bébé et son père qui ne feignait même pas de s'intéresser à sa fille illégitime, elle n'avait pas eu une enfance particulièrement choyée… Pour être honnête, sa mère avait payé le prix fort pour avoir choisi de mettre son enfant au monde. Non seulement elle avait été abandonnée par son amant mais elle avait été obligée de renoncer à sa carrière.

S'efforçant de chasser ces réflexions stériles de son esprit, Tawny pensa à Julie. Elle ne pouvait s'empêcher d'éprouver des remords. Elle avait refusé d'aider son amie, alors que celle-ci avait toujours été très serviable avec elle sans jamais rien lui demander en échange… Mais pourquoi avait-elle tenté de la soudoyer ? C'était très embarrassant qu'elle soit aussi consciente de ses problèmes financiers. Elle n'aurait jamais dû lui faire de confidences à ce sujet.

Si Tawny travaillait à l'hôtel, c'était pour pouvoir aider sa grand-mère à payer le loyer du minuscule appartement qu'elle occupait dans une résidence pour retraités. Après la mort de son mari, Celestine avait été accablée de chagrin et profondément perturbée par la perte de la maison où elle avait vécu avec lui. Puis, contre toute attente, elle avait retrouvé la sérénité au sein de cette résidence, où elle s'était fait de nouveaux amis. Malheureusement, l'augmentation constante des charges mettait son budget en péril. Tawny, qui gérait les comptes de sa grand-mère, avait décidé de lui verser chaque mois un complément de revenu sans le lui dire. Ce qui l'avait obligée à prendre un emploi salarié. Auparavant, elle gagnait sa vie en illustrant des livres pour enfants et en dessinant des cartes de vœux. Malheureusement, elle n'avait pas assez de commandes pour faire face à ses dépenses personnelles tout en aidant sa grand-mère. Désormais, elle ne consacrait plus que ses soirées et ses week-ends à ses projets artistiques.

Mais, indépendamment de cette situation, n'était-il pas offensant qu'une amie vous offre de vous payer pour lui rendre service ? D'un autre côté, cette proposition déplacée ne prouvait-elle pas que Julie avait désespérément besoin de son aide ? Tawny avait de plus en plus mauvaise conscience. A la place de Julie, elle serait malade d'angoisse. Comment vivre avec une telle épée de Damoclès ? Mieux valait ne pas imaginer ce que cet homme avait l'intention de faire de ces photos…

— D'accord, je vais essayer de récupérer ce portable pour toi, dit-elle à Julie à l'heure du déjeuner.

Un large sourire illumina le visage de la jeune femme.

— Je te promets que tu ne le regretteras pas !

Peu convaincue, Tawny masqua néanmoins son inquiétude. « Un peu de courage ! » se dit-elle fermement.

— Nous allons agir cet après-midi, poursuivit Julie. Dès qu'il quitte l'hôtel, s'il n'a pas son ordinateur avec lui, je t'appelle et tu vas le prendre dans sa chambre. Laisse-le dans la réserve. J'y serai deux minutes plus tard.

— Tu es vraiment sûre que c'est une bonne idée ? Tu devrais peut-être essayer encore de lui parler. Si nous nous faisons prendre…

— Il n'y a aucune raison ! Arrête de faire des histoires !

Hérissée par le ton vif de Julie, Tawny s'exhorta au calme. Nul doute que cette réaction était due à l'anxiété…

— Retourne travailler et comporte-toi comme d'habitude, ajouta la réceptionniste d'une voix plus douce. Je t'appellerai.

Tawny remonta dans les chambres et se remit au ménage avec soulagement. Entre les lits à faire, l'aspirateur à passer et les salles de bains à nettoyer, elle avait tellement de travail qu'elle parvint à ne pas trop penser au coup de téléphone qu'elle devait recevoir. Quand la sonnerie retentit, elle crut que son cœur s'arrêtait de battre. Julie lui annonça que l'assistant de Cazier venait de quitter l'hôtel et que la suite était vide.

L'estomac noué, elle fonça dans le couloir avec son chariot et pénétra dans l'immense suite à l'aide de son passe-partout.

Elle parcourut le salon d'un regard fébrile et vit le portable sur une table. Elle traversa la pièce, débrancha l'appareil et le cala sous son bras. Au bord du malaise, elle prit une profonde inspiration et se précipita vers la sortie.

Mais avant qu'elle ait eu le temps d'atteindre la porte, celle-ci s'ouvrit brusquement. Terrifiée, elle resta clouée sur place. Navarre Cazier était encore plus imposant de près que de loin… Elle mesurait un mètre soixante-huit mais il la dépassait de deux têtes et son costume sombre soulignait une carrure impressionnante. De toute évidence, il était beaucoup plus athlétique que l'homme d'affaires moyen. Quant au regard lumineux de ses yeux émeraude, il offrait un contraste saisissant avec son teint mat. Navarre Cazier n'était pas séduisant… Il était d'une beauté à couper le souffle.

— Que faites-vous avec mon portable ? demanda-t-il d'un ton vif. Il y a eu un accident ?

— Je…

Le cœur de Tawny battait si vite qu'elle avait du mal à respirer.

— Je…, répéta-t-elle, l'esprit désespérément vide.

Quelqu'un parla en français derrière Cazier et il s'écarta pour laisser passer deux gardes du corps.

— J'appelle la police, déclara en français son responsable de la sécurité, Jacques, un homme d'une quarantaine d'années.

— Non… c'est inutile ! s'exclama Tawny dans la même langue en se maudissant.

Pourquoi n'avait-elle pas saisi l'excuse que lui avait fournie l'homme d'affaires ? Il aurait été si simple de prétendre qu'elle avait fait tomber le portable de la table en faisant le ménage !

— Vous parlez français ?

Navarre étudia Tawny avec une inquiétude croissante. A en juger par son uniforme, cette fille travaillait à l'hôtel comme femme de chambre. D'ailleurs, il y avait un chariot dans le couloir… Svelte, de taille moyenne, elle avait un visage délicat au teint de porcelaine, mangé par d'immenses yeux bleu acier et encadré par des boucles cuivrées qui s'échappaient de sa queue-de-cheval. Sa chevelure était aussi flamboyante qu'un coucher de soleil. Or il avait toujours eu un faible pour les rousses…

— Ma grand-mère est française, murmura Tawny.

Navarre crispa les mâchoires. Si elle parlait couramment le français, c'était encore plus grave ! Depuis combien de temps était-elle en possession de son portable ? Il s'était absenté pendant une heure. Malheureusement, quelques minutes suffisaient pour copier le disque dur. Or celui-ci contenait non seulement des informations confidentielles concernant des négociations en cours mais aussi des mails de Tia…

— Que faites-vous avec mon portable ? insista-t-il sèchement.

Tawny releva le menton.

— Je suis prête à vous l'expliquer mais je pense qu'il vaut mieux pour vous que je ne le fasse pas devant témoins…

Navarre jeta un coup d'œil impatient à son badge. Cette Tawny Baxter ne manquait pas d'aplomb !

— N'essayez pas de finasser. Donnez l'ordinateur à mon garde du corps et répondez à ma question.

Tawny s'exécuta.

— Julie veut juste récupérer les photos que vous avez prises d'elle. Julie, la réceptionniste avec qui vous avez passé une nuit lors de votre dernier séjour ici, précisa-t-elle.

Navarre était fasciné malgré lui par ses lèvres pulpeuses. Cette fille avait sans doute la bouche la plus sensuelle qu'il avait jamais vue… Mais quelle importance ? Irrité contre lui-même, il crispa les mâchoires.

— Je n'ai jamais passé la nuit avec une réceptionniste de cet hôtel. Qu'est-ce que c'est que cette arnaque ?

— Ne perds pas ton temps à discuter avec elle, Navarre, intervint Jacques. Laisse-moi appeler la police.

— Elle s'appelle Julie Chivers, elle travaille à la réception et en ce moment même elle attend votre ordinateur dans la réserve, juste à côté, s'empressa d'expliquer Tawny. Tout ce qu'elle veut c'est détruire les photos que vous avez prises d'elle !

D'un signe de tête, Navarre demanda à Jacques de vérifier cette affirmation et ce dernier quitta la pièce.

Tawny prit une profonde inspiration.

— Pourquoi avez-vous refusé d'effacer les photos quand Julie vous l'a demandé ?

— J'ignore de quoi vous parlez, répliqua Navarre d'un ton glacial. Il n'y a jamais eu de réceptionniste ni de photos. Laissez tomber cette histoire ridicule. Qu'avez-vous fait avec mon ordinateur ?

— Rien ! Je venais juste de le prendre quand vous êtes arrivé.

Pourquoi continuait-il à mentir ? se demanda Tawny en guettant avec impatience l'arrivée de son amie.

— Dommage pour vous que je sois revenu à l'improviste, n'est-ce pas ? commenta Navarre.

Bien sûr, elle prétendait n'avoir pas eu le temps de faire quoi que ce soit. Mais il n'était pas dupe. Elle avait pu copier son disque dur en quelques minutes. Elle cachait peut-être une clé USB sous ses vêtements. Mais la police accepterait-elle de la soumettre à une fouille corporelle ? Il promena sur Tawny un regard scrutateur.

Taille svelte, teint diaphane, et pas la moindre trace de maquillage. Ce qui ne l'empêchait pas d'être très séduisante. Avec ses grands yeux bleu acier et sa bouche gourmande, elle était même incroyablement sexy… Dommage que ce soit une voleuse… Exaspéré par le cours que prenaient ses pensées, Navarre s'efforça d'ignorer le désir qui s'était emparé de lui.

Jacques revint et secoua la tête en réponse à son regard interrogateur. Tawny fut assaillie par une bouffée de panique. De toute évidence, Julie n'était pas dans la réserve… Comment prouver sa bonne foi, à présent ?

— Julie a dû vous entendre revenir et elle est redescendue à la réception ! lança-t-elle, affolée.

Navarre décrocha le téléphone, appela la réception et demanda que Julie monte quelques instants dans sa suite.

Au bout de quelques minutes de silence tendu, un léger

coup fut frappé à la porte et Julie fit son entrée avec un air humble qui ne lui ressemblait pas.

— En quoi puis-je vous être utile, monsieur Cazier ?

— Julie ! s'exclama Tawny. Explique-lui que tu m'as demandé de prendre son portable pour…

— Quel portable ? coupa Julie en arquant les sourcils. De quoi voulez-vous parler, mademoiselle ?

Tawny sentit le sang se retirer de son visage.

— Julie, qu'est-ce qui te prend ? Tu m'as dit que Navarre Cazier avait pris des photos de toi et…

— Des photos ? Je suis vraiment désolée, monsieur Cazier. Cette femme de chambre raconte n'importe quoi. Elle a peut-être bu ou… je ne sais pas… Il faudrait que j'appelle la responsable des suites pour régler ce problème.

— Merci, mademoiselle, mais ça ne sera pas nécessaire. Vous pouvez disposer, déclara Navarre d'un ton crispé. J'en ai assez entendu.

Il fit signe à son responsable de la sécurité de le rejoindre et lui parla à mi-voix.

Tawny regarda avec incrédulité celle qu'elle prenait pour son amie quitter la suite la tête haute. Julie feignait de ne pas la connaître ! Julie mentait ! Elle lui faisait porter le chapeau ! Jamais elle ne l'aurait cru capable d'une telle trahison… Avait-elle réellement passé une nuit avec Navarre Cazier ? Mais si elle avait menti également sur ce point, pourquoi avoir inventé cette histoire de photos ? Pour quelle raison tenait-elle tant à récupérer l'ordinateur du milliardaire ? Qu'espérait-elle y trouver et pourquoi ?

Pâle comme un linge, Tawny vacilla sur ses jambes. Elle était sur le point de s'évanouir, comprit Navarre. Il la regarda s'appuyer contre le mur et prendre une profonde inspiration. Elle avait visiblement réussi à surmonter sa panique… Cette fille ne manquait visiblement pas de caractère.

Une idée germa dans l'esprit de Navarre. S'il appelait la police, rien ne garantissait que la femme de chambre serait arrêtée. Même si ce n'était pas son premier délit, elle risquait d'être relâchée au bout de quelques heures. Si elle avait eu le temps de copier son disque dur, elle pourrait alors vendre tranquillement des informations à ses concurrents ou bien aux paparazzi, qui tentaient depuis longtemps de découvrir la nature exacte de ses relations avec Tia. Dans un cas comme dans l'autre, les conséquences seraient catastrophiques.

En revanche, s'il parvenait à l'isoler pendant une ou deux semaines en l'empêchant de communiquer avec qui que ce soit, il limiterait les dégâts… Ce répit lui permettrait de conclure l'accord avec CCC, Coulter Centrax Corporation. Et il laisserait aux conseillers en communication de Tia le temps de trouver une parade efficace à d'éventuelles indiscrétions.

Oui, si cette fille était déjà en possession d'une copie de son disque dur, le meilleur moyen de l'empêcher de nuire était de l'isoler.

Par ailleurs, l'avoir sous la main pourrait lui rendre un grand service… Elle était jeune, belle, et de toute évidence sa loyauté pouvait être achetée. Le profil idéal pour l'accompagner aux BAFTA. D'un geste de la main, Navarre renvoya ses gardes du corps. Jacques quitta la pièce sans masquer sa réprobation.

Tawny regarda Navarre d'un air inquiet.

— Je vous assure que je vous ai dit la vérité. Je ne voulais pas voler votre ordinateur, juste…

— L'enregistrement vidéo prouvera le contraire, murmura-t-il d'un ton neutre.

— Il y a une caméra dans la pièce ? s'exclama-t-elle, horrifiée.

— Mon équipe de sécurité en installe dans tous les endroits où je séjourne. Ce qui signifie que je possède la preuve de votre tentative de vol.

Tawny courba les épaules. Elle allait être accusée de vol. Peu importaient ses motivations. Ni la police ni le juge n'en tiendraient compte. Comment avait-elle pu être assez inconsciente pour se mettre dans une situation aussi grave ?

— Je…

— Cependant, vous faire renvoyer et arrêter ne m'apportera rien, coupa Navarre Cazier. Si vous acceptez la proposition que je vais vous faire, non seulement je n'appellerai pas la police mais je vous paierai.

— Me payer ? Je ne suis pas ce genre de femme !

Navarre éclata de rire. Elle était impayable avec cet air outré…

— Je ne faisais pas allusion à des relations tarifées. Ma proposition n'implique rien de sexuel ni d'illégal. A vous de décider. J'appelle la police ou bien vous préférez saisir la planche de salut que je vous offre ?

2

Tawny redressa les épaules. Partagée entre la peur et l'espoir, elle avait l'esprit confus. « Rien de sexuel ni d'illégal. » Pouvait-elle se contenter de cette assurance ?

— Pour vous répondre, il faudrait que je sache ce que signifie exactement « saisir la planche de salut ».

— Désolé, je ne vous le dirai que si vous acceptez ma proposition.

— Je ne peux pas accepter quelque chose sans savoir de quoi il s'agit ! Vous n'avez pas le droit d'exiger ça de moi !

— Bien sûr que si, rétorqua Navarre d'une voix suave. C'est moi qui suis en position de poser des conditions. Je peux vous demander ce que je veux. De votre côté, vous avez le droit de refuser.

— Je ne veux pas être accusée de vol ! Je ne suis pas une voleuse !

Le soupir incrédule de Navarre hérissa Tawny. Crispant les poings, elle s'exhorta au calme. Ce n'était pas le moment de s'énerver. La situation était déjà assez difficile comme ça. Même si c'était parfaitement injuste, elle était prise au piège.

— Si j'accepte votre proposition, pourrai-je continuer à travailler ici ?

— Pour cela il faudrait que l'hôtel vous accorde une ou deux semaines de congé.

— Aucune chance…

— Quelle importance puisque je vous paierai ?

— Quelle est cette proposition ?

— Vous l'acceptez ?

— Comme si j'avais le choix ! Oui, je l'accepte. A condition qu'elle n'ait rien d'illégal, ni de sexuel, ni de choquant.

— Comment voulez-vous que je sache ce que vous trouvez choquant ? Donnez-moi une réponse définitive. Pour l'instant, vous me faites perdre mon temps, qui est précieux.

Furieuse, Tawny scruta le visage de Navarre. Impossible de percer ce masque impénétrable. Quelle proposition comptait-il lui faire ? Elle n'était qu'une femme de chambre, qu'il prenait pour une voleuse. En quoi pourrait-elle être utile à un homme aussi riche et puissant ? De toute façon, qu'elle le veuille ou non elle était à sa merci, puisqu'il était en possession d'un enregistrement vidéo la montrant en train de s'emparer de son ordinateur… Mais aurait-elle encore les moyens d'aider sa grand-mère si elle perdait son travail ?

— Combien me paieriez-vous ?

Enfin, ils en arrivaient aux choses sérieuses ! songea Navarre avec satisfaction. Après avoir estimé rapidement ce que pouvait gagner une femme de chambre en un an, il annonça le double de la somme. Rétribuer grassement quelqu'un qui venait de commettre un vol était une aberration. Cependant, puisqu'en acceptant sa proposition elle perdait son emploi, il fallait bien lui offrir une compensation.

Tawny resta un instant sans voix. Cette somme lui permettrait de vivre et de payer les factures de sa grand-mère au moins jusqu'à la fin de l'année, même si elle restait plusieurs mois au chômage… Certes, la perspective d'être à la merci de cet homme était toujours aussi déplaisante. Mais, de toute façon, ça valait mieux que d'être arrêtée pour vol… Elle hocha la tête.

— Je ferai ce que vous me demanderez à condition que vous vous engagiez à effacer cet enregistrement vidéo lorsque ce sera terminé.

— C'est d'accord, à condition que vous signiez un accord

de confidentialité par lequel vous vous engagerez à ne rien divulguer de ce que vous pourrez voir ou entendre pendant que vous serez en ma compagnie.

— Pas de problème. Les ragots ce n'est pas mon truc. Puis-je reprendre mon travail, à présent ?

— Je crains que non. Vous ne pourrez quitter cette suite que sous escorte. Si vous avez récupéré des informations sur mon ordinateur, je veux être certain qu'elles restent entre ces quatre murs.

On frappa à la porte et Navarre alla ouvrir. En reconnaissant Lesley Morgan, la responsable des suites, Tawny pâlit.

— Excusez-moi, monsieur Cazier. La réception m'a informée qu'il y avait un problème…

— Un problème ? Non, aucun.

— Tawny ? déclara Lesley. Je suis sûre que tu as du…

— Tawny donne sa démission et celle-ci prend effet immédiatement, coupa Navarre.

Tawny se raidit mais elle resta silencieuse. Sous le regard curieux de la responsable, elle sentit ses joues s'enflammer.

— Il y a certaines formalités à accomplir, fit valoir Lesley.

— Mes collaborateurs s'en occuperont en son nom, décréta Navarre d'un ton sans réplique.

La jeune femme quitta la suite, puis Navarre donna un coup de téléphone en français. En entendant son nom, Tawny plissa le front. Il parlait trop rapidement pour qu'elle puisse comprendre tout ce qu'il disait. Au moment où il raccrochait, on frappa à la porte.

— Allez ouvrir.

— « S'il vous plaît », lança Tawny en le défiant du regard. Ce n'est pas parce que vous me payez que ça vous dispense d'être poli.

Navarre la considéra d'un air scandalisé.

— Je suis très poli.

— Pas du tout. J'ai vu comment vous vous comportez avec vos employés. Vous vous contentez d'aboyer des ordres. « S'il vous plaît » et « merci » ne font pas partie de…

— Allez ouvrir, bon sang ! coupa Navarre, exaspéré.

— Vous ne vous contentez pas d'être impoli, vous êtes un tyran, répliqua Tawny en s'exécutant.

— Ne me répondez pas comme ça, intima-t-il tandis que son responsable de la sécurité pénétrait dans la pièce.

— C'est beaucoup trop tentant !

Cette déclaration valut à Tawny un regard glacial des yeux émeraude.

— Contrôlez-vous. Si vous êtes incapable de faire ce qu'on vous demande, vous ne m'êtes d'aucune utilité.

Tawny regarda en l'air.

— Est-ce le bruit d'un fouet qui claque au-dessus de ma tête ?

— Vous entendez rire quelqu'un ? ironisa Navarre.

— Vos employés ont bien trop peur pour ça.

— Jacques, emmène Tawny prendre ses affaires et ramène-la ici sans la laisser parler à qui que ce soit.

— Les hommes n'ont pas le droit d'entrer dans le vestiaire des femmes, prévint-elle.

— Je vais demander à Elise de venir avec nous, déclara Jacques en sortant son portable de sa poche.

Navarre étudia Tawny. Ces yeux bleus pétillant de malice et cette bouche voluptueuse à la moue sexy étaient décidément redoutables… Sa virilité se réveilla brusquement, tandis qu'une image s'imposait à lui : sa voleuse était allongée sur un lit aux draps froissés, ses boucles flamboyantes étalées sur l'oreiller et son corps nu, pâle et délicat, offert à son regard. Crispant les mâchoires, il s'efforça de réprimer le désir qui le taraudait. Patience… Avant la fin de leur association, il assouvirait sa convoitise. Jamais aucune femme ne s'était refusée à lui.

Tawny croisa le regard de Navarre, et l'espace d'un instant elle eut la sensation de tomber en chute libre. La gorge sèche, elle avait le cœur qui battait à cent à l'heure et des papillons qui voltigeaient dans l'estomac. Les joues en feu, elle détourna vivement les yeux. Allons bon, il ne manquait plus que ça…

Oui, Navarre Cazier était sublime. Mais il était hors de question qu'il se passe quoi que ce soit entre eux ! Les hommes riches et séduisants ne l'intéressaient pas. L'expérience de sa mère lui avait appris que l'argent et la position sociale ne faisaient pas le bonheur. Son père, propriétaire d'une prestigieuse chaîne d'hôtels britanniques était riche mais malheureux. Selon Bee et Zara, ses deux demi-sœurs, il vivait dans l'insatisfaction permanente. Certes, Bee et Zara étaient elles-mêmes mariées à des hommes riches et très heureuses. Mais c'était parce qu'elles avaient fait l'une et l'autre un mariage d'amour. L'amour, c'était la seule chose qui comptait vraiment. Le sexe sans amour n'offrait qu'une pâle copie du bonheur.

Voilà pourquoi elle fuyait les aventures sans lendemain. Elle avait grandi auprès d'une mère aigrie par une liaison qui s'était révélée purement sexuelle. Par ailleurs, elle avait vu souffrir trop d'amies dont les efforts pour transformer des aventures en relations durables étaient restés vains. Pour sa part, elle voulait une histoire d'amour ou rien. C'était pour cette raison qu'elle n'avait pas répondu aux avances des hommes fortunés que lui avaient présentés ses sœurs. Quels points communs pouvait-elle avoir avec des hommes qui n'attachaient de réelle importance qu'à l'argent et à la réussite sociale ? Elle n'avait aucune envie de se retrouver avec un homme égoïste et vaniteux comme son père, qui ne s'intéresserait à elle que pour son physique.

— Allez-vous finir par me dire ce qu'implique exactement cette proposition ? demanda-t-elle en rompant le silence qui s'était installé dans la pièce.

— Je veux que vous fassiez semblant d'être ma fiancée.

Elle écarquilla les yeux.

— Pourquoi ?

— Ça, vous n'avez pas besoin de le savoir.

— Vous devez pourtant connaître des tas de femmes prêtes à…

— Disons que je préfère payer. Considérez ça comme

un travail. Je vous achèterai une garde-robe pour la période où vous serez en ma compagnie. Lorsque votre mission sera terminée, vous pourrez garder les vêtements, mais pas les bijoux.

Tawny était de plus en plus stupéfaite. Il ne regardait pas à la dépense… Son nom apparaissait régulièrement dans la rubrique people des journaux et elle connaissait sa réputation de grand séducteur. Il avait un penchant pour les top models, mais aucune des femmes qui traversaient sa vie ne semblait y rester très longtemps.

— Personne ne croira jamais que vous êtes fiancé à quelqu'un comme moi, fit-elle valoir.

Il eut un sourire sarcastique.

— « Ce fut le coup de foudre », dira la version officielle. Et personne ne sera surpris que la relation prenne fin rapidement.

Tawny réprima une moue de dérision. Ça, elle voulait bien le croire ! Mais pourquoi en était-il réduit à faire appel à elle pour jouer ce rôle ? Comment pourrait-elle soutenir la comparaison avec les créatures superbes qu'il fréquentait d'ordinaire ?

Jacques revint avec une blonde sculpturale vêtue d'un pantalon noir.

— Elise va vous accompagner au vestiaire, annonça-t-il.

— Vous êtes garde du corps ? demanda Tawny, une fois dans l'ascenseur avec la jeune femme.

— Non, je suis chauffeur.

— Quel genre d'employeur est M. Cazier ?

— Exigeant mais juste, et je suis amenée à beaucoup voyager, répondit Elise avec une satisfaction manifeste.

Dans le vestiaire, alors que Tawny vidait son casier après s'être changée, le portable d'Elise sonna. Visiblement embarrassée, la jeune femme alla à l'autre bout de la pièce et se mit à discuter à voix basse pendant que Tawny mettait ses affaires dans des sacs en plastique. De toute évidence, l'appel provenait d'un homme. Tawny réprima un sourire. Nul doute qu'à cet instant elle pourrait faire sortir un éléphant du vestiaire sans qu'Elise s'en rende compte…

— Que se passe-t-il ?

La voix de Julie fit lever la tête à Tawny.

— Je démissionne.

— C'est ce que j'ai entendu dire. Mais pourquoi n'a-t-il pas porté plainte contre toi ?

Pour toute réponse, Tawny se contenta de hausser les épaules.

— Tu n'as pas passé la nuit avec lui, n'est-ce pas ? C'est quoi l'histoire ?

— Un journaliste m'a proposé une grosse somme d'argent pour dénicher des informations confidentielles sur Cazier, reconnut Julie à mi-voix, visiblement sans le moindre remords. Ça valait le coup d'essayer de copier son disque dur. J'ai fait chauffer ma carte de crédit, ces derniers temps.

— Mademoiselle Baxter ? lança Elise d'un ton anxieux en se dirigeant vers les deux jeunes femmes.

Tawny prit ses sacs et quitta le vestiaire sans un mot. Dire qu'elle considérait Julie comme son amie ! Elle l'avait trouvée si chaleureuse… Il ne lui serait jamais venu à l'idée de se méfier d'elle. Quelle naïveté ! La réceptionniste avait dû se lier avec elle uniquement parce qu'elle était la nouvelle femme de chambre chargée de s'occuper de la suite de Navarre Cazier. Si elle s'était montrée aussi serviable lors de son déménagement, c'était pour qu'elle se sente redevable et qu'elle accepte de lui rendre service à son tour. Comment avait-elle pu être assez stupide pour croire à cette histoire de photos compromettantes ? Julie avait su exactement comment s'y prendre pour la manipuler. Et si Navarre Cazier n'était pas revenu inopinément, elle aurait obtenu ce qu'elle cherchait.

— Vous avez rendez-vous avec une conseillère pour choisir votre garde-robe, annonça Navarre quand Tawny regagna la suite.

— Où ? demanda-t-elle en posant ses sacs.

Il cita le nom d'un célèbre styliste tout en promenant son regard sur son jean, sa chemise à carreaux et ses tennis bleu délavé. Dans cette tenue, elle pouvait passer pour une adolescente…

— Quel âge avez-vous ?

— Vingt-trois ans… et vous ?

— Trente. Parlez français, s'il vous plaît.

— Je manque un peu de pratique. Je ne vois plus ma grand-mère qu'une fois par mois.

— Donnez-moi votre portable.

— Mon portable ? s'exclama-t-elle, consternée.

— Je ne peux pas prendre le risque que vous communiquiez des informations par téléphone.

Tawny se mordit la lèvre. Comment lui en vouloir de se montrer prudent ? A contrecœur, elle sortit son portable de sa poche.

— Vous n'avez pas le droit de le consulter. Il contient des informations personnelles.

— Comme mon ordinateur, rétorqua Navarre en la foudroyant du regard. Allons-y.

Dans l'ascenseur, elle se laissa aller contre la paroi de la cabine.

— Tenez-vous droite, intima-t-il aussitôt.

Elle se redressa en soupirant.

— Nous ne sommes pas du tout faits pour nous entendre.

— Il suffit que nous donnions le change en public. Entraînez-vous à avoir l'air en adoration devant moi, ironisa-t-il.

— Ça va être très difficile…

— Faites un effort.

Au rez-de-chaussée, elle s'efforça d'ignorer les regards curieux des réceptionnistes, qui tendaient le cou pour les voir traverser le hall jusqu'à la sortie. Une limousine attendait le long du trottoir. C'était Elise qui occupait la place du chauffeur, constata-t-elle en reconnaissant la chevelure blonde de la jeune femme.

— Donnez-moi quelques renseignements sur vous, demanda Navarre.

— Je suis fille unique, mais j'ai deux demi-sœurs, nées

des deux mariages de mon père, qui n'a pas épousé ma mère et ne s'est jamais occupé de moi. Je suis diplômée en arts plastiques, et pendant quelques années j'ai gagné ma vie en dessinant des cartes de vœux. Malheureusement, ce n'était pas assez lucratif et j'ai pris un emploi de femme de chambre pour avoir des revenus réguliers. Je veux devenir dessinatrice humoristique, mais jusqu'à présent je n'ai jamais vendu un seul dessin.

— Dessinatrice humoristique, répéta Navarre, favorablement impressionné par cette révélation inattendue.

— Et vous ? Vous êtes né riche ?

— Non. J'ai grandi dans un quartier déshérité mais j'ai fait des études supérieures. Ensuite, j'ai travaillé dans une banque d'affaires avant de m'intéresser aux télécommunications et de créer ma première entreprise.

— Vos parents ?

Les mâchoires de Navarre se crispèrent.

— J'ai grandi dans plusieurs familles d'accueil successives. J'ignore tout de mes parents.

— Je sais ce que nous pouvons raconter aux gens, déclara Tawny, les yeux pétillant de malice. J'étais en train de faire votre lit quand…

— Je ne pense pas qu'il soit utile d'avouer que vous travailliez comme femme de chambre.

Navarre n'était pas particulièrement amusé par la suggestion de Tawny mais son regard s'attarda sur son visage étonnamment expressif.

— L'honnêteté est toujours la meilleure conduite à adopter.

— Dixit la femme que j'ai surprise en train de me voler, commenta-t-il d'un ton sarcastique.

— Je n'étais pas en train de voler !

— La seule chose qui m'importe à présent c'est que vous refréniez vos pulsions dans ce domaine tant que vous serez avec moi, parce que nous allons côtoyer des gens très riches.

— Vous n'avez pas à vous inquiéter pour ça, marmonna Tawny, mortifiée.

La limousine les déposa devant la boutique du styliste. Navarre s'installa dans un salon privé, tandis qu'une conseillère emmenait Tawny pour lui faire essayer des robes du soir, toutes plus sophistiquées les unes que les autres. Lorsque la sélection fut réduite à deux, on sollicita l'avis de Navarre, qui lisait la presse financière confortablement installé dans un fauteuil.

— Trop sophistiqué pour elle, décréta-t-il au grand soulagement de Tawny devant la robe de bal pourpre qui lui évoquait irrésistiblement Marie-Antoinette.

Lorsqu'elle revint dans le salon vêtue de la robe de dentelle grise qui la moulait étroitement jusque sous les hanches avant de se déployer en plis souples autour de ses genoux, il posa son journal.

— Sensationnel, commenta-t-il tout en promenant sur elle un regard dénué de la moindre émotion.

Ce qui n'empêchait pas ses yeux émeraude d'être aussi fascinants que les profondeurs de l'océan, songea-t-elle avec un pincement au cœur sur lequel elle n'eut pas le temps de s'attarder. Déjà on la ramenait dans le salon d'essayage, où deux assistantes accrochaient à un portant des tenues parmi lesquelles la conseillère devait faire son choix. Pantalons, jupes, robes, corsages et vestes, ainsi qu'un choix de lingerie, de chaussures et d'accessoires divers. Le tout très classique. Rien n'était assez coloré ni assez extravagant à son goût. Heureusement, elle ne jouerait ce rôle de fiancée que pendant deux semaines au maximum, se rappela-t-elle. Toutes ces tenues seraient-elles vraiment utiles, ou bien la conseillère avait-elle décidé de profiter de la richesse notoire de son client ? Où comptait l'emmener l'homme d'affaires pour qu'elle ait besoin d'une robe de soirée aussi somptueuse ?

A son grand soulagement, on ne lui demanda pas de présenter d'autres tenues devant lui. Elle se sentait étrangement nue et vulnérable dans ces vêtements qui ne lui ressemblaient pas du tout. Lorsqu'elle le rejoignit dans le salon, il discutait au téléphone en italien. Tandis qu'ils regagnaient la sortie, il poursuivit sa conversation à voix basse, de toute évidence avec une femme. Le retour à l'hôtel en limousine s'effectua en silence. Tawny avait envie de passer chez elle pour prendre des affaires mais elle ne parvenait pas à trouver le bon moment pour formuler sa demande.

Une fois dans la suite, Navarre disparut dans la chambre. Dix minutes plus tard, il en sortit vêtu d'un costume gris.

— Je sors. A demain, déclara-t-il d'un ton neutre en se dirigeant vers la sortie.

— Suis-je obligée de rester ici ? demanda-t-elle.

— C'est ce qui est prévu dans notre accord, confirma-t-il d'un ton désinvolte qui la hérissa.

Il était plus de minuit quand Navarre rentra, accompagné de Jacques. Il avait complètement oublié l'existence de Tawny et fut surpris de voir de la lumière dans le salon. Trois de ses gardes du corps se levèrent et le saluèrent d'un air embarrassé, sous le regard réprobateur de Jacques. Des emballages de plats à emporter jonchaient la table, tandis que des cartes et des petites piles de pièces indiquaient qu'une partie de poker était en cours. Tawny resta pelotonnée sur le canapé, nu-pieds. Navarre renvoya ses gardes d'un geste de la main tout en promenant un regard perplexe sur Tawny. Elle était vêtue d'un jean délavé déchiré aux genoux et d'un T-shirt à motifs de squelette. Ses cheveux dénoués, beaucoup plus longs qu'il ne l'imaginait, ruisselaient en boucles soyeuses jusqu'au milieu de son dos.

— Où avez-vous trouvé ces vêtements ?

— J'ai donné mes clés à Elise, ainsi qu'une liste d'affaires dont j'avais besoin. Elle a eu la gentillesse d'aller chez moi et de me rapporter un sac. Je pensais qu'en privé je pouvais m'habiller comme je voulais.

Tawny darda sur Navarre un regard de défi, en s'efforçant de masquer sa fascination. Il était décidément superbe. Surtout avec cette barbe naissante qui soulignait la sensualité de sa bouche…

Navarre prit le carnet de croquis posé sur le bras du canapé.

Il était ouvert sur une caricature d'Elise, très réussie. Chaque garde du corps avait eu droit à son portrait, constata-t-il en le feuilletant.

— C'est vous qui avez dessiné ça ? C'est excellent.

Tawny haussa les épaules.

— Ça ne paye pas les factures.

Combien de fois sa mère lui avait-elle reproché d'avoir fait des études artistiques au lieu de choisir une filière offrant plus de débouchés ?

— Peut-être, mais vous avez du talent.

— Où suis-je censée dormir, cette nuit ? demanda-t-elle pour éluder le sujet.

— Sur le canapé, répliqua aussitôt Navarre, irrité contre lui-même.

Pourquoi n'avait-il pas pensé à demander une suite plus petite mais avec deux chambres ?

— Seulement pour deux nuits, ajouta-t-il. Ensuite, nous partirons.

— Pour aller où ?

— Vers le Nord.

Il disparut et revint quelques secondes plus tard avec une couverture et un oreiller. Il les déposa dans un fauteuil, puis repartit en direction de la chambre après un bref hochement de tête. Cet homme se déplaçait avec la grâce d'un félin… et il émanait de lui une sensualité à couper le souffle. S'efforçant d'ignorer le frisson qui la parcourait, Tawny lança d'un ton moqueur :

— Un véritable gentleman proposerait de prendre le canapé.

Il lui jeta un regard narquois par-dessus son épaule.

— Je n'ai jamais été un gentleman.

3

Le lendemain matin, Navarre contempla un instant Tawny endormie. Ses boucles flamboyantes offraient un contraste saisissant avec la peau blanche de ses fines épaules. Ses cils dessinaient deux arcs sombres sur ses pommettes délicates et sa bouche pulpeuse avait une moue incroyablement sexy.

— Réveillez-vous, dit-il d'un ton pressant.

Elle ouvrit brusquement les yeux et se redressa sur un coude.

— Quoi ?

Il recula de plusieurs pas.

— Il est l'heure de vous lever. La journée va être chargée.

Tawny se frotta les yeux comme une enfant.

— Pourquoi ?

— Une esthéticienne et une coiffeuse viendront ici cet après-midi pour vous aider à vous préparer pour la soirée. Et un bijoutier sera là dans une heure. La salle de bains est libre. Que voulez-vous pour le petit déjeuner ?

— Le grand jeu. Je suis toujours affamée au réveil, répondit-elle en se levant, frêle silhouette vêtue d'un pantalon de pyjama et d'un caraco en coton. Où m'emmenez-vous, ce soir ?

— Vous verrez le moment venu.

Elle haussa les épaules et se dirigea vers la salle de bains.

— Mettez une de vos nouvelles tenues, demanda Navarre avant qu'elle disparaisse.

— Pourquoi, si nous ne sortons pas avant ce soir ?

— Il faut vous habituer à votre personnage. Vous répéterez votre rôle devant le bijoutier.

Tawny fouilla dans la pile de boîtes et de sacs qui avaient été livrés à l'hôtel la veille au soir. Elle avait pendu les sacs derrière la porte du dressing, mais elle n'avait pas osé ranger les vêtements dans une chambre utilisée par Navarre. Elle finit par choisir une jupe droite à carreaux et un corsage de soie. Tenue terriblement conventionnelle, mais, étant donné ce qu'elle devait toucher pour jouer le rôle de sa fiancée, elle était prête à faire un effort… Lorsqu'elle le rejoignit à la table du petit déjeuner après avoir pris une douche, Navarre promena un regard appréciateur sur ses seins ronds et haut perchés, sa taille fine et ses longues jambes galbées.

— *Tu es belle,* commenta-t-il en français.

Elle roula les yeux. S'il s'imaginait qu'elle était dupe de son baratin de séducteur…

— C'est parce que j'ai fait un effort, ce matin.

Navarre réprima un sourire. Cette modestie était d'autant plus charmante qu'elle semblait sincère. Elle venait de passer devant un miroir sans jeter le moindre coup d'œil à son reflet !

Le serveur arriva avec le chariot du petit déjeuner. Tawny le connaissait mais il évita soigneusement de la regarder, même pendant qu'elle faisait son choix parmi les mets proposés. A son grand dam, elle sentit ses joues s'enflammer. Nul doute que le personnel pensait qu'elle couchait avec Navarre…

C'était la première fois qu'il voyait une femme prendre un petit déjeuner aussi copieux, songea Navarre quelques instants plus tard. Tawny avait un solide appétit, ce qui ne l'empêchait d'ailleurs pas de manger avec raffinement. Après une seconde tasse de café et un dernier toast, elle repoussa son assiette et se laissa aller contre le dossier de son siège en souriant.

— Maintenant, je peux affronter la journée.

— Vous pensez que vous avez mangé suffisamment pour

tenir jusqu'au déjeuner ? ne put s'empêcher de plaisanter Navarre.

Elle écarquilla les yeux avec une mine faussement consternée.

— Vous voulez dire que je n'aurai pas la possibilité de manger un petit quelque chose d'ici là ?

Navarre éclata de rire. Fascinée par le charme irrésistible qui émanait de lui, Tawny ne put s'empêcher de le dévorer des yeux. L'éclat de son regard émeraude fixé sur elle s'intensifia et elle sentit son cœur s'affoler. Se levant brusquement, il lui tendit la main. Le souffle court, elle la prit et se leva à son tour. Posant une main sur sa joue, il se pencha vers elle et effleura sa lèvre inférieure du bout de la langue. Electrisée, elle lui offrit sa bouche dans un soupir. Il y introduisit brièvement la langue et elle sentit une chaleur délicieuse se répandre entre ses cuisses, tandis que les pointes de ses seins se hérissaient. Incapable de résister à la vague de désir qui la faisait vaciller sur ses jambes, elle s'alanguit contre lui, l'incitant à approfondir son baiser. Etouffant un grognement, il l'embrassa avec une fougue qui acheva de l'enflammer. Puis il s'interrompit brusquement et l'enveloppa d'un regard dénué de la moindre émotion.

— C'est parfait ! Vous êtes très douée. Quiconque nous verrait nous embrasser croirait que nous sommes amants.

Mortifiée, Tawny sentit le sang se retirer de son visage. Elle parvint néanmoins à faire bonne figure.

— Merci, répondit-elle d'un ton désinvolte, comme si elle ne s'était pas méprise sur ses intentions.

Comment avait-elle pu répondre à son baiser avec une telle ardeur ? Comment avait-elle pu perdre la tête au point d'oublier qui ils étaient l'un et l'autre et pour quelle raison ils étaient ensemble ? Il l'avait engagée pour jouer un rôle, bon sang ! Pour lui elle n'était qu'une employée qui n'arrivait pas à la cheville des femmes qu'il fréquentait d'ordinaire.

Il avait juste donné un baiser factice à sa fausse fiancée. Pourtant, jamais aucun baiser ne l'avait excitée à ce point… Et elle serait sans doute encore dans ses bras s'il n'avait pas choisi de mettre fin à cette petite expérience. Elle soupira. Pourquoi était-elle aussi sensible au charme de Navarre Cazier ? D'accord, il était extrêmement séduisant. Mais d'ordinaire elle gardait ses distances avec les hommes et ils devaient faire des efforts pour éveiller son intérêt. Or Navarre n'avait rien fait d'autre que l'insulter… Comment pouvait-elle être attirée par lui ? Furieuse contre elle-même, elle se rassit aussi loin de lui que possible.

On frappa à la porte et Jacques fit entrer deux hommes, dont un chargé d'une grande mallette. Le bijoutier et son garde du corps. Navarre fit signe à Tawny de s'asseoir à côté de lui. Elle s'exécuta avec un sourire figé et garda le silence, tandis que le bijoutier leur montrait un choix de pierres précieuses montées en bagues.

— Quel genre de pierres aimes-tu ? demanda Navarre.

Ce tutoiement la fit tressaillir, puis elle se rappela qu'elle était censée jouer son rôle de fiancée devant le bijoutier.

— Ne dit-on pas que les diamants sont les meilleurs amis de la femme ? rétorqua-t-elle en minaudant.

Aussitôt, le bijoutier mit le présentoir de diamants sur le dessus de la pile. Navarre prit la main de Tawny.

— Choisis la bague que tu préfères.

La main de Navarre était beaucoup plus grande que la sienne… Quel effet cela ferait-il de la sentir se promener sur son corps, caressante ? Submergée par une vive chaleur, Tawny se maudit et indiqua une bague au hasard.

— Un diamant rose… Excellent choix !, commenta le bijoutier en tendant la bague à Navarre, qui la glissa au doigt de Tawny.

Contre toute attente, elle était exactement à sa taille.

— Oui, elle est parfaite, approuva Navarre.

Le bijoutier sortit ensuite d'autres présentoirs de la mallette. Sans consulter Tawny, Navarre sélectionna une paire de girandoles, un bracelet fin et une broche.

Après le départ du bijoutier, il annonça :

— Mon avocat va bientôt arriver avec l'accord de confidentialité que vous devez signer. J'ai à faire cet après-midi. Je vous retrouverai plus tard.

— Puis-je sortir ? Ça me rend folle de rester enfermée !

— Si vous sortez ou si vous prenez contact avec qui que ce soit, notre accord sera nul et non avenu. Elise vous tiendra compagnie pendant mon absence.

La jeune femme arriva quelques minutes plus tard. Dès que Navarre eut quitté la pièce, Tawny prit son carnet de croquis. Elle mourait d'envie de faire son portrait depuis un moment mais elle n'osait pas le faire devant lui… Elle le dessina tel qu'il était la veille à la boutique pendant qu'elle essayait les robes du soir. « Sensationnel », avait-il murmuré d'un ton convaincu. Mais elle avait croisé son regard froid et elle avait su aussitôt que ce compliment ne signifiait rien. Pour lui elle n'était rien d'autre qu'un moyen d'atteindre un objectif.

Tawny représenta la conseillère qui se tenait à côté d'elle comme une bombe sexuelle, véritable objet de l'admiration de Navarre. C'était prendre des libertés avec la réalité, mais son dessin exprimait bien la méfiance croissante que lui inspirait Navarre Cazier. Pourquoi éprouvait-il le besoin d'engager une femme pour jouer le rôle de sa fiancée ? Elle aurait donné cher pour le savoir… Que lui cachait-il ? Et quels secrets contenait son ordinateur pour qu'il soit aussi déterminé à empêcher leur divulgation ? Des secrets si importants qu'il n'hésitait pas à la garder prisonnière dans sa suite pour éviter tout risque de fuite…

— Puis-je voir ce que vous avez dessiné ? demanda Elise.

Tawny eut une moue embarrassée.

— Si c'est le patron, je ne dirai rien à personne, promit la jeune femme.

Tawny tendit son carnet. Elise pouffa.

— C'est très ressemblant ! La première année où j'ai travaillé pour lui, j'étais complètement mordue, reconnut-elle avec une moue contrite. Quand j'y repense, j'ai honte. Je ne pouvais pas m'empêcher de le dévorer des yeux…

— Mais dès qu'il ouvre la bouche, c'est la douche froide, ironisa Tawny.

Elise pouffa de nouveau.

— Vous exagérez ! Non, ce n'est pas ça. En le voyant avec ses petites amies, je me suis rendu compte que je n'avais aucune chance. Il ne fréquente que des femmes sublimes et elles ne parviennent pas à le retenir plus de quelques semaines. Il est célibataire dans l'âme et il entend bien le rester. De toute façon, il n'aurait jamais une aventure avec une employée.

— Qui est sa petite amie du moment ?

Elise tressaillit, comme si elle venait juste de se rappeler qui était Tawny et pour quelle raison elle se trouvait avec elle.

— Je suis désolée, je ne peux pas vous le dire.

Mortifiée, Tawny sentit ses joues s'enflammer.

— Pas de problème. Je comprends.

Quelques instants plus tard, un avocat affable arriva avec l'accord de confidentialité. Il lui en expliqua les grandes lignes et le lui donna à lire. C'était visiblement un contrat type sans clause abusive. Elle le signa et l'avocat s'en alla.

Le serveur qui apporta le déjeuner commandé par Elise jetait des coups d'œil insistants sur la serviette qu'elle venait de poser sur ses genoux, constata Tawny. Elle la déplia et trouva un morceau de papier dissimulé dans les plis. L'estomac noué, elle le glissa précipitamment dans la poche de son jean. Un mot ? Mais de qui ? Et à propos de quoi ? Julie était le seul membre du personnel avec qui elle s'était liée… Pourquoi essaierait-elle de reprendre contact avec elle après ce qui s'était passé ? Après le repas, Tawny se rendit dans la salle de bains pour lire le mot, tout en s'efforçant d'ignorer le sentiment de culpabilité qu'elle éprouvait vis-à-vis d'Elise.

« Des informations au sujet de Navarre Cazier peuvent vous rapporter beaucoup d'argent. Appelez… »

Suivait un numéro de téléphone londonien. Le mot, non signé, était tapé à l'ordinateur. Tawny le remit dans sa poche en secouant la tête. Si c'était le journaliste qui avait déjà proposé de l'argent à Julie, on pouvait dire qu'il avait de la suite dans les idées… Un frisson de dégoût la parcourut. Le seul fait d'avoir lu ce mot lui donnait déjà mauvaise conscience ! Navarre Cazier la croyait sans doute intéressée parce qu'elle avait accepté d'être payée pour se faire passer pour sa fiancée. Mais sa seule motivation c'était le bien-être de sa grand-mère Celestine. S'il n'avait pas fait pression sur elle en l'obligeant à démissionner, elle aurait refusé son offre sans hésitation. La cupidité lui faisait horreur. C'était à cause de celle de sa mère que sa grand-mère se trouvait aujourd'hui dans une situation aussi précaire ! Cette idée la révoltait.

Lorsque Tawny regagna le salon, Elise réceptionnait la livraison d'un ensemble de bagages siglés.

— Pour votre nouvelle garde-robe, expliqua la jeune femme. Vous partez en voyage demain.

Se sentant toujours coupable d'avoir lu le mot en cachette, Tawny saisit ce prétexte pour se retirer dans la chambre afin de ranger ses affaires dans la valise. L'esthéticienne et son assistante arrivèrent au moment où elle terminait ses bagages et elle se remit entre leurs mains expertes. Les deux jeunes femmes s'affairèrent sans relâche pendant tout l'après-midi. Epilation des jambes et des sourcils, hydratation, massages, manucure, nettoyage de peau… Lorsqu'elles eurent terminé, Tawny eut le sentiment que pas un seul millimètre carré de peau n'avait échappé à leurs soins. Elle qui avait horreur de passer des heures dans la salle de bains ! Lorsque la coiffeuse arriva elle était à bout de patience, et la consternation manifeste de la jeune femme devant sa crinière rebelle n'améliora pas son humeur. Une fois coiffée, elle fut maquillée. Enfin, elle enfila la robe de dentelle grise et s'examina dans le miroir. Elle faisait terriblement vieux jeu dans cette tenue…

Elise apporta les bijoux. Tawny mit la bague, les boucles d'oreilles et le bracelet. En prenant la broche, une idée lui vint à l'esprit. Elle remonta le devant de sa robe au-dessus du genou, puis, ignorant l'air effaré d'Elise, elle le fixa à cette hauteur à l'aide de la broche. Elle remonta ensuite les longues manches moulantes jusqu'aux coudes, puis elle fit glisser le décolleté sur ses épaules pour dénuder celles-ci. A présent, cette robe était beaucoup plus rock and roll ! songea-t-elle avec satisfaction devant son reflet.

Navarre, qui attendait avec impatience dans le salon que la chambre se libère pour pouvoir prendre une douche et se changer, leva les yeux en entendant la porte s'ouvrir. Le souffle coupé, il resta sans voix. Avec ses boucles flamboyantes qui ruisselaient sur ses épaules, ses yeux bleu acier mis en valeur par un maquillage subtil et sa bouche pulpeuse peinte couleur framboise, sa fausse fiancée était sublime…

Que la robe classique qu'il avait choisie pour son élégance sobre se soit mystérieusement transformée en tenue sexy de fille de saloon ne le surprit même pas. Il était beaucoup trop occupé à admirer la peau satinée des épaules de Tawny et le galbe parfait de ses jambes.

Le silence s'installa dans la pièce, tandis qu'elle le regardait d'un air interrogateur, visiblement impatiente de connaître son verdict.

— La salle de bains est libre ? demanda-t-il d'un ton délibérément désinvolte.

Pas question de faire le moindre commentaire. Elle travaillait pour lui. Il la payait pour paraître à son avantage. Toute remarque flatteuse aurait été inappropriée.

4

Tawny s'efforça de surmonter sa déception. Elle n'avait aucune raison de se sentir offensée par l'absence de réaction de Navarre. Que lui arrivait-il ? Ce n'était pas son petit ami. Il n'était pas censé lui faire des compliments. Et elle avait de la chance qu'il ne lui ait pas reproché la métamorphose qu'elle avait fait subir à sa robe. Ne devrait-elle pas se réjouir qu'il garde ses distances ? Souhaitait-elle qu'il prenne de nouveau des libertés avec elle ? Elle n'avait aucune envie d'un autre baiser qui lui fasse perdre la tête. Enfin si, elle en avait envie. Très envie… Mais c'était une pulsion dont elle se serait bien passée. Il n'était pas question qu'elle succombe une seconde fois à son charme ravageur.

— Allons-y, déclara-t-il en sortant de la chambre, rasé de près et vêtu d'un smoking de coupe impeccable.

Dans l'ascenseur, elle eut toutes les peines du monde à ne pas le dévorer des yeux.

— Vous ne croyez pas que vous pourriez enfin me dire où nous allons ? demanda-t-elle.

— A la cérémonie des BAFTA Awards, puis à la réception donnée après.

Stupéfaite, Tawny ouvrit de grands yeux puis se ressaisit aussitôt. Pas question de montrer à quel point elle était impressionnée. Chaque année, de nombreuses stars internationales assistaient à la cérémonie des BAFTA, l'équivalent des oscars en Angleterre. Voilà pourquoi elle portait une robe haute couture et une parure de diamants…

Au rez-de-chaussée, un nombre inhabituel de membres du personnel se pressaient à la réception. Pour assister à leur départ, comprit-elle. Relevant le menton, elle s'efforça de prendre un air détaché et d'ignorer qu'elle avait les joues en feu. Tout le monde devait penser qu'elle couchait avec Navarre… Non, tout le monde en était certain !

— Nous nous sommes rencontrés dans une galerie d'art, déclara-t-il quand ils furent montés dans la limousine.

Devant la mine interloquée de Tawny, il précisa :

— Si on vous pose la question, vous direz que nous nous sommes rencontrés à un vernissage, ici à Londres.

— C'est vraiment indispensable ?

— C'est impératif. Je refuse de dire que ma future épouse était femme de chambre dans un hôtel où je séjournais.

— Quel snob !

Tawny croisa les jambes et surprit le coup d'œil de Navarre sur la portion de cuisse qu'elle venait de dénuder sans le vouloir. Aussitôt, une vive chaleur l'envahit.

Irrité par l'effet qu'avait sur sa virilité la vue de cette cuisse fuselée et par l'idée erronée que Tawny se faisait de lui, Navarre laissa échapper un petit rire sarcastique.

— Je n'ai rien d'un snob. Je faisais la plonge dans des hôtels quand j'étais au lycée. Pendant toute mon adolescence j'ai dû me battre pour survivre, et je n'ai jamais oublié toutes ces années pendant lesquelles j'ai trimé pour des salaires de misère.

Confuse, Tawny détourna les yeux et lissa sa robe. Ça lui apprendrait à porter des jugements hâtifs… C'était d'autant plus stupide de sa part que, lors de ses séjours à l'hôtel, Navarre ne se montrait pas exigeant et laissait toujours des pourboires très généreux. Comme elle regrettait d'avoir écouté les mensonges de Julie ! Au lieu de témoigner sa reconnaissance à Navarre en faisant son travail du mieux possible, elle avait trahi sa confiance… La limousine ralentit et s'arrêta devant la façade illuminée du théâtre où devait se dérouler la cérémonie des BAFTA. A la vue de la foule pressée derrière les barrières, des photographes qui brandissaient leurs appareils, du présentateur qui parlait dans son micro, entouré de caméras de télévision, et du tapis rouge qui s'étirait jusqu'à l'entrée, Tawny fut assaillie par une bouffée de panique.

— A partir de maintenant, nous nous tutoyons, rappela Navarre. Ne t'arrête pas pour répondre aux questions. Laisse-moi parler et contente-toi de sourire.

Encore faudrait-il qu'elle arrive à respirer ! Elle descendit de la limousine, l'estomac noué. Eblouie par les flashes, elle vacilla sur ses jambes et sentit avec soulagement que Navarre la prenait par le coude. Après avoir échangé quelques mots avec le présentateur, il l'entraîna à l'intérieur du théâtre, où un placeur les conduisit à leurs sièges. A peine furent-ils assis que des gens commencèrent à s'arrêter dans l'allée pour saluer Navarre, qui en profita pour la présenter comme sa fiancée. La surprise qui se lisait sur les visages était révélatrice, songea Tawny avec dérision. De toute évidence, sa réputation de séducteur n'était pas usurpée. Par ailleurs, malgré la robe haute couture et la parure de diamants, elle n'était sans doute pas très crédible en future Mme Cazier aux yeux de ses amis…

La cérémonie commença. Avec un sentiment d'irréalité, elle regarda des acteurs et des réalisateurs célèbres se succéder sur scène pour recevoir leurs prix et prononcer leurs discours. A force d'applaudir et de sourire, elle finit par avoir mal aux mains et à la mâchoire. Ce fut presque avec soulagement qu'elle quitta la salle au bras de Navarre à la fin de la cérémonie. Alors qu'ils traversaient le hall du théâtre, une voix féminine et musicale appela Navarre et il s'immobilisa. Tia Castelli, aussi ravissante qu'une poupée de porcelaine dans une robe de mousseline de soie bleue, un somptueux collier de saphirs autour du cou, descendait l'escalier qui conduisait aux loges. Tawny fut fascinée par la beauté resplendissante de l'actrice, l'une des plus grandes stars de cinéma du moment. Un peu plus tôt, elle l'avait vue sur scène, où lui avait été remis un prix pour son interprétation magistrale d'une femme harcelée par un ex-petit ami dans son dernier film. Très impressionnée, elle avait eu du mal à croire qu'elle se trouvait assise à quelques mètres d'une légende vivante.

— Tawny ! s'exclama Tia en l'embrassant sur les deux joues, tandis que les flashes crépitaient autour d'elles.

Abasourdie d'être saluée avec une telle chaleur par une star encore plus splendide en chair et en os qu'à l'écran, Tawny resta sans voix.

— Félicitations !, poursuivit Tia. J'ai été si heureuse d'apprendre vos fiançailles avec Navarre ! Venez dans notre limousine.

— Comment se fait-il que tu connaisses aussi bien Tia Castelli ? demanda Tawny à Navarre à mi-voix, tandis que des agents de sécurité les escortaient hors du théâtre.

— Le directeur de la première banque où j'ai travaillé gérait son portefeuille d'actions. Je la connais depuis longtemps, répondit Navarre d'un ton neutre.

Tia s'arrêta un instant afin de saluer ses fans et de poser pour d'ultimes photos, tandis que son mari — un grand maigre conforme à l'image de la rock star ombrageuse avec sa barbe de plusieurs jours, son jean moulant, sa veste de velours bleu froissée et son trilby noir — continuait à grands pas jusqu'à la limousine, sourd aux cris des photographes qui tentaient de le retenir. Réprimant un soupir, Navarre entraîna Tawny à sa suite en regrettant comme souvent que Tia ne soit pas un peu moins impulsive.

— Alors comme ça vous allez épouser Navarre ? demanda Luke Convery après s'être présenté à Tawny avec désinvolture.

Son accent irlandais était étonnamment mélodieux et ses yeux marron promenaient sur elle un regard scrutateur.

— Qu'avez-vous de plus que les autres ?

— Ça ! rétorqua spontanément Tawny en exhibant l'énorme diamant qu'elle portait au doigt.

Combien d'années séparaient Luke et Tia ? ne put-elle s'empêcher de se demander. Ce dernier était visiblement beaucoup plus jeune que sa femme. Il devait avoir à peine plus de vingt ans, alors qu'à en juger par sa carrière déjà longue Tia avait dépassé la trentaine depuis un moment. Ils formaient un couple d'autant plus étrange que la tenue négligée du jeune homme jurait avec le glamour hollywoodien de l'actrice. Dès que Tia monta dans la limousine, Luke lui prit la main et ils échangèrent un sourire affectueux qui charma Tawny. Tia Castelli méritait un peu de bonheur, songea-t-elle. Depuis qu'elle avait été repérée par un réalisateur dans les rues de Florence alors qu'elle était encore collégienne, elle menait une vie particulièrement mouvementée.

Après des débuts éblouissants à l'écran dans le rôle d'une adolescente dont les parents se déchiraient, elle avait enchaîné les succès pour devenir une des plus grandes stars du cinéma mondial. Cependant, sa vie personnelle avait été jalonnée de dépressions nerveuses consécutives à des drames abondamment commentés dans les médias. Victime de violences conjugales, d'infidélités ou de harcèlement, elle avait divorcé plusieurs fois, connu un veuvage et perdu son bébé la seule fois où elle avait été enceinte.

— Faites-moi voir votre bague, demanda Tia en tendant une main couverte de diamants. Oh ! elle est sublime !

— Tu n'as plus un seul doigt libre, fit remarquer Luke d'un ton pince-sans-rire. Combien de temps devons-nous rester à cette soirée ?

— Quelques heures ? répliqua Tia d'un ton suppliant.

— Ça va être mortel, marmonna-t-il en soupirant.

Tawny sentit Navarre se raidir à côté d'elle. Quant à Tia, elle semblait sur le point d'éclater en sanglots. Navarre demanda à Luke comment se présentait sa prochaine tournée européenne avec son groupe de rock et la tension se dissipa. Quelques instants plus tard, la limousine les déposa devant le palace où se tenait la réception. Tia fut assaillie par les paparazzi, et elle s'attarda pour répondre aux questions d'un présentateur de télévision.

A la grande stupéfaction de Tawny, Navarre la prit par les épaules pour poser devant les photographes, puis annonça leurs fiançailles avec un naturel confondant. De toute évidence, c'était lui aussi un acteur-né. Il jouait à la perfection l'homme amoureux… Tandis qu'il parlait à la presse, le contact de son corps contre le sien fit naître en elle un trouble profond. Elle sentit les pointes de ses seins se hérisser tandis que le souvenir de son baiser ardent s'imposait à elle. Un seul malheureux baiser et elle avait craqué ! Quelle idiote ! Il ne lui avait même pas fait des avances ! D'ailleurs, il fallait reconnaître qu'il ne cherchait pas à profiter de la situation. Il ne la touchait que lorsque c'était nécessaire. Alors pourquoi était-elle saisie de vertige dès qu'il s'approchait d'elle ?

— Tu es toujours aussi tendue ? demanda-t-il.

— Seulement quand je suis avec toi.

Réponse ambiguë mais tant pis, songea-t-elle. A lui de l'interpréter comme bon lui semblait. Traînant dans son sillage une foule d'admirateurs, Tia les rejoignit dès qu'ils entrèrent dans la salle de réception en se plaignant que Luke l'avait déjà abandonnée.

— Il déteste ce genre de soirée, expliqua-t-elle avec une moue dépitée, tandis que Navarre s'empressait de la conduire jusqu'à sa place à la table d'honneur.

Tia était l'image même de la star. Elle avait besoin d'être le centre de l'attention et ne le cachait pas. Très familière avec Navarre, elle posait continuellement la main sur son bras et lui adressait des sourires charmeurs. Tawny réprima une moue de dérision. Une véritable fiancée mourrait d'envie de l'étrangler…

La voix narquoise de Luke la fit tressaillir.

— Vous devriez dire à Navarre que ça vous déplaît.

— Pourquoi ? Votre femme est la reine de la soirée et ça ne me dérange pas du tout, répliqua-t-elle d'un ton léger.

Pas question d'avouer qu'en réalité elle avait l'impression d'être invisible et que ce n'était pas particulièrement agréable…

— Elle aime être entourée d'hommes séduisants, déclara Luke en regardant d'un air à la fois ébloui et agacé sa femme qui trônait à sa table au milieu d'une cour d'admirateurs.

Comme par défi, il passa un bras autour des épaules de Tawny, qui tressaillit de nouveau. Depuis l'autre bout de la salle, Navarre vit Tawny lever les yeux vers Luke et éclater de rire. Ils semblaient très complices… Pourtant, ils venaient à peine de se rencontrer. Mais peut-être la petite voleuse savait-elle s'y prendre pour impressionner les hommes riches et célèbres… Assailli par une bouffée de rage inhabituelle, Navarre se leva.

— Vous devriez essayer de rester au côté de Tia, conseilla Tawny à Luke au même instant.

— Déjà essayé, ça ne marche pas. Mais vous, si vous êtes fiancée avec Navarre, pourquoi laissez-vous Tia l'accaparer ?

Les joues en feu, Tawny s'échappa aux toilettes. Comment était-on censée réagir quand une star internationale d'une beauté sublime aguichait votre soi-disant fiancé ? Lorsque Tawny regagna la salle de réception, Navarre avait quitté la table de l'actrice et se trouvait non loin de l'entrée. Il l'attendait, comprit-elle avec surprise.

— Où étais-tu passée ? demanda-t-il d'un ton vif.

C'était un comble ! Elle roula les yeux.

— Je me suis éclipsée aux toilettes par discrétion. Je ne voulais pas m'interposer entre toi et l'objet de ton affection.

Suivant le regard appuyé de Tawny en direction de la table de Tia Castelli, Navarre crispa les mâchoires.

— C'est ridicule ! Tia et moi sommes de vieux amis, rien de plus. Toi, en revanche, je t'ai vue glousser en compagnie de Convery…

— Je ne glousse jamais ! protesta-t-elle, outrée. Et pourquoi cet air soupçonneux ?

— Nous sommes censés être fiancés. Tu es priée de rester avec moi.

— Du moment que tu ne perds pas de vue que je ne le fais que pour l'argent !

— Ne t'inquiète pas, je ne risque pas d'oublier que je paie pour le plaisir de ta compagnie. C'est une première pour moi.

— Vraiment ? Tu me surprends !

Pendant tout le reste de la soirée, Navarre ne quitta pas Tawny d'une semelle. Un bras autour de sa taille, il circula parmi la foule en la présentant à tout le monde comme sa future épouse. De son côté, elle fit du zèle. Le couvant de regards éblouis, s'esclaffant à la moindre plaisanterie, elle se comporta comme s'il était le centre de son univers. Après tout, vu le prix qu'il payait pour sa prestation, il méritait bien quelques efforts…

— Tu étais vraiment obligée de te conduire comme une bimbo ? demanda-t-il d'un ton rogue lorsqu'ils reprirent place dans sa limousine à la fin de la soirée.

— Ça colle avec le scénario, non ? Comme tu l'as dit toi-même, personne ne sera surpris que les fiançailles n'aient pas duré plus de cinq minutes ! rétorqua-t-elle, au comble de l'exaspération.

Allait-il encore longtemps l'accabler de reproches ? Qu'attendait-il donc d'elle, exactement ?

— Personnellement, je trouve que j'ai très bien joué mon rôle, ajouta-t-elle.

Seul le silence lui répondit et il se prolongea pendant tout le trajet. De toute évidence, son opinion n'était pas partagée…

Dans l'ascenseur, Navarre appuya sur le bouton d'un étage inférieur au sien.

— Elise a proposé de partager sa chambre avec toi cette nuit, afin que tu ne sois pas obligée de dormir sur le canapé, annonça-t-il d'un ton glacial. Je crois qu'elle a déjà fait transférer tes affaires.

La jeune femme l'attendait, constata Tawny avec soulagement en sortant de l'ascenseur. Avec Elise elle allait pouvoir enlever cette robe ridicule, enfiler son pyjama et se détendre. Enfin ! Elle ne rêvait que de ça…

Tawny avait quitté l'ascenseur avec précipitation, nota Navarre. Juste avant que les portes se referment, un gloussement lui parvint depuis le couloir et il crispa les mâchoires. Elle ne gloussait jamais, soi-disant ! En tout cas, c'était la première fois qu'une femme le quittait sans un mot ni même un regard… Il ne pouvait pas accuser Tawny Baxter d'essayer de le séduire !

Ce qui ne l'avait pas empêchée de fondre dans ses bras quand il l'avait embrassée, se rappela-t-il avec un sourire satisfait.

5

— Oh… mon… Dieu ! s'écria Tawny en se penchant pour mieux voir la forteresse médiévale que survolait l'hélicoptère en cette fin d'après-midi.

L'imposante tour datant du XVIe siècle était flanquée d'un bâtiment victorien de style néogothique.

— C'est un château, un *vrai* château ! Nous allons vraiment séjourner ici ?

— Oui, confirma Navarre d'un ton pince-sans-rire.

— Ce que tu peux être blasé !

Visiblement surpris par le ton réprobateur avec lequel elle s'adressait à son employeur, Jacques jeta un coup d'œil interloqué à Tawny depuis le siège avant.

— Tu vas séjourner dans un vrai château et tu n'es même pas excité ? poursuivit-elle. Même pas un tout petit peu ?

— Tu l'es suffisamment pour deux, il me semble.

Navarre était fasciné malgré lui par l'émerveillement qui se lisait sur le visage de Tawny. Les yeux brillants et les lèvres entrouvertes, elle était diaboliquement attirante. Les adultes affichaient rarement un tel enthousiasme, et lui-même plus que quiconque avait pour habitude de contrôler toutes ses émotions. La spontanéité de Tawny avait quelque chose de très rafraîchissant, reconnut-il à contrecœur.

L'hélicoptère, qu'ils avaient pris à Edimbourg où ils avaient atterri en jet privé puis déjeuné dans un hôtel chic, se posa sur un pré à proximité du château. Navarre sauta à terre puis se retourna et referma les mains sur la taille de Tawny pour la faire descendre à son tour.

— J'aurais pu me débrouiller toute seule ! protesta-t-elle.

Il secoua la tête en levant les yeux au ciel.

— Dans cette jupe ?

La nuit précédente, Tawny avait dormi comme une souche dans la chambre d'Elise. A peu près du même âge, les deux jeunes femmes avaient partagé une collation tardive tout en bavardant.

— Le patron m'avait prévenue qu'il fallait que je prévoie de quoi te nourrir ! avait plaisanté Elise en regardant Tawny engloutir une assiette de sandwichs.

Navarre n'avait dévoilé leur destination — les Highlands, au nord de l'Ecosse — à Tawny qu'après l'avoir invitée à prendre le petit déjeuner avec lui dans sa suite le matin même. Il lui avait également fourni quelques informations au sujet de leurs hôtes.

La perspective de passer le week-end chez Sam et Catrina Coulter intimidait Tawny. Sam était le propriétaire du groupe CCC, Coulter Centrax Corporation. Catrina, dont Navarre lui avait confié qu'elle était une ex, était la seconde femme de Sam. Ancien top model anglais, elle était beaucoup plus jeune que son mari. Le couple n'avait pas d'enfants mais Sam avait eu de son premier mariage un fils, qui était mort dans un accident.

— Sam et Catrina vivent ici toute l'année ? demanda Tawny avec curiosité, tandis qu'ils se dirigeaient vers la Range Rover qui les attendait. Ça doit être plutôt sinistre, en hiver.

— Strathmore Castle ne leur appartient pas. Ils louent la propriété pour la saison. Sam pratique la chasse et la pêche.

Agé d'une soixantaine d'années, Sam Coulter était un homme mince, au regard pénétrant derrière ses fines lunettes. Catrina, une brune sculpturale aux immenses yeux noirs et au sourire éclatant, était beaucoup plus grande que son mari mais ce dernier compensait les centimètres qui lui manquaient par une forte personnalité. Des rafraîchissements furent servis devant la cheminée dans la pièce principale, un grand salon meublé de très belles antiquités en chêne, dont les murs étaient ornés d'armes médiévales et le sol recouvert d'un épais tapis écossais.

Catrina s'extasia sur la bague de fiançailles de Tawny et la prit par le bras pour la conduire à l'étage, mais son amabilité était visiblement factice. Ce fut seulement quand elle les laissa dans la même chambre que Tawny prit conscience que Navarre et elle étaient censés partager le même lit.

— Nous sommes censés dormir ensemble ? murmura-t-elle dès que leur hôtesse eut refermé la porte.

— A quoi t'attendais-tu ?

A vrai dire, elle ne s'était pas posé la question… Tawny promena son regard autour d'elle. Pas de canapé en vue. Rien d'autre que l'immense lit à baldaquin… Elle fut assaillie par une bouffée de panique.

— Tu pourrais prétendre que tu ronfles et que ça m'empêche de dormir…

— Ne dis pas de bêtises. C'est seulement pour deux nuits.

— Ça me gêne de dormir avec quelqu'un.

— Pas moi, déclara Navarre avec un sourire malicieux.

A son grand dam, Tawny sentit son cœur s'affoler dans sa poitrine.

— Ça me gêne vraiment, insista-t-elle.

— Tu devais bien t'y attendre. Il est rare que des jeunes fiancés fassent chambre à part, de nos jours.

— Je n'y avais pas pensé.

— Nous n'avons pas le choix. Mais ces protestations d'un autre âge ne sont peut-être qu'un prétexte pour réclamer une rallonge… C'est ça ? Tu espères obtenir plus d'argent ?

Tawny se figea, indignée.

— Pas du tout ! Comment oses-tu insinuer ça ? C'est juste que je n'ai jamais partagé le lit d'un homme et que…

— Jamais ? Je ne te crois pas.

— Je me moque de ce que tu crois !

— Cette nuit, nous dormons dans le même lit, insista Navarre d'un ton sans réplique.

Serrant les dents, Tawny ouvrit la valise posée sur le support à bagages au pied du lit, afin de prendre la tenue qu'elle avait décidé de porter pour le dîner. Elle ne supportait pas qu'il la croie intéressée et dénuée de tout scrupule. Mais à quoi bon discuter avec lui ? Il était du genre à vouloir avoir le dernier mot à tout prix. Par ailleurs, s'ils élevaient la voix ils risquaient d'être entendus. Ce qui ternirait l'image du couple de fiancés amoureux. Même si ça lui coûtait, elle était bien obligée de jouer le rôle pour lequel elle avait été engagée…

Navarre admirait malgré lui la cuisse fuselée que la jupe de Tawny, fendue à l'arrière, laissait entrevoir. Elle se redressa pour enlever son cardigan et il fut transpercé par une flèche de désir. Décidément, plus ça allait, plus elle lui faisait de l'effet… Il déglutit péniblement, fasciné par les boucles soyeuses qui ruisselaient dans son dos, sur un corsage si fin qu'on voyait son soutien-gorge par transparence. Les seins qu'il renfermait devaient être exquis… Allons bon ! Voilà qu'il fantasmait comme un collégien impatient de découvrir pour la première fois des trésors cachés ! Alors qu'elle se dirigeait vers l'armoire pour y pendre la tenue qu'elle venait de sortir de sa valise, Tawny croisa le regard de Navarre. L'éclat de ses yeux émeraude lui coupa le souffle.

— Ne me regarde pas comme ça, murmura-t-elle d'une voix mal assurée.

— Je ne peux pas m'en empêcher.

Elle déglutit péniblement. Comment pouvait-elle être partagée entre des impulsions aussi contradictoires ? Elle mourait d'envie qu'il la prenne dans ses bras, et en même temps elle était prête à prendre ses jambes à son cou ! Mais il y avait quelque chose de si troublant dans le désir qu'elle pouvait lire sur le visage de cet homme superbe…

Il effleura sa joue du bout des doigts.

— Tu es belle.

Electrisée, elle dut faire un effort surhumain pour ne pas

franchir les quelques centimètres qui les séparaient encore. Comme il était tentant de s'abandonner à l'élan qui la poussait vers lui ! Alors qu'elle luttait de toutes ses forces, il se pencha vers elle et l'embrassa. Ce baiser n'avait rien à voir avec celui qu'il lui avait donné à Londres. Il s'empara de sa bouche avec une telle passion qu'elle laissa échapper un gémissement étouffé. Enfonçant les doigts dans ses épais cheveux noirs, elle pressa ses seins frémissants contre son torse. Posant une main au creux de ses reins, il plaqua son bassin contre le sien. Au contact de sa virilité pleinement éveillée, elle fut submergée par une vague de désir qui lui coupa les jambes.

Sans interrompre leur baiser fiévreux, il la souleva de terre pour l'allonger sur le lit. Le feu qui la dévorait redoubla d'intensité, lui faisant perdre toute retenue. Elle avait trop envie de cet homme ! Impossible de résister… Elle voulut écarter les cuisses mais sa jupe trop étroite l'arrêta dans son élan. Brusquement ramenée à la raison, elle s'arracha à la bouche de Navarre.

— Non ! s'écria-t-elle en le repoussant des deux mains.

Il s'écarta aussitôt, les mâchoires crispées.

— Si, déclara-t-il en dardant sur elle un regard étincelant. Tu as envie de moi. Ton désir est aussi intense que le mien. Entre nous c'est explosif et je ne comprends pas pourquoi tu résistes. A moins que…

— Non, ne le dis pas ! coupa Tawny en se redressant d'un bond. Je t'interdis de le dire !

Navarre arqua les sourcils.

— Dire quoi ?

— Ne t'avise pas de me proposer de l'argent pour coucher avec moi ! Ne fais surtout pas ça !

Navarre la considéra avec stupéfaction.

— Je n'ai pas la moindre intention de te proposer plus d'argent pour coucher avec toi ! Je n'ai jamais payé pour ça et je ne le ferai jamais. C'est peut-être une manœuvre de ta part pour m'y inciter, mais j'ai le regret de t'annoncer que tu n'as aucune chance de réussir.

Folle de rage, Tawny bondit hors du lit, prête à le gifler. Mais Navarre referma les mains sur ses poignets et lui immobilisa les bras.

— Je ne tolérerai pas ce genre d'attitude.

Douchée par son ton glacial, elle s'empourpra. Dégageant ses poignets d'un geste vif, elle s'écarta de lui. L'envie de le gifler l'avait quittée… Elle avait juste envie de le tuer !

— Je n'essayais pas de te mettre cette idée dans la tête, d'accord ? C'est juste que je sais comment sont les types comme toi…

— Comme si tu en connaissais beaucoup !

— Oui ! Ils ne reculent devant rien pour obtenir ce qu'ils veulent.

— Rien à voir avec moi, objecta sèchement Navarre.

Tawny s'enferma dans la salle de bains pour se changer, les lèvres encore gonflées de ses baisers et le corps toujours en feu. Furieuse contre elle-même, elle injuria silencieusement son reflet dans le miroir. Comment avait-elle pu perdre la tête à ce point ? Et, en plus, Navarre la soupçonnait d'avoir voulu lui soutirer de l'argent ! A cette idée elle vit rouge. Après s'être enveloppée dans un drap de bain, elle ouvrit la porte et lança d'un ton véhément :

— Je suis vierge ! Tu connais beaucoup de filles vierges qui vendent leur corps ?

Prenant une profonde inspiration, Navarre reposa la télécommande qu'il avait prise pour regarder le journal télévisé. Il avait engagé une voleuse doublée d'une folle…

— Je ne connais aucune femme vierge, répondit-il sincèrement. Mais c'est sans doute parce que la plupart gardent le silence sur leur inexpérience.

— Je ne vois pas pourquoi je me tairais ! Tu sembles convaincu que je ferais n'importe quoi pour de l'argent. Eh bien, sache que tu te trompes !

Navarre fixa résolument l'écran.

— Cette conversation est terminée.

Mais, à sa grande exaspération, il était poursuivi par l'image d'un corps gracile enveloppé dans un drap de bain et d'un visage ravissant encadré par une masse mousseuse de boucles flamboyantes. Il n'avait jamais payé pour coucher avec une femme. C'était vrai. Mais il fallait être honnête. L'espace d'un instant, sur ce lit, il lui aurait donné n'importe quoi pour la garder offerte à son désir, fiévreuse et frémissante. Et, d'ailleurs, il était en proie à une frustration insupportable. Jamais il ne lui avait autant coûté de rester fidèle à ses principes…

Malgré tout, Navarre demeurait suspicieux. Pourquoi avait-elle tenu à proclamer qu'elle était vierge ? N'avait-il pas lu quelque part qu'une femme avait vendu sa virginité au plus offrant sur internet ? Pensait-elle que les hommes fantasmaient sur les femmes vierges ? Le croyait-elle vraiment assez naïf pour qu'il l'imagine à vingt-trois ans sans aucune expérience ?

Vêtue d'une robe de cocktail verte de coupe sobre et chaussée de talons aiguilles démesurés, Tawny descendit l'escalier avec précaution au côté de Navarre. Ils s'adressaient à peine la parole et elle se sentit embarrassée lorsqu'il insista pour lui prendre la main. Sam vint à leur rencontre et les entraîna dans le grand salon, où l'apéritif était servi. Après avoir répondu aux questions de Tawny sur le château, il leur proposa de le visiter.

La tour n'était pas aussi grande qu'elle le semblait vue du ciel. Beaucoup de pièces étaient exiguës ou de forme bizarre mais Tawny tomba sous le charme de l'atmosphère créée par les murs de pierre et les cheminées. Elle considéra Catrina avec surprise lorsque celle-ci se plaignit de la difficulté à chauffer « cette baraque ». Son mari en revanche était enthousiasmé par les multiples possibilités qu'offrait la nature environnante. L'aile victorienne de la propriété, récemment restaurée, était occupée par une immense salle de réception, une buanderie et une cuisine ultramodernes, ainsi que par les logements du personnel.

— Vous n'êtes pas avec Navarre depuis très longtemps,

n'est-ce pas ? demanda Catrina, tandis que les deux hommes parlaient affaires devant les baies vitrées.

Le soleil descendait lentement sur la lande onduleuse et teintait les montagnes de pourpre dans le lointain.

— C'est vrai, répliqua Tawny en souriant, déterminée à jouer son rôle du mieux possible.

Catrina s'assit à côté d'elle.

— Il est obsédé par son travail.

— Les hommes qui réussissent ont tendance à l'être.

Ses sœurs ne se plaignaient-elles pas souvent du temps que leurs maris consacraient à leurs affaires ?

— Navarre sera toujours plus excité par son dernier projet que par vous.

Tawny ne se laissa pas démonter par la perfidie de cette remarque.

— Oh ! ça m'étonnerait, répliqua-t-elle d'un ton léger en dépliant délibérément les doigts de sa main gauche, à laquelle brillait le somptueux diamant rose.

Jetant un coup d'œil à son hôtesse, elle constata que celle-ci dévorait Navarre des yeux. De toute évidence, il lui avait laissé un souvenir impérissable que le mariage n'avait pas suffi à effacer.

— Navarre ne changera pas, insista Catrina. Il se lasse très facilement. Aucune femme ne reste plus de quelques semaines dans son lit.

— Oh ! je ne suis pas jalouse de son passé. La majorité des hommes finissent par se fixer auprès d'une femme et c'est ce qu'il a décidé de faire. Entre nous c'est exceptionnel.

— Que voulez-vous dire ? demanda Catrina d'un ton crispé.

Puis elle s'esclaffa et lança plus fort :

— Navarre… Qu'est-ce qui te paraît exceptionnel chez Tawny ?

— Sa joie de vivre communicative, répondit Navarre avec un naturel qui fit chaud au cœur de Tawny. Et puis aussi… mais comment exprimer l'indicible par des mots ?

A la fin de la soirée, Tawny était aguerrie aux petites

flèches de son hôtesse. Heureusement que d'autres invités les rejoindraient demain ! songea-t-elle. De toute évidence, ses deux années de mariage avec Sam Coulter n'avaient apporté à Catrina qu'un profond sentiment d'insatisfaction.

Ayant décidé de faire des efforts pour se mettre dans la peau de son personnage, elle avait troqué son pyjama contre une chemise de nuit lorsqu'elle se glissa entre les draps de l'immense lit à baldaquin. Ce qui ne suffisait pas à lui donner de l'assurance. Dire qu'elle était obligée de dormir avec Navarre… Comment avait-elle pu se mettre dans cette situation impossible ?

La porte de la salle de bains s'ouvrit et il apparut, torse nu, en pantalon de pyjama.

— Je rêvais d'avoir un lit comme ça quand j'étais enfant, déclara-t-elle pour se donner une contenance.

A son grand dam, elle ne pouvait s'empêcher de le dévorer des yeux. Les cheveux humides et hérissés, la mâchoire recouverte d'une barbe naissante, il avait un charme irrésistible. Et à en juger par ses pectoraux, il faisait régulièrement du sport… Son regard s'attarda sur la toison brune qui recouvrait son torse, puis descendait en pointe vers son ventre plat pour disparaître sous la ceinture de son pyjama. Un long frisson la parcourut.

— Bravo pour le cinéma que tu as fait à Sam, déclara-t-il d'un ton sarcastique. Il était d'autant plus ravi de répondre à tes questions sur l'histoire de Strathmore que tu buvais ses paroles.

Elle tressaillit.

— Ce n'était pas du cinéma ! L'histoire était ma matière favorite après les arts, et j'ai toujours été fascinée par les bâtiments anciens. Tu es toujours aussi méfiant envers les femmes ?

Haussant les épaules, Navarre se coucha de l'autre côté du lit.

— Disons que l'expérience m'a rendu prudent.

— Catrina n'arrive pas à t'oublier, n'est-ce pas ? C'est pour ça que tu voulais une fausse fiancée ?

— C'est l'une des raisons.

Tawny éprouvait un besoin irrépressible de parler pour masquer son embarras.

— Je dois donner un coup de téléphone, demain matin…

— Pas question.

— Si tu essaies de m'en empêcher, je me débrouillerai pour le faire derrière ton dos ! J'appelle ma grand-mère tous les samedis et si je ne lui donne pas de nouvelles elle va s'inquiéter. Tu pourras écouter notre conversation, si tu veux.

— Je vais y réfléchir.

— Tu as intérêt, insista-t-elle en se penchant machinalement sur lui.

Il enfonça les doigts dans ses boucles cuivrées et plongea son regard dans le sien.

— N'essaie pas de m'allumer.

— Comment oses-tu ? protesta-t-elle d'une voix étranglée.

Navarre eut une moue narquoise.

— Tu ne m'as pas dit que tu étais vierge pour attiser mon désir ?

— Bien sûr que non ! Je voulais juste que tu comprennes pourquoi il est stupide de me soupçonner de vouloir monnayer mon corps !

Navarre était fasciné par la veine qui battait furieusement à la base du cou de Tawny, et par la naissance de ses seins, dévoilée par l'encolure de sa chemise de nuit qui bâillait.

— Je pensais aussi que mon inexpérience te rebuterait, au contraire, ajouta Tawny d'une voix qui s'éteignit quand leurs regards se croisèrent. Lâche mes cheveux…

— Non, j'apprécie trop la vue.

Prenant conscience du spectacle dont il bénéficiait, elle s'empressa de plaquer sa chemise de nuit contre sa poitrine, les joues en feu. Elle voulut s'écarter de lui, mais il referma la main sur sa nuque et s'empara de sa bouche. Aussitôt, elle fut submergée par un désir irrépressible. Sans savoir comment, elle se retrouva allongée sur le dos, immobilisée par une cuisse de Navarre, tandis qu'il approfondissait son baiser. Promenant les doigts sur ses épaules, elle savoura la dureté de ses muscles sous sa peau satinée. Il referma la main sur un de ses seins et caressa sa pointe durcie du bout du pouce. Effrayée par l'intensité des sensations qui l'assaillaient, elle s'arracha à sa bouche avec un petit cri étranglé.

— Non !

— Que dois-je faire pour que tu changes d'avis ?

Elle tressaillit.

— Que veux-tu dire ?

Il pressa son bassin contre sa hanche afin qu'elle n'ait aucun doute sur la vigueur de son désir.

— Je suis prêt à t'accorder tout ce que tu veux pour parvenir au résultat souhaité. J'ai envie de toi.

Elle s'écarta vivement de lui.

— Combien de fois faudra-t-il t'expliquer que je ne veux rien ! De toute façon, je travaille pour toi. Rien que pour ça, nous ne devrions pas dormir dans le même lit.

Et s'il lui offrait de garder tous les diamants ? se demanda Navarre. Il avait tellement envie d'elle qu'aucun prix ne paraissait trop élevé. Mais ce serait la traiter comme une prostituée. Or elle était visiblement sincère lorsqu'elle disait que cette idée la révoltait. Fou de frustration, il scruta son visage. Elle était visiblement au bord des larmes…

Serrant les dents, il s'écarta d'elle, lui tourna le dos et éteignit la lumière. Elle soufflait le chaud et le froid mais il semblait de plus en plus probable que ce n'était pas une tactique de sa part pour faire monter les enchères. Et si elle était vraiment vierge ?

Dans l'obscurité, des larmes inondèrent les joues de Tawny. Elle était dépassée par la situation et c'était insupportable ! Elle n'avait jamais compris pourquoi les gens faisaient tant d'histoires à propos du sexe. Jusqu'à ce que Navarre l'embrasse… Il avait le pouvoir de lui faire perdre la tête. D'ailleurs, en ce moment même elle était à deux doigts de s'abandonner à l'élan qui la poussait vers lui. C'était insensé !

Elle tressaillit alors que Navarre se levait d'un bond en étouffant un juron et gagnait la salle de bains à grands pas. Le bruit de la douche lui arracha un soupir coupable. Elle avait répondu à son baiser. Elle l'avait encouragé. Mais après tout, la frustration n'était sûrement pas plus pénible pour lui que pour elle…

Tôt le lendemain matin, la première chose qu'elle vit en ouvrant les yeux dans la pénombre, ce fut Navarre. Plus superbe que jamais, il était debout au pied du lit, vêtu d'une tenue de chasse qui mettait en valeur sa silhouette athlétique.

— Quelle heure est-il ? demanda-t-elle en étouffant un bâillement.

— Rendors-toi. A moins que tu aies changé d'avis et que tu veuilles venir à la chasse ?

Elle eut une moue dégoûtée. Il pouffa.

— Apparemment, non… Tu ne veux pas tuer d'adorables petits oiseaux, c'est bien ça ?

— Ce n'est pas mon truc, en effet, répliqua-t-elle avec un sourire en se remémorant l'air ahuri de Sam Coulter quand il avait entendu cette description très personnelle du coq de bruyère.

— Nous rejoindras-tu pour le déjeuner de chasse ?

— Je ne sais pas. C'est Catrina qui organise la journée. Elle a parlé d'aller dans un spa.

— Ça va te plaire.

— Ça m'étonnerait ! Je déteste tous ces soins de beauté. C'est d'un ennui mortel ! Si je pouvais choisir, je ferais une balade à cheval ou à pied.

— Tu sais monter à cheval ? s'exclama Navarre sans masquer sa surprise.

— Mes grands-parents habitaient à côté d'un manège et j'y ai travaillé plusieurs étés comme palefrenière.

Navarre s'assit sur le lit à côté d'elle.

— Tu pourras téléphoner à ta grand-mère ce soir, avant la réception.

Un sourire ravi illumina le visage de Tawny.

— Merci.

Navarre effleura sa main, posée sur le drap.

— J'ai réfléchi. Il est possible que je souhaite prolonger notre association.

— Que veux-tu dire ?

— J'aurai peut-être envie de continuer à te voir après la fin de notre contrat.

Tawny s'efforça d'ignorer les battements affolés de son cœur.

— Il n'y a aucun avenir pour nous, répliqua-t-elle d'un ton neutre.

— Quand je suis irrésistiblement attiré par une femme, il y a toujours un avenir.

— Un avenir limité au lit le plus proche !

— Toutes les liaisons ne commencent-elles pas de la même manière ?

Malheureusement, il avait raison, reconnut-elle. Sauf qu'elle ne voulait pas avoir envie de lui. Cette attirance irrésistible blessait son amour-propre ! Malgré ça, elle s'imaginait en train de se rallonger pendant qu'il se déshabillait fébrilement pour la rejoindre sous les draps… Elle n'avait plus aucun contrôle sur le cours de ses pensées. Le feu qui couvait en elle menaçait de lui faire perdre une fois de plus la raison. Son corps n'avait pas les mêmes réticences que son esprit. Peu lui importait l'avenir. Tout ce qu'il réclamait c'était l'assouvissement…

— Ce soir, j'aimerais te faire l'amour, murmura Navarre en effleurant ses lèvres du bout des doigts.

Elle fut submergée par une vague de désir qui lui coupa le souffle.

Le déjeuner de chasse fut servi aux hommes au milieu de la lande, pendant que les femmes qui n'appréciaient pas ce genre de réjouissances partageaient un repas plus civilisé avec Catrina et Tawny au château. De l'entrée au dessert, ce fut un concours de snobisme. Relations mondaines, grands couturiers attitrés, cadeaux somptueux, séances de shopping extravagantes, vacances fabuleuses, c'était à qui afficherait la vie la plus fastueuse.

Tawny trouva l'ambiance si détestable qu'elle fut soulagée de se retrouver au spa. Chacune étant dans une cabine individuelle, elle put enfin cesser de faire semblant d'être dans son élément au milieu de ces femmes soi-disant distinguées.

— Ça ne durera pas entre vous et Navarre, lui murmura Catrina dans la voiture qui les ramenait à Strathmore.

— Pourquoi dites-vous ça ?

— Navarre finira par se lasser et il passera à autre chose. Comme avec moi. J'ai été amoureuse de lui, moi aussi. J'ai bien vu comment vous le regardez. Vous ne le quittez pas des yeux. Quand il vous laissera tomber, vous allez en baver, croyez-moi.

— Merci pour votre sollicitude, ironisa Tawny entre ses dents.

Etait-il vrai qu'elle ne le quittait pas des yeux ? C'était d'autant plus inquiétant qu'elle n'en avait pas du tout conscience… Lorsqu'elle regagna la chambre, elle jeta un coup d'œil par la porte ouverte de la salle de bains et son cœur fit un bond dans sa poitrine. Navarre était déjà là, complètement nu, en train de se sécher les cheveux avec une serviette. Les joues en feu, elle détourna vivement les yeux et ouvrit l'armoire pour y prendre la tenue qu'elle avait prévu de mettre. Une robe de soie or, qui mettait en valeur ses boucles flamboyantes et sa peau blanche.

« Ce soir, j'aimerais te faire l'amour. » Au souvenir de ces paroles qui l'avaient poursuivie toute la journée, elle fut parcourue d'un long frisson. La serviette nouée sur les hanches, Navarre sortit de la salle de bains et lança son portable sur le lit.

— Tu peux appeler ta grand-mère.

Elle l'alluma mais il n'y avait pas de réseau. Navarre lui tendit le sien.

— Essaie avec celui-ci.

Celestine répondit à la première sonnerie.

— J'ai essayé de t'appeler hier, mais je n'ai pas réussi à te joindre. J'ai pensé que tu étais peut-être trop occupée pour répondre, ma chérie. Et un vendredi soir, je me suis dit que c'était bon signe, ajouta la vieille dame d'un ton joyeux. Je me suis réjouie à l'idée que tu avais sans doute rendez-vous avec un garçon.

— Justement, ce soir je suis invitée à une fête, déclara Tawny, sachant que sa grand-mère serait ravie de cette nouvelle. Pourquoi as-tu essayé de me joindre ?

— Une amie à toi m'a appelée. Elle m'a dit qu'elle n'arrivait pas à te joindre elle non plus. C'est ton amie Julie.

— Oh… ça ne devait pas être très important.

Tawny déglutit péniblement. Que voulait encore Julie ? Comment osait-elle déranger sa grand-mère ? Et où avait-elle bien pu trouver son numéro de téléphone ? Espérait-elle que Celestine pourrait lui dire où Navarre l'avait emmenée ?

— Que vas-tu mettre pour aller à cette fête ? demanda la vieille dame.

Tawny lui donna une foule de détails sur sa tenue. Quel dommage qu'elle ne puisse pas raconter à sa grand-mère qu'elle avait passé la soirée en compagnie de Tia Castelli et son mari après avoir assisté à la cérémonie des BAFTA ! Et elle aurait tellement aimé pouvoir lui décrire le château où elle séjournait… Mais nul doute que Navarre considérait toutes ces informations comme confidentielles. Tawny se contenta donc de poser des questions à la vieille dame sur ses propres occupations et son entrain la rassura. Contrairement à sa fille Susan, Celestine était d'un tempérament jovial et elle prenait la vie du bon côté.

— Tu sembles très proche de ta grand-mère, commenta Navarre lorsqu'elle lui rendit son téléphone.

— C'est un amour, répondit Tawny en rassemblant ses vêtements pour aller se changer dans la salle de bains.

Pas question de donner à Navarre de nouvelles raisons de croire qu'elle avait décidé de l'allumer…

— Et ta mère ?

— Les relations sont un peu tendues entre nous en ce moment, répondit-elle avec franchise.

Sa mère et elle n'étaient pas réellement brouillées mais leur dernière discussion avait été particulièrement orageuse... De fait elles avaient toujours été en conflit. Elle avait toujours refusé de se teindre les cheveux en châtain malgré l'insistance de sa mère et elle avait fait la tête lorsque celle-ci lui avait offert un soutien-gorge rembourré. Au lycée, elle avait toujours brillé dans les matières que sa mère considérait comme inutiles. Par la suite, elle avait refusé de faire une école de commerce pour choisir un métier qui lui laissait peu d'espoirs de faire fortune. Enfin, elle n'avait pas tiré parti du milieu privilégié dans lequel évoluaient à présent ses demi-sœurs pour rencontrer le gendre dont rêvait sa mère. Et, bien sûr, sa décision de travailler comme femme de chambre avait été la goutte d'eau qui avait fait déborder le vase. Elle ne serait jamais la fille dont Susan pourrait se vanter auprès de ses copines...

S'efforçant de chasser ces pensées de son esprit, Tawny entreprit de se maquiller. Elle avait bien observé la maquilleuse qui s'était occupée d'elle pour la cérémonie des BAFTA. Après avoir souligné ses yeux d'un trait d'eye-liner et appliqué du fard doré sur ses paupières, elle mit une généreuse couche de gloss fraise sur ses lèvres.

Sa robe étant dotée d'une gaine, elle dut inspirer profondément puis se contorsionner pour l'enfiler sans aide. Enfin prête, elle reprit sa trousse de maquillage et sortit de la salle de bains. Navarre se figea en la voyant, visiblement ébloui.

— Tu es sublime dans cette robe. Cette couleur te flatte le teint et tes cheveux sont magnifiques.

— Merci.

Ravie, elle s'assit à la coiffeuse. Tout en mettant les boucles d'oreilles et le bracelet en diamants, elle admira discrètement le reflet de Navarre dans le miroir. Vêtu d'un costume anthracite assurément taillé sur mesure, il était superbe. Elégant, intelligent, beau comme un dieu, Navarre Cazier était l'image même de l'homme idéal... Mais d'où lui venait cette pensée ? Elle ferait bien de revenir sur terre... Tout cela, depuis sa robe et ses bijoux jusqu'à sa prétendue relation avec Navarre

Cazier, n'était qu'une imposture. L'euphorie déclenchée par le compliment de Navarre l'abandonna et son cœur se serra.

Non, elle ne vivait pas un conte de fées avec son prince charmant dans un château romantique.

Elle faisait semblant.

6

Vers minuit, Navarre entra dans la salle de réception et la parcourut du regard jusqu'à ce qu'il repère Tawny.

Dans la lumière tamisée, elle rayonnait comme un astre avec sa chevelure flamboyante, sa robe dorée et les diamants qui scintillaient à ses oreilles. Le visage radieux, elle écoutait avec un intérêt manifeste le grand blond qui lui parlait, une main posée sur sa taille. Navarre reconnut immédiatement ce dernier. Tor Henson, un banquier richissime, qui plaisait beaucoup aux femmes.

Navarre s'était absenté pratiquement toute la soirée pour discuter affaires avec Sam Coulter, laissant Tawny se débrouiller seule. Ce qui ne l'empêcha pas d'être agacé qu'elle semble passer une excellente soirée. De toute évidence, elle n'avait eu aucun mal à le remplacer… Assailli par une bouffée de rage, il traversa la salle à grands pas.

— Je suis désolé…

Au son de sa voix Tawny pivota sur elle-même et le regarda d'un air mi-soulagé, mi-contrarié.

— Où étais-tu passé pendant tout ce temps ?

Navarre emprisonna sa main dans la sienne. Il n'avait qu'une envie : l'éloigner de Henson et l'emmener dans leur chambre, dans leur lit…

— Merci de vous être occupé d'elle pour moi, Tor, murmura-t-il d'un ton glacial.

— Je ne suis pas une gamine qui a besoin qu'on s'occupe d'elle ! protesta Tawny, tandis qu'il l'entraînait sur la piste de danse. Que se passe-t-il, Navarre ? Pourquoi cet air furieux ?

— Oh ! pour rien ! rétorqua-t-il d'un ton sarcastique en la prenant dans ses bras. Je te laisse seule cinq minutes et je te retrouve en train de flirter avec un autre homme !

S'efforçant d'ignorer le trouble qui s'emparait d'elle, elle s'écria avec indignation :

— Tu m'as laissée seule pendant deux heures !

— Est-ce si extravagant de compter sur toi pour m'attendre tranquillement là où je t'ai laissée ?

— Oui ! Je ne suis pas un parapluie ! Et je ne flirtais pas ! Tor et moi, nous étions simplement en train de discuter. Il sait que je suis fiancée !

— Ce n'est pas le genre de détail qui l'arrête, figure-toi !

Prenant conscience que la voix de Navarre vibrait de colère, Tawny le considéra avec stupéfaction.

— Tu es jaloux…

— Bien sûr que non ! Pourquoi serais-je jaloux ? rétorqua-t-il en resserrant son étreinte autour d'elle pour la plaquer contre lui.

Au contact de sa virilité pleinement éveillée, elle sentit une chaleur se répandre entre ses cuisses.

Il enfonça les doigts dans ses boucles soyeuses et s'empara de sa bouche dans un baiser possessif auquel elle répondit avec ardeur. D'ordinaire, il n'était pas démonstratif en public. Mais, à cet instant, il était dominé par un besoin primaire de marquer son territoire. Puis il s'arracha à ses lèvres et l'entraîna vers la sortie.

— Allons-y.

Le souffle court, elle le suivit sans protester. Elle mourait d'envie qu'il l'embrasse encore, qu'il…

— Cette nuit ne sera pas une fin mais un début, murmura-t-il d'une voix rauque en fermant la porte de la chambre d'un coup de pied.

Elle ne voulait pas qu'il parle… Elle voulait juste qu'il

l'embrasse ! Tant qu'il l'embrasserait, elle serait incapable de réfléchir et de se demander si elle n'était pas en train de commettre une erreur…

Il ouvrit la fermeture Eclair de sa robe, puis fit remonter ses doigts le long de son dos avant de dégrafer son soutien-gorge. Parcourue de longs frissons, elle sentit ses genoux se dérober, tandis qu'il refermait les mains sur ses seins et caressait délicatement leurs pointes dressées. Comme c'était bon… Elle n'avait jamais imaginé que le désir pourrait lui couper les jambes, songea-t-elle confusément en se laissant aller contre lui, le souffle court.

Puis elle pivota dans ses bras et l'embrassa tout en faisant glisser sa veste sur ses épaules. Il s'arracha à ses lèvres le temps de finir d'enlever sa veste et de déboutonner sa chemise. Fascinée par la toison noire qui s'échappait de celle-ci, Tawny avait la gorge sèche. Elle brûlait d'envie de promener ses mains sur lui, d'explorer son corps… C'était comme s'il l'avait envoûtée, comme s'il avait éveillé en elle des désirs dont elle n'avait jamais été consciente auparavant… Elle posa les mains sur son ventre plat et savoura le frisson qui le parcourait.

Il la souleva légèrement pour la débarrasser de sa robe, qui glissa à terre. Avant qu'elle ait eu le temps d'être embarrassée de se retrouver en culotte de soie blanche et talons aiguilles, il s'assit sur le lit et l'attira vers lui. Tout en lui léchant la pointe d'un sein, il glissa une main dans sa culotte et effleura son sexe doux et gorgé de désir. Assaillie par des sensations inouïes, elle laissa échapper un gémissement.

— Je te veux entièrement nue, murmura-t-il en faisant glisser sa culotte sur ses cuisses.

Après la lui avoir enlevée, il la débarrassa de ses chaussures. Puis il referma les lèvres sur la pointe d'un sein, qu'il suça avec gourmandise tout en caressant délicatement la fleur de sa féminité. Elle glissa les doigts dans ses cheveux, submergée par des sensations dévastatrices.

— Tu as trop de vêtements, parvint-elle à murmurer d'une voix hachée.

Il l'allongea sur le lit, puis se déshabilla. La chemise et le pantalon furent très vite suivis par le slip. C'était la première fois qu'elle voyait un homme nu en proie au désir. Eblouie, elle ne parvenait pas à détacher ses yeux de sa virilité fièrement dressée. Elle était à la fois intimidée et terriblement excitée par ce témoignage impressionnant de son désir pour elle.

Les joues en feu et le corps frémissant, elle se glissa entre les draps. Après s'être emparé d'un préservatif dans la table de nuit, il la rejoignit et lui enleva ses boucles d'oreilles. Puis il scruta son visage anxieux.

— Que se passe-t-il ?

Pour toute réponse, elle noua les bras sur sa nuque et l'embrassa. Elle avait besoin d'être emportée par la passion pour oublier son embarras. Il quitta sa bouche pour ses seins, léchant et aspirant tour à tour les deux bourgeons jusqu'à ce qu'elle ondule des hanches en gémissant. Traçant un sillon de baisers jusqu'à la fleur de sa féminité, il se mit à l'honorer du bout de la langue. Choquée, Tawny tressaillit et voulut se dérober. Mais il l'agrippa par les hanches et la maintint en place tout en continuant de la soumettre à ses caresses diaboliques. Les sensations qui montaient du plus profond d'elle lui firent bientôt perdre toute inhibition. Parcourue d'ondes mystérieuses annonciatrices d'un plaisir prodigieux, elle creusait les reins avec de longs gémissements modulés, les doigts plongés dans les cheveux de Navarre. Soudain, une ultime vague la submergea et elle fut emportée dans un maelström dévastateur.

— Navarre…, murmura-t-elle un instant plus tard d'une voix à peine audible.

Elle eut vaguement conscience qu'il enfilait un préservatif. Quelques secondes plus tard, il prit place entre ses cuisses et entra en elle avec d'infinies précautions. Une brève douleur la transperça et elle se raidit en laissant échapper un petit cri. Il s'immobilisa et l'enveloppa d'un regard étincelant.

— Tu disais la vérité…

— Toutes les femmes ne sont pas des menteuses, répliqua-t-elle dans un souffle.

Il s'enfonça lentement dans le cœur brûlant de sa féminité tout en s'emparant de sa bouche. A la fois déterminé à faire preuve de douceur et taraudé par un désir lancinant, il faisait des efforts surhumains pour garder le contrôle de lui-même. Tawny creusa les reins pour mieux l'accueillir en elle et il s'enfonça encore. Soudain, il fut emporté dans un tourbillon irrésistible. Incapable de contenir plus longtemps le feu qui le consumait, il se perdit en elle dans une succession de va-et-vient puissants. Déjà parcourue de nouvelles ondes de plaisir, Tawny s'abandonna au rythme de ses reins, de plus en plus frénétique. Bientôt, elle fut balayée par un raz-de-marée qui lui coupa le souffle. A peine eut-elle conscience que Navarre s'abattait sur elle quelques secondes plus tard avec un cri rauque, le corps agité de spasmes de plaisir.

Lorsqu'elle rouvrit les yeux, encore étourdie, elle était rompue, privée de forces, certaine de ne plus jamais pouvoir bouger. Quelle chance elle avait… Navarre lui avait fait vivre une première fois extraordinaire. Or elle savait que c'était rarement le cas. Le serrant étroitement dans ses bras, elle déposa un baiser sur la peau satinée de son épaule. Il s'écarta d'elle, se leva et gagna la salle de bains.

Une semaine plus tôt, ce n'était qu'un homme d'affaires milliardaire, client de l'hôtel où elle travaillait, songea-t-elle confusément. Et aujourd'hui, qu'était-il ? Un amant fantastique qui pouvait également se révéler exaspérant… mais aussi l'homme qui la payait pour faire semblant d'être sa fiancée. Brusquement ramenée à la réalité, elle eut un pincement au cœur. Comment avait-elle pu oublier l'aspect financier de leur accord ? Un détail qui rendait la situation forcément épineuse. Mais pas un problème insurmontable, décida-t-elle aussitôt. Et comment regretter les moments inoubliables qu'elle venait de vivre dans les bras de Navarre ?

Lorsque Navarre sortit de la salle de bains, Tawny dormait

d'un sommeil profond, une main sous la joue comme une enfant, le visage à demi dissimulé par un fouillis de boucles flamboyantes. Il eut aussitôt envie d'elle et l'intensité de son désir le perturba. Le désir, c'était fantastique tant qu'on parvenait à le maîtriser. Celui qu'il éprouvait pour cette jeune femme menaçait de lui faire perdre le contrôle de la situation. Or il voulait à tout prix éviter les complications. Après une enfance mouvementée, il s'était construit une existence qui lui convenait et il n'avait pas l'intention d'en changer. Dès sa naissance la vie l'avait façonné pour être solitaire, et il le resterait toujours. Ni contraintes ni attaches, c'était son credo.

Cependant, il avait séduit Tawny. Après lui avoir pris sa virginité, il éprouvait un curieux besoin de la protéger. Certes. Mais il ne fallait pas oublier que c'était une voleuse, à qui il ne pouvait pas faire confiance.

Tawny se réveilla dans l'obscurité, immédiatement consciente d'une sensation nouvelle entre ses cuisses et de douleurs dans des muscles dont elle ignorait l'existence jusque-là. La mémoire lui revint aussitôt et elle se leva silencieusement. Sur la pointe des pieds, elle gagna la salle de bains. Malgré l'heure tardive, elle se fit couler un bain et se plongea dans l'eau chaude avec délectation pour faire le point. Elle avait couché avec Navarre Cazier et ç'avait été fantastique…

Mais pas question de se laisser aller à la rêverie. Elle devait rester lucide. Une attirance aussi irrésistible que celle qu'ils éprouvaient l'un pour l'autre ne pouvait être qu'éphémère. Il fallait éviter à tout prix de s'attarder sur les sentiments qu'il commençait à éveiller en elle. Sa joie quand elle avait compris qu'il était jaloux du banquier, sa fierté quand il riait à ses plaisanteries, son exaltation quand il lui disait qu'elle était belle. Et son bonheur immense quand elle avait découvert la passion qu'elle déchaînait en lui, tellement en contradiction avec son flegme habituel…

Bien sûr, elle était consciente de s'être engagée sur un

terrain dangereux. Elle avait baissé sa garde et pris un risque, contrairement à son habitude. Mais n'était-elle pas prête à renouveler cette expérience fabuleuse ? Pas seulement pour le plaisir physique. Pour la première fois de sa vie, elle s'était sentie follement vivante et elle avait eu le sentiment extraordinaire d'être en communion avec quelqu'un.

Perdue dans ses pensées, Tawny sortit de la baignoire et se sécha avec une serviette moelleuse. Pas question d'être lâche et de faire machine arrière sous prétexte que cette histoire ne se terminerait probablement pas bien pour elle. Après tout, elle n'avait que vingt-trois ans. C'était beaucoup trop jeune pour vouloir à tout prix une relation durable. Elle regagna la chambre sur la pointe des pieds et se glissa entre les draps.

Un bras musclé se referma sur elle. Se blottissant contre Navarre, elle huma avec délectation l'odeur de sa peau. Elle posa la main sur son ventre et il émit un grognement ensommeillé.

Elle fit glisser la main vers sa cuisse et eut un sourire ravi. Même endormi, il la désirait… Emoustillée, elle s'enhardit et effleura sa virilité du bout des doigts. Avec un nouveau grognement, il se rapprocha d'elle et se mit à la caresser dans un demi-sommeil. Aussitôt, elle s'enflamma tout entière. Les pointes de ses seins se dressèrent, tandis qu'une délicieuse chaleur se répandait en elle.

Se redressant brusquement, Navarre se glissa entre ses cuisses et plongea en elle d'un seul mouvement. Alors qu'elle nouait instinctivement les jambes sur ses reins pour mieux l'accueillir, il s'enfonça au plus profond d'elle avec un gémissement étranglé. Avec une nonchalance exquise, il se mit à aller et venir dans le cœur brûlant de sa féminité, accélérant peu à peu le rythme et l'emportant dans un tourbillon de sensualité. Les doigts crispés sur ses épaules, elle sentait le plaisir monter en elle, implacable. L'explosion qui la secoua lui arracha un cri rauque, auquel se mêla celui de Navarre lorsqu'il joignit sa jouissance à la sienne.

Mais alors qu'elle savourait les ondes qui la parcouraient encore et encore, il s'arracha brusquement à ses bras avec un juron et roula sur le côté pour allumer la lumière. Aveuglée, elle tressaillit.

— C'était un piège, n'est-ce pas ? lança-t-il, visiblement furieux.

Abasourdie, elle se redressa d'un bond.

— De quoi parles-tu ?

— Je n'ai pas mis de préservatif !

— Oh ! mon Dieu…

L'estomac de Tawny se noua.

— Je suis tellement désolée. Je… je n'y ai pas pensé…

— Vraiment ? Tu m'as réveillé pour que je te fasse l'amour. Dans l'excitation du moment, des tas d'hommes oublieraient de prendre des précautions !

— Tu ne crois tout de même pas que je t'ai délibérément incité à faire l'amour alors que tu dormais à moitié dans l'espoir que tu oublierais de mettre un préservatif ? s'exclama-t-elle avec incrédulité, les joues en feu.

— Pourquoi pas ? Un jour j'ai surpris une femme en train de percer un préservatif dans l'intention de me faire un enfant dans le dos ! Pourquoi serais-tu différente ? Les hommes riches sont toujours une cible rêvée pour les femmes intéressées. Quand un homme met une femme enceinte, il est censé subvenir à ses besoins et à ceux de l'enfant des années durant !

— Je te plains beaucoup, commenta Tawny en s'efforçant de contenir ses larmes. Ça doit être terrible d'être aussi soupçonneux et de vivre dans la méfiance perpétuelle. Tout le monde n'est pas déterminé à t'escroquer ni à te soutirer de l'argent, figure-toi !

— Je t'ai déjà surprise en train de me voler, rappela-t-il d'une voix glaciale. Alors excuse-moi d'avoir du mal à croire à ta haute moralité.

Au comble de l'humiliation, Tawny était blanche comme un linge. Il avait une bien piètre opinion d'elle s'il la croyait capable de lui tendre un piège aussi immonde. De toute évidence, il n'avait pas changé d'avis à son sujet depuis leur première rencontre. Il la prenait toujours pour une petite voleuse sans scrupule. Dire qu'elle s'imaginait qu'il la voyait d'un autre œil depuis qu'ils avaient fait l'amour… Avait-il réellement surpris une femme en train de percer un préservatif ? Quelle horreur ! Pas étonnant qu'il soit aussi cynique s'il avait l'habitude de fréquenter ce genre de femmes…

— Nous reparlerons de ça demain, déclara-t-il en éteignant la lumière.

— Inutile, répliqua-t-elle d'un ton crispé en lui tournant le dos. Je suis sûre qu'il n'y a aucune raison de s'inquiéter.

Malgré cet optimisme de façade, l'inquiétude l'empêchait encore de trouver le sommeil quand la respiration régulière de Navarre lui indiqua qu'il s'était rendormi. Pourquoi avait-elle décidé d'ignorer qu'il la payait des milliers de livres pour faire semblant d'être sa fiancée ? L'argent pervertissait toujours les relations entre les gens. Il avait élevé un mur entre Navarre et elle. Il était riche, elle était pauvre. Même s'il ne l'avait pas surprise en train de prendre son portable, cela suffirait à creuser entre eux un fossé infranchissable. Comment avait-elle pu croire qu'une relation, même éphémère, était possible entre eux ? Il venait de lui prouver à quel point elle s'était trompée…

Lorsque les premières lueurs de l'aube furent perceptibles derrière les rideaux, Tawny se leva avec précaution. Inutile de rester allongée plus longtemps. Elle pouvait très bien aller se promener sans déranger toute la maison. Elle mit les seuls vêtements qui lui appartenaient, son jean et son T-shirt à motifs de squelette, enfila par-dessus une veste en laine à col de velours, puis chaussa des bottes à lacets. Elle quitta la chambre et descendit au rez-de-chaussée à pas de loup. Une fois dehors, elle inspira une grande bouffée d'air frais. Vivement qu'elle puisse reprendre sa liberté ! Dieu merci, la comédie des fiançailles serait bientôt terminée.

Dans quelques jours elle serait de retour chez elle, prête à chercher un autre emploi.

Avec un peu de chance, le tourbillon d'émotions auxquelles elle était en proie s'apaiserait dès que Navarre Cazier sortirait de sa vie…

7

— Tawny ! Je vous ai vue arriver par la fenêtre. Navarre va être soulagé. Il vous cherche partout ! lança Catrina depuis le porche du château.

Ebouriffée par le vent, Tawny monta les marches de pierre avec embarras. Non seulement elle s'était absentée plus longtemps que prévu mais elle revenait avec de la boue plein les bottes et le pantalon… Son hôtesse ne lui avait pourtant jamais adressé un sourire aussi chaleureux, nota-t-elle distraitement, trop préoccupée par ailleurs pour s'attarder sur ce détail.

— Je suis désolée. Je suis sortie pour faire un tour mais je me suis perdue. Suis-je en retard pour le petit déjeuner ?

— Non, mais Navarre craignait que vous ayez lu le journal et que vous soyez perturbée par cet article… Ce genre de situation est encore plus déplaisant quand on n'est pas chez soi, commenta Catrina d'un ton compatissant.

Tawny se figea au milieu du hall.

— Quel article ?

Son hôtesse lui tendit le journal avec un empressement suspect.

— Je vais demander qu'on vous serve le petit déjeuner dans votre chambre, si vous voulez.

« Le milliardaire et la femme de chambre », lut Tawny en deuxième page. L'article était accompagné d'une photo de Julie — sa meilleure amie autoproclamée — arborant son sourire le plus éclatant. Nul doute que la jeune femme avait réussi à monnayer ses confidences. En l'absence d'informations plus sensibles sur Navarre, un scoop sur des fiançailles improbables avait fait l'affaire…

Tout ce qu'elle avait raconté à Julie au cours de leurs conversations était imprimé noir sur blanc. Et habilement déformé. Depuis la brève période qu'elle avait passée en famille d'accueil jusqu'à la toute récente et mystérieuse brouille avec sa mère. Julie expliquait ensuite qu'en se faisant engager dans un palace « sa meilleure amie » s'était fixé un objectif très précis : rencontrer un homme riche afin de l'épouser. Elle avait d'ailleurs couché avec plusieurs clients fortunés dans l'espoir que l'un d'entre eux l'arracherait à sa condition de femme de chambre pour lui offrir une vie fastueuse jusqu'à la fin de ses jours.

Tawny vibrait de colère. Quel tissu de mensonges ! Qui serait assez stupide pour croire des inepties pareilles ?

— Je suppose que vous préférez prendre le petit déjeuner dans votre chambre, n'est-ce pas ? insista Catrina, décidément trop prévenante pour être sincère.

— Tout le monde a vu ça ?

— Sans doute…

— Je vais prendre mon petit déjeuner en bas, annonça Tawny.

Pliant le journal, elle le cala sous son bras d'un geste désinvolte et se dirigea à grands pas vers la salle à manger en relevant le menton. En franchissant le seuil, elle se rappela soudain qu'elle était échevelée et que son jean était maculé de boue. Trop tard… Tous les regards étaient déjà braqués sur elle. Gardant la tête haute, elle longea la longue table en direction de la place libre à côté de Navarre.

Ce dernier, plus sexy que jamais en chemise à rayures et pantalon de toile, se leva à son approche et tira sa chaise. Elle fut parcourue d'un long frisson et ne put s'empêcher d'admirer ses épais cheveux noirs, ses yeux émeraude et la barbe naissante qui recouvrait sa mâchoire. A son grand dam, malgré sa colère contre lui elle fut assaillie par une bouffée de désir.

— Je vais te chercher quelque chose à manger, déclara-t-il en se dirigeant vers le buffet chargé de plats dans lesquels les invités pouvaient se servir.

Surprise par cette attention, Tawny le regarda remplir généreusement une grande assiette.

— Tu as fait une longue marche… Tu dois mourir de faim, commenta-t-il en posant celle-ci devant elle.

S'efforçant de ne pas pouffer devant la mine effarée de la grande blonde assise en face d'elle devant une assiette de fruits frais, Tawny beurra une première tartine.

— Je n'avais pas prévu de marcher autant. Mais je me suis égarée et je me suis retrouvée sur un chemin boueux. Finalement, j'ai été obligée de suivre la route pour retrouver le château. Je n'aurais pas dû aller aussi loin sans carte, conclut-elle tandis qu'il lui servait du café.

Pourquoi était-il aussi attentionné après avoir été aussi odieux quelques heures plus tôt ? se demanda-t-elle en mettant deux sucres dans son bol. N'avait-il donc pas lu le journal ? N'était-il pas persuadé qu'elle n'avait pris son portable que pour attirer son attention afin de mieux pouvoir le séduire par la suite ? S'il n'avait pas lu l'article, il était bien le seul, apparemment !

Autour de la table, personne ne les quittait du regard. Les invités ne prenaient même pas la peine d'être discrets. De toute évidence, tout le monde espérait assister sinon à une rupture retentissante, au moins à une explication mouvementée.

Navarre fut soulagé de voir Tawny engloutir son petit déjeuner comme si elle n'avait pas mangé depuis un mois. Dieu merci, les calomnies de ce torchon ne lui avaient pas coupé l'appétit ! S'il y avait une chose qu'il admirait par-dessus tout, c'était bien le courage. Or, en choisissant de prendre son petit déjeuner sous les regards inquisiteurs de tous les invités, Tawny avait fait preuve d'un courage impressionnant.

Peu de femmes auraient eu le cran d'affronter une situation aussi embarrassante.

— Il faut que je fasse mes bagages, annonça-t-elle après avoir fini son second bol de café.

Dans l'état d'esprit où elle se trouvait, il ne lui fallut pas plus de dix minutes pour boucler sa valise. Navarre la rejoignit dans la chambre au moment où elle la posait par terre. Elle lui aurait bien proposé de faire la sienne pour s'occuper les mains et l'esprit, mais il l'avait devancée. Sur la défensive, elle croisa les bras.

— Il faut que nous parlions avant l'arrivée de l'hélicoptère, déclara-t-il. Nous allons passer les deux prochains jours dans un autre hôtel, puis je te rendrai ta liberté. Dès notre retour à Londres, je serai accaparé par mon travail de toute façon.

Tawny garda le silence. Quel soulagement de savoir qu'ils ne retourneraient pas dans le palace où elle avait travaillé ! Manifestement, leur contrat allait bientôt se terminer et leurs chemins se séparer. Dire que quelques heures plus tôt il lui avait affirmé que leur nuit d'amour serait un début et non une fin… Mais le pire c'était qu'elle y avait cru !

— J'espère que tu n'es pas enceinte, ajouta-t-il froidement.

Elle tressaillit.

— Moi aussi ! Parce que c'est surtout ma vie qui serait bousillée.

— La mienne aussi, rétorqua-t-il sombrement.

Tawny réprima l'envie de le contredire. En ce qui la concernait, sa naissance avait eu peu d'impact sur la vie de son père. Monty Blake s'était contenté de payer la pension fixée par le tribunal. Il n'avait jamais manifesté le moindre intérêt pour elle. Il ne l'avait jamais invitée chez lui, sa deuxième épouse et leur fille. Il l'avait même délibérément exclue de toutes les fêtes de famille.

Quand sa mère avait décidé de garder son enfant contre sa volonté, il s'était vengé en ignorant l'enfant en question. Si ses demi-sœurs n'avaient pas décidé d'entrer en relation avec elle à l'époque où elle était au collège, elle n'aurait jamais eu l'occasion de faire leur connaissance. Comment aurait-elle osé prendre contact avec elles, alors que son père lui donnait depuis toujours le sentiment de ne pas être digne d'être sa fille ?

Ce soir-là, Tawny se retrouva de nouveau dans une chambre d'hôtel en compagnie d'Elise. Navarre avait longuement discuté en italien au téléphone pendant que la voiture avançait au pas dans les embouteillages londoniens, puis il était ressorti tout de suite après leur arrivée à l'hôtel. Cette fois, cependant, la suite qu'il avait réservée comportait deux chambres. Elle n'était pas censée dormir sur le canapé ni partager son lit. Leur aventure était terminée.

Au souvenir des accusations qu'il lui avait lancées le matin même un peu avant l'aube, elle fut de nouveau submergée par la colère et l'amertume. Mieux valait en effet garder ses distances afin d'éviter de nouveaux malentendus… Pendant qu'Elise regardait la télévision, elle se défoula à l'aide de son carnet de croquis, en illustrant par des dessins humoristiques sa relation tumultueuse avec Navarre.

Il rentra juste après minuit et échangea quelques mots avec Elise, tandis qu'elle se levait et éteignait la télévision avant de prendre congé.

Une fois seul, il prit le carnet de croquis de Tawny resté sur l'accoudoir du canapé. « Le Français », lut-il sur la première page. Le premier dessin le montrait chez le grand couturier, en train de lorgner la conseillère tout en feignant d'admirer Tawny dans sa robe du soir. Il s'attarda sur chaque page, en pouffant devant les caricatures pleines d'humour et d'originalité. Il fallait espérer que celle de Catrina en piranha dévorant des hommes avec gloutonnerie ne serait jamais publiée… Sam serait offusqué qu'on se moque ainsi de son épouse.

Pour illustrer l'indifférence suprême avec laquelle il avait traité l'article calomnieux, elle le montrait beaucoup plus préoccupé par le taux élevé de graisses dans le petit déjeuner anglais que par les révélations sur son passé de femme de chambre… Le voyait-elle comme dénué de toute sensibilité ? Il était vrai qu'il gardait une certaine froideur dans ses relations avec les femmes, parce que l'expérience lui avait appris que c'était plus prudent quand on fuyait les relations durables.

— Oh ! tu es rentré…

Tawny venait de sortir de sa chambre vêtue d'un pyjama décoré de petits singes, qui ne parvinrent pas à détourner l'attention de Navarre de ses seins qui pointaient sous le coton fin.

— J'ai soif, ajouta-t-elle.

Il la suivit des yeux, tandis qu'elle se dirigeait vers la kitchenette pour prendre un verre d'eau. Le contraste entre la finesse de sa taille et la rondeur de ses fesses était fascinant… Malgré sa minceur, elle avait des courbes diaboliquement féminines. Au souvenir de son corps voluptueux ondulant sous le sien, il fut submergé par une vague de désir qui lui coupa le souffle. Chassant cette image de son esprit, il s'efforça de se concentrer sur un sujet moins périlleux pour son sang-froid.

— Pourquoi avais-tu pris mon portable ? demanda-t-il à brûle-pourpoint.

Tawny faillit lâcher son verre.

— Je te l'ai dit. Je croyais que tu avais pris des photos de mon amie nue et que tu avais refusé de les détruire. Elle m'a demandé de prendre ton ordinateur pour pouvoir les effacer. Je l'ai crue. A l'époque je lui faisais confiance. J'ai compris plus tard qu'elle m'avait menti et qu'elle espérait en tirer de l'argent. Elle travaillait pour un journaliste qui cherchait des informations sur toi et tes activités.

— Je sais, acquiesça Navarre, à sa grande stupéfaction. J'ai pris des renseignements sur Julie.

— Et tu n'as jamais pensé à me le dire ?

— Rien ne prouve que tu n'étais pas de mèche avec elle.

— Quel intérêt ? J'avais déjà prévu de tomber enceinte de toi ! rétorqua Tawny d'un ton cinglant. Ce serait tellement plus rentable de mettre au monde un enfant dont tu ne veux pas et d'être obligée de l'élever toute seule !

Mieux valait éviter ce sujet, décida Navarre. Ce n'était pas le moment de l'aborder…

— Je ne savais pas que tu avais été placée en famille d'accueil, toi aussi. Tu ne me l'as pas dit quand je t'ai parlé de mon enfance.

— Je vois que tu as lu cet article avec attention… Je ne suis restée que quelques mois en famille d'accueil. Dès que mes grands-parents ont découvert où j'étais, ils ont proposé de me prendre. Quand j'étais toute petite, ma mère a traversé une mauvaise passe parce qu'elle buvait. C'est pour cette raison que j'ai été placée. Mais elle s'en est sortie et j'ai pu retourner vivre avec elle.

— De toute évidence, tu la respectes pour avoir réussi à surmonter son problème. Pourquoi es-tu fâchée avec elle, aujourd'hui ?

Tawny pâlit.

— A cause du testament de mon grand-père. Mes grands-parents possédaient une maison dans un village où ma grand-mère était très heureuse. Mon grand-père avait légué la moitié de la maison à sa femme et l'autre moitié à ma mère, qui était leur fille unique. Ma mère a obligé ma grand-mère à vendre la maison pour pouvoir toucher sa part.

— Et tu la désapprouves ?

— Bien sûr. Ma grand-mère était déjà accablée par la mort de son mari. Perdre sa maison dans la foulée a été terrible pour elle. C'était très cruel de la part de ma mère. Je sais bien qu'elle a toujours dû lutter pour survivre et qu'elle n'a jamais été propriétaire, mais elle n'aurait jamais dû faire ça. J'ai essayé de la dissuader mais elle n'a rien voulu entendre. Son compagnon avait plus d'influence sur elle que moi. La maison a donc été vendue, et grand-mère qui avait toujours été très généreuse avec nous deux est partie dans une résidence de retraités, où elle est très heureuse, je dois le reconnaître.

— Ta mère a succombé à l'appât du gain et à présent elle doit vivre avec sa mauvaise conscience. Et ta grand-mère a quand même retiré assez d'argent de la vente pour déménager dans un endroit qui lui plaît.

Tawny s'abstint de tout commentaire. Rien n'indiquait que sa mère avait mauvaise conscience. Quant à sa grand-mère, après avoir investi tout son argent dans l'achat de son appartement, elle n'avait plus les moyens de faire face à ses charges. Cependant, il n'était pas question de lui suggérer de trouver un appartement moins coûteux. Elle avait déjà eu une crise cardiaque et le stress d'un nouveau déménagement risquerait de lui être fatal.

— Je vais retourner au lit, déclara Tawny.

Mais elle ne bougea pas, incapable de détacher son regard du visage de Navarre.

— J'ai envie d'y aller avec toi, murmura-t-il d'une voix rauque.

Elle tressaillit comme si elle venait de se brûler, puis elle pivota sur ses talons, regagna sa chambre à grands pas et referma la porte derrière elle. Le corps en feu, elle se blottit sous la couette, les yeux noyés de larmes de frustration. Ce qu'elle pouvait être stupide ! Elle mourait d'envie de refaire l'amour avec lui !

Navarre venait de sortir de la douche lorsque Tia lui téléphona pour lui demander d'amener Tawny à une fête que Luke et elle prévoyaient de donner sur un yacht en Méditerranée pendant tout un week-end. Il était rare qu'il refuse quelque chose à l'actrice, mais cette fois il n'accéda pas à sa demande. Il était plus prudent de couper les ponts avec sa prétendue fiancée, décida-t-il. Mélanger affaires, plaisirs et mensonges ne pouvait pas fonctionner très longtemps. Il allait payer Tawny et tirer un trait sur cet épisode. C'était plus sûr. Il refusait d'envisager la possibilité qu'elle soit enceinte. Si c'était le cas, il assumerait ses responsabilités, mais il n'était pas question qu'il s'inquiète à l'avance.

Lorsque Tawny sortit de sa chambre le lendemain matin pour le petit déjeuner, Navarre était déjà parti.

— Où est ton patron ? demanda-t-elle à Elise.

— Il a des réunions toute la journée. Nous rentrons en France demain… J'ai hâte d'être chez moi.

— Tu vas retrouver ton petit ami.

Le cœur de Tawny se serra. Que Navarre n'ait pas pris la peine de l'informer qu'il quittait l'Angleterre le lendemain était très révélateur. Pour lui, elle ne comptait pas du tout.

Mais la vie reprendrait bientôt son cours normal, se dit-elle avec fermeté. Elle avait eu une aventure sans lendemain et elle n'en était pas très fière. Mais, dès demain, elle chercherait un nouvel emploi. Elle téléphonerait également à son agent pour savoir si on lui avait commandé de nouvelles illustrations. Et puis, ce week-end, elle prendrait le train pour rendre visite à Celestine.

Elise lui apporta les journaux pour qu'elle puisse consulter les petites annonces et elle décida de chercher une place de serveuse plutôt que de femme de chambre. Elle aurait plus de contacts avec la clientèle et le travail serait plus prenant. Son esprit troublé n'avait-il pas justement besoin de distraction ?

Il n'était pas question de passer ses journées à se demander si elle était enceinte de Navarre ! Et encore moins si elle préférerait un garçon ou une fille. Ni si le bébé ressemblerait davantage à Navarre qu'à elle… S'il s'avérait qu'elle était enceinte, elle aurait sans aucun doute des préoccupations beaucoup plus graves. Un jour, sa mère avait reconnu qu'elle avait été ravie quand elle avait découvert qu'elle était enceinte. Mais c'était parce qu'elle pensait naïvement que cette nouvelle consoliderait ses liens avec le père. Pas qu'elle provoquerait la rupture. Pour sa part, elle avait l'avantage de ne se faire aucune illusion au sujet de Navarre Cazier…

Vers 22 heures, Tawny fit couler un bain, dont elle sortit un long moment plus tard la peau rouge et fripée, enveloppée dans un peignoir de l'hôtel. Au même instant et contre toute attente, Elise le croyant sorti pour la soirée, Navarre fit son entrée dans la suite, vêtu d'un costume noir et la mâchoire ombrée par une barbe naissante.

Il salua Elise d'un bref signe de tête. Toute son attention était accaparée par Tawny, incroyablement sexy dans un peignoir trop grand pour elle, les joues rouges et le visage encadré par sa magnifique chevelure flamboyante emmêlée. En même temps qu'une flèche de désir le transperçait, il eut un pincement au cœur. Que lui arrivait-il ? se demanda-t-il avec exaspération. Pourquoi ce soudain sentiment d'insatisfaction alors qu'il avait au contraire toutes les raisons d'être d'excellente humeur ? Il avait obtenu ce qu'il voulait. CCC était à lui. Le contrat avait été conclu à Strathmore après des semaines de négociations entre avocats et consultants, et à présent il était signé.

— Bonsoir, Navarre, dit Tawny d'un ton neutre.

Elise s'éclipsa, les laissant seuls.

— Je pars demain, annonça-t-il, impassible.

Tawny eut le sourire éclatant d'un athlète qui vient de gagner une médaille olympique.

— Elise me l'a dit.

— Je te déposerai chez toi sur le chemin de l'aéroport. J'ai ton numéro de téléphone et je prendrai des nouvelles… évidemment, ajouta-t-il d'un ton crispé.

— Il n'y aura pas de problème, assura-t-elle, devinant à quoi il faisait allusion. A mon avis, mes ovules et ton sperme auront préféré se bagarrer plutôt qu'organiser une fête pour trois !

Navarre crispa les mâchoires.

— J'espère que tu as raison. Il est préférable pour un enfant d'être désiré et aimé.

Tawny déglutit péniblement. C'était si vrai ! Elle-même aurait eu une vie bien différente si sa conception avait obéi à cette logique… Refoulant les larmes qui perlaient à ses paupières, elle se contenta de hocher la tête. Au moins, il ne jouait pas les hypocrites et elle lui en était reconnaissante, songea-t-elle en gagnant sa chambre.

Elle enleva le peignoir et se glissa sous la couette. Les larmes inondèrent ses joues et elle renifla bruyamment, furieuse contre elle-même. Il avait peut-être un goût exécrable en matière de vêtements féminins mais il faisait merveilleusement bien l'amour. C'était la *seule* raison pour laquelle il lui laisserait des regrets. Il aurait fait un amant occasionnel idéal, se mentit-elle.

Une vingtaine de minutes plus tard, on frappa à la porte.

— Entrez ! cria-t-elle en se redressant pour allumer la lumière.

A sa grande stupéfaction, Navarre apparut dans l'encadrement de la porte, uniquement vêtu d'une serviette nouée sur les hanches.

— Je peux rester avec toi, cette nuit ?

Assaillie par une bouffée de désir qui lui coupa le souffle, elle bredouilla :

— Euh…

— J'ai trop envie de toi. J'ai essayé de lutter mais je ne peux pas, reconnut Navarre d'une voix rauque.

Cet aveu de faiblesse devait lui coûter beaucoup, songea-t-elle aussitôt. Il n'était pas si différent d'elle, finalement…

— Viens, répondit-elle en éteignant la lumière pour masquer sa confusion.

Elle aurait tellement aimé avoir la force de lui dire non ! Il la soupçonnait de l'avoir manipulé dans l'espoir de tomber enceinte de lui. Il la croyait intéressée et ne lui faisait aucune confiance. Elle aurait dû le haïr ! Mais comment résister à ce feu ravageur qui la faisait vibrer tout entière ?

Navarre avait passé la journée sur les nerfs. C'était la dernière fois qu'il pourrait passer la nuit avec Tawny. Cette pensée ne l'avait pas quitté, de plus en plus obsédante au fil des heures. Où était son sang-froid légendaire ? Mais après tout, il n'avait jamais prétendu être parfait…

Il s'empara de la bouche de Tawny avec voracité, puis il traça un sillon de baisers jusqu'à ses seins, dont il lécha, suça et mordilla tour à tour les pointes. Aiguillonné par ses gémissements modulés, il poursuivit sa descente, couvrant son corps de caresses et de baisers avant d'honorer la fleur de sa féminité du bout de la langue, déterminé à la rendre folle de plaisir et de désir mêlés. Lorsqu'il finit par céder à ses supplications et à s'enfoncer au plus profond d'elle, un même tourbillon les emporta tous les deux. Quelques instants plus tard, il sombrait dans un gouffre sans fond, tandis qu'elle sanglotait de plaisir contre son épaule.

Dès qu'il trouva l'énergie nécessaire, il bondit hors du lit encore pantelant. Son désir pour elle était si fort qu'il renaissait très vite. Il le savait. Dans quelques instants, il aurait encore envie d'elle. Mais, cette fois, il fallait absolument résister à la tentation, se dit-il fermement, soudain déterminé à se prouver qu'il en était capable. Dans l'obscurité, il chercha sa serviette à tâtons parmi les vêtements éparpillés sur le sol. Tawny se redressa pour allumer la lumière.

— Que fais-tu ?

Serrant le drap contre sa poitrine, elle le regarda avec incrédulité. Il n'allait tout de même pas s'en aller aussi vite ? Juste un coup en vitesse et au revoir ? C'était toute la considération qu'il avait pour elle, désormais ?

Navarre ramassa sa serviette et saisit en même temps un papier froissé qu'il prit d'abord pour un billet de banque tombé d'une poche quand il avait secoué les affaires de Tawny. En le défroissant pour le lui rendre, il y jeta un coup d'œil machinal et lut son nom. Il s'écarta vivement du lit pour lire ce qui était écrit sur le bout de papier.

« Des informations au sujet de Navarre Cazier peuvent vous rapporter beaucoup d'argent. Appelez… »

En reconnaissant le mot, Tawny crut que son cœur s'arrêtait de battre.

— Donne-moi ça !

Le visage fermé, Navarre froissa le bout de papier et le jeta sur le lit.

— Quelles informations as-tu l'intention de vendre ? demanda-t-il d'une voix glaciale.

Encore étourdie par le plaisir qu'ils venaient de partager, Tawny eut l'impression de recevoir une gifle. Le sang se retira de son visage. Croyait-il vraiment qu'elle avait l'intention de vendre des informations sur lui malgré la somme considérable qu'il lui avait proposée en paiement de ses services ?

— Le rachat de CCC a été annoncé dans les journaux du soir. Sur ce sujet, tu as loupé le coche, ajouta-t-il d'un ton sarcastique en nouant la serviette sur ses hanches. Que peux-tu bien avoir d'autre à vendre ?

Inspirant profondément, Tawny accrocha un sourire factice à ses lèvres.

— Des détails croustillants sur ta vie intime, bien sûr. Que tu m'as offert une bague de fiançailles, que tu m'as traitée comme une princesse, que tu m'as fait l'amour comme un dieu, et que tu m'as laissée tomber parce que tu t'es lassé au bout de quelques jours.

Les yeux émeraude de Navarre lancèrent des éclairs

— Je te rappelle que tu as signé un accord de confidentialité.

— Je sais. Mais je doute que tu t'abaisses à me traîner devant les tribunaux uniquement parce que j'aurai révélé au monde entier que tu es capable de tirer ton coup cinq fois de suite, rétorqua-t-elle avec une vulgarité délibérée.

Pas question qu'il puisse deviner à quel point elle était blessée par ses soupçons.

— Et tu ne m'as toujours pas prouvé que l'enregistrement du soi-disant vol de ton portable a été effacé, ajouta-t-elle, soudain inquiète.

Il eut un sourire narquois.

— Il n'y a jamais eu de caméra ni d'enregistrement. C'était une ruse pour t'obliger à marcher droit.

— Quelle ordure !

Furieuse contre elle-même, Tawny se traita intérieurement de tous les noms. Pourquoi n'avait-elle pas exigé de voir cet enregistrement dès qu'il en avait parlé ?

— Ça t'a évité d'être accusée de vol, rappela-t-il.

— Tu n'oublieras jamais cette histoire, n'est-ce pas ?

Question inutile, se dit-elle, le cœur lourd. Elle connaissait déjà la réponse… Aux yeux de Navarre Cazier, elle serait toujours une voleuse et une femme qu'on pouvait acheter en y mettant le prix.

— Tu es vraiment décidée à vendre ton histoire à la presse ?

— Oui, désolée. Je veux mon quart d'heure de gloire. Pourquoi n'y aurais-je pas droit ? Bon voyage ! ajouta-t-elle d'un ton qu'elle espérait léger.

— Tu as au moins une qualité : tu es un bon coup, déclara-t-il sèchement avant de quitter la chambre.

Tawny s'en voulait tellement d'avoir accepté de coucher avec Navarre une dernière fois qu'elle ne ferma pas l'œil de la nuit. Vers 7 heures, elle entendit Jacques qui venait chercher les bagages de son employeur. Un peu plus tard, Navarre quitta la suite.

Une fois certaine qu'il était parti, elle sortit de sa chambre, épuisée par sa nuit blanche et le moral au plus bas. A sa grande stupéfaction, elle trouva sur la table, à côté de son portable, un chèque du montant convenu. Voulait-il lui prouver que, contrairement à elle, il tenait sa parole ?

Il avait également commandé un petit déjeuner pour 8 heures. Complet, comme elle l'aimait… Cependant, la boule qui lui nouait la gorge ainsi qu'une légère nausée empêchèrent Tawny d'avaler quoi que ce soit.

Après avoir tourné en rond pendant un moment, elle finit par prendre le chèque et par le mettre dans son sac. Elle ne pouvait tout de même pas le laisser sur la table…

Elle mit ensuite les vêtements qu'il lui avait achetés dans la valise siglée et quitta la suite à son tour, la mort dans l'âme.

8

— Si Tawny ne se décide pas à prévenir Cazier, je vais finir par le faire à sa place, décréta Sergios Demonides en regardant sa belle-sœur jouer au ballon au soleil avec ses trois aînés, Paris, Milo et Eleni.

Lorsqu'elle était en maillot de bain, il était impossible d'ignorer le contraste entre la silhouette fine de Tawny et son ventre déjà rond.

— Nous ne pouvons pas intervenir, protesta Bee, son épouse. Il l'a fait souffrir. Elle a besoin de temps pour s'adapter à cette nouvelle situation…

— Combien de temps ? A-t-elle l'intention d'attendre que le bébé soit né pour annoncer à Navarre qu'il est père ? Un homme a le droit d'être informé *avant* la naissance. Il n'est certainement pas aussi irresponsable qu'elle…

— Elle n'est pas irresponsable ! s'exclama Bee en prenant dans ses bras leur fille Angeli, qui marchait depuis peu et vacillait sur ses jambes. Elle est juste très indépendante. Sais-tu à quel point j'ai dû insister pour la convaincre de venir ici pour prendre un peu de vacances ?

Tawny jeta un coup d'œil à l'intérieur de la maison. Sa sœur et son beau-frère étaient en grande discussion et c'était sans aucun doute une fois de plus à son sujet. Si seulement Sergios pouvait arrêter de se mêler de sa vie ! Il ne pouvait pas s'empêcher de considérer sa grossesse comme un problème qu'il avait le devoir de résoudre…

Cela n'avait toutefois pas empêché Tawny de savourer cette merveilleuse semaine de vacances à Orestos, l'île privée de Sergios. Elle repartait le lendemain pour Londres, où elle retrouverait le mauvais temps et son travail de serveuse dans un self-service. Cependant, elle se sentait revigorée et plus solide après cette pause en compagnie de sa sœur et de sa famille pleine de vie. Sergios était devenu le tuteur de ses trois neveux après la mort accidentelle de son cousin. Avec l'arrivée récente de leur premier enfant, l'adorable Angeli, Bee était une maman très occupée. Et une femme très heureuse. Pour sa part, elle serait incapable de supporter le caractère dominateur et autoritaire de Sergios, songea Tawny. C'était le genre d'homme qui avait un avis sur tout et qui ne pouvait s'empêcher d'imposer sa volonté aux autres. Et pourtant, Bee avait le don de freiner ses élans d'autoritarisme. Il suffisait qu'elle le regarde pour qu'il se taise brusquement et qu'il lui sourie, comme si elle l'avait touché avec une baguette magique.

— Ça me rend malade de savoir que tu vas reprendre un travail aussi pénible, déclara Bee, ce soir-là après le dîner, alors que les deux femmes contemplaient le coucher de soleil depuis la terrasse. Tu aurais dû profiter de ton séjour pour te reposer davantage.

— Comme toi ? la taquina Tawny.

Pendant toute sa grossesse, sa sœur avait eu un emploi du temps surchargé et ne s'était pas posée un seul instant.

— J'avais Sergios pour me soutenir… et ma mère, répondit Bee.

Emilia, la mère de Bee, qui était handicapée, vivait dans une maison située sur la propriété et prenait une part active dans la vie de famille. Alors que celle de Tawny vivait avec son compagnon divorcé et les enfants de ce dernier dans la maison qu'elle avait achetée avec sa part de l'héritage de son père. En apprenant que sa fille était enceinte d'un homme qu'elle ne voyait plus, elle avait été horrifiée et l'avait exhortée à avorter. Ce qui n'avait pas amélioré leurs relations.

Aucun soutien à attendre de ce côté, songea sombrement Tawny. Sa grand-mère était beaucoup plus tolérante mais elle habitait loin de chez elle. Depuis qu'elle travaillait comme serveuse, elle ne la voyait plus qu'une fois par mois.

— C'est dommage que tu aies affirmé à Navarre que tu n'étais pas enceinte quand il t'a appelée il y a quelques semaines, ajouta Bee d'un air gêné.

— Je croyais sincèrement que c'était le cas. Le premier test que j'ai fait était négatif ! rappela Tawny. Tu penses vraiment que j'aurais dû le rappeler trois semaines plus tard pour lui dire que je m'étais trompée ?

— Oui, insista Bee malgré le regard réprobateur de sa sœur. C'est aussi son bébé. Il faut que tu l'acceptes. Plus tu attendras pour clarifier la situation, plus elle sera compliquée.

Tawny tourna la tête pour masquer les larmes qui noyaient ses yeux. Enceinte de quatorze semaines, elle était un peu plus émotive chaque jour et son corps se transformait rapidement. Son ventre s'était arrondi, sa taille avait épaissi et ses seins avaient doublé de volume. Depuis qu'elle avait pris conscience de sa grossesse, elle se sentait terriblement vulnérable et elle avait le sentiment de ne plus contrôler ni son corps ni sa vie. Lorsqu'elle était plus jeune, sa mère lui avait raconté cent fois que son père n'avait pas caché son mépris ni son ressentiment en apprenant qu'elle était enceinte d'un enfant dont il ne voulait pas.

La perspective de se retrouver dans la même position en face d'un homme qui la soupçonnait de l'avoir délibérément piégé lui était insupportable.

— Je sais que Navarre t'a fait souffrir, poursuivit Bee. Mais tu devrais quand même le mettre au courant.

— Je suis tombée follement amoureuse de lui, reconnut Tawny pour la première fois d'une voix tremblante.

Bee posa la main sur la sienne dans un geste de réconfort.

— Je n'avais jamais imaginé que je pourrais aimer un

homme à ce point et il est sorti de ma vie avant même que je prenne conscience de la profondeur de mes sentiments pour lui. Mais, de toute façon, je n'aurais rien pu faire pour arranger les choses entre nous…

— Et si tu essayais de lui parler sans perdre ton calme ? Ce serait un bon début…

Jamais elle n'y arriverait, songea aussitôt Tawny. Comment trouver la force de parler à un homme qui allait sans aucun doute lui demander d'avorter ? Pourquoi devrait-elle se justifier d'avoir décidé de garder son bébé ? Le lendemain matin au réveil, elle décida de lui annoncer la nouvelle par texto.

Le premier test n'était pas fiable. Je suis enceinte de 4 mois. De TOI.

Au cas où il aurait des doutes, mieux valait être très claire, songea-t-elle en pressant la touche « Envoyer » avant d'avoir le temps de changer d'avis. Bee fut choquée par son choix, mais Sergios trouva que c'était mieux que rien.

Navarre était déjà au travail dans son imposant bureau parisien quand il reçut le texto. Atterré, il dut se retenir pour ne pas pousser un hurlement. Décidément, elle finirait par le tuer ! Comment pouvait-elle lui annoncer une telle nouvelle par texto ? Comment avait-elle pu taper « TOI » en majuscules comme s'il risquait de contester le fait, alors qu'elle était vierge quand ils avaient couché ensemble pour la première fois ? Il l'appela sans attendre, mais elle ne répondit pas. Une heure plus tard, il avait annulé tous ses rendez-vous et demandé que son jet soit prêt à décoller pour Londres le plus tôt possible.

A peu près au même moment, Tawny descendit de l'avion qui la ramenait de Grèce. Elle s'arrêta chez elle juste le temps de déposer sa valise et de se changer pour le service du soir. Ayant décidé que seul le fait de se retrouver à la rue pourrait la convaincre d'accepter de l'argent d'un homme qui l'avait traitée de bon coup, elle n'avait pas encaissé le chèque de Navarre. Elle avait donc été obligée de travailler dur. Par chance, quelques semaines plus tôt elle avait vendu plusieurs dessins destinés à une série de cartes de vœux, ce qui couvrait le loyer de Celestine pour les prochains mois. Quant à son salaire de serveuse, il lui permettait de faire face à ses propres dépenses. Par ailleurs, son agent avait été si enthousiasmé par ses caricatures du Français qu'il les avait envoyées à plusieurs magazines. Elle espérait donc pouvoir bientôt s'accorder un peu de répit.

Navarre s'installa au fond du self-service où travaillait Tawny et but lentement une tasse du plus mauvais café noir qu'il avait jamais bu. Outré qu'elle ait attendu aussi longtemps pour le mettre au courant de la situation, il la regarda sortir de derrière le comptoir pour débarrasser les tables. Les cheveux attachés sur la nuque, elle était vêtue d'une tunique et de leggings. A première vue, elle était toujours aussi mince… Ce fut seulement lorsqu'elle se redressa qu'il vit son ventre rond.

De plus en plus furieux, Navarre crispa les mâchoires. Elle avait beau être enceinte de lui et visiblement obligée d'occuper un emploi fatigant et ingrat pour survivre, elle n'avait toujours pas encaissé le chèque qu'il lui avait laissé à l'hôtel ! Il avait demandé à la banque de l'informer dès que ce dernier serait débité de son compte, mais les semaines avaient passé et il avait attendu en vain. De même qu'il avait guetté dans la presse la publication de révélations croustillantes sur leur liaison. Rien non plus de ce côté. Le message était clair, avait-il fini par comprendre. C'était sa façon à elle de prendre sa revanche. En refusant d'accepter son argent et en s'abstenant de vendre « leur histoire » comme elle l'en avait menacé, elle lui signifiait qu'il s'était trompé à son sujet et qu'elle n'avait pas besoin de lui. C'était bien la première fois qu'une femme le traitait par le mépris…

Et, par-dessus le marché, il avait reçu un coup de téléphone de sa sœur Bee, qui tenait à lui dire ce qu'il ne fallait surtout pas faire pour éviter de la braquer. Bee Demonides l'avait appelé alors que son jet venait tout juste d'atterrir à Londres et elle s'était présentée avec assurance. Il avait découvert que Tawny lui avait caché plusieurs secrets qui auraient pourtant pu l'aider à mieux la comprendre. Sa demi-sœur était mariée à l'un des hommes les plus riches du monde et elle n'y avait jamais fait la moindre allusion. Elle s'était même extasiée devant le château loué par Sam Coulter et le faste de la réception des BAFTA, comme si elle n'avait jamais eu l'occasion d'évoluer dans un milieu aussi aisé.

Après avoir chargé Jacques de prendre des renseignements sur elle, il avait également appris que l'autre demi-sœur de Tawny, Zara, était mariée à un banquier italien, lui aussi très fortuné. Dans ces conditions, comment imaginer qu'elle avait volé son portable dans l'intention d'y récupérer des informations à vendre à la presse ? Et pourquoi éprouvait-elle le besoin de travailler comme femme de chambre ou serveuse alors qu'il y avait dans sa famille des gens sûrement prêts à l'aider à trouver des emplois beaucoup plus valorisants et rémunérateurs ? Cette fille était un véritable mystère !

Tawny remplissait le lave-vaisselle dans la cuisine quand son patron vint la trouver.

— Il y a un homme qui t'attend au fond de la salle. Il dit qu'il est un de tes amis et qu'il est venu te parler d'un problème familial. Je lui ai dit que tu pouvais partir tôt. Il n'y a pas beaucoup de monde, ce soir. J'espère que ce n'est pas grave.

Une sourde angoisse s'insinua en Tawny. Il était peut-être arrivé quelque chose à sa mère et Rob, son compagnon, était venu la prévenir ! L'estomac noué, elle prit son manteau et son sac et regagna précipitamment la salle. En voyant Navarre, elle se figea, le souffle coupé. Il leva la tête et elle croisa le regard étincelant de ses yeux émeraude. Elle se dirigea aussitôt vers lui sans même l'avoir décidé.

— Partons d'ici, déclara-t-il en la rejoignant avant qu'elle ait le temps d'atteindre sa table.

Comme un automate, elle le suivit dehors vers la limousine qui attendait à quelques mètres, le long du trottoir. Il l'aida à monter dedans et sa main trembla dans la sienne. Trois mois qu'elle ne l'avait pas vu… Trois mois qui lui avaient semblé une éternité. Le voir réapparaître aussi soudainement était un choc immense. Sans compter qu'elle aurait préféré être prévenue de sa visite pour avoir la possibilité de choisir une tenue appropriée et de se préparer à l'affronter. Elle se sentait horriblement vulnérable… Une fois de plus, il l'avait surprise dans un uniforme qui mettait en évidence le gouffre qui les séparait. Le milliardaire et la serveuse…

— Je ne m'attendais pas…

— Tu croyais pouvoir me balancer une bombe sans que ça me fasse ni chaud ni froid ? Tu me crois vraiment insensible à ce point ? Désolé de te décevoir.

Tawny s'empourpra.

— C'est une telle surprise…

— Comme ton texto, répliqua Navarre en jetant un coup d'œil sur le ventre de Tawny. Je suis encore sous le choc.

— Moi aussi, avoua-t-elle, même au bout de trois mois.

— Pourquoi m'as-tu dit que tu n'étais pas enceinte ?

— J'avais fait un test qui était négatif. C'était sans doute trop tôt. Quelques semaines plus tard, je ne me sentais pas bien. J'ai acheté un autre test et celui-là a été positif. Je ne savais pas comment t'annoncer que je m'étais trompée…

— Alors tu as choisi la solution de facilité et tu as gardé le silence.

Piquée au vif par le ton sarcastique de Navarre, Tawny protesta avec véhémence.

— Il n'y a rien eu de facile dans ce que j'ai vécu ensuite, figure-toi ! Je n'avais personne à qui confier mes angoisses. J'ai dû continuer à travailler alors que j'avais des nausées presque tous les matins et que la moindre odeur de cuisine me rendait encore plus malade. Quand on travaille dans un restaurant c'est très désagréable ! Et je n'ai jamais été aussi fatiguée que pendant ces premières semaines !

— Si tu avais encaissé mon chèque, tu aurais pu te reposer. Nous avions un accord et tu avais gagné cet argent. Cependant… je comprends pourquoi tu n'as pas voulu y toucher.

Stupéfaite, Tawny resta bouche bée.

— Tu… comprends ?

— La dernière nuit, j'ai été odieux. Je me suis conduit de manière inexcusable, reconnut Navarre d'un ton crispé.

Consciente de l'effort que représentait un tel aveu de la part d'un homme aussi fier, Tawny se radoucit.

— Je n'ai pas arrangé les choses. Je n'aurais pas dû prétendre que j'avais l'intention de vendre à la presse des ragots à ton sujet.

— Et moi, je n'aurais pas dû me montrer aussi soupçonneux. En ne voyant rien dans les journaux, j'ai compris que je m'étais trompé à ton sujet.

— Ce mot m'a été remis subrepticement avant notre départ pour l'Ecosse. Je suppose que Julie y était pour quelque chose. Elle a même téléphoné à ma grand-mère pour essayer de savoir où nous étions partis. J'ai mis le papier dans ma poche et je l'ai oublié. Je n'ai jamais eu l'intention d'appeler ce numéro de téléphone.

— Oublions ça. Nous avons des problèmes plus importants aujourd'hui.

— Comment as-tu découvert où je travaille ?

— C'est ta sœur Bee qu'il faut remercier.

Tawny poussa une exclamation de surprise et Navarre lui rapporta sa conversation avec sa sœur au téléphone. Au comble de la confusion, elle ne savait plus où se mettre. Elle adorait Bee, mais cette situation était très embarrassante…

— Bee ne supporte pas que les gens soient fâchés. Elle est très douée pour les réconcilier, mais j'aurais préféré qu'elle me fasse confiance et qu'elle me laisse régler cela moi-même.

— Ça partait d'un bon sentiment. Tu as de la chance d'avoir une sœur qui se préoccupe de tes problèmes.

— Zara se mêle moins des affaires des autres, mais elle a des opinions tout aussi arrêtées.

Elle n'était pas toujours d'accord avec ses sœurs et ses beaux-frères, mais elle était heureuse de les avoir. Navarre, lui, n'avait aucune famille, se rappela soudain Tawny avec un pincement au cœur. Quel dommage pour lui… Avoir des proches résolus à vous dire la vérité et à prendre soin de vous était une grande chance.

— Où allons-nous ?

— Ta sœur et ton beau-frère ont gentiment proposé de mettre leur hôtel particulier à notre disposition. Nous avons besoin d'un endroit où discuter tranquillement et j'en ai assez des hôtels. Il faut que je songe à acheter quelque chose dans cette ville.

Quel soulagement de ne pas être obligée d'emmener Navarre dans sa chambre meublée ! songea Tawny. Il était tellement habitué au luxe qu'il n'aurait jamais pu se détendre dans un endroit aussi miteux. Or elle avait envie de pouvoir discuter avec lui dans une atmosphère sereine. Puisqu'ils allaient avoir un enfant, il était essentiel que leurs relations s'apaisent.

La gouvernante de Bee et de Sergios les accueillit avec chaleur et les conduisit dans le salon. Tawny enleva ses chaussures avec soulagement et se pelotonna sur un canapé moelleux. Tout à coup, elle se moquait de ne pas être à son avantage dans sa tenue de travail et de n'avoir pour tout maquillage qu'un peu de mascara sur les cils. Après tout, quelle importance ? De toute façon, Navarre ne la voyait plus comme une femme séduisante. Trois mois s'étaient écoulés depuis qu'il l'avait quittée et il n'avait plus jamais cherché à la revoir. Le coup de téléphone qu'il lui avait passé par devoir pour savoir si elle était enceinte ne comptait pas, bien sûr. Et vu tout ce qui les opposait, c'était probablement mieux ainsi.

Navarre ne pouvait s'empêcher d'être fasciné par le comportement de Tawny. Elle était d'un naturel confondant… De toute évidence, elle n'avait pas l'intention de faire le moindre effort pour l'impressionner. Elle n'avait même pas eu le réflexe de mettre un peu de rouge à lèvres. Les femmes qu'il fréquentait d'ordinaire étaient toujours en représentation et ne reculaient devant aucun artifice pour le séduire. Mais, de toute façon, si elle avait mis du rouge à lèvres, elle ne le garderait pas longtemps… Un frisson de désir le parcourut, tandis qu'il admirait son visage délicat et l'élégance de son corps menu dans cette position de détente. Et ce petit ventre rond qui modifiait sa silhouette, c'était l'enfant qu'il lui avait fait. Son enfant… A cette pensée et à sa grande stupeur, Navarre fut submergé par une vague de désir.

Tawny réfléchissait. La situation était compliquée et il fallait essayer de trouver la solution la plus satisfaisante pour chacun d'eux. Mais avant tout, il fallait mettre les choses au clair.

— Je veux garder ce bébé. Ma mère me trouve stupide parce qu'elle estime qu'avoir été mère célibataire a gâché sa vie. Elle me le dit d'ailleurs régulièrement depuis que je suis en âge de comprendre. Cependant, j'ai un point de vue différent. Ce bébé n'a peut-être pas été planifié mais je l'aime déjà et nous nous en sortirons.

— J'apprécie cette attitude positive.

— Vraiment ?

— Oui. Cependant, il semble bien que nous abordions tous les deux cette situation avec derrière nous une enfance difficile. Nous n'avons eu de père ni l'un ni l'autre et nous en avons souffert. N'avoir qu'un seul parent est douloureux pour un enfant.

— C'est vrai.

— Par ailleurs, c'est une lourde charge pour le parent qui se retrouve seul avec l'enfant. Ta mère a eu du mal à s'en sortir et ça l'a aigrie. Quant à la mienne, elle n'a pas pu assumer du tout. L'expérience nous a appris à l'un et à l'autre qu'il est très difficile d'élever un enfant seul et je n'ai pas l'intention de me dérober à mes responsabilités.

Tawny fut à la fois surprise et impressionnée par ce discours.

— Je ne déprécie pas la façon dont ma mère m'a élevée parce qu'elle a toujours fait de son mieux. Cependant, elle a toujours été très amère. Je pense avoir davantage le sens des réalités. Mes aspirations sont moins démesurées. Ou plutôt je suis capable de me contenter de ce que la vie m'apporte.

— Il n'y a pas de raison que tu renonces à tes aspirations parce que tu auras un enfant à élever.

Tawny eut une moue dubitative.

— Il faut bien rester réaliste.

— C'est justement parce que je suis conscient de ce que serait ta vie si tu devais élever seule notre enfant que je suis venu ici pour te demander de m'épouser. C'est la seule solution qui me permettra d'assumer pleinement mes responsabilités. Ensemble nous pourrons offrir à notre enfant une vie beaucoup plus épanouissante que si nous vivons séparés.

Tawny était abasourdie. Pas un seul instant elle n'avait envisagé cette option ! Elle scruta le visage de Navarre. De toute évidence, ce n'étaient pas des paroles en l'air.

— Tu es sérieux, n'est-ce pas ?

— Je veux être à ton côté quand cet enfant naîtra. Et puis je n'ai aucune envie qu'un autre homme prenne ma place dans sa vie. La meilleure solution pour tout le monde, c'est le mariage.

— Mais nous nous connaissons à peine…

— Est-ce vraiment un problème ? Je pense que non. Il est beaucoup plus important que nous soyons prêts tous les deux à nous engager à élever notre enfant ensemble.

Fascinée par l'assurance de Navarre, Tawny ressentit un peu de culpabilité. Elle n'avait jamais imaginé qu'il se sentirait aussi responsable d'elle et de leur bébé. En fait, elle s'attendait qu'il la traite comme son père avait traité sa mère. Avec mépris et ressentiment. Or c'était tout l'inverse… Profondément émue, elle tourna la tête pour masquer les larmes de soulagement qui perlaient à ses paupières.

Mais Navarre était trop observateur pour ne pas les remarquer.

— Que se passe-t-il, chérie ? Qu'ai-je dit ?

Elle sourit à travers ses larmes.

— Ce n'est rien. Ce n'est pas toi. C'est juste que je pleure pour un rien, en ce moment. Mon père a été odieux avec ma mère quand elle lui a annoncé qu'elle était enceinte et je pense qu'inconsciemment je m'attendais que tu réagisses de la même manière. Tu vois, tu n'es pas le seul à commettre des erreurs de jugement.

Navarre avait fini par changer d'avis à son sujet, songea-t-elle avec un sentiment délicieux qui ressemblait à l'espoir. Après avoir constaté qu'elle n'avait pas encaissé le chèque ni vendu aucune information à la presse, il était prêt à lui accorder sa confiance. Désormais, il la traitait avec respect. Il ne la soupçonnait plus d'avoir voulu le piéger et il n'exigeait même pas un test ADN pour s'assurer de sa paternité. Il lui offrait même de l'épouser ! Elle allait accepter, bien sûr. Ce serait impardonnable de ne pas essayer de voir s'ils étaient capables de vivre en harmonie pour le bien de leur enfant.

D'autant plus que c'était l'homme dont, contre toute attente, elle était tombée éperdument amoureuse. L'homme qui lui commandait des petits déjeuners pantagruéliques et se réjouissait de son appétit. L'homme qui lui avait manifesté son soutien devant une bande de snobs, à la parution de l'article calomnieux. Et aussi l'homme qui avait fait preuve d'une jalousie aussi touchante qu'extravagante parce qu'un autre homme s'était intéressé à elle. Ce qui, pour la première fois de sa vie, lui avait donné le sentiment d'être irrésistible…

— Tu aimes les enfants ? demanda-t-elle abruptement.

Navarre eut un sourire amusé.

— Je ne me suis jamais posé la question, mais je crois que oui.

Le cœur de Tawny s'affola dans sa poitrine. Quand il souriait comme ça, il était vraiment sublime…

— Oui, je veux t'épouser, dit-elle en français.

— Tu es une artiste. Je pense que tu aimeras vivre à Paris.

Tout semblait si simple avec lui…

Navarre insista pour inviter la mère de Tawny et son compagnon au restaurant le lendemain soir. Au début, la mère et la fille étaient un peu crispées, mais, à la fin de la soirée, Susan Baxter prit Tawny à part.

— Je suis si heureuse pour toi que je ne sais pas vraiment quoi dire, avoua-t-elle, les larmes aux yeux. Je sais que tu m'en as voulu pour la solution que je t'avais conseillée, mais je ne voulais pas que tu gâches ta vie. Surtout si jeune… J'avais l'impression que tu reproduisais mes erreurs et que c'était ma faute…

— Navarre n'est pas comme mon père, coupa Tawny avec fierté.

— Non, il semble très mûr et très responsable.

Le mot « responsable » serra le cœur de Tawny. Mais sa mère n'avait pas cherché à la blesser, se dit-elle aussitôt. Elle était beaucoup trop sensible depuis qu'elle était enceinte. Navarre tenait à assumer ses responsabilités vis-à-vis de son enfant parce qu'il avait souffert de grandir sans connaître ses parents. De ce fait, elle ne pouvait s'empêcher d'avoir le sentiment que c'était uniquement par devoir qu'il l'avait demandée en mariage. Si seulement il manifestait le désir de partager de nouveau son lit… Mais, cette nuit-là comme la veille, Navarre ne tenta rien.

Le diamant rose retrouva sa place au doigt de Tawny, cette fois pour de bon. Cependant, Navarre restait distant et se concentrait sur les détails pratiques du mariage sans jamais l'évoquer d'un point de vue personnel.

Bee et Sergios proposèrent de mettre leur hôtel particulier à leur disposition pour la réception. Sur l'insistance de Tawny, Navarre finit par accepter après avoir d'abord refusé. Sur sa demande, elle quitta son emploi de serveuse et emménagea dans l'appartement avec service para-hôtelier qu'il avait loué pour elle. De son côté, il retourna à Paris. De là-bas, il chargea un agent immobilier de leur trouver un logement à

Londres, si bien qu'elle se mit à visiter le genre de propriétés luxueuses qu'elle n'aurait jamais imaginé habiter un jour.

Quelques jours après avoir appris par Tawny qu'elle se mariait, Zara lui rendit visite à l'improviste, après avoir laissé sa fille Donata et son fils Piero avec son mari, dans leur propriété proche de Florence.

— Viens-tu me voir maintenant parce que tu ne pourras pas assister au mariage la semaine prochaine ? demanda Tawny, surprise. Je suis consciente que tout le monde est prévenu un peu tard, mais…

— Non, je voulais juste avoir la possibilité de te parler seule à seule *avant* le mariage, répliqua Zara, visiblement tendue.

— Que se passe-t-il ? Oh ! mon Dieu, Vitale et toi vous n'avez pas de problèmes, j'espère ?

Zara devint écarlate.

— Oh ! non… Non, ce n'est pas du tout ça !

Les deux jeunes femmes s'installèrent dans le salon devant un café et des biscuits.

— Alors, dis-moi…, demanda Tawny.

Zara eut une moue embarrassée.

— J'ai beaucoup hésité à venir. Je ne savais pas si je devais te parler ou pas. Bee m'a dit de me mêler de mes affaires et de ne rien dire, alors j'en ai discuté avec Vitale. Et lui m'a conseillé d'être franche avec toi.

De plus en plus intriguée, Tawny plissa le front.

— Je suis désolée, mais je ne comprends pas.

— C'est au sujet de Navarre. Juste des rumeurs. Mais ça fait longtemps qu'elles courent et je ne sais pas si tu es au courant… ni s'il est utile que tu le sois.

Visiblement au supplice, Zara fit une pause avant d'ajouter :

— Je n'ai pas l'habitude de colporter des ragots…

Tawny se raidit, l'estomac noué. Zara était quelqu'un d'adorable qui n'avait pas une once de méchanceté. Si elle estimait devoir lui rapporter des rumeurs au sujet de Navarre, elle avait forcément de bonnes raisons…

— J'aimerais pouvoir affirmer que je n'écoute jamais

les ragots, mais là tu m'en as trop dit. Il faut que je sache de quoi tu parles.

— Souviens-toi que je suis mariée à un Italien…

Zara hésita, visiblement au comble de l'embarras.

— Et, en Italie, on raconte depuis des années que Navarre Cazier a une liaison clandestine qui dure depuis longtemps avec Tia Castelli… tu sais, la star de cinéma ?

9

En entendant ce nom, Tawny recommença à respirer.

— Qui n'a pas entendu parler de Tia Castelli ? s'exclama-t-elle en riant. Il y a des rumeurs au sujet de Navarre et de Tia ? Ça, alors… Quand je les ai vus ensemble…

Zara ouvrit de grands yeux.

— Tu as déjà rencontré Tia Castelli ? Tu l'as vue avec Navarre ? On dit qu'ils restent en contact en permanence.

Tawny expliqua à sa sœur qu'elle avait assisté à la cérémonie des BAFTA et qu'elle avait rencontré Tia et son mari, Luke.

— Etonnant, commenta Zara d'un air songeur. S'ils avaient quelque chose à cacher, je suppose que Navarre fuirait leur compagnie…

— Navarre connaît Tia depuis des années. Il travaillait pour le banquier qui gérait les actions de Tia. C'est comme ça qu'ils se sont rencontrés. Tia ne peut pas s'empêcher de flirter avec tous les hommes. Il faut absolument qu'elle soit le centre d'attention, mais à part ça elle est tout à fait charmante. Je pense qu'on peut dire que c'est une femme à hommes.

— Tu n'as donc rien remarqué de bizarre entre elle et Navarre ? Rien qui te mette mal à l'aise ? insista Zara.

Tawny réprima une moue contrite. A vrai dire, la seule chose qui la mettait mal à l'aise à cet instant précis, c'était de ne pas pouvoir avouer à Zara dans quelles circonstances Navarre et elle s'étaient rencontrés. Ils en avaient discuté et ils avaient décidé que personne n'avait besoin de connaître leur accord initial.

Cependant, il était vrai que, le soir des BAFTA, Navarre avait été plein d'attentions envers Tia… Or la star italienne était une femme d'une beauté exceptionnelle. Tawny s'efforça de se remémorer la soirée. Luke Convery avait semblé contrarié par la complicité manifeste entre sa femme et Navarre… Pas de fumée sans feu, disait-on. Il était très possible que Navarre et Tia aient bel et bien été amants par le passé.

— Ça y est, à cause de moi tu es inquiète, maintenant ! Pourquoi est-ce Bee qui a toujours raison ? s'exclama Zara devant la mine soudain préoccupée de sa sœur. Elle ne t'aurait jamais rapporté ces stupides rumeurs.

Un autre détail venait justement de revenir à l'esprit de Tawny. Elle avait très souvent entendu Navarre discuter au téléphone en italien, une langue qu'il semblait d'ailleurs parler couramment… Etait-ce avec Tia ? Sûrement pas chaque fois qu'elle l'avait entendu parler italien ! se dit-elle avec agacement. Cela aurait voulu dire qu'il téléphonait à la superbe blonde pratiquement tous les jours.

Quand Zara s'en alla en fin d'après-midi, le doute avait germé dans l'esprit de Tawny. Avant leur séparation, Navarre semblait fou de désir pour elle. Mais, depuis qu'ils s'étaient retrouvés et qu'il l'avait demandée en mariage, il n'avait pas eu un seul élan vers elle… Qui satisfaisait sa libido depuis trois mois ? Et pourquoi s'imaginait-elle que, quand il la désirait, il ne pouvait pas également désirer Tia Castelli ? C'était terriblement naïf de sa part. Par ailleurs, Tia était mariée. Par conséquent, même si elle avait une liaison avec Navarre, elle acceptait sûrement qu'il y ait d'autres femmes dans sa vie.

Ce soir-là, Tawny se coucha profondément perturbée et s'agita dans son lit sans parvenir à trouver le sommeil. Mais, sans la moindre preuve que la rumeur dont lui avait parlé Zara était fondée, mieux valait s'abstenir de faire part de ses inquiétudes à Navarre.

Au milieu de la nuit, elle se leva pour faire des recherches sur internet. Une heure plus tard, elle n'avait pas encore fini de visiter tous les sites auxquels renvoyait l'association des noms de Tia et de Navarre, mais elle n'avait rien trouvé de probant non plus. Rien qui ne puisse être expliqué par une vieille amitié. Plusieurs photos montraient Tia et Navarre en train de discuter dans des endroits publics sans qu'il y ait jamais la moindre ambiguïté dans leur attitude. Si les paparazzi, qui ne lâchaient pas l'actrice d'une semelle, n'avaient pas réussi à prendre une seule photo compromettante, c'était sans aucun doute parce qu'il n'y avait rien entre eux.

Mais, pour la première fois, Tawny se demanda quel genre d'informations contenait le portable de Navarre pour qu'il tienne tant à les garder secrètes. Qu'espérait donc trouver le journaliste prêt à payer Julie pour avoir accès au disque dur ? Des données concernant le rachat de CCC ? Sans doute… Quand il avait trouvé par hasard le mot qu'elle avait oublié dans une poche et qu'il l'avait soupçonnée de vouloir le trahir, Navarre s'était moqué d'elle en lui disant que de toute façon l'annonce du rachat avait déjà été publiée. Rassurée, Tawny se recoucha.

C'était une magnifique robe de mariée, créée par un styliste pour masquer la grossesse de la mariée. Après s'être longuement contemplée dans le miroir en compagnie de ses sœurs, Tawny embrassa Zara. C'était elle qui avait repéré la robe, qui dévoilait ses épaules et son décolleté pour mieux détourner l'attention de son ventre.

— On peut dire que tu as des sacrés nichons maintenant, commenta Zara en pouffant.

Tawny sourit. Oui, pour la première fois de sa vie, elle avait la poitrine plantureuse dont elle avait toujours rêvé.

— Tu es heureuse ? demanda Bee d'un air anxieux. Tu es certaine que Navarre est l'homme qu'il te faut ?

Tawny effleura du bout des doigts le diadème de diamants

qui maintenait son voile tout en la faisant paraître un peu plus grande.

— Je ne sais pas si c'est lui ou les diamants qu'il m'a offerts, plaisanta-t-elle. En tout cas, je suis incroyablement heureuse.

Ils avaient trouvé un hôtel particulier dans le quartier où habitaient Bee et Sergios. D'ici quelques semaines, ils disposeraient donc d'un luxueux pied-à-terre à Londres, si bien qu'elle n'aurait jamais le sentiment d'avoir quitté la ville où elle se sentait chez elle. Et ce n'était pas tout. Elle venait de vendre ses premiers dessins humoristiques ! L'une des publications à qui son agent avait envoyé ses dessins les avait transmis à un magazine français du même groupe, dont le rédacteur en chef avait proposé à Tawny un contrat pour une série sur le thème du Français. Folle de joie, Tawny n'en avait pas encore informé Navarre. Elle voulait lui faire la surprise en lui montrant le magazine lorsque les premiers dessins seraient publiés.

— Tu aurais dû me laisser parler à papa. Je suis sûre que j'aurais réussi à le convaincre de te conduire à l'autel.

— Je le connais à peine, Zara. Je n'avais aucune envie qu'il le fasse uniquement pour vous faire plaisir à toi et à Bee. Je préfère nettement que ce soit Sergios. Au moins, il souhaite sincèrement notre bonheur à Navarre et à moi.

Elle avait appris à apprécier Sergios parce que c'était grâce à sa propension à prendre les choses en main qu'une limousine était allée chercher sa grand-mère Celestine chez elle pour l'amener à Londres, où elle passerait la nuit chez Bee.

En pénétrant dans l'église au bras de Sergios, suivie par ses sœurs vêtues de noir et crème, elle prit une profonde inspiration. Tandis qu'elle avançait lentement vers l'autel, toute son attention était concentrée sur Navarre, qui était reparti en France quelques jours après l'avoir demandée en mariage. Superbe en costume trois pièces gris pâle, il lui coupa le souffle comme la toute première fois où elle l'avait vu. A l'idée qu'il serait bientôt son mari, elle sentit son cœur s'affoler dans sa poitrine. Alors qu'elle arrivait à la hauteur des premiers rangs, Celestine, une vieille dame toute petite avec de belles boucles blanches, se tourna vers elle pour lui adresser un sourire radieux.

« Ce n'est qu'un mariage de raison », se rappela-t-elle pour tenter de garder le sens des réalités. Malgré tout, elle ne pouvait pas s'empêcher d'être infiniment heureuse. Elle aima la cérémonie, la voix ferme de Navarre dans ses réponses, la sûreté de ses gestes lorsqu'il glissa l'alliance à son doigt. Son engagement envers elle et leur enfant était sincère, il n'y avait aucun doute à ce sujet. Avant qu'ils quittent l'église, il s'arrêta pour saluer sa grand-mère qu'il n'avait pas encore eu le temps de rencontrer.

— Tu aimes la robe ? demanda-t-elle une fois qu'ils furent seuls dans la limousine qui les emmenait chez Bee et Sergios.

— Je préfère ce qu'il y a dedans, répliqua-t-il.

Navarre eut un pincement au cœur conscient de la lueur de bonheur qui brillait dans les yeux bleu acier de Tawny. Il y avait des parties de sa vie qu'il ne pourrait jamais partager avec elle et c'était peut-être dommage. Il avait toujours réussi à mener une existence sans surprise et à éviter les complications… Jusqu'au jour où Tawny avait fait irruption dans sa vie. Dès cet instant, il avait été continuellement confronté à l'imprévu. Mais à présent qu'ils étaient mariés, tout allait rentrer dans l'ordre. Il n'y avait aucune raison que sa vie ne reprenne pas son cours normal.

Electrisée par l'aveu de Navarre, Tawny sentit les pointes de ses seins se dresser tandis qu'un long frisson la parcourait. Elle s'humecta les lèvres et se pencha vers lui, le souffle court, poussée par une force irrésistible.

— Je vais t'enlever tout ton rouge à lèvres, murmura-t-il d'une voix rauque tout en refermant une main sur sa nuque.

Il s'empara de sa bouche dans un baiser passionné qui acheva de l'enflammer. Submergée par un désir irrépressible, elle n'avait qu'une envie : le renverser sur la banquette et lui faire l'amour. Ce désir était-il partagé ? Elle posa une main sur sa cuisse et la fit glisser plus haut. Pas de doute, il était aussi excité qu'elle… Visiblement surpris par son audace, il tressaillit et s'arracha à sa bouche.

— Mon Dieu, ma belle… tu me mets dans un état insensé. J'ai l'impression d'être de nouveau un collégien.

Tawny exulta. Il la désirait toujours ! Son bonheur était complet… Rassurée, ce fut le cœur en fête qu'elle rejoignit les invités à son bras dans la salle de bal de l'hôtel particulier de Bee et Sergios. S'il ne l'avait pas touchée lors de sa visite, c'était peut-être tout simplement parce qu'il avait décidé de ne pas coucher avec elle avant le mariage. Par moments, il pouvait se montrer un peu vieux jeu. Mais peu importait. Tous les doutes de Tawny s'étaient envolés ! Elle ne se sentait même plus embarrassée d'être enceinte.

Ce fut la tête haute et un sourire éclatant aux lèvres qu'elle accueillit au côté de Navarre tous les gens riches et célèbres qu'il comptait parmi ses amis et ses relations d'affaires. Tia Castelli lui fit la bise sans se montrer aussi chaleureuse qu'auparavant, tandis que Luke lui adressait un sourire nonchalant. Elle comprenait Tia, songea-t-elle. Comment lui en vouloir pour sa froideur ? L'actrice devait être consciente qu'un homme marié serait beaucoup moins disponible qu'un célibataire.

Un peu plus tard dans l'après-midi, elle fut profondément émue quand Bee lui fit remarquer que Navarre était assis en compagnie de sa grand-mère.

— Ils discutent ensemble depuis des heures, ajouta sa sœur.

Tawny les rejoignit et Navarre la prit par la main pour la faire asseoir à côté de lui.

— Tu m'as caché des choses, chérie.

— Et à moi aussi, renchérit Celestine. Pendant longtemps je ne me suis pas doutée que tu payais mon loyer.

Tawny tressaillit.

— De quoi parles-tu ?

— Un autre résident m'a confié qu'il avait des problèmes pour payer les charges, expliqua la vieille dame. Les sommes qu'il a mentionnées m'ont stupéfiée parce que je n'avais pas moi non plus les moyens de payer des factures aussi élevées. J'en ai parlé à mon notaire, et même s'il n'a pas trahi ton secret, j'ai vite compris ce qui se passait. Et je m'en suis terriblement voulu de ne pas m'en être rendu compte plus tôt.

— Ne dis pas de bêtises, grand-mère… je m'en suis très bien sortie, protesta Tawny, désolée que Celestine ait finalement pris conscience de sa situation financière.

— En trimant comme femme de chambre et comme serveuse, fit valoir la vieille dame d'un ton réprobateur. Ce n'est pas normal et je ne l'aurais jamais accepté.

— J'ai rassuré Celestine, intervint Navarre. Je lui ai dit que désormais, puisque je fais partie de la famille, c'est moi qui réglerai ce genre de problème. Et que j'espérais qu'elle viendrait souvent nous voir.

Avec son aide, Tawny finit par apaiser sa grand-mère. Peu après, Celestine reconnut qu'elle était fatiguée et Tawny l'accompagna dans sa chambre.

— Navarre est… très sympathique, commenta la vieille dame avec chaleur. Il est bon et compréhensif. Tu seras très heureuse avec lui.

Après avoir aidé sa grand-mère à défaire son sac et à s'installer, Tawny redescendit. Navarre l'attendait au pied de l'escalier.

— Pourquoi ne m'as-tu jamais dit pourquoi tu avais besoin d'argent ? demanda-t-il sans masquer son incrédulité.

— Tu n'étais pas concerné. C'est ma grand-mère.

— Maintenant c'est aussi la mienne et tu ne feras jamais plus le ménage pour l'aider !

— Ça ne m'a pas dérangée. Je n'avais jamais rêvé d'être femme de chambre, mais c'était le genre d'emploi facile à trouver et ça me permettait de travailler à mes dessins le soir.

Le regard sévère, Navarre prit le menton de Tawny.

— Tu ne pouvais pas me faire suffisamment confiance pour me dire la vérité ? Je te prenais pour une femme intéressée… Je te croyais prête à faire n'importe quoi par appât du gain.

— Uniquement parce que tu as oublié ce que c'est d'être

pauvre. Quand on a besoin d'argent, on met sa fierté de côté. Quand j'étais petite, mes grands-parents étaient très bons avec moi. Je suis prête à tout pour que Celestine soit heureuse et qu'elle n'ait aucun souci.

— C'est tout à ton honneur. Non seulement tu as travaillé dur pour l'aider, mais tu l'as fait sans attendre la moindre reconnaissance de sa part, puisque tu le lui cachais. Je suis très impressionné, reconnut Navarre.

Le regard plein de fierté dont il l'enveloppa fit rougir Tawny.

— Mais pourquoi n'as-tu pas demandé de l'aide à tes sœurs ? ajouta-t-il.

— Elles n'ont aucun lien avec Celestine. Et, de toute façon, je n'aurais jamais l'idée de leur réclamer de l'argent…

— Je suis sûr que Bee aurait été ravie de t'aider…

— Peut-être, mais j'ai toujours préféré me débrouiller toute seule.

Une heure plus tard, alors que Tawny bavardait avec sa mère et son compagnon, Susan souligna que sa robe masquait son ventre rond avec une efficacité remarquable. Amusée, Tawny mit momentanément ce dernier en évidence en tirant sur le tissu.

— On ne le voit peut-être pas mais il est toujours là ! plaisanta-t-elle.

A quelques mètres d'eux, elle vit Tia Castelli qui la regardait fixement, les yeux écarquillés et les traits figés. Puis, brusquement, l'actrice pivota sur elle-même et disparut dans la foule. Tawny la suivit des yeux avec perplexité, mais au même instant Bee vint la chercher en tapotant sa montre. Elle la suivit à l'étage pour se changer avant son départ pour la France en compagnie de Navarre.

Vingt minutes plus tard, chaussée d'escarpins à talons aiguilles vertigineux et vêtue d'une veste sexy sur une jupe de soie bleue et un corsage à fleurs, Tawny redescendait par un petit escalier en compagnie de Bee qui la précédait de quelques marches. Bee s'arrêta si brusquement au pied de l'escalier qu'elle faillit lui rentrer dedans.

— Remontons… j'ai oublié quelque chose !

Bee n'était pas une bonne actrice, et son effarement n'échappa pas à Tawny. Ignorant ses efforts pour l'empêcher d'avancer, Tawny passa devant sa sœur et vit ce qu'elle essayait désespérément de lui cacher. Tia Castelli sanglotait dans les bras de Navarre comme si elle avait le cœur brisé, et ce dernier la regardait avec un mélange d'inquiétude et de tendresse révélatrices de l'intimité de leurs relations. Tawny eut l'impression de recevoir un coup de poignard en plein cœur. Elle savait depuis le début que Navarre ne l'aimait pas et elle l'avait accepté. Mais jamais il ne lui était venu à l'idée qu'il pouvait aimer une autre femme.

Prenant conscience de sa présence, Navarre s'écarta de Tia, qui se retourna et déclara aussitôt :

— Je me suis querellée avec Luke et Navarre m'a emmenée loin de la salle de bal pour m'éviter de me ridiculiser devant tout le monde.

C'était une explication habile prononcée d'un ton très convaincant par une grande actrice. Ça semblait sincère et ça aurait pu être vrai, songea Tawny. Mais elle n'y croyait pas. Ce qu'elle avait vu c'était deux êtres aussi bouleversés l'un que l'autre…

— Je comprends, dit-elle d'un ton neutre.

Pas question de lancer des accusations alors qu'elle n'avait aucune preuve. Elle avait trop d'amour-propre et de bon sens pour commettre cette erreur.

— Tu es ravissante, chérie, murmura Navarre d'une voix suave.

Il ne fallait rien attendre de lui. Ni explications, ni confidences, ni excuses. Il ne se justifierait pas, elle le savait. Elle sourit. Avec un peu de chance, il ne remarquerait pas que ce sourire était purement mécanique. Sans doute était-il surtout soulagé qu'elle ne parle pas italien et qu'elle n'ait pas pu comprendre ce que disait Tia tout en sanglotant, au moment où elle les avait surpris. Mais Bee parlait italien, elle ! se rappela soudain Tawny. Avant de partir, il fallait absolument qu'elle lui demande ce qu'elle avait entendu.

Lorsqu'elle regagna la salle de bal en compagnie de Navarre, Tia et Luke avaient disparu. Mais cette retraite stratégique n'avait rien d'étonnant… Après avoir promis à Navarre de le rejoindre quelques minutes plus tard, Tawny se mit à la recherche de Bee. Elle ne fut pas surprise non plus de la trouver en grande conversation avec Zara. L'une et l'autre étaient visiblement perturbées.

— D'accord… je suis la malchanceuse qui vient de se marier et qui a surpris une célèbre actrice pendue au cou de son mari ! ironisa Tawny. Bee, qu'est-ce que Tia disait à Navarre ?

Ses sœurs échangèrent des regards embarrassés.

— Non, vous ne pouvez pas me le cacher. J'ai le droit de savoir.

Bee déglutit péniblement.

— Tia était bouleversée à cause du bébé. Je pense qu'elle ne savait pas que tu étais enceinte.

— Elle est probablement jalouse. Elle n'a jamais pu en avoir, intervint Zara.

— Mais la personne à qui elle aurait dû confier son chagrin c'est son mari, pas le mien, fit valoir Tawny. Ne vous inquiétez pas. Ce n'est pas un mariage d'amour. Je l'ai toujours su. Ce mariage sera peut-être un échec… il en sera un en tout cas, s'il y a quelque chose entre cette femme et Navarre. Je ne pourrai pas supporter de le partager…

— Je ne pense pas que tu aies des raisons de t'inquiéter, commenta Bee d'un ton apaisant. Si tu les avais surpris en train de s'embrasser, ce serait différent. Mais ils ne s'embrassaient pas. Ne te laisse pas emporter par ton imagination, Tawny. A mon avis, tu n'as rien vu d'autre qu'une grande comédienne qui faisait du cinéma à un homme séduisant. Je soupçonne Tia d'être très forte à ce petit jeu-là et Navarre m'a paru un peu dépassé. A l'avenir, il veillera sûrement à rester plus distant avec elle. Il n'est pas stupide.

*
* *

Dans la voiture qui les conduisait à l'aéroport, Tawny s'efforçait de suivre l'avis de Bee. Navarre commentait leur journée avec le plus grand naturel et elle réagissait de manière appropriée. Mais l'euphorie dans laquelle elle avait passé une partie de la journée s'était évanouie dès l'instant où elle l'avait vu réconforter Tia. Comment lutter contre une femme aussi fascinante ? Tia Castelli était une star internationale au talent immense, adulée par des millions de fans dans le monde entier. Et Navarre tenait à elle. Elle l'avait vu sur son visage quand il la regardait sangloter dans ses bras. Et cette vision l'avait déchirée. Elle aurait donné sans hésiter dix ans de sa vie pour qu'il la regarde ainsi, même si ça ne devait arriver qu'une fois. C'était pour ça qu'elle était aussi malheureuse. En le voyant avec Tia, elle avait eu une conscience aiguë de ce qui lui manquait.

Mais elle devait s'accommoder de la situation, se répéta-t-elle inlassablement pendant le vol pour Paris dans le jet privé de Navarre. S'il y avait une chance que ce mariage fonctionne, il fallait la tenter. Pour son enfant. Pour lui offrir un véritable foyer où il grandirait entre ses deux parents.

Ce silence avait assez duré, décida Navarre dans la limousine qui les conduisait chez lui, à plusieurs kilomètres à l'ouest de Paris. Tawny ne faisait même pas la tête. Non, elle répondait quand il lui parlait, elle souriait même de temps en temps, mais son énergie et sa joie de vivre avaient brusquement disparu. Et c'était glaçant…

— Je ne t'ai jamais vue comme ça… Que se passe-t-il ?

C'était pourtant une question que, par principe, il ne posait absolument jamais à une femme. Mais aujourd'hui il ne pouvait pas s'en empêcher… même s'il craignait de connaître la réponse.

Tawny lui adressa un nouveau sourire factice.

— Je suis juste un peu fatiguée, c'est tout. La journée a été très longue.

— C'est vrai. J'ai tendance à oublier que tu es enceinte. Tu es fatiguée, c'est normal.

C'était leur nuit de noces et elle n'était pas si fatiguée que ça, songea Tawny. Comme elle aimerait pouvoir le dire ! Malheureusement, elle n'était plus assez sûre d'elle pour faire ce genre d'invitation à Navarre…

Un silence tendu s'installa de nouveau dans la voiture. Elle le rompit quelques instants plus tard en poussant une exclamation de surprise, tandis que la limousine traversait un parc immense en direction d'un château majestueux.

— Où sommes-nous ?

— Chez moi, près de Paris.

— Tu es certain que ce n'est pas un hôtel ? demanda-t-elle, le souffle coupé par la taille et la somptuosité de la propriété.

— C'était un hôtel, mais à présent c'est chez moi. Ce n'est pas trop loin de mes bureaux et j'aime être entouré de verdure à la fin de la journée.

Pas étonnant qu'il n'ait pas paru impressionné outre mesure par Strathmore Castle… Abasourdie, Tawny promena un regard intimidé autour d'elle. Le hall semblait assez vaste pour contenir le château écossais tout entier. Navarre possédait un jet privé, certes. Mais elle n'imaginait pas qu'il vivait dans un tel luxe en France… Ils n'appartenaient décidément pas au même monde.

— J'ai l'impression d'être Cendrillon, murmura-t-elle d'une voix éteinte. Tu vis dans un château.

— Je pensais que ça te plairait.

Ils furent accueillis par un majordome au milieu du vaste hall, dont le sol de marbre et les murs garnis de miroirs renvoyaient à Tawny de multiples reflets de sa mine déconcertée.

— En fait, ça ressemble plutôt à un palais, murmura-t-elle quand Navarre l'informa que des rafraîchissements les attendaient à l'étage. Depuis combien de temps habites-tu ici ? demanda-t-elle tandis qu'ils montaient l'escalier monumental.

— Plusieurs années. Tu sais, dans ton état tu ne devrais pas porter des talons aussi hauts…

— S'il te plaît, ne me dis pas ce que je dois porter. Je ne travaille plus pour toi.

— Non. Nous sommes mariés, à présent.

Le ton neutre de Navarre serra le cœur de Tawny. Il parlait comme un homme qui ramenait chez lui une autre femme que celle qu'il aurait voulue…

— Je ne veux pas me quereller avec toi le jour de notre mariage, ajouta-t-il, le visage impénétrable.

— Ai-je dit que je voulais me quereller ? répliqua-t-elle d'une voix un peu trop aiguë.

Il ouvrit une porte et elle entra dans une chambre immense, meublée de plusieurs canapés et tables basses en plus de l'imposant lit à baldaquin.

— C'est trop grand… trop grand et trop chic pour moi ! s'exclama-t-elle.

— Dans ce cas nous vendrons et nous déménagerons…

— Mais tu serais malheureux. Tu es habitué à vivre ici…

— J'ai grandi dans des taudis, rappela Navarre en dardant sur Tawny un regard qui lui donna le sentiment d'être une enfant en train de faire un caprice.

Elle serra les dents. Il fallait à tout prix qu'elle se calme. Qu'elle parvienne à chasser de son esprit l'image du visage parfait de Tia et de son corps tout aussi parfait, toujours paré de tenues d'une élégance suprême… Son cœur se serra au souvenir du déshabillé vaporeux qu'elle avait acheté pour sa nuit de noces. Elle serait ridicule dans une tenue aussi sexy avec ses seins énormes et son gros ventre. Jamais elle n'oserait le porter devant Navarre… ni se montrer nue devant lui, d'ailleurs.

— Tu sais… Je ne suis pas très en forme pour la nuit de noces…

— Je comprends, répliqua Navarre impassible.

Le désarroi de Tawny s'accrut. Elle qui s'imaginait qu'il

allait protester… la prendre dans ses bras, l'embrasser… Pourquoi restait-il figé comme une statue ?

— Tu es fatiguée. Je vais dormir ailleurs.

En réalité, avec son sang-froid habituel, il masquait soigneusement ce qu'il ressentait, soupçonna-t-elle. Il devait être contrarié par son attitude. Il espérait sûrement qu'elle se comporterait comme si rien ne s'était passé. Comme si elle ne l'avait pas surpris avec Tia… Mais comment pourrait-elle oublier la façon dont il regardait la jeune femme qui sanglotait dans ses bras ? Comment pourrait-elle se résoudre à n'être qu'un succédané de la sublime actrice ?

Après lui avoir souhaité une bonne nuit avec une courtoisie horripilante, Navarre quitta la pièce. Les jambes tremblantes, Tawny s'affaissa sur un canapé. Il était parti et elle n'était même pas soulagée… Cette situation était insupportable. Avait-elle eu tort de se montrer distante ? Assaillie par le doute, elle était plus désemparée que jamais. Quel comportement était-on censée adopter dans ce genre de circonstances ? Comment faire bonne figure alors qu'elle était accablée ?

La mort dans l'âme, elle tourna la tête vers le lit. Si elle avait été plus forte, ils auraient pu passer la nuit ensemble…

10

Tawny signa le dessin et se renversa contre le dossier de son siège avec un soupir de satisfaction. Elle travaillait dans la pièce que Navarre avait fait aménager en bureau pour elle. Pour la première fois de sa vie elle avait une table à dessin professionnelle ultramoderne. Sa série de dessins humoristiques, désormais intitulée « Une Anglaise à Paris » et publiée dans un hebdomadaire renommé, avait déjà eu droit à des commentaires élogieux dans la presse. Elle avait même été interviewée sur son double statut de dessinatrice et d'épouse d'un puissant homme d'affaires français.

Des coups frappés à la porte annoncèrent l'arrivée de Gaspard, le majordome, qui lui apportait son café du matin et une collation.

En surface la vie était belle, reconnut-elle en s'efforçant d'être positive. La veille au soir Navarre était à Londres, mais elle ne l'avait pas accompagné parce qu'elle avait du travail. Comme il l'avait prédit, elle adorait Paris. Les immeubles anciens, les ponts majestueux, la Seine qui miroitait sous le soleil d'automne. Quand on parlait français et qu'on était mariée à un Français, on n'avait pas de problème d'adaptation. En fait, sa nouvelle vie en France était un enchantement à présent que sa carrière avait enfin démarré. Elle n'avait pas de problèmes financiers et elle vivait dans un château de conte de fées, où elle était déchargée des tâches ménagères par une armée de domestiques. Et la nourriture était excellente, songea-t-elle en savourant une délicieuse pâtisserie, l'une des spécialités du chef de Navarre.

Après six semaines de mariage, elle était bien obligée d'admettre qu'elle avait beaucoup de chance. Sa tasse de café à la main, Tawny s'observa dans un miroir mural. Les cheveux relevés en un chignon souple au sommet du crâne, comme le lui avait appris son coiffeur, elle portait son jean favori, une tunique ample qui flottait sur son ventre de plus en plus rond, et des bottes en daim. Elle était suivie par un obstétricien parisien et sa grossesse se déroulait bien. Elle éclatait de santé.

En fait, son seul problème, c'était son mariage… Celui-ci était resté au point mort. Elle avait commis une grave erreur en gâchant leur nuit de noces. Il aurait mieux valu crever l'abcès. Demander des explications sur la scène qu'elle avait surprise avec Tia. Quitte à déclencher une querelle. En se retranchant derrière son amour-propre, elle avait mis entre eux une distance impossible à abolir dans une maison aussi grande. Leurs chambres étaient séparées par deux couloirs interminables ! Et encore, pour découvrir où il dormait elle avait dû rester à l'affût dans l'obscurité et le suivre sur la pointe des pieds pour voir où il allait quand il montait en fin de soirée…

Par moments — très souvent, en réalité —, elle devait se retenir pour ne pas hurler de frustration. Il ne l'évitait pas, mais il travaillait énormément. Cependant, elle ne pouvait pas l'accuser de la négliger. Il se mettait en quatre pour lui faire une place dans sa vie et lui montrer Paris comme seul aurait pu le faire un Parisien. Il lui téléphonait régulièrement pour lui donner rendez-vous pour déjeuner ou pour dîner, ou bien pour l'emmener faire du shopping. Il montrait même un empressement étonnant. Toujours très prévenant, il se révélait un compagnon charmant en toute circonstance. Mais il persistait à ne pas la toucher, et ça, ça la rendait folle.

Parfois, elle se demandait même si ce comportement

paradoxal n'était pas une manière subtile de la punir pour sa dérobade lors de leur nuit de noces. Il l'emmenait dans des endroits romantiques mais il la traitait comme si elle était sa tante célibataire de quatre-vingt-dix ans. Il lui avait fait découvrir Ladurée, un salon de thé décoré de boiseries et de fresques du XIXe siècle, où les gens raffinés se rencontraient en fin d'après-midi pour boire un café et manger de délicieux macarons. Il l'avait emmenée à La Hune, une librairie historique située au cœur de Saint-Germain-des-Prés. Dans les boutiques chic de la rue Saint-Honoré, située à proximité du jardin des Tuileries, il avait dépensé une fortune pour elle lors d'une séance de shopping mémorable. Ils avaient dîné chez Lapérouse, célèbre restaurant gastronomique situé quai des Grands Augustins, en face de l'île de la Cité. Dans ce cadre élégant à l'éclairage tamisé et à l'atmosphère feutrée, où l'on dégustait des plats d'un raffinement extrême, elle avait attendu toute la soirée un geste ou au moins un mot tendre. En vain.

Et puis il y avait les cadeaux qu'il lui offrait. Depuis un livre d'art qui l'avait enchantée jusqu'à une paire de Louboutin qui étincelaient comme de l'or pur, en passant par de somptueux bijoux et bouquets de fleurs. En fait, il rentrait rarement chez eux les mains vides. Elle avait compris le message. Il était généreux. Il aimait donner. Mais comment était-elle censée réagir ? Elle soupira. Elle ne comprenait pas l'homme qu'elle avait épousé, pour la bonne raison qu'elle ne comprenait pas ce qu'il attendait d'elle. Leur relation telle qu'elle était lui suffisait-elle ? Un mariage platonique pour le bien de leur enfant ? Ces sorties et ces cadeaux représentaient-ils sa récompense pour ne pas avoir posé de questions sur Tia ? Etait-il possible qu'il soit à ce point insensible et dénué de scrupules ?

Pourtant c'était ce même homme qui avait refermé sa main sur la sienne avec émotion pendant une échographie quand ils avaient vu pour la première fois leur enfant. Cet élan de joie lui avait réchauffé le cœur. Leur petite fille, qu'elle aimait déjà de tout son cœur, aurait un père aimant et attentif. Elle connaissait assez Navarre pour savoir qu'il était primordial pour lui de donner à son enfant tout ce dont il avait manqué lui-même.

Après un déjeuner léger, Tawny fit un tour dans le parc jusqu'à ce qu'une petite pluie fine l'incite à rentrer. On lui donna un paquet qui venait d'être livré pour elle et elle l'emporta à l'étage. Quel cadeau lui avait encore acheté Navarre ? Le paquet contenait une boîte, qu'elle ouvrit. Enveloppée dans plusieurs couches de papier de soie, elle découvrit une ravissante parure de lingerie de soie vert pâle. Un sourire rêveur étira ses lèvres. Etait-ce une invitation ? Ou bien se faisait-elle encore des illusions ? Et si elle mettait cette parure pour l'accueillir ce soir à l'aéroport en lui demandant quelle était la signification de ce cadeau ? Elle pouffa. Quelle idée extravagante !

Cependant, cette pensée la poursuivit tout l'après-midi. Peut-être suffirait-il d'une discussion franche pour faire sortir leur mariage de l'ornière... Elle prit une douche, puis enduisit son corps de crème parfumée avant de se maquiller les yeux et d'appliquer une couche généreuse de rouge sur ses lèvres. Lorsqu'elle se contempla dans le miroir après avoir mis la parure, elle faillit renoncer à son projet. Son ventre était là et bien là... Impossible de le cacher. Cependant, c'était le bébé de Navarre et il y était déjà attaché, se rappela-t-elle pour se rassurer. Si elle mettait des bottes et si elle ne se regardait pas de profil mais de face, elle n'avait pas l'air ridicule... Après avoir enfilé un imperméable noir et brillant agrémenté de nombreuses fermetures Eclair, qu'elle venait d'acheter parce qu'elle le trouvait original, elle quitta la chambre.

A l'aéroport, alors qu'un journaliste financier l'interviewait sur la restructuration de CCC, Navarre jeta un coup d'œil de l'autre côté du hall et fut stupéfait de voir sa femme qui l'attendait. Ça, alors !... Lui qui se demandait s'il n'avait pas commis une gaffe avec le dernier cadeau qu'il lui avait envoyé... Navarre ne s'était jamais senti aussi peu sûr de lui avec une femme et cette situation le perturbait. Il s'excusa auprès du journaliste et se dirigea vers Tawny. Fasciné par le sourire radieux qui illuminait son visage, il faillit bousculer une femme qui passait devant lui avec une valise à roulettes.

— Navarre…, murmura Tawny en lui prenant bras.

— J'aime cette tenue.

C'était bien la première fois qu'il voyait un imper aussi sexy… Court, il dévoilait les genoux et une incroyable paire de bottes moulantes à talons hauts.

— Je pensais que tu aimerais les bottes…

— Aussi, bien sûr.

Navarre déglutit péniblement. Que portait-elle sous son imper ? D'où il était, aucun vêtement n'était visible par l'encolure… Lorsqu'elle monta dans la limousine, la fente à l'arrière de son imper s'ouvrit l'espace d'un instant. Navarre resta cloué sur place à la vue de la culotte vert pâle qui moulait ses fesses rondes.

Alors que la limousine démarrait, Tawny croisa les jambes et lui demanda comment s'était passé son voyage à Londres. Incapable de détacher son regard de ses jambes, il répondit distraitement. Quand il finit par lever les yeux, il vit qu'elle le regardait et il sentit ses pommettes s'enflammer.

— Tu es sublime, tu sais, commenta-t-il d'une voix mal assurée. Je ne peux pas m'empêcher de te dévorer des yeux.

— Ça fait plaisir à entendre, il y a bien longtemps que tu ne m'as rien dit de tel…

Navarre baissa les paupières.

— Le jour de notre mariage aurait dû être parfait, mais il s'est mal terminé et c'est ma faute. Je ne me sentais pas le droit de demander quoi que ce soit. Je ne voulais pas risquer de te perdre.

— Mais je n'ai pas l'intention de m'en aller ! s'exclama Tawny en lui prenant la main.

— On m'a dit ce genre de chose pendant toute mon enfance, mais chaque fois c'étaient des paroles en l'air, reconnut-il avec une franchise qui la bouleversa.

— Pour… me toucher, tu n'avais pas besoin de demander, murmura-t-elle.

Navarre lui effleura le menton du bout des doigts.

— Comment aurais-je pu le savoir ?

Tandis qu'il lui caressait la joue, elle la frotta contre sa paume.

— Maintenant tu le sais.

— Tu es si différente des autres femmes que j'ai connues… Je ne voulais pas commettre d'impair.

Tawny offrit ses lèvres à Navarre. Il s'en empara avec une ardeur qui lui arracha un gémissement approbateur.

Très vite, il interrompit leur baiser.

— Je n'ose pas te toucher avant que nous soyons arrivés, murmura-t-il d'une voix rauque en promenant sur elle un regard éperdu. Je suis comme un bâton de dynamite à proximité d'une allumette. Ça fait trop longtemps…

Enhardie par la certitude qu'il la désirait toujours, Tawny eut un sourire malicieux.

— Combien de temps ?

Il arqua les sourcils.

— Tu le sais bien.

— Tu veux dire… Il n'y a eu personne ? Depuis la dernière fois où nous avons couché ensemble à Londres ? s'exclama Tawny, abasourdie. Il n'y a eu personne d'autre depuis cette nuit-là ?

Navarre eut un petit rire gêné.

— J'ai toujours préféré la qualité à la quantité, chérie. Je n'ai plus l'âge de coucher à droite et à gauche.

Le cœur de Tawny se gonfla de joie. De toute évidence, il était sincère. Après l'avoir quittée, il n'avait rencontré aucune femme qui l'attire. Ce qui était d'autant plus flatteur que les occasions — avec des créatures plus sublimes les unes que les autres — n'avaient pas dû lui manquer… Mais surtout, cela signifiait qu'il n'avait pas de liaison, même occasionnelle, avec Tia Castelli. Peut-être l'avait-il aimée autrefois et gardait-il une certaine tendresse pour elle. C'était sans doute l'explication de la scène qu'elle avait surprise à leur mariage.

En tout cas, elle n'aurait jamais pu imaginer qu'il était resté seul pendant des mois… Tawny croisa le regard de Navarre fixé sur elle. Il n'y avait aucun doute : il était sincère… Ce fut comme si le poids du monde lui était subitement enlevé des épaules. Mais quelle idiote ! se dit-elle, soudain furieuse contre elle-même. Pourquoi n'avait-elle pas posé les questions qui s'imposaient, au lieu de se murer dans le silence ? Pourquoi n'avait-elle pas demandé à Navarre quelles étaient ses relations avec Tia ? Par orgueil… Et son orgueil l'avait poussée à se conduire comme une lâche.

Dans l'immense chambre qu'elle avait pris l'habitude d'occuper seule, Navarre ouvrit l'imper de Tawny et en écarta les pans pour admirer ses courbes voluptueuses parées de soie verte. Après avoir fait glisser l'imper sur le sol, il l'allongea sur le lit et lui enleva ses bottes. Puis il la rejoignit et la couvrit de baisers tout en glissant la main entre ses cuisses. Quelques minutes plus tard, la parure de soie était par terre, bientôt rejointe par les vêtements de Navarre, dont sa chemise déchirée par Tawny dans son impatience. Déterminé à prendre son temps pour ce qu'il considérait comme leur nuit de noces, il tenta de modérer son ardeur mais elle refusa d'attendre. Tandis qu'il l'embrassait passionnément, elle noua les jambes autour de ses reins et se mit à onduler des hanches. Il ne résista pas longtemps à ces arguments décisifs. Le tourbillon qui les emporta les laissa pantelants, comblés et heureux dans les bras l'un de l'autre. Comme s'il avait du mal à croire qu'ils s'étaient enfin retrouvés, Navarre continuait de couvrir de caresses le dos de Tawny, tout en parsemant son cou de baisers. Paupières mi-closes, sourire aux lèvres, elle savourait cet instant de pur bonheur avec le sentiment de flotter sur un petit nuage.

Quand Navarre se leva, elle fut assaillie par une bouffée de panique et le retint par le poignet.

— Où vas-tu ?

Il brandit son portable.

— Je commande à manger. Nous avons besoin de reprendre des forces.

— Et ensuite ?

— Nous prenons une douche et… je reste toute la nuit ?

— Essaie un peu de quitter cette chambre et tu vas voir !

— Si tu éprouves le besoin de me réveiller en pleine nuit pour me sauter dessus, surtout n'hésite pas, déclara-t-il un peu plus tard avec un sourire enjôleur, alors qu'ils dégustaient du jambon de Parme, des tomates cerises et du raisin.

Mais Tawny dormit si bien dans les bras de Navarre cette nuit-là qu'elle ne lui sauta pas dessus, à sa grande déception. Elle se réveilla tard et tâta le matelas à côté d'elle en étouffant un bâillement. Il était parti, bien sûr… La plupart du temps, il partait travailler à l'aube. Elle s'étira avec volupté puis se leva. Ce fut seulement à cet instant qu'elle vit Navarre, assis dans un fauteuil, dans la pénombre.

— Mon Dieu, je ne t'avais pas vu ! Tu m'as fait une de ces peurs ! s'exclama-t-elle en prenant son peignoir, posé sur un autre fauteuil. Comment se fait-il que tu sois encore là ?

— Je peux ouvrir les rideaux ?

Elle hocha la tête et bientôt la lumière du jour inonda la pièce, dévoilant le visage tendu de Navarre.

— J'attendais que tu te réveilles.

— Que se passe-t-il ?

— Ton portable sonne régulièrement depuis des heures… Tes sœurs, je suppose… Ta famille qui essaie de te joindre. Je n'ai pas répondu.

Navarre haussa les épaules en la considérant d'un air plein de regret.

— J'ai éteint ton téléphone parce que je voulais te dire moi-même ce qui s'est passé…

— Attends, je reviens !

Tawny se précipita dans la salle de bains et claqua la porte derrière elle. Elle ne voulait pas savoir ! Elle n'avait aucune envie d'apprendre une mauvaise nouvelle ! Pour la première fois depuis très longtemps, elle s'était réveillée merveilleusement heureuse et confiante en l'avenir.

Comment envisager que ce bonheur lui soit enlevé aussi rapidement ?

11

Tawny s'aspergea le visage d'eau fraîche, puis, après s'être préparée mentalement à apprendre une catastrophe, elle regagna la chambre.

— Quelqu'un est mort ? Ma grand…

— Non ! Ce n'est pas du tout quelque chose de ce genre ! coupa Navarre.

Tawny poussa un soupir de soulagement, puis elle prit une profonde inspiration. Il allait donc sans doute lui dire ou lui *avouer* quelque chose qui allait la dévaster et détruire leur mariage… Si personne n'était mort, c'était la seule option.

— J'ai vu Tia à Londres. Elle a pris une suite dans un hôtel et je lui ai rendu visite. Hier, un quotidien anglais a rapporté que nous sommes restés en tête à tête dans cette suite pendant plus d'une heure et a publié des photos de nous alors que nous entrions puis quittions l'hôtel séparément.

Tawny avait de nouveau toutes les peines du monde à respirer.

— Tu es allé à l'hôtel avec elle… tu le reconnais ?

— Je n'ai pas l'intention de te mentir.

— Tu n'es pas censé coucher avec une star de cinéma ! cria Tawny, prise de nausée.

Ses pires craintes étaient donc fondées… C'était un cauchemar. Pourvu qu'elle se réveille pour de bon ! Elle resta immobile, paralysée par la souffrance et l'angoisse.

Très pâle, Navarre scrutait son visage d'un air anxieux.

— Tia n'est pas et n'a jamais été ma maîtresse. Nous sommes amis et nous avons déjeuné dans sa suite en tête à tête. *C'est tout.* Les paparazzi la suivent partout. Elle doit être très prudente pour son mariage et sa carrière. C'est uniquement pour cette raison que nous nous voyons la plupart du temps en secret…

— Je me moque de ses problèmes ! Et notre mariage dans tout ça ?

Tawny tenait à peine sur ses jambes. S'imaginait-il vraiment qu'elle allait avaler une histoire aussi invraisemblable ? La croyait-il vraiment stupide à ce point ?

Des coups furent frappés à la porte. Avec un juron étouffé, Navarre se leva pour ouvrir. Reconnaissant la voix de Gaspard, Tawny se laissa tomber sur le lit. La tête lui tournait et elle avait toujours la nausée… Mais c'était juste le choc. Ça allait passer. Son mari avait couché avec Tia Castelli. Ou, plus exactement, il avait une liaison avec elle. Parce que, de toute évidence, ce n'était pas leur premier rendez-vous clandestin. Ils avaient leurs habitudes. Depuis plusieurs années, sans doute…

Navarre referma la porte et passa la main sur ses yeux.

— Que voulait Gaspard ?

— Me prévenir que Tia est arrivée…

— Ici ? Elle est ici ? s'écria Tawny, atterrée.

— Nous allons discuter tous les trois et régler le problème une fois pour toutes, répliqua-t-il, la mine sombre. Je suis désolé de t'avoir mêlée à cette histoire…

— Tia va être encore plus désolée, si je lui mets la main dessus ! Comment peut-elle avoir l'audace de venir ici ? Quel genre de femme faut-il être pour faire une chose pareille ?

— Justement, réfléchis. Seule une femme qui n'est pas ma maîtresse viendrait chez moi, dans la maison où je vis avec ma femme.

— Peut-être, mais Tia Castelli n'est pas une femme comme les autres. C'est une star et je la crois capable de tout ! Le temps de m'habiller et je descends… mais attends-moi !

Ne t'avise surtout pas de l'approcher hors de ma présence ! prévint Tawny en fouillant frénétiquement dans les tiroirs et la garde-robe à la recherche de vêtements.

Non seulement il avait une liaison, mais sa maîtresse avait l'aplomb de venir jusque chez eux ! Et pourtant, la nuit dernière, ils semblaient si unis, si heureux ensemble… Comment aurait-elle pu prévoir une telle trahison ? Elle emporta son jean et une tunique de soie ample dans la salle de bains pour se changer. Inutile d'essayer de rivaliser avec une star internationale dans le domaine de l'élégance…

— Que fait-elle en France ? demanda-t-elle à Navarre, tandis qu'ils descendaient l'escalier.

— Nous allons le savoir bientôt.

En arrivant dans le hall, Tawny eut le souffle coupé à la vue d'un ensemble de bagages de cuir bleu pâle. Tia avait l'intention de rester chez eux ? Dès qu'elle entra dans le salon en compagnie de Navarre, Tia, vêtue d'une robe noire moulante et visiblement dans un état de grande nervosité, se lança aussitôt dans un discours en italien.

— Parle anglais, s'il te plaît, demanda Navarre. Et restons calmes.

Tawny lui lança un regard noir.

— Il faut être un homme pour suggérer ça dans une situation pareille.

— Luke m'a mise à la porte… Il refuse catégoriquement de m'écouter ! s'exclama Tia en anglais en se jetant dans les bras de Navarre. Que vais-je faire ?

— En tout cas, vous ne pouvez pas rester ici, lança Tawny d'une voix forte.

Nul doute qu'il fallait crier pour attirer l'attention de l'actrice. Jamais elle n'avait vu quelqu'un d'aussi égocentrique…

Blottie contre Navarre, Tia leva lentement la tête et regarda Tawny d'un air abasourdi.

— C'est à moi que vous parlez ?

— Vous n'êtes pas la bienvenue sous ce toit, annonça Tawny d'un ton posé.

Tia s'écarta légèrement de Navarre et le regarda d'un air atterré.

— Vas-tu la laisser me parler sur ce ton ?

— Tawny est ma femme et elle est chez elle. Si elle ne veut pas t'accueillir ici à la suite du scandale qui s'est déclenché à Londres et qui m'affecte autant que toi, je crains que tu sois obligée de t'incliner.

Tawny se détendit légèrement.

— Tu dois penser à moi d'abord… qu'est-ce qui te prend ? hurla Tia d'un ton accusateur.

— Je pense d'abord à mon mariage et j'aurais dû le faire plus tôt, répliqua Navarre d'une voix calme mais ferme. Laisse-moi révéler à Tawny la vérité sur notre relation…

— Pas question ! coupa Tia d'un air outré. Tu n'as pas le droit de lui dire… sous *aucun* prétexte !

— Nous n'avons pas le choix, insista-t-il avec une pointe d'impatience en fixant l'actrice d'un air étrange.

Tia jeta un regard furieux à Tawny.

— Non, ne lui dis pas. Je n'ai pas confiance en elle…

— Moi, si, coupa Navarre en tendant la main à Tawny.

Surprise, elle eut une brève hésitation avant de s'approcher de lui et de le laisser passer un bras autour de ses épaules.

— Tawny fait partie de ma vie, désormais. Tu ne peux pas l'ignorer. Tu ne peux pas la traiter comme si elle ne comptait pas.

— Si tu lui dis, si tu prends le risque de détruire mon mariage et ma carrière uniquement pour lui faire plaisir, je ne te le pardonnerai jamais ! cria Tia dans un sanglot.

— Ton mariage est déjà menacé mais ce n'est pas une raison pour mettre également le mien en péril.

Le bras de Navarre se resserra autour des épaules de Tawny.

— Tawny… Tia est ma mère, mais c'est un secret que tu dois absolument garder pour toi. Personne d'autre ne doit s'en douter.

— Ta… ta mère ?

Tawny leva vers Navarre un regard incrédule.

— Mais enfin, elle n'est pas assez vieille pour être ta mère !

Navarre eut un sourire amusé.

— Tia fait beaucoup plus jeune que son âge.

L'actrice se raidit, visiblement hérissée par cette affirmation.

— J'étais encore une enfant quand je t'ai eu…

— Elle avait vingt et un ans, mais elle prétend qu'elle était encore adolescente, rectifia Navarre avec une pointe de lassitude. Je te raconterai le reste de l'histoire une autre fois. Pour l'instant, l'essentiel c'est que tu saches qu'elle est ma mère et que nous tenons à rester régulièrement en contact.

— Ta… mère, répéta Tauwny en étudiant l'actrice avec stupeur.

Tia Castelli devait donc avoir la cinquantaine. Or elle ne faisait même pas quarante ans…

— Mais ça ne doit surtout pas se savoir, insista Tia d'un ton agressif. J'ai menti. J'ai caché des secrets. Si la vérité éclatait, ma réputation serait anéantie. Et je ne veux pas que Luke apprenne que sa mère est plus jeune que moi…

— Je parie qu'elle n'est pas aussi belle que vous, commenta Tawny spontanément.

Ce qui lui valut un regard presque approbateur de la part de la femme dont elle venait d'apprendre qu'elle était sa belle-mère.

— Je suis sûr que Luke s'y ferait, déclara Navarre d'une voix apaisante. Tu restes la même femme que celle dont il est tombé amoureux et qu'il a épousée.

Tia frissonna.

— Il ne me pardonnerait jamais de lui avoir menti.

— Pourquoi pleuriez-vous le jour de notre mariage ? demanda Tawny pour tenter de faire taire la petite voix qui continuait de lui répéter : « Elle ne peut pas être sa mère ! C'est impossible ! »

— Est-ce que j'ai l'air d'avoir envie de devenir grand-mère ? s'exclama Tia avec une indignation manifeste.

— Je ne pense pas qu'il vous sera jamais demandé de remplir ce rôle, rétorqua Tawny d'un ton pince-sans-rire.

Comment pouvait-on être vaniteuse à ce point ? se demanda-t-elle tout en scrutant le visage de l'actrice à la recherche d'un air de famille entre la mère et le fils. Oui, si on faisait abstraction de la couleur des cheveux et de la carnation, il y avait des ressemblances entre eux. Sa beauté à couper le souffle, Navarre la tenait de sa mère…

— Pour l'instant, je n'aspire qu'à une chose : m'allonger et me reposer. Je suis épuisée ! annonça Tia en dardant sur son fils et son épouse un regard accusateur, comme s'ils étaient la cause de ses malheurs. Je suppose que je peux rester ici, à présent que vous savez tout…

— Bien sûr, confirma Tawny.

Comment une femme aussi égoïste avait-elle réussi à gagner la loyauté et la tendresse de Navarre ? Parce qu'il n'y avait aucun doute, il tenait énormément à elle. Sur ce point Tawny avait vu juste quand elle les avait surpris, le jour du mariage.

— Si tu veux sauver ton mariage, tu vas être obligée de révéler ton secret à Luke, prévint Navarre.

Tia le pria sèchement de se mêler de ses affaires.

Navarre appela Gaspard pour lui demander de la conduire à sa chambre, après qu'elle eut décliné d'un geste impérieux l'offre de Tawny, qui avait proposé de le faire.

Quand la porte se referma derrière eux, Navarre regarda Tawny. Elle fit une petite grimace.

— Eh bien, on peut dire que ta mère a du caractère…

— Elle a tendance à perdre son sang-froid quand elle est contrariée. J'avais envie de te dire la vérité, mais il y a plusieurs années je lui ai promis de ne jamais révéler à personne que j'étais son fils et elle ne voulait pas me délier de cette promesse.

Tawny secoua la tête, encore interloquée.

— Je ne l'aurais jamais deviné…

Elle téléphona à ses sœurs pour leur dire que, *non,* elle n'attachait aucune importance aux sottises publiées dans les journaux, puis, pendant qu'ils prenaient le petit déjeuner,

Navarre lui raconta sa véritable histoire familiale — occultée par un tissu de mensonges pour favoriser la carrière de Tia.

Officiellement, Tia avait été découverte dans la rue par un réalisateur célèbre alors qu'elle avait quinze ans et allait au collège. Son premier film avait remporté tellement de prix qu'il avait connu un succès mondial et l'avait fait accéder immédiatement au rang de star. En réalité, Tia avait vingt et un ans. C'était la production qui avait décidé de la rajeunir pour la promotion du film — acte de naissance de sa sœur cadette à l'appui — afin d'attiser la curiosité du public. Peu après la fin du tournage, elle était tombée amoureuse du célèbre réalisateur. Une liaison avec un homme marié représentait un danger pour son image de jeune fille innocente et pour sa carrière naissante. Elle avait donc caché sa grossesse et accouché dans le plus grand secret. Elle s'était rendue à Paris en compagnie de sa sœur aînée et s'était fait passer pour celle-ci, afin que le bébé soit déclaré comme son enfant. Après la naissance, Tia avait repris sa carrière, tout en payant sa sœur et le petit ami de cette dernière pour qu'ils élèvent Navarre à Paris.

Tawny plissa le front.

— Alors comment se fait-il que tu te sois retrouvé en famille d'accueil ?

— Je n'ai aucun souvenir de ma tante. Elle ne m'a gardé que quelques années. L'argent que Tia lui envoyait était dépensé en drogue. Elle a fini par mourir d'une overdose et j'ai été placé en famille d'accueil. Je n'ai appris l'existence de ma mère qu'à dix-huit ans, quand j'étais à l'université. C'est d'abord un avocat qui a pris contact avec moi et m'a fait prêter serment de garder le secret.

— Et ensuite tu as rencontré Tia… Ça a dû te faire un choc.

Un sourire de petit garçon étira brièvement les lèvres de Navarre.

— J'étais extrêmement impressionné.

Sans doute était-il impossible d'imaginer l'effet produit par Tia Castelli sur un garçon qui avait été seul au monde toute sa vie, songea Tawny. Il lui avait suffi d'apparaître pour gagner le cœur de son fils, bien sûr.

— Elle est très belle.

— Tia le cache peut-être bien pour l'instant mais elle est également charmante. Depuis cette première rencontre, nous nous retrouvons au moins une fois par mois et nous communiquons très souvent par téléphone ou par e-mail. C'est l'une des raisons pour lesquelles je craignais tant que quelqu'un ait eu accès à mon ordinateur. Je l'ai très souvent soutenue dans des moments difficiles et je suis devenu son îlot de stabilité dans la tempête. Je l'aime beaucoup.

Tawny hocha la tête.

— Bien qu'elle ne veuille toujours pas reconnaître publiquement votre lien ?

— Quelle importance à mon âge ? Je sais qu'elle est loin d'être parfaite. Mais comment lui en vouloir ? Elle vient d'une famille pauvre où elle subissait de mauvais traitements.

Elle n'était pas aussi indulgente que lui avec les erreurs de sa propre mère, reconnut Tawny.

— Mais a-t-elle jamais fait quelque chose pour toi ? Tu as eu une enfance malheureuse.

— Mais ça m'a rendu fort, chérie. Quant à Tia, même après des décennies de succès, elle vit toujours dans la terreur de tout perdre. Elle a fait ce qu'elle estimait le mieux pour moi à l'époque. Elle m'a aidé à trouver mon premier emploi, elle a investi dans ma première société. Il est indéniable qu'elle m'a aidé à devenir l'homme d'affaires prospère que je suis aujourd'hui.

— Tout ça c'est grâce à l'argent, et pour quelqu'un d'aussi riche c'est bien la moindre des choses.

La gorge nouée, Tawny avait du mal à retenir ses larmes.

— Je ne peux pas m'empêcher de penser à l'enfant que tu étais, qui a grandi sans mère ni amour de qui que ce soit… C'est une idée que je ne supporte pas.

Navarre se leva brusquement et, prenant Tawny par la main, il la fit se lever.

— Je vais bien. Mais je reconnais que j'ignorais ce qu'était l'amour avant de te rencontrer.

Elle sentit ses joues s'enflammer. Allons bon, il avait deviné les sentiments qu'elle éprouvait pour lui…

— Suis-je si transparente que cela ?

— Tu es le contraire de quelqu'un de transparent. En fait, tu as éveillé ma curiosité dès notre première rencontre et plus je te voyais, plus j'avais envie de savoir pourquoi tu me troublais alors qu'aucune autre femme ne l'avait jamais fait.

— Je… te troublais ? Comment ça ?

— De toutes les manières possibles. Tu as d'abord troublé mon corps, puis mon esprit et enfin mon cœur. Tu faisais tellement battre mon cœur que j'étais très malheureux quand nous étions séparés, mais beaucoup trop fier pour reprendre contact avec toi.

— Malheureux ? répéta Tawny, perplexe.

Navarre eut un sourire contrit.

— Terriblement malheureux et perturbé pendant des semaines. Je pensais que c'était une tocade et j'essayais de t'oublier mais je n'y arrivais pas.

— Navarre… Es-tu en train d'essayer de me dire que tu m'aimes ?

— Et, de toute évidence, je m'y prends très mal. Je pense que c'était un coup de foudre.

Navarre plongea un regard éperdu dans celui de Tawny.

— Je suis amoureux de toi depuis des mois. J'ai su que je t'aimais bien avant de t'épouser. Pourquoi crois-tu que j'avais tellement hâte de me marier avec toi.

— A cause… du bébé…

La faisant pivoter sur elle-même, Navarre l'attira contre lui et posa une main possessive sur son ventre.

— Je veux le plus grand bien à notre enfant, mais je t'ai épousée parce que je t'aime et que je veux partager ma vie avec toi.

— Mais… tu m'as dit que tu étais très attiré par moi et que ça suffisait.

— J'ai dit ce que je pensais le plus susceptible de m'aider à atteindre mon objectif, murmura Navarre en déposant sur la nuque de Tawny un baiser qui la fit frissonner. J'aurais dit n'importe quoi pour parvenir à mes fins. Je voulais absolument que tu sois à moi pour toujours.

Le cœur gonflé de joie, Tawny se retourna et prit son visage entre ses mains pour l'embrasser brièvement, tandis qu'une foule de questions surgissaient dans son esprit.

— Qu'y avait-il sur ton ordinateur ?

— Des documents concernant le rachat de CCC et des mails très personnels de Tia. Elle me raconte tout.

— Pas étonnant que Luke soit jaloux de toi.

— Tant qu'elle refuse de lui dire la vérité, je n'y peux absolument rien.

— C'est aussi à cause d'elle que tu avais besoin d'une fausse fiancée pour les BAFTA, n'est-ce pas ?

— Je lui avais promis de venir accompagné et je trouvais moi-même que c'était plus prudent vis-à-vis de Luke. Mais la dame en question a eu un empêchement de dernière minute et…

— Tu m'as engagée pour prendre sa place. Qu'est devenue la dame en question ?

— Quand je suis rentré à Paris, je lui ai dit que j'avais rencontré quelqu'un d'autre.

— Mais ce n'était pas vrai… Tu m'avais déjà quittée.

Un éclair traversa les prunelles de Navarre.

— Oui, mais je ne voulais personne d'autre dans ma vie. J'étais déjà accro. Tu te souviens du dernier soir à Londres, quand j'ai frappé à ta porte ?

Tawny se raidit.

— Je me souviens que tu es parti en me disant que j'étais un bon…

Navarre l'attira contre lui.

— Ne venais-tu pas de menacer de révéler au monde entier quel genre d'amant j'étais ?

Un frisson parcourut Tawny et elle se blottit contre lui, la tête au creux de son épaule, en savourant l'enivrante odeur de sa peau.

— Maintenant que tu le dis… oui, peut-être, plaisanta-t-elle.

Comment lui en vouloir d'avoir quitté une femme qu'il prenait pour une voleuse et qui menaçait de vendre à la presse des détails croustillants sur sa vie privée ?

— Quand je t'ai vu avec Tia au mariage, j'ai craint le pire, confia-t-elle, tandis qu'il resserrait son étreinte.

— Je brûlais d'envie de te dire la vérité et j'ai été soulagé que tu ne fasses pas de scène parce que je ne voulais pas rompre la promesse que j'avais faite à ma mère. Mais j'ai eu tort. J'aurais dû tout te dire ce jour-là. Malheureusement, il m'a fallu quelques semaines pour prendre conscience que c'était envers mon épouse que je me devais d'être le plus loyal.

— Excuse-moi pour la nuit de noces… J'étais tellement angoissée après vous avoir vus ensemble. J'avais *vu* qu'il y avait quelque chose de très fort entre vous. Et je t'aime tellement…

Navarre prit le menton de Tawny et plongea son regard dans le sien.

— Depuis quand ?

Il eut un sourire malicieux.

— Depuis que tu as vu mon beau château français ?

Elle eut une moue réprobatrice.

— Je préfère traiter cette question par le mépris ! Non, je suis tombée amoureuse de toi bien avant ça. Tu te souviens de ce petit déjeuner en Ecosse après la parution de cet article qui révélait que j'étais femme de chambre ? Quand tu m'as servie et que tu m'as soutenue devant tout le monde comme s'il ne s'était rien passé, je t'ai vraiment *aimé* pour ça…

— Et moi je t'ai aimée pour ta dignité et ton courage.

Un sourire plein de tendresse étira les lèvres de Navarre et il embrassa Tawny avec une ardeur qui lui donna le vertige.

Pour une fois, elle ne fit pas un petit déjeuner pantagruélique. Il l'entraîna à l'étage, dans la chambre qu'ils n'avaient partagée qu'une seule fois jusque-là, et ils s'abandonnèrent à la passion qui les consumait.

Plus tard, blottie contre son mari, comblée et heureuse, Tawny demanda :

— A quel jeu as-tu joué avec moi tous les jours depuis notre mariage ?

— Ce n'est pas un jeu.

Navarre pouffa.

— Nous n'étions jamais vraiment sortis ensemble. J'essayais de tout reprendre depuis le début en agissant autrement, dans l'espoir que tu finirais par éprouver les mêmes sentiments que moi.

Interdite et profondément touchée, Tawny se mordit la lèvre.

— Oh ! mon Dieu ! Comment ai-je pu être assez stupide pour ne pas avoir compris ça ?

Navarre s'étira voluptueusement tout en la regardant d'un air faussement supérieur.

— De nous deux, c'est moi le plus romantique. N'oublie pas ça la prochaine fois que tu me dessineras en Français coureur de jupon !

Tawny promena une main possessive sur son ventre plat avec un sourire contrit.

— Je ne l'oublierai pas. Je t'aime comme tu es.

Épilogue

Joie se dirigea vers Luke Convery et lui tendit un cube de sa petite main potelée, ses grands yeux bleus levés vers lui. Leur éclat était d'autant plus prononcé qu'il était souligné par ses magnifiques boucles noires.

— Elle est mignonne mais je n'aimerais pas en avoir une à moi, déclara le musicien avec une moue contrite en se mettant à genoux pour poser le cube à l'endroit que lui désignait la fille de Navarre et de Tawny. Je suis le plus jeune d'une famille de neuf enfants et ça ne m'a pas donné envie.

— Tout le monde n'est pas fait pour avoir des enfants, acquiesça Tawny en pensant à sa propre mère.

Pourtant, Susan Baxter s'était révélée une grand-mère beaucoup plus motivée qu'elle ne s'y attendait. En fait, la mère et la fille étaient devenues bien plus proches depuis la naissance de Joie à Londres, dix-huit mois plus tôt.

Tawny passait souvent le week-end dans la capitale britannique pour voir ses sœurs et sa mère avant de rendre visite à sa grand-mère. Elle était mariée à Navarre depuis deux ans et n'avait jamais été aussi heureuse. Leurs caractères se complétaient à merveille. L'entrain de Tawny stimulait le sens de l'humour de Navarre, tandis que la réserve de Navarre calmait un peu l'impétuosité de Tawny.

Ses dessins avaient apporté à Tawny une certaine notoriété. Quand sa série « Une Anglaise à Paris » avait commencé à s'essouffler, elle avait créé une bande dessinée racontant la vie d'une famille ordinaire, qui avait eu encore plus de succès.

Un éclat de rire retentit dans le hall de l'hôtel particulier londonien des Cazier, suivi par un flot de paroles en italien. Luke se redressa avec un sourire ravi.

— Tia est de retour…

La belle-mère de Tawny, plus belle que jamais dans une robe de velours cramoisi, s'immobilisa sur le seuil du salon dans une pose élégante, en digne star d'Hollywood. Son mari la prit dans ses bras et l'embrassa fougueusement, comme s'ils étaient seuls au monde. Trente secondes plus tard, ils avaient disparu à l'étage. Tia venait de terminer un film en Croatie et Luke était sur le point de partir en tournée aux Etats-Unis. Etant donné qu'ils avaient été séparés pendant des semaines et que Luke était de passage à Londres, Tia s'était invitée à dîner et à passer la nuit chez son fils et sa belle-fille en sa compagnie.

Depuis que l'actrice s'était enfin décidée à affronter la réalité et avait chargé Navarre de révéler à Luke la nature de leurs relations, il n'y avait plus la moindre gêne entre les deux couples. Luke avait reçu un choc, mais il avait surtout été soulagé d'apprendre que Navarre ne représentait pas une menace pour son couple. Quant à l'adoration qu'il vouait à son épouse, elle n'avait été atténuée en rien par cette révélation.

Navarre demeurerait le lourd secret de Tia jusqu'à la fin de ses jours, mais il s'en moquait. Et si les paparazzi restaient à l'affût d'un scandale autour de leurs rencontres, ni lui ni sa mère ne s'en préoccupaient plus. Les êtres qui leur étaient le plus chers connaissaient la vérité. Le reste n'avait aucune importance.

Tia était une grand-mère indifférente, qui tressaillait avec consternation si Joie et ses mains pas toujours d'une propreté parfaite s'approchaient trop près de ses vêtements haute couture. Sa vie tournait autour de son dernier film, des dernières critiques et de Luke, qu'elle idolâtrait. Au grand soulagement de Tawny, elle n'était pas plus intéressée par le rôle de belle-mère que par celui de grand-mère. Elle se montrait certes plus chaleureuse, mais elle restait une star dans l'âme et tout ce qui touchait à la famille lui était complètement étranger.

Navarre, qui était allé chercher Tia en Croatie en jet privé, apparut sur le seuil du salon.

— Où sont passés nos invités ? demanda-t-il en se baissant pour prendre sa fille, qui manifestait bruyamment sa joie de le revoir.

Tawny pouffa devant la métamorphose que l'accueil enthousiaste de Joie faisait subir à Navarre. En l'espace de quelques secondes, il eut les cheveux en bataille et la cravate de travers, puis il faillit être étranglé par les petits bras qui se resserraient autour de son cou. Ce qui ne l'empêchait pas de couver sa fille d'un regard plein de tendresse, un sourire amusé aux lèvres.

— Nos invités sont en pleines retrouvailles… Il est possible que nous dînions en tête à tête, finalement, annonça Tawny, les yeux pétillant de malice.

— Bonne nouvelle, commenta-t-il en reposant Joie par terre pour qu'elle rejoigne sa nurse, qui venait d'entrer dans le salon. Merci, Antoinette.

Une fois la porte refermée sur la nurse et la petite fille, il ajouta :

— Après cette séparation de plusieurs jours, je n'ai qu'une envie : rester seul avec toi. Mais qui avait eu l'idée de ce dîner à quatre ?

— Devine ! Tia, bien sûr… Ce que vous pouvez être possessif, monsieur Cazier !

— Etant donné que tu es plus belle de jour en jour, ça ne risque pas de s'arranger…

Navarre prit Tawny dans ses bras et murmura d'une voix rauque :

— Plus le temps passe et plus je t'aime.

— Tu m'as manqué.

— A quelle heure est prévu le dîner ? demanda Navarre après un baiser ardent.

— Je me disais… Puisque nos invités ont disparu, nous pourrions dîner dehors… plus tard, murmura Tawny.

— C'est pour ça que je t'aime tant. Tu devines mes désirs avant même que je les exprime.

Retrouvez en février 2020,
dans votre collection

♦ SAGAS ♦

Trilogie intégrale : FRÈRES & SÉDUCTEURS de Abby Green - N°122

L'héritier secret des Falcone

Tu m'as privé de mon fils et je me vengerai ! À l'instant où Rafaele Falcone prono ces mots, Sam sent une sourde angoisse l'envahir. Trois ans plus tôt, le cœur brisé la réaction glaciale de Rafaele à l'annonce de sa grossesse, elle a cru faire le bon ch en lui laissant croire qu'elle avait perdu le bébé. Mais, aujourd'hui, c'est un hom furieux qui se dresse face à elle…

Une nuit avec Alexio Christakos

À la seconde où Alexio Christakos s'assoit à son côté dans l'avion, Sidonie sent trouble puissant l'envahir. Et, si elle se surprend à apprécier la compagnie du richiss homme d'affaires, elle devine le danger que représente ce dernier pour elle… M comment repousser les avances d'un des hommes les plus puissants – et envoûtan d'Europe ?

Au bras de Cesar da Silva

Dans un moment d'égarement, Lexie a échangé un baiser brûlant avec Cesar da Silva. impulsion qu'elle regrette à présent que leur photo fait la une de la presse. Il n'y a qu'un mo de faire oublier ce scandale, Lexie le sait. Donner aux médias l'image d'un couple amour Mais jouer la comédie au bras de Cesar da Silva promet d'être un cauchemar…

Série intégrale : LES SECRETS DE WILLOWMERE de Abigail Gordon - N°123

La seule passion d'une infirmière

Glenn Hamilton est de retour à Willowmere ! Aussitôt, les souvenirs assaillent Andr leur folle passion, leurs projets… Jusqu'à ce tragique accident… Brisée, Andrea a alors prétexté ne plus aimer Glenn. Aujourd'hui, elle se prend à douter : a-t-elle raison de lui cacher la vérité ?

Nouvelle chance pour un médecin

À Willowmere, Georgina mène une vie tranquille, jusqu'au jour où son ex-mari, vient s'installer près de chez elle. Car, s'ils sont séparés, ils n'ont pu s'empêche passer une nuit ensemble quelques mois plus tôt. Une nuit de passion qui n'a pas sans conséquence…

Un mariage à Willowmere

Après le drame qu'elle a vécu, Laurel apprécie de trouver refuge dans le paisible vil de Willowmere. Elle hésite toutefois à accepter de travailler quelque temps pour le Trewlaney. Un homme séduisant, dont le regard la fait se sentir femme de nouveau…

Le goût du bonheur

Lizzie ne peut croire à son bonheur quand James Bartlett, son patron, lui propose l'épouser et de venir vivre avec lui et ses deux enfants. Pourtant, elle hésite à acce car elle ignore si James voit en elle autre chose qu'une nouvelle maman pour Polly et J